Salut
Claude !
j'espère que cette
énumération... très longue...
énumération saura te faire
passer de bons
moments...!
Merci..!

Le bel étranger

Denis Richer

AdA Inc.

Révision : Nancy Coulombe, Denise Pelletier
Typographie et mise en page : François Doucet
Graphisme de la page couverture : Carl Lemyre
ISBN 2-89565-067-5
Première impression : 2002
Dépôt légal : troisième trimestre 2002
Bibliothèque Nationale du Québec
Bibliothèque Nationale du Canada

Éditions AdA Inc.
172, des Censitaires
Varennes, Québec, Canada, J3X 2C5
Téléphone: 450-929-0296
Télécopieur: 450-929-0220
www.ADA-INC.com
INFO@ADA-INC.COM

Diffusion
Canada : Éditions AdA Inc.
Téléphone: 450-929-0296
Télécopieur: 450-929-0220
www.ADA-INC.com
INFO@ADA-INC.COM
France : D.G. Diffusion
Rue Max Planck, B.P. 734
31683 Labege Cedex
Tél : 05-61-00-09-99
Suisse : Transat- 23.42.77.40
Belgique : Vander- 32.27.61.12.12

Imprimé au Canada

Participation de la SODEC et de PADIÉ.
Gouvernement du Québec - Programme de crédit d'impôt pour l'édition de livres -
Gestion SODEC.

Le bel étranger

Denis Richer

Remerciements

Un merci tout spécial à madame Jocelyne Morin et mademoiselle Catherine Pagé qui ont survolé et scruté le texte dans tous les sens.

Encore merci à Léa qui m'a ouvert cette porte et à Suzanne qui continue de m'y pousser.

1

L'arrivée

Germain Valois était arrivé par une triste et pluvieuse soirée de février.

Il n'avait pour seul bagage qu'un énorme sac à dos. A deux reprises, des gens l'avaient fait monter dans leur voiture et amené jusqu'à une trentaine de kilomètres du village où il devait se rendre : St-Stanislas.

Mais la pluie se mit à glacer au sol. Le conducteur d'un vieux modèle japonais à essence lui offrit de le conduire jusqu'au village. En temps normal, lui dit l'homme au volant, il aurait fait une pointe jusqu'au vieux pont, mais la route serait bientôt impraticable.

La rue principale était déserte, les maisons presque toutes endormies et le petit hôtel de la place semblait déjà fermé. Il se rendit à pied de l'autre côté du village, sur le bord de la rivière à la Truite, au petit chalet qu'on lui avait suggéré de louer. Comme on lui avait indiqué, après le vieux pont, la première entrée à droite le mena à un vieux chalet construit près du cours d'eau qu'il trouva assez aisément malgré l'obscurité.

On lui avait dit qu'il était peint en vert. Il n'était pas grand, avec un toit en pignon. Malgré le froid perçant, il observa sa nouvelle demeure. Un endroit plutôt caché, à l'abri des regards indiscrets ; on l'avait bien renseigné.

Dans la véranda qui faisait face à la rivière, une porte intérieure donnait sur une cuisinette dans laquelle se trouvaient une table et quatre chaises. Comme promis, il y avait l'électricité, l'eau courante, un poêle à bois et une bonne réserve de bois de chauffage. Dans les armoires, un peu de vaisselle et des chaudrons étaient empilés. À l'arrière, deux chambres avec un lit double dans chacune, une salle de bains et une douche.

Deux heures après son arrivée, la petite demeure était confortable et Germain avait revêtu des vêtements chauds et secs. Il rangea le peu de linge dans le bureau de la grande chambre. De la fenêtre de cette pièce, le jour, il apercevrait le petit chemin qui menait à la route du village.

Il sortit ensuite de son sac une récente carabine de haut calibre démontée et un petit paquet qu'il alla cacher entre le plancher et une solive sous le chalet où il remarqua un canot rangé un peu plus loin.

La pluie avait cessé.

Plus tard, allongé sur un vieux fauteuil, il s'endormit face aux ondoyantes danses que menaient les flammes dans le poêle.

La journée du lendemain marqua le retour d'un temps plus froid et plus sec. Germain fit connaissance avec son nouvel environnement, sur la petite route asphaltée vers les sites de villégiature.

Pendant qu'il savourait du regard ce beau décor, il éprouva une grande satisfaction ; il n'avait plus qu'à attendre le début du chantier pour passer à l'action. Si la chance lui souriait, avec diverses démarches, il arriverait à se faire engager sur le projet de construction ; cela lui faciliterait la tâche dans ses intentions anarchiques.

Déjà, les équipes d'arpenteurs du ministère des Transports avaient fait leur apparition et la petite communauté de St-Stanislas avait alors compris que cette fois, c'était sérieux : la construction de la nouvelle route commencerait bientôt.

Depuis quelques années, il était arrivé à maintes reprises des accidents de tout genre reliés à la mauvaise infrastructure routière, d'où les plaintes fréquentes des propriétaires fortunés habitant les somptueux chalets des lacs. L'accident spectaculaire de la fille d'un riche homme d'affaires politiquement influent avait achevé de convaincre les autorités gouvernementales de faire en sorte que leur petit coin de paradis soit plus facilement accessible, plus rapidement et de façon plus sécuritaire surtout.

Une nouvelle route.

Les coupes dans la forêt, au bout des champs, derrière le village, définirent le tracé définitif : une large plaie de quarante mètres de largeur qui parcourait les vallons, sur une longueur d'environ trois kilomètres.

En contournant le cimetière, il y aurait une grande courbe vers la droite, un long tronçon droit et une autre grande courbe vers la droite se terminant sur le nouveau pont.

Quelques semaines plus tard, Germain n'avait toujours pas eu de nouvelles pour un emploi.

Dans le petit hôtel du village qui accueillait jadis les pêcheurs et les chasseurs, des habitués passaient le temps. La porte s'ouvrit et Germain entra. Tous ceux et celles qui étaient là reconnurent l'étranger qui était arrivé en février. Grand, les épaules carrées, le toupet un peu long retombant sur son front. Il se dirigea au bar et demanda de l'eau à la serveuse, ainsi qu'un téléphone.

Depuis son arrivée, personne, à part les commerçants, n'avait osé lui adresser la parole et les commentaires allaient bon train. On en savait peu sur son compte et cela en irritait plusieurs.

C'était la première fois qu'il se présentait à l'hôtel. La bière aidant, l'occasion était belle pour en savoir un peu plus long.

— Dites donc, monsieur l'étranger, comment aimez-vous notre région ? demanda un des attablés, un grand rouquin, costaud, dans la quarantaine.

— J'aime beaucoup votre région, répondit Germain d'une voix grave.

— Est-ce qu'on peut savoir qui tu es ? demanda alors l'homme.

— Laisse-le donc tranquille, George, intervint un vieux à la même table.

— Est-ce que les inconnus nous laissent tranquilles, eux ? répliqua celui qu'on avait nommé George.

— Peut-être suis-je un inconnu pour vous, mais je ne fais pas beaucoup de bruit, répondit le jeune homme en esquissant un sourire tout en regardant autour de lui.

— Vous trouverez un vieux cellulaire près de la porte là-bas, lui dit une douce voix féminine.

Germain se retourna et vit la jeune serveuse aux cheveux bruns lui indiquer un panneau sur le mur derrière lui en apportant la bouteille d'eau qu'il paya. Il s'y dirigea, ouvrit le panneau, tira les deux auvents qui l'isolèrent du reste de la salle.

La communication dura quelques minutes.

Lorsqu'elle fut terminée, il se retourna et remarqua un homme près de la soixantaine avec la serveuse derrière le bar ; encore un qui l'observait.

— Et peut-on savoir ce que tu viens faire par ici ? renchérit George.

— Passer du temps, monsieur, passer du temps.

— Ne peux-tu pas être plus précis ? poursuivit George, le visage en grimace.

— Mais en quoi cela vous concerne-t-il ?

— Pour savoir si nous pourrons avoir un jour la chance d'en connaître plus sur vous, répondit George qui essayait d'imiter le ton qu'utilisait Germain.

— À voir comment tu es, je préfère effectivement, Georges, que tu en saches le moins possible sur moi, lui répondit Germain, laissant son interlocuteur bouche bée.

Se fichant de la réaction de George, il vida sa bouteille, se retourna et se dirigea vers la porte.

— Tu te trouves peut-être bien drôle, cria George qui se leva en renversant sa chaise et frappant la table.

— Pas du tout, George.

Le rouquin qui se rua sur Germain qui l'attendait fut retenu et maîtrisé par des clients. Le jeune homme se tourna et sortit. À l'intérieur, on dut s'y mettre à plusieurs pour calmer George. On parvint à l'empêcher de rejoindre le jeune homme dont on n'avait encore rien appris.

— Tu vois, George, peut-être que si tu avais été un peu plus poli avec ce jeune monsieur, on aurait su quelque chose.

— Peut-être. Mais peut-être que non. Moi je pense qu'on ne devrait pas se fier aux gens qu'on ne connaît pas.

— Se méfier de quoi ? demanda un vieux, il n'a pas l'air malin.

— Pour l'instant, je ne sais pas, mais on verra bien.

— À vouloir que les choses aillent mal, elles finissent par aller mal, répondit le vieux.

George n'écoutait plus. Son orgueil était meurtri. Il ferait payer cher son impertinence à ce jeune freluquet. Il n'était pas question qu'on le traite de cette façon devant la population du village.

Pendant ce temps, Henri Daigneault, l'homme derrière le bar avec la jeune serveuse, était sorti par derrière sans que les gens à l'intérieur en aient trop connaissance. Il rejoignit rapidement Germain plus loin, lui offrit de le conduire et le contraignit à le suivre derrière l'hôtel. De là, ils partirent dans sa voiture en direction du vieux pont. Les gens dans l'hôtel, occupés à leur commérage, n'en surent rien.

Seule Lise, la fille de l'hôtelier, savait.

Henri Daigneault et son passager traversèrent le village et, un peu plus loin que le pont, la voiture bifurqua vers la droite et arriva au bord de la rivière. Il arrêta le moteur et descendit, suivi du jeune homme.

Germain avait été surpris. Il s'était fait entraîner par cet homme sans avoir pu réagir.

— Je me nomme Henri Daigneault, c'est à moi qu'appartient l'hôtel. Comment t'appelles-tu ?
— Germain Valois.
— Alors, tu connais donc Albert Charron ? demanda alors l'hôtelier sans regarder Germain.

Ce nom ne devait pas être connu.

— Vous le connaissez ? répondit Germain, stupéfait que cet homme connaisse ce nom.
— Il y a très longtemps que nous nous sommes vus, répondit Daigneault.
— Je ne l'ai jamais rencontré.
— Étrange. Je ne sais pas ce qu'il fait ces années-ci … et tu as loué son chalet ? lui demanda Henri Daigneault en se retournant vers lui.
— Oui, répondit Germain, je voudrais travailler sur le chantier le plus tôt possible ; c'est d'ailleurs la raison de l'appel que j'ai fait tantôt. La région me plaît, et …
— Je n'ai pas à juger tes intentions, tant mieux si elles sont honnêtes. C'est qu'il y a tellement longtemps que j'avais oublié ce Charron, je ne croyais vraiment pas qu'il était encore le propriétaire de ce chalet. Tu m'excuseras.

Germain n'avait pas envie de répondre. Daigneault se dirigea alors vers sa voiture. Avant de monter, il se retourna :

— Tu m'es sympathique, Germain. Mais sois prudent ; si tu ignores les villageois, tu les blesses ; s'ils t'ignorent, ils ont peur ; s'ils t'accueillent, ne trompe pas leur confiance. S'ils t'affrontent, c'est qu'ils te détestent. Ou qu'ils ont peur ; fais attention.

— Et vous, dans quelle catégorie êtes-vous ? demanda Germain.

— Je te l'ai dit, tu m'es sympathique. Méfie-toi, fais très attention, lui répondit Henri Daigneault en remontant dans sa voiture.

Après son départ, Germain se prépara un petit repas et sortit s'asseoir sur le bord de la rivière.

Un peu à droite du chalet, dans la seule partie non boisée de la rive, une partie du rivage était en sable et formait une petite plage, tandis qu'ailleurs, la rive était formée de rochers et de roches.

Installé à cet endroit, sous le chant des oiseaux en cette fin de journée, une question lui revenait en tête ; que semblait donc savoir Henri Daigneault à propos d'Albert Charron ?

2

Langlois

Le lendemain, Germain décida d'aller en forêt.

Depuis la fonte des neiges, il lui était souvent arrivé d'aller dans les montagnes voisines du chantier. En gravissant une première montagne, il distinguait le village et le tracé de la future route qui franchissait deux collines et deux vallons. Ce panorama le saisissait et le rendait parfois impatient de passer à l'action. Selon lui, on ferait sauter les deux collines ; il était donc convaincu qu'il y aurait de la dynamite bientôt et il se devait d'être prêt.

Cette même matinée, George Lauzon avait déjà terminé son déjeuner sans que son humeur de la veille n'ait changé. Il n'avait pas accepté l'attitude du jeune inconnu. Furieux, il s'était promis qu'il ferait payer cher son insolence à ce jeune baveux ; il n'était pas question qu'on le traite ainsi devant la population du village. La veille, il avait quitté l'hôtel et on ne l'avait pas revu de la soirée, ce qui n'était pas coutumier.

Il était décidé à retrouver ce jeune polisson et à lui faire ravaler ses paroles altières. Ne sachant par où commencer, sa rage ne faisait qu'augmenter. On l'avait vu partir tôt avec son véhicule en direction du vieux pont et revenir une demi-heure plus tard, le visage guère plus souriant.

Et sans qu'il ne le sache, Germain avait également produit tout un effet sur Lise, la serveuse à l'hôtel. Âgée de moins de vingt ans, elle n'avait jamais voulu quitter le village pour tenter sa chance en ville comme bien des jeunes de son âge. Ce n'était

15

pas une mauvaise fille ; peu confiante en l'avenir, elle avait laissé l'école encore adolescente et avait connu des liaisons avec plusieurs garçons du village et des environs, ce qui ne lui avait pas valu très bonne réputation. Les mauvaises langues disaient qu'elle ne savait vraiment rien faire mieux d'autre que de servir à l'hôtel de son père.

La beauté de cet inconnu l'avait attirée et pendant la scène de la veille, elle avait bien apprécié sa détermination face à George Lauzon, reconnu pour sa réputation de grande gueule. Le fait qu'il n'ait nullement été impressionné par cet homme de taille imposante l'avait elle-même impressionnée. Pendant la soirée, elle s'était demandé si elle ne le reverrait pas apparaître et avait espéré, malgré le fait que Germain lui eut semblé indifférent.

Lorsqu'elle s'éveilla à son tour, encore tout enfouie dans la chaleur de son lit, elle fut très heureuse de voir ce bel inconnu lui apparaître aussitôt avec ses lèvres charnues, les fossettes lui conservant cet air puéril, l'œil vif, étincelant … Elle referma les yeux et se laissa aller à s'imaginer en sa compagnie. Puis, ses intimes pensées l'abandonnèrent doucement et elle se leva.

Elle enfila sa chemise de nuit tout en se dirigeant vers la fenêtre et sursauta à la vue de monsieur Lauzon qui passait dans sa camionnette. Discrètement, derrière les rideaux, elle l'observa tant qu'elle put. Lorsqu'il fut disparu, elle descendit au rez-de-chaussée et sortit sur le porche pour voir où il allait. Il prenait la direction du vieux pont. En apercevant le regard enjoué de deux adolescents à son égard, elle réalisa qu'elle était fort peu vêtue et retourna à l'intérieur.

Plus tard, dans l'après-midi, à l'hôtel, quelques hommes d'un certain âge étaient suspendus aux lèvres de ce costaud à la tignasse rousse. Derrière son comptoir, Lise, qui désirait des nouvelles, fut déçue de ne pouvoir apprendre un quelconque détail concernant le bel inconnu.

Lorsqu'il revint chez lui, au souper, Germain était presque rendu au petit chemin terreux qui menait à sa demeure lorsqu'il entendit le moteur d'un véhicule.

Le petit camion ne circulait pas rapidement et le jeune homme qui s'était caché eut amplement le temps d'observer son passager. C'était George qui regardait du côté de la rivière en allongeant le cou au maximum pour s'assurer de tout voir. Il s'arrêta, recula et s'arrêta de nouveau. Germain réalisa à quel point il devrait être très prudent avec cet homme qu'il avait déjà jaugé la veille, comme un personnage très orgueilleux et vaniteux. Seule la honte de se faire prendre l'empêchait probablement de se rendre jusqu'au bord de la rivière.

Lauzon repartit lentement en regardant toujours de tous côtés. Lorsqu'il eut dépassé une certaine zone, il accéléra comme s'il était assuré qu'il ne trouverait plus. Juste à ce moment, il passait devant Germain. Plus loin, en tournant brusquement à gauche, il s'engagea sur le vieux pont, monta une pente assez raide et entra dans le village.

Il s'arrêta à l'hôtel Central, gara sa voiture sur le stationnement à l'arrière et entra dans l'établissement par une porte située à cet endroit. Quelques hommes plus vieux que lui étaient à la table et furent visiblement heureux de le voir arriver.

Lise aurait bien aimé apprendre que monsieur Lauzon avait rencontré le bel inconnu et en savoir plus long, mais encore une fois, en vain.

Quelques jours plus tard, assis tranquille sur la berge, Germain était occupé à dessiner lorsqu'il entendit un véhicule qui passait sur la route et qui s'arrêta. Après une brève marche arrière, il s'engagea dans l'étroit chemin qui menait chez lui. Germain avait déjà eu le temps se cacher.

Il s'agissait d'une voiture sobre à quatre portières, mue par piles et semblable aux voitures gouvernementales. Un homme en descendit et s'approcha du chalet. À son allure, Germain conclut qu'il s'agissait de quelqu'un de la ville. Silencieux,

Germain s'engagea sur le petit chemin comme s'il arrivait chez lui. L'homme se retourna lorsqu'il entendit le bruit de ses pas.

— Monsieur Valois ? demanda-t-il en tendant la main.

— Oui, c'est moi, répondit Germain laissant les mains dans les poches de son manteau en regardant l'individu, son dessin sous le bras. Qui êtes-vous ?

— Mon nom est Claude Langlois. Je ne pense pas qu'il vous dise quelque chose.

— Êtes-vous du gouvernement ?

Vous m'excuserez, je ne suis pas venu ici pour répondre à des questions mais pour vous remettre ceci, répondit l'homme d'une politesse extrême en lui tendant une grande enveloppe brune sur laquelle rien n'était écrit.

— Êtes-vous au RACQ ?

— Dois-je vous répéter que je ne suis pas venu ici pour répondre à vos questions, répondit le visiteur sur le même ton.

— Pour quel organisme travaillez-vous ?

— Je travaille pour une personne envers laquelle je suis très loyal.

— Et pourquoi donc venez-vous ici ?

— Pour vous aider.

— Pour m'aider ? répondit Germain, surpris. Et qui vous a appris où me contacter ?

Je vous sais assez intelligent pour comprendre que je ne répondrai pas à des questions vous permettant de dévoiler l'identité de la personne qui m'envoie. D'ailleurs, à cet effet, voyez-vous, avant de venir vous retrouver ici, j'avais été chargé de passer au ministère des Transports à Sherbrooke, pour remettre une enveloppe au directeur de la section pour faire en sorte que vous soyez engagé sur le chantier.

— Est-ce la suite de mon appel ?

— Aucunement, je ne sais de quoi vous parlez.

— Qui est la personne qui vous envoie ?

— Monsieur, je viens de vous dire que la personne qui m'envoie tient à garder l'anonymat ; je lui suis très loyal, monsieur. Et quand bien même vous me menaceriez, je ne dirais pas de qui il s'agit. J'ai trop d'estime pour cette personne pour risquer de perdre sa confiance … Pourquoi ne prenez-vous pas connaissance du contenu de l'enveloppe qu'on m'envoie vous porter … Elle contient de bonnes nouvelles.

— Vous arrivez de quel endroit ?

— Peu importe, monsieur.

Germain le fit d'entrer. Après lui avoir offert de se désaltérer, il décacheta l'enveloppe qui contenait une lettre. Curieux, il la lut rapidement et, tout d'un coup décontenancé, il laissa passer un sifflement entre ses lèvres, en souriant quelque peu pour masquer son trouble.

— Alors, il semble qu'on se décide à m'aider, marmonna-t-il en levant les yeux sur cet homme qui ne cessait de regarder vers la rivière.

— On m'avait convaincu que cet envoi vous conviendrait ; vous me voyez donc heureux de ne pas être venu ici pour rien. Si vous permettez, monsieur Valois, j'aimerais sortir un peu, humer cet air de campagne.

— Mais … allez, allez.

L'homme sortit et se dirigea vers la rivière. Germain relut la lettre plusieurs fois et demeura pensif. Il sortit et s'approcha de ce singulier messager.

— Pensez-vous qu'on veuille m'utiliser ? demanda-t-il.

— Mais comment voulez-vous que je vous réponde ? On m'a demandé de vous remettre une enveloppe. Tout ce que je connais de vous est cette photo qu'on m'a remise afin que je puisse vous identifier, lui répondit l'homme en lui montrant une photo qu'il sortit de la poche de son veston.

— Comment savoir si je peux me fier à ce qui est écrit ? répondit Germain en prenant machinalement la photo qu'on lui tendait.

L'étrange visiteur s'arrêta et regarda Germain d'un air paternel avant de continuer.

— Je ne sais pas comment vous faire comprendre que je ne puis rien vous dire et que vos questions, monsieur, ne font que m'embarrasser. J'aimerais vous aider, mais je ne sais rien. Comment pourrais-je donc vous dire si vous pouvez avoir confiance ? Si quelqu'un se donne la peine de prendre un peu de votre soin, profitez-en ... Voyez-vous, le document que j'ai remis tantôt à Sherbrooke aux ministère des Transports vous ouvrira des portes, n'en doutez pas ; ayez confiance. Je ne connais rien du contenu de cette lettre et je ne veux pas le connaître. On m'a demandé de m'assurer que vous la brûleriez après en avoir fait la lecture.

Le petit homme laissa alors Germain et se dirigea vers la rivière. Il s'assit sur une roche et demeura quelques minutes à fixer l'eau qui passait lentement. Il relevait parfois les yeux au ciel meublant son esprit de cet apaisant coucher de soleil qui déclinait majestueusement devant eux. Après un moment, il se releva et vint vers Germain :

— Je n'étais pas venu à la campagne depuis des années. Vous êtes bien chanceux d'y être installé , mon cher monsieur, ajouta Langlois, vous m'excuserez ; je dois vous quitter. Seriez-vous assez honnête maintenant pour brûler cette lettre ?

— Mais, ne soyez pas pressé de partir, cher monsieur, répondit Germain, surpris de la photo qu'il lui avait remise.

Son interlocuteur ne répondit rien. Germain sortit des allumettes et commença à brûler la lettre. Lorsqu'elle fut entièrement consumée, visiblement satisfait, l'homme lui dit :

— Merci, monsieur Valois, je n'ai pas suffisamment de temps. Merci ! Et bonne chance !

Germain demeura longtemps dehors assis au bord de la rivière. D'où provenait cette photo de lui dans les rues de Montréal datant de l'été précédent ? Est-ce qu'on le manipulait ? Ou est-ce qu'on tentait vraiment de l'aider, tout simplement ? Y avait-il une personne qui « veillait » sur lui ? Voulait-on le précipiter plus rapidement dans la fosse aux lions ?

Il avait déjà imaginé qu'on veuille se débarrasser de lui après qu'il ait réussi son affaire. Ou même après qu'il l'eut ratée. « Le temps de mettre en place, et on verra ». Pour la suite, il aurait bien le temps d'y réfléchir.

Le lendemain, il se rendrait à la division de l'Estrie du ministère des Transports à Sherbrooke, où le directeur, monsieur Pépin, l'attendait avec une enveloppe qu'il avait déjà en sa possession. Il ignorait de quoi il pouvait bien s'agir. Il verrait bien.

Tout allait soudainement très vite. Qui était ce mystérieux messager et de qui était donc cette lettre ?

Et au-delà de tout, c'était l'allusion à son père qui le bouleversait. Depuis des années, c'était la première fois qu'on évoquait la mémoire de cet homme qu'il n'avait pas connu.

3

Les Transports

Au lendemain de cette visite, il pleuvait. Germain se leva très tôt. Après un bon déjeuner, le souvenir de cette lettre toujours en tête, il s'habilla convenablement et partit, prenant soin de bien verrouiller.

Il s'était creusé la tête une bonne partie de la nuit à essayer de trouver. L'allusion à son père l'avait profondément remué ; il semblait que cette mystérieuse personne l'avait connu. « *Tu as en toi ce qu'il faut pour semer le bonheur ... Tu le tiens de ton père.* »

Il était rendu au vieux pont lorsque le bruit d'un véhicule le tira de ses pensées. Il se tourna et tendit le pouce ; une voiture sport s'immobilisa à sa hauteur. Le conducteur ayant eu à régler quelques pépins au chalet de ses parents retournait à Sherbrooke, ce qui faisait l'affaire de Germain.

Étrange d'être en présence d'un individu du même âge, mais aux convictions pourtant si opposées. Il ne fallut que quelques minutes pour que les deux passagers réalisent qu'il valait mieux qu'ils ne se disent rien, l'un voulant à tout prix détruire ce que l'autre estimait devoir construire à tout prix.

Après plusieurs heures de route, le conducteur le déposa en face du complexe universitaire. Il n'eut qu'à descendre cette rue pour arriver au bureau de la direction régionale des Transports et s'annoncer à monsieur Maurice Pépin, le directeur. Il était dix heures trente.

Ce dernier le reçut après l'avoir fait attendre une quinzaine de minutes. C'était un homme d'âge mûr, plutôt court, grassouillet, aux cheveux rares, l'œil rond et très vif. Il portait un complet dans les teintes de brun. Ses manches un peu trop longues ainsi que la cravate brun foncé contribuaient à donner un teint livide à cet individu qui se déplaçait comme un robot. Il pria Germain de s'asseoir. Il vérifia d'un coup d'œil rapide que la personne en face de lui était bien la même que sur une photo qu'il avait déjà. Il longea son bureau, fixa intensivement le jeune homme et revint vers son fauteuil, la photo à la main. Après un long moment de silence :

— Alors, monsieur Valois, vous êtes intéressé à travailler, lui dit-il après s'être assis.

— En effet, monsieur ; oui, j'aimerais bien, répondit Germain qui ne savait lui-même par où commencer cette entrevue.

Monsieur Pépin ne dit plus rien et s'activa quelques minutes au clavier de l'ordinateur.

— Vous n'avez plus de carte de travail ? lui demanda-t-il, embarrassé.

— Non, répondit Germain, le regard plongé dans les petits yeux noirs de son interlocuteur.

— Voyez-vous, ce n'est pas si facile que ça, fit Pépin encore plus embarrassé.

— Je ne puis rien faire de plus que de me présenter devant vous comme on me l'a suggéré

— Donnez-moi quelques minutes et ce sera prêt, répondit l'homme qui se leva en grommelant, le regard dirigé vers le sol.

Il sortit et revint dix minutes plus tard.

— Bon, j'ai rejoint le chef de chantier du projet St-Stanislas. Il vous attendra aujourd'hui si possible, sinon demain matin vers huit heures.

— C'est bien ; je tâcherai d'y être, répondit Germain. Je vous remercie. Mais, dites-moi, cette enveloppe …

— Monsieur Valois, reprit Pépin d'une voix un peu plus haute en l'interrompant.

— Monsieur ? fit Germain, surpris du ton utilisé.

— Ecoutez bien : personne ne doit savoir ce qui vient de se passer ici. Cela vaut mieux, croyez-moi.

— Mais, dites-moi, votre chef de chantier, sait-il aussi ce qui vient de se passer maintenant ?

— Il ne connaît rien de cette enveloppe. De toute manière, il ne parlerait pas. Voyez-vous, monsieur Valois, ceux qui dirigent savent comment faire pour obtenir le silence de chacun d'entre nous : c'est à la fois leur sécurité … et la nôtre, si je puis dire.

— Ne craignez rien en ce qui me concerne, monsieur. Vous pourriez détruire cette enveloppe et son contenu, répondit Germain, ainsi, rien ne nous lierait plus, vous et moi.

— Je vois que vous comprenez vite et bien, monsieur, répondit l'homme. Mais concernant cette enveloppe, soyez tranquille, je ne la détruirai pas, sa disparition serait trop dangereuse pour vous.

— Mais, que dois-je comprendre de tout cela ? Dites-moi, répondit Germain qui s'agitait, combien serez-vous donc à me manipuler ?

— Monsieur ! répondit Pépin à haute voix, tâchez de raisonner un peu ! Ne voyez-vous donc pas que c'est moi qu'on manipule ? Ne voyez-vous donc pas que j'obéis à des ordres !? Est-ce que je vous connais moi pour vous faire engager sur un chantier !? Alors, ne me parlez pas de manipulation, s'il vous plaît !

— On ne m'a rien expliqué à moi, vous savez …

— Alors, profitez-en, monsieur !

À ce moment, on entendit un léger cillement accompagné d'un froissement de papier. Se tournant vers un meuble dont la porte cachait une imprimante, Pépin attendit impatiemment que l'appareil ait terminé et prit la feuille qu'il mit dans une enveloppe qu'il cacheta et qu'il donna à Germain en disant :

— Le chef de chantier est le seul qui porte un casque blanc lorsqu'il sort de la grande roulotte.

— Je suppose que je n'aurai qu'à lui remettre cette enveloppe ?

— C'est exact.

— Et cet homme se nomme …

— Il vous dira lui-même son nom … tout comme il importe que je ne répète pas votre nom à n'importe qui. D'ailleurs, je ne donne jamais le nom de personnes que je connais à des inconnus.

— Je vous comprends, c'est normal … je suppose. Je vous remercie de ce que vous avez fait pour moi, et je suis désolé de vous avoir causé ces ennuis.

— Mettons une chose bien au clair, monsieur, répondit Pépin en fixant Germain dans les yeux, je n'ai rien fait pour vous. Je ne sais pas qui a fait ce qu'il fallait pour que vous obteniez ce papier, mais ce n'est pas moi. Je vous l'ai simplement remis après l'avoir confectionné selon des directives.

— C'est bien, monsieur.

— Je l'espère pour vous, lui répondit le directeur, alors très sérieux.

Germain tourna les talons et se dirigea vers la porte du bureau. Au moment où il la refermait, il entendit la voix du petit homme :

— Monsieur Valois !

Germain se retourna à nouveau vers le directeur de la section qui lui dit :

— Comment retournez-vous à St-Stanislas ?
— Je ne sais pas.
— Attendez un instant.

Il retourna dans son bureau, appuya sur un commutateur et dit ces mots :

« Voyez si Philippe peut prendre un passager qui doit se rendre au projet 4. »

Il attendit un peu et une sonnerie retentit. Il décrocha, écouta ce qu'on lui disait et répondit ensuite :

« C'est un jeune homme qui sera appuyé sur la borne-fontaine à côté de la porte. »

Revenant vers Germain, il dit simplement :

— Vous avez entendu ? Vous verrez le chef de chantier aujourd'hui. Je ne peux rien d'autre pour vous. Pas un mot de votre visite.
— Ce Philippe ne me posera pas de question ? demanda Germain, curieux.
— Il n'a plus l'usage de la parole. Faites en sorte qu'il ne voit pas l'enveloppe ; il voit clair, très clair, répondit Pépin en appuyant sur les deux derniers mots.

Germain sortit et attendit en face de la porte, appuyé sur la borne-fontaine. Il ne pleuvait pas, mais les nuages encore bas que le vent faisait rouler sur les montagnes à l'horizon n'auguraient rien de bon. Après une dizaine de minutes d'attente, un camion des transports s'arrêta.

Le conducteur ayant arrêté son véhicule baissa alors les yeux en direction de Germain pour lui signifier d'approcher d'un geste de la main. Germain s'approcha et la portière s'ouvrit. Il s'agissait d'un type très costaud, mal rasé, sale, à la peau luisante, et dont les traits tirés bannissaient toute forme d'harmonie au visage. En tentant de sourire tant bien que mal à Germain, il dévoila une carence dentaire qui achevait d'en faire un type repoussant. Seuls ses yeux bleu pâle représentaient un certain intérêt. Germain esquissa un sourire en sa direction, monta et s'assit sans mot dire. Le camion démarra et roulait déjà, quelques minutes plus tard, sur l'autoroute de l'Estrie.

Bien qu'il n'y connaisse personne, il réalisa qu'il était bien fier de revenir dans ce petit village. Juste à l'entrée, à côté du cimetière, après avoir remercié Philippe, il descendit du véhicule lourd qui bifurqua à gauche pour se rendre au chantier.

Malgré le vent et la pluie, Germain entra dans le cimetière qu'il traversa pour aboutir, derrière une grande croix blanche, à une petite colline de cèdres et d'érables qu'il gravit. Sur le haut de ce monticule, il aperçut la grande roulotte au début du chantier. Germain remarqua un homme de taille moyenne qui assistait à toute l'opération ; il portait un casque blanc. En voyant Philippe qui faisait de grands gestes, il constata que monsieur Pépin avait dit la vérité.

Germain quitta sa place pour se diriger vers la roulotte. Il suscita la curiosité de quelques employés, mais aucun ne s'approcha. L'un d'entre eux à qui Germain avait demandé s'il pouvait voir le directeur du chantier, pointa la grande maison mobile.

Germain s'approcha de la porte, frappa et attendit.

— Entrez ! tonna une voix forte.

— Bonjour, fit poliment Germain en entrant lentement, tout détrempé.

— Qui es-tu ? demanda l'homme qui regardait Germain comme s'il s'agissait d'une apparition.

— Mon nom est Germain Valois.

— Je ne connais personne de ce nom.

— Moi-même, je ne vous connais pas.

— Et pourquoi devrions-nous nous parler ?

— À cause de ceci, monsieur, répondit Germain en s'approchant de cet homme avec l'enveloppe qu'il venait de sortir de son manteau.

Le chef de chantier prit l'enveloppe, l'ouvrit et lut attentivement la lettre qu'elle contenait. Puis, après un moment de silence, il se tourna vers Germain qui avait vu d'un coup d'œil rapide une chambre à coucher à l'extrémité, une salle de réunion et deux portes fermées.

— Que sais-tu faire ? lui demanda alors rudement l'homme qui fit en sorte que Germain recule vers la porte. Viens par là, tu mouilles le plancher.

— Je connais le fonctionnement de certaines machines, répondit simplement Germain.

— Que penses-tu pouvoir faire ici alors ? questionna encore le chef qui s'était arrêté.

— Ça dépend de ce que vous voulez.

— Ça t'irait d'avoir le statut d'homme à tout faire ? lui dit-il, en plissant les yeux et en se frottant le menton.

— Si on me demande de tout faire, je suppose que ça ne sera pas de la routine ? rétorqua Germain en esquissant un sourire.

— Sûrement pas, mais, ça ne sera pas nécessairement facile. Tu peux charger ou décharger des camions, transporter certaines marchandises, aider les arpenteurs. On peut t'occuper, répondit-il en observant Germain.

— Ce sera parfait pour moi.

— Tu as vu Pépin ?

— On ne m'a donné aucun nom.

— As-tu besoin d'être hébergé ? demanda l'homme en souriant.

— Non.

— Es-tu du village ?

— Oui et non. J'ai loué un chalet.

— C'est bon. Reviens demain à huit heures, coupa le chef de chantier en commençant à faire brûler la lettre.

Germain tendit la main, que l'autre refusa de serrer, salua et sortit. Cette attitude ne le dérangeait pas, il avait ce qu'il lui fallait.

La partie allait enfin commencer.

Pendant un certain temps, on lui fit débiter du bois en piquets pour les équipes d'arpentage. A l'occasion, il fit des courses et travailla avec les arpenteurs.

Près d'un mois plus tard, les foreurs arrivèrent avec leurs machines infernales et commencèrent à percer le roc dans la première portion du chantier pour préparer le dynamitage.

Pendant cette période, lorsqu'il ne travaillait pas Germain était en montagne ou se prélassait sur le bord de la rivière, à l'abri des regards.

Il avait à nouveau confiance dans l'organisation ; on lui avait promis de l'aide, et il en avait eu.

Une semaine plus tard, les foreurs achevaient les trous sur un premier versant. Bientôt, on dynamiterait.

4

La mère ourse

Le samedi, dans le milieu de la matinée, Lise s'était rendue à pied à la maison de son oncle, sur le rang situé de l'autre côté de l'église. Cette route ne menant nulle part s'arrêtait à la rivière qui borde le côté est de la terre de son oncle, lequel avait été forcé de même que deux voisins, d'en vendre une partie au gouvernement pour permettre le passage de la grande route vers les lacs.

Vers midi, elle achevait déjà de dîner avec son neveu âgé de sept ans. Depuis qu'il était né, Lise l'avait pour ainsi dire adopté comme s'il s'était agi du frère qu'elle avait longtemps souhaité, mais en vain. La plupart du temps, elle faisait selon les volontés du jeune.

La dernière fois qu'ils s'étaient promenés en forêt, ils avaient surpris un faon nouveau-né, couché en compagnie de sa mère, sur une colline derrière l'érablière. Ils avaient eu le temps d'observer discrètement les deux magnifiques bêtes pendant de longues minutes avant de les laisser à leur intimité. Le petit Pierrot avait été enchanté par cette vision et Lise avait dû lui promettre qu'ils reviendraient une autre fois pour les apercevoir à nouveau.

Cette journée-là, il faisait très beau et la perspective d'apercevoir des chevreuils représentait ce qu'il y avait de mieux à faire, surtout que ce jeune aimait marcher dans le bois et dans les champs et qu'il offrait une résistance impressionnante. Mais, depuis quelques jours, son père parlait de la coupe de bois qui avait été faite et il était intrigué par ces machines qui faisaient tout ce fracas. Alors, pour satisfaire sa curiosité, il avait été entendu avec Lise qu'ils feraient une longue randonnée en début d'après-midi pour retourner où ils avaient aperçu les chevreuils et ensuite, voir où la nouvelle route passerait pour observer les foreuses de près, si possible, car les ouvriers ne travaillaient pas pendant cette journée. La police faisait quelques patrouilles.

Ils franchirent d'abord un champ pour aboutir à l'orée du bois qu'ils pénétrèrent en se signifiant mutuellement qu'ils ne devaient plus faire aucun bruit ; sinon, impossible de voir des animaux. La marche devint plus lente et très silencieuse. Ils montèrent par le sentier menant à la cabane à sucre et bifurquèrent sans se consulter vers la gauche. L'érablière s'étendait sur une vaste colline et le sentier qu'ils avaient emprunté en faisait le tour. Lorsqu'ils l'eurent dépassée et qu'ils furent rendus derrière, ils entreprirent de gravir un coteau escarpé. Ils approchaient du lieu où ils avaient vu les chevreuils la dernière fois.

Lise proposa alors par différents gestes, qu'ils se séparent ; ils contourneraient le haut de cette butte chacun de leur côté. Ils se dirent par signes qu'il fallait aller très lentement et surtout, ne pas faire de bruit. Le premier rendu au gros rocher attendrait l'autre. Ils se rejoindraient dans environ vingt minutes.

Pierrot prit par la gauche, Lise par la droite.

Elle aimait bien ce genre de jeu qui lui rappelait son enfance. Elle prenait cette activité au sérieux et faisait tout ce qui était possible pour demeurer silencieuse. Après quelques minutes de progression, elle sursauta lorsqu'il lui sembla entendre le bruit sourd et étouffé de quelque chose qui tombait. Curieuse et redoublant de prudence, allant jusqu'à ramper pour se camoufler, elle continua d'avancer très prudemment.

Rendue à un point dominant qui lui offrait une vue sur une partie sans relief de cet endroit de la forêt, elle étouffa difficilement un cri de surprise lorsqu'elle aperçut Germain debout devant un genre de fossé, une petite pelle à la main. Après avoir regardé de tous les côtés, il donna quelques coups avec son outil, ameublit ensuite la terre qu'il prit pour la lancer un peu plus loin, produisant ainsi ce même bruit qui avait attiré l'attention de Lise quelques minutes auparavant. Il s'arrêta, regarda autour de lui et recommença.

Lise demeura bouche bée devant cette apparition inespérée, inattendue et inusitée. Que faisait cet individu à creuser un trou, là, en plein bois ? craignant visiblement de se faire prendre, ce qu'elle comprenait car le fait était étrange et plutôt rare. Revenant de sa surprise, elle cessa de voir en cet inconnu le bel étranger qu'elle s'imaginait. S'agissait-il d'une sorte de tueur ? Quelle serait sa réaction s'il l'apercevait ? Et si Pierrot arrivait de l'autre côté ?

L'image de son jeune neveu la fit réagir. Assurée que cet homme ne l'avait pas aperçue, en faisant encore moins de bruit si cela était possible, très doucement, elle rebroussa chemin pour aller intercepter Pierrot. La peur l'envahissait. Elle s'arrêtait fréquemment, regardant furtivement derrière, craignant d'être vue par cet homme. Elle continua ainsi pendant une dizaine de minutes en coupant le chemin qu'elle devait suivre pour croiser plus rapidement l'enfant.

Lorsqu'elle y parvint, il lui signifia d'un regard fâché qu'elle n'était pas là où elle était supposée être. D'un signal autoritaire, elle lui ordonna sévèrement d'arrêter et lui mima à l'aide de ses bras et de grimaces, la démarche d'un ours. Pierrot s'arrêta et elle le rejoignit. Elle le prit par le bras et entreprit de marcher dans la direction d'où le petit provenait. Elle lui donna comme seule explication de faire promptement, car elle venait d'apercevoir un ourson et sa mère. Pierrot savait qu'on ne tergiversait pas avec ce genre de rencontre. Il ne posa pas de question et ils revinrent rapidement vers l'érablière et la cabane à sucre.

— Dis, elle était grosse ? demanda le garçon lorsqu'ils furent arrêtés à côté de la bâtisse.

— Qui ça ? Qu'est-ce que tu veux dire ?

— L'ourse, Lise, l'ourse, est-ce qu'elle était grosse ?

— Je ne l'ai pas vue comme il faut ; elle était de grosseur moyenne, je pense, répondit-elle avant d'ajouter après un moment de silence : tu sais, je pense que ce serait mieux qu'on ne parle de cette ourse à personne.

— Pourquoi ?

— Tu imagines ce qui arriverait si des gens voulaient prendre le petit ?

— Ce ne serait pas drôle pour la mère.

— Pour le petit non plus : il finirait sa vie au zoo. Tu vois, il ne faut pas que quelqu'un sache qu'on a vu une ourse et son bébé derrière l'érablière pour ne pas que ça finisse mal pour eux. Moi, je ne vais en parler à personne. Juré. Et toi ?

— Moi aussi. Juré.

— Même pas à tes parents ?

— Même pas à mes parents. Juré.

Ils se tapèrent dans la main droite pour symboliser cette entente et continuèrent leur marche en se dirigeant vers la sortie de l'érablière, en direction du chantier. Bien qu'ils ne purent vraiment s'approcher des engins, cela permit néanmoins à Pierrot de satisfaire sa curiosité.

Elle reconduisit son neveu un peu avant l'heure du souper et revint chez elle à pied, ayant refusé qu'on la raccompagne en auto.

Plus tard, en début de soirée, installée derrière le bar, elle ne pensait qu'à ce jeune homme débarqué dans la région depuis quelques mois. Cela faisait un petit bout de temps qu'elle voulait le voir de près et elle avait été servie plus que ce qu'elle aurait pu imaginer. La dernière fois, elle avait décelé beaucoup de fougue et d'animosité dans son comportement, mais aussi de la gentillesse dans les yeux lorsqu'il l'avait regardée en demandant sa bouteille d'eau. Elle n'arrivait pas à s'imaginer que ce puisse être là un maniaque, un tueur ou quelque chose comme ça. Mais pourquoi ce trou dans le bois ? Cherchait-il ou voulait-il enfouir quelque chose ? Quelqu'un ? Elle ne pouvait y croire, son intuition ne pouvait la tromper ; ce jeune homme ne pouvait être un malade redoutable.

Elle ne se sentait pas menacée, cette petite voix à l'intérieur qui nous prévient d'un péril demeurait silencieuse.

Elle fut tirée de ses pensées par le bruit que firent deux hommes qui entraient. « En voilà deux qui seront peut-être plus dangereux lorsqu'ils auront bu », se dit-elle lorsqu'ils lui commandèrent deux consommations alcoolisées sur un ton familier et peu respectueux.

Comme elle s'y attendait, elle passa toute la soirée à éviter les commentaires et les allusions de ces deux clients qui pensaient bien que la *fille qui travaille à l'hôtel du village* serait une prise facile. Ce n'était pas la première fois que cela se produisait et, comme d'habitude, elle sut répondre la bonne chose au bon moment, ce qui fit que ces deux hommes repartirent bredouilles, le portefeuille moins garni. Ce genre de scène était fréquent et amusait généralement les habitués de la place dont la présence donnait beaucoup d'assurance à Lise qui aimait bien faire ce genre de spectacle. Ce soir-là cependant, elle y avait mis moins d'entrain.

Lorsqu'elle se coucha, l'inconnu reprit la place qu'il occupait dans sa tête, ses pensées, ses désirs et ses rêves.

Quelques jours plus tard, en plein milieu d'un après-midi gris, l'arrivée d'un camion escorté par une voiture de police attira vivement l'attention de Germain, presque à l'autre bout du chantier. Le simple fait de voir le camion reculer près du petit cabanon non loin de la grande roulotte confirma au jeune homme la livraison de matériel explosif. Vers la fin de cet après-midi, le jeune étranger quitta le chantier en passant près du petit bâtiment et put apercevoir les sacs d'explosifs qu'on avait entreposés.

Germain sentit une énergie qu'il ne se connaissait pas. La partie était sur le point de débuter.

Très heureux, il décida de se rendre à l'hôtel. L'heure du souper approchait. Une pluie légère commençait à tomber lorsqu'il poussa la porte.

5

L'hôtel de Henri Daigneault

Lorsqu'il entra, Lise venait tout juste de servir des bières à trois hommes et était retournée derrière le bar où étaient assis deux autres clients. Parmi ceux installés à la table, il y avait là le petit vieux qui était là lorsque son compagnon George avait été insulté. Il s'étouffa presque en avalant une gorgée à ce moment, et annonça d'un coup d'œil à ses deux compagnons l'arrivée de Germain.

Les deux individus assis au bar se retournèrent également et furent amusés par la réaction du vieux qui chuchotait déjà des choses.

— Hé, Jacques, le vieux Cyr va sûrement aller prévenir George que son petit ami l'étranger est revenu, dit l'un des deux assis au bar.

— J'sais pas, Michel, j'sais pas ; je pense que George est parti en dehors du village, répondit celui qui s'appelait Jacques.

— J'suis pas certain de ça, moi, rétorqua Michel.

Lise qui avait le dos tourné, occupée à placer les bouteilles dans le vieux réfrigérateur derrière le comptoir s'était arrêtée dans sa besogne et demeurait immobile, l'oreille tendue. Par la remarque de cet homme assis au bar, elle savait qu'il s'agissait de ce jeune et bel étranger. Elle prit tout son temps avant de se relever, le temps de rétablir sa contenance pour cacher son trouble.

Alors que le petit vieux déblatérait de mauvaises choses aux intéressés, que les deux hommes sur leur tabouret continuaient à siroter leur consommation et que Lise achevait de rétablir le calme dans ses émotions, Germain s'assit à une table non loin de la porte, accrocha son manteau de pluie au mur et, n'ayant aperçu personne pour le servir, jeta un coup d'œil dans la place.

C'était une grosse bâtisse qui devait être plus que centenaire. Il était assis dans une pièce où il n'y avait qu'une quinzaine de tables. Les murs étaient de bois, teints en brun. À part deux grandes fenêtres de chaque côté de la porte d'entrée qui donnaient sur la rue, il n'y avait pas d'autres fenêtres, sauf sur le haut du mur. De l'autre côté de la pièce, il y avait une table de billard. Au fond, un comptoir avec tout son étalage de bouteilles soigneusement rangées devant un miroir qui renvoyait l'image de cette salle appelée *Grill*. Un peu plus loin, un écriteau, au bout du comptoir, indiquait par une flèche la porte à utiliser pour passer à la salle à dîner juste à côté.

Lise apparut de l'autre côté du comptoir. Il en profita pour lui faire signe de venir à sa table, ce qu'elle fit en marchant lentement, affichant un air détaché.

— Alors, monsieur, je vous sers la même chose que la dernière fois ?

— Oui, s'il vous plaît, lui répondit Germain en la regardant dans les yeux.

— Ça ne sera pas long, lui dit-elle en se retournant.

Germain eut tout le loisir de la regarder à son aise. De grandeur moyenne, bien sculptée dans ses jeans, elle portait une chemise sous laquelle on devinait une poitrine ample. Ses cheveux bruns bien fournis et bouclés lui tombaient tout juste sur les épaules et couvraient légèrement son front. Des yeux verts encadrés par des sourcils fins illuminaient son visage symétriquement séparé par un nez petit, sous lequel de grandes lèvres un peu charnues joignaient des joues un peu creuses sous des pommettes à peine saillantes. Les yeux annonçaient vaguement une tristesse, la bouche était celle d'une enfant qu'on ne peut contenter, et sa démarche, nonchalante. Bref, Germain la trouva plaisante à regarder, ce qui n'était pas coutumier chez lui.

Lise était, quant à elle, toute heureuse d'avoir sous son toit ce bel étranger. Elle remerciait les événements d'avoir fait en sorte qu'elle ne soit pas surprise par l'arrivée de ce garçon et d'avoir eu tout son temps pour masquer le désordre provoqué par sa visite inattendue. Elle était contente que George ne soit pas là à vouloir régler à tout prix l'insulte, alors que ce crétin aurait simplement dû faire preuve d'un peu plus de discrétion. Ces pensées virevoltaient dans sa tête pendant qu'elle cherchait un moyen d'entamer la conversation. Elle versa la bouteille d'eau qu'il avait demandée dans un grand verre, ajouta de la glace et une tranche de citron en épingle sur le rebord du verre.

Alors qu'elle s'approchait, Germain lui dit avec le sourire:

— Tu as bonne mémoire !

— Je ne sais pas, que veux-tu dire ? lui répondit-elle en prenant deux bouteilles vides sur la table voisine.

— Que tu te souviennes que j'avais pris une bouteille d'eau l'autre fois.

— C'est qu'il n'y a pas souvent de nouvelles personnes qui viennent ici, tu sais, lui dit-elle en déposant son verre sur la table.

— Est-ce que je te paie maintenant, ou avant de partir ?

— Comme tu veux.

— Alors, je te paierai avant de partir. Je peux payer en argent ? J'en ai un peu.

— Bien sûr, il n'y a pas de problème.

— Dis-moi, comment t'appelles-tu ?

— Lise. Et toi, tu te nommes Germain, c'est bien cela ?

— En effet … Germain Valois. C'est ton père qui te l'a dit ?

— Oui, lui répondit-elle en remarquant que toute la clientèle regardait ce qui se passait entre elle et lui.

Elle retourna alors à ses occupations, néanmoins satisfaite qu'un premier contact soit établi.

Germain était relativement soulagé que ce grand bonhomme aux cheveux roux n'y soit pas. Il n'était pas du genre à reculer. Devrait-il régler son cas avec violence, ou pourrait-il, en usant de finesse, finir par s'entendre avec cette brute ?

À un certain moment, les deux hommes qui étaient assis au comptoir payèrent leur dernière consommation et partirent. Germain se leva, prit son verre et alla s'asseoir sur un tabouret, juste en face de Lise qui parvint tout juste à camoufler sa satisfaction.

Germain prit la parole.

— Alors, il n'y a pas beaucoup de gens qui viennent ici ?

— Je n'ai pas dit cela. J'ai dit que le nouveau monde est rare.

— Pourtant, il y a tous les chalets par en haut ?

— Ce n'est pas une race de monde qui se mêle avec le pauvre monde, tu sais. Parfois, ils viennent, le samedi soir, en été, si on a un bon spectacle à présenter. Mais toi, n'es-tu pas un de ceux qui habitent dans coin-là ?

— Oui, j'habite par là. Mais pas avec eux, je ne suis pas de cette race, comme tu dis. Et je n'habite pas sur le bord d'un lac.

— Il y a déjà un petit bout de temps que tu es par ici. As-tu l'intention de demeurer parmi nous ? se risqua-t-elle à lui demander, n'ayant rien à perdre.

— J'aimerais.

À ce moment, on entendit la porte qui se refermait. Le vieux Cyr avait disparu.

— Dis-moi, à ton avis, est-ce que ce type est parti chercher son grand ami aux cheveux roux ? demanda Germain.

— Il ne faut pas lui faire attention, c'est le genre qui dit tout savoir. Je te sers autre chose ? lui demanda-t-elle, alors qu'il finissait son verre.

— Non, je te remercie. Je retourne chez moi. C'est un peu long à marcher, et je travaille demain matin, lui répondit le jeune homme qui préférait éviter George.

— J'espère que tu reviendras ; des nouvelles têtes, il n'y en a jamais de trop, lui dit Lise cachant sa déception.

— Sûrement, au revoir.

— Salut.

À peine était-il sorti qu'il vit une camionnette se garer de l'autre côté de la rue. Il se raidit lorsqu'il reconnut le type aux cheveux roux qui en descendait. « Le vieux a bien fait ce qu'il avait à faire », marmonna-t-il entre ses dents.

Il n'y avait personne à l'extérieur à part George et Germain.

— Hé, le jeune, viens ici une minute.

— Et pourquoi devrais-je obéir à tes ordres ?

— Attends que je te montre pourquoi ! cria l'autre, menaçant, se dirigeant vers Germain qui vit d'un coup d'œil qu'il n'était pas armé.

— Attention, le vieux ! cria très fort Germain, tu me places en état de me défendre. Penses-y ! En moins de deux minutes, je t'étends dans la rue. Toute une raclée.

— Ah, c'est ce que tu penses ! Tu vas voir ! continua l'homme qui venait vers Germain d'un pas rapide.

— On ne verra rien ! cria une troisième voix.

George arrêta net en regardant vers la porte de l'hôtel. Sur le trottoir en face de celle-ci se tenait l'hôtelier, des petites lunettes sur le nez, une main dans la poche de son pantalon.

— George, tu vas laisser ce jeune homme tranquille. Il ne t'a rien fait.

— Henri, ne te mêle pas de ça. C'est entre lui et moi.

— Laisse-le !

— Qui es-tu pour me dire de le laisser ?

— Je ne crois pas que tu veuilles vraiment regretter !

— Mais, Henri …

— Laisse-le tranquille ! dit encore cet homme d'une voix impressionnante.

George adressa un regard chargé de mépris à l'endroit de Germain qui s'était tenu sur ses gardes pendant tout ce temps. Il tourna ensuite les talons, remonta dans son véhicule et démarra brusquement. Henri Daigneault se tourna vers Germain :

— Ne reste pas sous la pluie, suis-moi.

— Pourquoi ?

— Parce que je t'offre un verre.

Germain suivit donc Henri Daigneault qui passa à côté de son hôtel pour entrer par la porte arrière. Là, il offrit à Germain de se débarrasser de son manteau et de s'asseoir. Lui-même se dévêtit et vint s'installer en face de lui avec une bouteille et deux verres.

— Tu aimes le gin ?

— Pas vraiment, je n'ai pas l'habitude.

— Je ne veux pas te faire boire, ne t'en fais pas. Je veux que tu te réchauffes.

Il en versa une petite quantité dans chacun des verres et en tendit un à son jeune invité. C'était un homme plus petit que la moyenne. Il avait les cheveux soyeux, blancs, un peu longs peignés vers l'arrière, et le regard souriant malgré des yeux verdâtres un peu vitrés, dissimulés derrière des lunettes qui auraient sûrement amélioré sa vision si elles avaient été nettoyées plus régulièrement. Une vieille cicatrice s'étendant de sous le menton jusqu'à l'oreille gauche caractérisait son visage au teint quelque peu jauni par un foie trop souvent sollicité. Il portait une courte veste vert pâle. Il se servit un autre verre qu'il ingurgita aussi rapidement que le premier, échappant un soupir de satisfaction après cette seconde gorgée.

Il reprit la parole :

— Tu ne devrais plus avoir à te faire du souci pour George. Ça va lui passer, dit-il d'abord avant d'ajouter, je t'entendais parler avec ma fille tantôt …

Germain était hésitant, mal à l'aise.

— Détends-toi, continua Daigneault, tu peux avoir confiance. Tu as donc loué le chalet d'Albert Charron ?

— Je vous l'ai déjà dit, répondit Germain.

— Il y a longtemps que nous nous connaissons Albert et moi. Tu vois, personne ne le sait par ici.

— Pourquoi me répétez-vous cela ?

— Je vais te poser une autre question pour te répondre, et à partir de maintenant, personne, tu m'entends, personne ne devra savoir ce que nous allons nous dire.

— Allez-y, répondit Germain, très intrigué.

Henri se versa un autre verre qu'il avala d'un trait.

— Est-ce que ton père se nommait Ernest Valois ? demanda-t-il en regardant Germain dans les yeux.

Germain tomba presque en bas de sa chaise. Il demeura silencieux quelques instants à fixer les yeux de son interlocuteur. On lui parlait de son père une seconde fois en deux mois ; c'était plus que pendant les cinq dernières années.

— Oui, effectivement, mon père s'appelait Ernest. Mais comment se fait-il que vous sachiez cela ?

— En premier, j'ai cru à une coïncidence ; mais en t'observant, j'ai reconnu les mimiques et les expressions du visage de ton père. Tu sais, tu lui ressembles et tu répètes plusieurs de ses gestes.

— Il y a longtemps que vous l'avez connu ?

— On t'a sûrement appris qu'il avait été impliqué et arrêté dans l'insurrection menée par les syndicats ?

Je n'en sais pas grand-chose. Mais, oui, on me l'a appris, vaguement. Il ne s'en est jamais remis.

— Nous étions là en même temps, ton père et moi. C'est tout. Charron était également dans le décor.

Cette dernière phrase eut encore l'effet d'un coup de tonnerre sur Germain. Daigneault se remplit un autre verre et continua.

— Moi, après ces événements, j'ai décroché et je me suis établi ici. Ma fille avait neuf mois.

— Et mon père ?

— Je ne l'ai jamais revu depuis, répondit Daigneault en baissant les yeux, je ne l'avais vu que de loin, je ne peux dire que je l'ai côtoyé. Nous ne nous sommes même jamais parlé.

— Et ce monsieur Charron ?

— Même chose. C'est par lui que j'ai connu ce patelin où il avait déjà son petit chalet. C'est tout. Nous nous sommes laissés sur un malentendu. Je n'avais d'ailleurs jamais eu confiance en cet homme.

Henri se tut, donnant l'impression d'en avoir trop dit. Germain poursuivit.

— Il est arrivé quelque chose ?

— Mais comment as-tu pu louer son chalet ? Plus personne ne sait par ici qu'il en est encore le propriétaire.

— Par un intermédiaire … dont je ne sais rien.

Il y eut un bref moment de silence. Germain le rompit.

— Si vous étiez actif pendant l'insurrection, peut-être en savez-vous assez pour me renseigner sur ce qu'est devenue cette organisation ? demanda Germain.

— Tu sais qu'il est même souhaitable de ne rien savoir … et que je n'en sais rien, finit par dire Henri en souriant.

— Mais je suis convaincu. Vous savez des …

— Je ne te dirai rien, jamais ! N'en parlons plus, s'il te plaît … C'est le passé, tout ça. Tu peux me considérer comme un ami. Mais ne vois jamais en moi un allié si tu t'intéresses à ce mouvement. À cet égard, ma porte te sera fermée. On t'a déjà dit qu'il valait mieux que les autorités n'apprennent pas son nom si jamais tu avais des problèmes ?

— Oui, répondit simplement Germain qui avait compris qu'il ne tirerait rien de cet individu.

— Observe bien cette consigne.

À ce moment, on frappa à la porte intérieure. Du regard, Henri Daigneault signifia qu'il ne voulait plus revenir sur ce sujet. Germain ne répondit pas. Le petit homme ouvrit la porte.

Lise entra dans la pièce et sursauta à la vue de Germain en compagnie de son père.

— Mais que faites-vous ici tous les deux ?

— Ce garçon a rencontré George et j'ai dû intervenir, répondit le père de Lise.

Se tournant vers Germain, il poursuivit :

— Il ne devrait plus t'écoeurer. Si cela arrivait, tu m'en parleras. Je n'hésiterai pas à t'aider.

Ne sachant plus quoi dire, il ajouta :

— Il pleut encore. Ma fille te reconduira.

Aucun des deux hommes ne se rendit compte que Lise avait quelque peu chancelé.

6

Le dépôt

Après une nuit où les moments de sommeil avaient été rares et courts, Germain s'était levé aux petites heures du matin. Il lui importait d'être sur le chantier parmi les premiers pour parvenir à voir autour du hangar en attendant les directives de Pierre, le chef du chantier.

Pendant qu'il se préparait, les pensées de la dernière nuit l'habitaient encore. La rencontre avec le père de Lise lui avait déplu et il avait dû faire de grands efforts pour retenir sa colère devant cet individu qui refusait de parler. La présence fortuite de cet individu ayant connu son père pendant ses années de combat lui avait donné, l'espace d'un moment, l'impression que son père était là, à ses côtés. Mais cet homme ne faisait qu'épaissir le mystère qui enveloppait Ernest Valois, mystère qu'il était parvenu à chasser de sa mémoire depuis les dernières années et qui s'était manifesté deux fois en quelques semaines.

Henri Daigneault en savait plus à propos du RACQ, Germain en était convaincu, mais il ne savait comment interpréter son refus de le renseigner à propos de ce regroupement rebelle : la peur ou la prudence ? De toute manière, il finirait par en savoir davantage, il n'en doutait pas.

Et finalement, ses nocturnes pensées avaient vu Lise surgissant dans ce sombre univers qu'il sillonnait depuis quelques années ; une lueur très douce. Lorsqu'elle l'avait reconduit la veille, elle avait été d'une présence que Germain ne croyait plus retrouver. Sans qu'elle ne le sache, elle avait charmé ce jeune, emporté par la fougue de ses projets subversifs.

Il partit avec toutes ces réflexions qui valsaient dans son esprit. Il était finalement reconnaissant à Lise d'avoir refusé son invitation à passer du temps avec lui. Ne pas créer de liens, amicaux ou hostiles, avec qui que ce soit.

Mais elle ne lui sortait pas de la tête.

Il jugea qu'il gagnerait du temps en passant par les champs derrière le village. À ce stade de la construction, il y avait environ une vingtaine de gars qui travaillaient. N'apercevant nulle part le chef de chantier, il s'approcha de la grande roulotte. À ce moment, un homme qui venait tout juste d'arriver s'approcha. Germain le reconnut. Il était grand, un peu plus vieux que lui. Germain s'en approcha :

— Bonjour!

— Bonjour, lui répondit l'autre en hésitant.

— Je pense que la pluie a définitivement cessé, dit ensuite Germain.

— Oui. Je me nomme René. Quel est ton nom ?

— Germain, répondit Germain en tendant la main.

— Habites-tu la région ? demanda René en lui serrant la main.

— Oui.

— Toi, de quel endroit es-tu ? demanda Germain qui préférait inverser les rôles.

— De Magog.

— Travailles-tu avec les foreuses ?

— Oui, pour encore deux semaines.

— Tu pars dans deux semaines ?

— Oui, et pas seulement moi. Nous serons douze à partir. Il y a six machines ici et elles s'en vont sur un autre chantier.

— Alors, le dynamitage sera fini bientôt ? se risqua à demander Germain, curieux.

— Ça, je ne sais pas. Regarde là-bas, tu vois où sont les quatre foreuses ? lui demanda René en pointant la première des deux collines à devoir disparaître.

— Je vois, répondit Germain.

— Nous devrions finir de creuser les trous dans le roc de cette colline aujourd'hui. Ensuite, peut-être à partir de lundi, ils vont commencer à charger les trous avec les explosifs.

— C'est long ?

— Cela peut prendre deux à trois jours. De toute façon, ce n'est pas mon boulot. Pendant ce temps, nous, on déménage nos engins, on « perce » l'autre montagne et bonsoir la visite ! On s'en va.

À ce moment, ils étaient arrêtés devant le petit hangar où on avait entreposé les explosifs. Ils entendirent le bruit de plusieurs véhicules ; deux camionnettes et une voiture qui arrivaient se garèrent à côté de la roulotte du chef de chantier. Ce dernier descendit de la camionnette rouge, déverrouilla la porte de la grande roulotte et entra. Les autres descendirent et marchèrent en direction de René qu'ils saluèrent d'un grand geste du bras. Les passagers de la voiture entrèrent dans la roulotte.

— Tu m'excuseras, Germain, voilà mes coéquipiers, fit René.

— Tu connais les gars avec Pierre ?

— Pas tous, il y en a deux parmi eux qui sont artificiers ; je les ai déjà vus sur d'autres constructions.

— O.K. Merci, à la prochaine. Salut !

— Salut! Bonne chance et bonne journée, répondit René avec le sourire.

Germain se dirigea vers la maison mobile et salua de la tête les confrères de René. Alors qu'il arrivait à la porte de la caravane, quatre hommes sortirent et se dirigèrent vers le petit cabanon où on avait déposé la dynamite.

Il les laissa passer et frappa à la porte. La même voix que la veille lui répondit d'entrer, ce qu'il fit.

— Bonjour, dit Germain.
— Bonjour Germain, répondit Pierre, tout en consultant des rouleaux de plans sur la table.

À ce moment, René frappa à la porte. Le chef d'équipe lui cria d'entrer.

— Bonjour, René. Qu'est-ce que je peux faire pour toi ?
— Bonjour, Pierre. J'ai besoin de nouvelles pointes et de quelques extensions. Dix extensions et quatre pointes.
— Ça va s'arranger en peu de temps.

Il se tourna vers Germain et dit, en pointant du doigt par la fenêtre :

— Derrière le hangar, tu verras, il y a de grosses tiges de métal qui se terminent en pointe, et d'autres dont les extrémités sont conçues pour être vissées. C'est ce qu'il faut apporter à René, là-bas sur la première colline de roc.

Lorsqu'il fut à proximité du petit entrepôt, voyant que la porte était ouverte, il passa devant pour en scruter l'intérieur. Les hommes discutaient autour d'un plan. Il vit que les ballots d'explosifs étaient tous empilés au fond, contre le mur derrière lequel il allait devoir prendre les tiges de métal.

Ces tiges étaient empilées horizontalement. Il tenta d'en soulever une et constata qu'elle était très lourde. Il devrait faire plus d'une livraison. Cela faisait son affaire car il passerait plus de temps derrière ce dépôt.

Dans l'après-midi, il apporta des barils de mazout pour alimenter les compresseurs qui fournissaient l'énergie nécessaire aux foreuses. À la fin de la journée, il retourna chez lui en passant par les champs.

Le grand jeu qu'il attendait depuis de nombreux mois commencerait pendant la prochaine nuit et il serait excitant avec la police qui assurait la surveillance du chantier nuit et jour pendant la fin de semaine.

Après le souper, il partit sur la route en direction du village. Plus loin, il bifurqua dans le bois. Il suivit sensiblement le même chemin que les maintes fois précédentes. Après une demi-heure, il arriva où il cachait son canot, traversa la rivière à la Truite et parvint finalement à l'endroit où Lise l'avait surpris creusant une fosse.

Il retrouva sa pelle là où il l'avait déposée et continua à creuser. La noirceur commençait à s'étendre sur toute la forêt ; il n'en avait plus que pour vingt minutes. Il fit un autre trou d'environ un mètre de tour et d'un mètre de profondeur. « Encore un autre comme celui-ci devrait suffire. »

Avant que la noirceur ne soit totale, il laissa son matériel là et se rendit dans l'érablière de l'oncle de Lise. Il voulait voir comment la police exercerait la surveillance avec la dynamite dans le hangar. Il s'installa confortablement derrière un fourré à l'orée du bois et observa.

Avant qu'il ne soit minuit, la voiture de police était passée trois fois près de la roulotte sans toutefois s'approcher du dépôt.

Germain jugea qu'il pouvait agir. Il se rendit en rampant jusqu'au petit camion qu'il avait utilisé dans la journée. Il entendit un bruit et se cacha dessous. Quelques minutes plus tard, il aperçut deux hommes au loin, des villageois sans doute curieux de voir de près le chantier et qui profitaient de l'obscurité. Germain les vit qui s'éloignaient en direction opposée. Sans faire de bruit, il prit le cric de la camionnette et s'approcha jusqu'à l'arrière du dépôt, juste à côté de la pile de tiges pour les foreuses.

Selon ce qu'il avait vu plus tôt dans la journée, il serait aisé de défaire le coin de ce hangar sans que cela ne paraisse. Il s'affaira donc à cette besogne le plus silencieusement possible. Lorsqu'il vit les phares d'une voiture venir en direction du chantier, il se cacha dans le camion. Encore cette fois, la voiture-patrouille ne s'approcha pas du dépôt. Après une heure de travail, Germain avait réussi à pratiquer une faille dans le coin inférieur du mur sans rien briser. S'il parvenait à passer les ballots par cette ouverture, on ne pourrait pas se rendre compte de la disparition des explosifs de l'intérieur.

Il se passerait donc un certain temps avant qu'on ne réalise son escroquerie, du moins l'espérait-il. S'il n'était pas retardé, il aurait ce dont il avait besoin en quelques nuits, trois tout au plus. Très nerveux, il tenta de sortir un premier ballot de nitroglycérine. Sachant pourtant qu'il n'était pas dangereux de la manipuler dans cet état, il se trouva néanmoins en sueur. Il n'eut qu'à ajuster l'ouverture qu'il avait pratiquée pour ne pas déchirer l'enveloppe qui protégeait la précieuse matière.

Au moment où il achevait de sortir le premier ballot, la voiture de patrouille revint. Germain arrêta tout mouvement et demeura immobile, le paquet de quinze kilos au bout des bras. Cette fois, la voiture vint s'arrêter devant le dépôt. Germain ne respirait plus. Il entendit une portière s'ouvrir et des pas sur le gravier. Il ne pouvait laisser tomber son fardeau, il n'avait pas son arme.

Il reconnut alors le bruit d'un liquide qu'on verse par terre. Ce bruit dura quelques dizaines de secondes et s'arrêta ; un soupir de soulagement lui succéda. Germain qui n'avait pas bougé, soulagea lui aussi. Il entendit le policier cracher et la portière se referma. La voiture retourna tranquillement vers la petite route menant au cimetière.

Germain déposa le paquet sur le sol et s'étendit sur le dos, la tête appuyée sur le ballot de nitroglycérine qu'il venait de voler. Il pensa à son père qui, quelque part parmi les étoiles, devait sourire en apercevant son fils dans cette position.

Lui-même sourit. Il entreprenait finalement ce dont il rêvait depuis longtemps. Il pensa à ceux qui, comme lui, entreprenaient de telles actions ailleurs dans la province et souhaita qu'ils obtiennent le même succès et que tous soient prêts le même jour, comme cela avait été fixé par le RACQ.

7

Imprévu

Avant que l'aurore ne s'annonce par ses couleurs mauves, Germain avait eu le temps de dérober trois ballots de nitro qu'il avait emportés jusqu'à l'érablière. La faible luminosité du jour naissant lui annonça qu'il avait tout juste le temps de transporter son butin à l'endroit où il avait creusé une fosse.

Le manque de sommeil, la nervosité et le poids de son fardeau rendirent le trajet très ardu. Près des deux fosses, le jeune homme plaça les trois ballots dans des sacs de plastique étanches qu'il déposa ensuite avec précaution dans le fond d'une fosse.

Après avoir délicatement enterré les trois sacs, il camoufla minutieusement les trous. Il retrouva sans peine son canot, traversa la rivière et continua à pied. La prudence lui recommanda de revenir par la forêt plutôt qu'en longeant la rivière où il risquait de rencontrer des pêcheurs. Lorsqu'il arriva chez lui, il était environ neuf heures. Il tomba dans son lit plus qu'il ne s'y installa.

Plus tard, on frappa à sa porte. Il décida de ne pas bouger. Il entendit des pas à l'extérieur, un crissement sur le gravier, puis, plus rien. Il regarda furtivement par la fenêtre en direction du petit chemin et aperçut Lise sur une bicyclette. Il préféra attendre encore un peu avant de se lever, le temps de s'assurer qu'elle était bien partie.

Il descendit du lit et se prépara un café dans la cuisinette d'où il apercevait la rivière. Il était treize heures. Deux pêcheurs passaient alors dans leur chaloupe. Le soleil luisait très haut et laissait présager d'imposantes chaleurs pendant cet après-midi de mai. Il eut l'idée de s'asseoir à l'extérieur avec sa tasse, et en poussant la porte, il vit tomber un papier qui était coincé. Il le ramassa et se dirigea vers la rivière pour le lire. Il y avait ces mots :

Alors, cher inconnu, que faites-vous
donc le vendredi soir et le samedi
matin ?
Lise.

Un léger sourire effleura le visage de Germain. Autant il s'attendait à recevoir d'une manière ou d'une autre des nouvelles de cette fille, autant il appréhendait ce moment. Il ne pensait pas que ce serait si tôt ; il était enchanté de la désinvolture qu'affichait cette fille. Il s'était bien juré qu'il n'aurait plus de liaison amoureuse …

Et voilà que cette fille ….

Le projet audacieux qu'il mettait en branle ne pouvait être mené à terme en entretenant une histoire d'amour, pensait-il. Une relation sentimentale n'avait pas sa place dans une telle opération. Et puis, à quoi bon les sentiments ? Les événements lui avaient toujours démontré que chaque lien laissait un chagrin toujours plus cruel.

Le destin est parfois bien étrange, pensa-t-il : au moment où il entreprenait ce projet, une fille qui croisait son chemin avait comme père un compagnon d'armes de son propre père, lesquels avaient déjà mené de semblables entreprises une vingtaine d'années auparavant.

Il passa une partie de l'après-midi sur le bord de la rivière. Occupé à dessiner et à se demander comment Lise se manifesterait à nouveau, il ne put décider s'il devait le souhaiter ou le redouter. Il n'en fut rien et il dormit un peu avant de repartir vers dix-huit heures.

Lorsque les étoiles commencèrent à scintiller, Germain était déjà installé dans l'érablière à observer le chantier avec ses jumelles. Il se faufila d'abord jusqu'à la lisière du bois et s'arrêta pour voir si la police surveillait toujours. Une demi-heure plus tard, l'arrivée d'une voiture-patrouille lui annonça qu'encore une fois, il devrait être très prudent. Il suivit le même manège qui l'avait bien servi la veille, mais avec l'objectif de prendre deux à trois fois plus de matériel.

D'abord, il se rendit jusqu'à la vieille camionnette, puis rampa jusqu'au dépôt. Il s'assura ensuite que tout était intact. Il ne décela rien qui puisse lui faire penser qu'on avait découvert son escroquerie. Cette fois, il n'eut pas à défaire le coin du hangar et put commencer plus rapidement que la veille à sortir des ballots. Avant minuit, il avait déjà transporté une quantité supérieure jusqu'à l'érablière. Dans les deux heures qui suivirent, il avait triplé son stock.

Il dut s'arrêter à quelques reprises avec l'arrivée de voitures-patrouilles. Cette fois encore, la chance lui sourit car les policiers ne demeurèrent pas longtemps et ne remarquèrent rien.

Près de lui, il y avait trois fois plus de matériel que la veille et il en avait apporté autant dans l'érablière un peu plus tôt dans la nuit. Il craignait d'en avoir trop pour le temps qu'il lui restait avant le lever du jour. Néanmoins, il se mit à la tâche. À la hâte, du mieux qu'il le put, il remit le coin de la bâtisse dans son état original

Il achevait de transporter les derniers ballots à l'érablière lorsque les étoiles s'éteignirent à tour de rôle. Avec tout ce qu'il avait empilé à cet endroit, il ne pouvait tout transporter jusqu'à ses fosses en moins de trois voyages. Il avait vu trop grand.

N'ayant pas le choix, il emplit son sac à dos une première fois et partit rejoindre ses caches derrière l'érablière. Il ne pouvait marcher rapidement à cause de l'obscurité. Il mit une vingtaine de minutes à franchir cette distance. Rendu à destination, il disposa son butin avec soin. Alors que la noirceur se dissipait lentement, il revint rapidement vers la lisière de la forêt, emplit à nouveau son sac à dos et retourna en moins de quinze minutes, cette fois, placer le deuxième tiers de son travail. Il courut dans l'aube qui s'empourprait, prendre la dernière partie de ses efforts de la nuit et les enfouir avec le reste.

Les oiseaux avaient commencé leur bruyante symphonie matinale alors qu'il entreprenait sa troisième course. Satisfait de son travail et fier de sa cachette invisible, essoufflé, fatigué, fourbu, rompu, sale et en sueur, il s'étendit pour écouter ce concert, goûtant particulièrement les solos d'un merle.

Il pensa alors à ses jumelles qu'il avait oubliées près de la cabane à sucre située à l'autre extrémité de l'érablière, près du champ à côté du chantier. Avant que le soleil ne se lève, il marcha lentement pour les récupérer. Derrière cette bâtisse, il y a un petit monticule qui permet de pouvoir contempler le chantier sans être vu.

Ce qu'il vit le fit tressaillir.

La camionnette d'un particulier et une voiture de patrouille qui suivait arrivaient sur le chantier. Elles s'arrêtèrent devant le dépôt. Germain retrouva ses jumelles et se cacha derrière la petite butte. Il vit un grand homme costaud aux cheveux roux descendre, suivi des deux policiers. Ils firent le tour du dépôt et s'arrêtèrent à l'arrière où leur attention fut attirée par le coin que Germain avait défait et replacé tant bien que mal. À quelques reprises, George pointa en direction de la vieille camionnette et de la lisière du bois, puis en direction du village. Les deux policiers regagnèrent leur voiture. Avec ses jumelles, Germain vit qu'ils se servaient de leur radio.

Il déguerpit aussitôt.

Sachant qu'on ne pouvait le voir, il courut jusqu'à l'endroit où il avait enterré la dynamite. D'un coup d'œil rapide, il s'assura que tout était correctement placé, qu'aucune trace de ses allées et venues ne pouvait être décelée et que le résultat de ses deux nuits de labeur était bien abrité. Il devait faire vite ; on ne tarderait probablement pas à découvrir le vol et on entreprendrait des recherches. Viendrait-on jusqu'à cet endroit ? Après quelques minutes de réflexion, convaincu de n'avoir rien laissé au hasard, il quitta cet endroit au moment où le soleil apparaissait.

Pendant ce temps, les policiers avaient communiqué avec d'autres patrouilles et avec leur bureau chef à Sherbrooke. L'officier qui y travaillait s'occuperait de prévenir les autorités de la compagnie et de trouver des enquêteurs disponibles dans la matinée. D'abord, il fallait s'assurer qu'il y avait bel et bien eu vol.

À côté de la voiture, George attendait impatiemment que l'un des deux policiers vienne lui dire comment se déroulerait la suite des événements, lui qui les avait prévenus. À ce moment, deux autres voitures arrivèrent et les six agents tinrent un bref conciliabule, ignorant George qu'ils tinrent à l'écart.

Finalement, un policier vint vers lui :

— Monsieur …
— Lauzon, George Lauzon, précisa-t-il fièrement.
— Alors monsieur Lauzon, nous n'avons plus besoin de vous pour le moment.
— Mais, vous ne vérifiez rien ? demanda George qui avait du mal à cacher sa déception.
— À quoi bon ? Nous ne pouvons constater s'il y a eu vol, nous ne savons pas si quelque chose a disparu.
— Mais je vous dis que j'ai vu quelqu'un qui transportait des paquets …
— Je sais, mais comment voulez-vous que j'aille vérifier à l'intérieur s'il manque des paquets, comme vous dites ? Je n'ai pas la clef.
— Mais on voit bien qu'il est entré par derrière …
— Je n'irai pas bouger quoi que ce soit avant l'arrivée des spécialistes : je risquerais de déplacer une preuve. Et puis, on

doit attendre les responsables de la compagnie pour constater si, oui ou non, il y a eu vol.

— Mais je vous dis que je l'ai vu …, insista George.

— Monsieur Lauzon, coupa le policier moins patient, voyez-vous, je vous comprends, mais j'aimerais qu'à votre tour, vous compreniez. Nous ne pouvons faire autrement que ce que je vous ai dit.

— On dirait que vous ne voulez pas …

— Monsieur ! répondit l'agent en haussant le ton, ce n'est pas que je veux ou que je ne veux pas, c'est à savoir si je peux. Et de toute façon votre voleur doit être loin, il y a une demi-heure au moins que nous avons reçu votre appel.

— C'est bien, je comprends, répondit George déçu. Vous pourrez me joindre chez moi si vous avez besoin. Si je n'y suis pas, ma femme vous dira où me joindre si vous voulez savoir de qui il s'agit.

— Comment pourriez-vous savoir ? Vous n'étiez pas ici, à ce que je sache.

— Non, mais j'ai ma petite idée.

— Parfait, monsieur. Nous vous contacterons sûrement pour signer votre déposition que nous rédigerons un peu plus tard. Et s'il y a eu vol, nous nous assoirons pour discuter.

— C'est ça, bonjour !

— Bonjour. Passez une bonne journée !

Il retourna chez lui, impatient de se rendre à l'hôtel raconter aux amis les événements de ce début de journée. Il comptait bien se donner le beau rôle et ainsi gonfler son orgueil. Mais il était trop tôt, et le village, toujours endormi, ignorait encore tout des péripéties de l'aube. Dans une heure, Lise et son père commenceraient à servir les déjeuners. Il avait une heure pour peaufiner les propos qu'il tiendrait.

Il était trop tôt, se disait également le chef de chantier que son patron venait d'éveiller pour lui apprendre les récents événements de St-Stanislas. Il demeurait non loin de

Sherbrooke et il commença à tempêter lorsqu'il réalisa qu'il aurait à passer une autre journée sur ce contrat où il avait fait plusieurs heures imprévues pendant la semaine. Il n'avait cependant pas le choix, il devait s'y rendre pour vérifier avec la police s'il s'agissait d'un vol ou d'autre chose.

À l'aube, lui avait-on dit, un habitant avait aperçu de sa fenêtre de salle de bains un rôdeur et la police avait constaté qu'il y avait peut-être eu effraction. Comme il s'agissait de dynamite, il n'était donc pas question de tergiverser.

Pendant ce temps, Germain avait marché rapidement et traversé la rivière avec le canot. Étant donné qu'il risquait peut-être d'avoir la police à ses trousses, il avait escaladé la montagne pour voir ce qui se passait sur le chantier. Il y avait alors trois voitures de police près de la roulotte.

Germain ne savait que faire ; demeurer là ou retourner chez lui ? Il ne comprenait pas pourquoi les policiers ne bougeaient pas. Il avait pourtant bel et bien vu George leur indiquer du doigt la lisière de l'érablière. Il craignait d'arriver chez lui et de tomber sur les policiers qui ne manqueraient pas de s'interroger sur ses allées et venues, juste à voir son apparence.

Les policiers avaient reçu comme consigne de ne rien toucher. On leur avait demandé d'attendre des représentants de la compagnie pour faire les constats, et alors, ils pourraient passer à l'action. De toute manière, les indices ne pouvaient s'envoler.

À Sherbrooke, on avait rejoint le directeur de la compagnie d'explosifs qui avait mandaté, suite à quelques communications, un de ses employés sur le chantier afin de vérifier le matériel dans le petit hangar.

Au moment où cet homme et Ladouceur roulaient vers St-Stanislas, l'hôtel venait d'ouvrir. Et George, pour qui cette ouverture revêtait un caractère particulier, s'était présenté vingt minutes plus tard, assuré d'y retrouver tous les habitués du dimanche matin qui deviendraient sous peu, son auditoire. Il entra, tout gonflé par la fierté qui l'habitait depuis qu'il savait ce que les autres ignoraient.

Il régnait dans l'hôtel une odeur de café, de rôties et de jambon rôti. Une quinzaine de personnes étaient assises et bavardaient en buvant leur café, alors que Michel, un employé, leur servait les assiettes qu'Henri Daigneault préparait à l'arrière. Lise était encore dans sa chambre, au second étage. George fut accueilli par le vieux Cyr.

— Salut, George ! Ça va ?
— Pas trop mal. Et toi ?
— Ça va.
— As-tu l'intention de pêcher aujourd'hui ?
— Non, pas vraiment. Je crois qu'on va être occupé ailleurs.
— Comment ça ?
— Vous n'avez pas remarqué les voitures de police sur le chantier ?
— Dans le chantier !? répondit vivement le vieux, visiblement surpris.

Toutes les têtes se tournèrent dans sa direction. Il tint la position de celui qui savait ce qu'il était normal de savoir. Henri Daigneault qui avait entendu les dernières paroles de George, apparut, le tablier à la taille. Lise qui venait de descendre et que personne n'avait encore vue, demeura dans la cuisine.

— Qu'est-ce que tu veux dire ?
— Je veux dire que depuis cinq heures trente, la police surveille le dépôt d'explosifs sur le chantier.
— Pourquoi surveille-t-on cet endroit ?
— Parce qu'il y a eu un vol, déclara George en haussant le ton et en jetant un regard victorieux à l'endroit d'Henri.
— Un vol ?! hurla presque le vieux Cyr. Comment le sais-tu ?

— J'ai vu de ma fenêtre de toilette ce matin !

— Qu'est-ce que t'as vu ?

— J'ai vu le jeune étranger, le baveux, prendre des paquets dans le hangar d'explosifs et les transporter en se cachant vers l'érablière de Latour, annonça George d'une voix forte et solennelle en décochant un regard d'éclair à l'endroit d'Henri.

— Es-tu sûr de ce que tu affirmes ? demanda vivement Daigneault.

— On verra bien ce qu'on verra aujourd'hui, répondit George, le ton plein d'assurance.

Lise qui avait tout entendu, sortit promptement par l'arrière sans qu'on l'aperçoive et sauta sur sa bicyclette.

8

Audace

Pendant que George continuait d'entretenir les gens à l'hôtel, Germain, de sa cachette, remarqua un certain mouvement chez les policiers. Depuis un bon moment, les six agents discutaient, confortablement appuyés sur leur véhicule. A un certain moment, l'un d'entre eux monta dans une voiture et les autres cessèrent de parler. Germain conclut qu'il devait y avoir un appel radio pour eux.

Peu de temps après, le policier rejoignit ses confrères. Ils parlementèrent quelques minutes et deux d'entre eux montèrent à bord d'une voiture qui se dirigea vers le village. Où elle allait ? Germain ne pouvait le dire. Il décida de rester encore.

Au même moment, toutes les conversations s'arrêtèrent brusquement dans la salle à dîner de l'hôtel. Tous les visages étaient tournés vers l'embrasure de la porte où se tenait un policier.

— Monsieur George Lauzon est-il ici ?

— C'est moi, répondit George en s'avançant, le torse bombé, dominant fièrement les autres de son regard.

— Je m'excuse de vous déranger, mais vous nous avez dit que vous possédiez peut-être quelques renseignements susceptibles de nous intéresser. Alors, si vous voulez me suivre, j'ai des questions à vous poser.

George hésita à peine un instant et suivit le policier qui sortit immédiatement. Plusieurs de ceux qui étaient là se dirigèrent vers la porte ou une fenêtre pour suivre le reste de la scène. Le policier l'invita à monter dans sa voiture et ils partirent vers le chantier. A leur arrivée, on lui expliqua qu'ils avaient reçu l'ordre de recueillir son témoignage.

Il leur raconta donc que, plus tôt ce matin-là, à peine la clarté entamée, il s'était levé pour aller à la salle de bains. Machinalement, il avait jeté un coup d'œil par la fenêtre d'où il apercevait, Dieu soit loué, la partie du chantier où se trouve le dépôt de dynamite. À ce moment, son regard avait été attiré par quelque chose d'inaccoutumé et ce quelque chose avait bougé autour du dépôt, il en était certain. Pour s'assurer que ce n'était pas son imagination qui lui jouait des tours, il s'était arrêté pour bien observer, au risque de ne pas se rendormir. Et là, après une minute ou deux, il avait bel et bien vu une ombre transportant des paquets qui semblaient lourds et qu'il prenait derrière la petite bâtisse pour les emporter jusqu'à la vieille camionnette. Il avait ensuite vu l'individu en question faire le trajet entre ce camion et l'érablière qu'il indiqua du doigt aux policiers.

Avec lui, sans rien toucher, ils firent le tour du dépôt et s'arrêtèrent longuement à l'arrière. Germain, qui observait toute la scène avec ses jumelles, rageait ; il aurait dû se débarrasser de cet homme. Il savait qu'il lui causerait des problèmes, mais pas à ce point !

Ensuite, George les amena là où il avait vu le rôdeur entrer dans l'érablière. Germain ne pouvait plus les suivre du regard. Ils arpentèrent quelque peu le sous-bois jusqu'à la cabane, mais rien n'attira leur attention. L'un des policiers dit alors à George :

— Vous avez dit tantôt à un de mes confrères que vous pouviez nous renseigner à propos de l'identité de ce rôdeur ?

— En effet, j'ai bien dit que j'avais ma petite idée.

— Dites-moi, monsieur Lauzon, d'ici, peut-on voir votre maison ?

— Mais bien sûr, c'est celle-là, là-bas, blanche, le toit argenté avec les fenêtres rouges, lui indiqua George en pointant du doigt.

— Je vois. Venez avec moi, lui répondit le policier en l'entraînant hors du bois. Vous êtes sûr de ce que vous avez vu, n'est-ce pas ?

— Absolument, pourquoi cette question ?

— Parce qu'on ne peut accuser quelqu'un sans preuve.

— Mais puisque je vous dis que je l'ai vu et que je l'ai reconnu.

— Connaissez-vous le nom de cette personne ?

— Oui, il s'agit de Germain Valois, dit finalement George alors qu'ils arrivaient au dépôt.

— Est-ce quelqu'un qui habite la place ?

— Oui et non.

— Que voulez-vous dire ?

— Ce n'est pas quelqu'un de la place ; il habite depuis février un chalet qu'il a loué de l'autre côté du village, sur le bord de la rivière.

Le policier s'arrêta et fixa George.

— Vous affirmez le connaître assez bien pour l'identifier la nuit à partir de votre demeure alors qu'il se trouve ici, ce qui représente une assez bonne distance, c'est bien cela ?

— Oui, c'est ce que je vous dis.

— Savez-vous où il habite ?

— Bien sûr, puisque je vous l'ai dit, répondit George qui avait hâte de savourer sa victoire.

À ce moment, il laissa George et rejoignit les autres qui revenaient de l'érablière. Il leur fit part de l'échange qu'il venait d'avoir ; ils avaient eu ordre de ne rien laisser à la légère.

On ne voulait pas, leur avait-on dit, que juste avant la saison estivale, cet endroit de villégiature ne devienne un baril de poudre. L'ordre et la sécurité devaient être assurés à n'importe quel prix ; il était donc hors de question de laisser passer un quelconque indice. Ils ne pouvaient toutefois pas se rendre chez cet individu suspect pour l'interroger sans mandat.

Ils décidèrent d'appeler leurs supérieurs qui leur avaient promis toute l'assistance nécessaire. On leur répondit d'attendre quelques instants, qu'un avis légal leur parviendrait par le télécopieur de la voiture et qu'ils pourraient intercepter l'individu suspect. Dès qu'on eut son nom, on activa les recherches dans les filières électroniques à propos de Germain Valois.

Quelques minutes plus tard, les policiers avaient en main le papier nécessaire pour harponner le rôdeur qu'avait identifié George Lauzon. Du haut de la montagne, Germain observait toujours le va-et-vient des hommes sur le chantier. La fatigue commençait à le gagner et il avait décidé de demeurer à cet endroit pour se reposer un peu, lorsqu'il vit une poignée d'hommes arriver sur le chantier.

Il s'agissait de ceux qui étaient à l'hôtel lorsque le policier était venu chercher George. On les empêcha de s'approcher et on les fit même reculer jusqu'à l'extérieur du chantier, jusqu'à la lisière du cimetière. À ce moment, une voiture avec deux policiers à son bord quitta l'endroit et se dirigea vers le village. Germain porta attention. L'auto disparut de son champ de vision alors qu'elle se trouvait dans le village pour réapparaître à l'autre bout et filer vers la descente abrupte qui menait au vieux pont. Il était certain que la voiture se dirigeait vers sa demeure.

Il pensa que c'était peut-être le meilleur temps pour lui de descendre jusque chez lui, pensant que les policiers n'y seraient plus lorsqu'il arriverait. Il se débarrassa de tout ce qui pourrait constituer une preuve contre lui.

Après avoir traversé le vieux pont, le policier au volant roula lentement pour ne pas manquer aucun des repères que leur avait indiqués George. Ils reconnurent l'entrée qui menait au chalet de Germain. Ils arrêtèrent leur voiture avant d'arriver et descendirent. L'un marchait devant tandis que l'autre, demeurant derrière, lui servait de couverture.

On entendait le chant des oiseaux très volubiles en cette saison amoureuse et le murmure de la rivière.

D'un signe de tête, ils confirmèrent qu'il s'agissait bien du chalet décrit par le villageois. Ils ralentirent le pas de façon marquée lorsqu'ils furent près de la bâtisse. Ils en firent le tour tentant de regarder par chaque fenêtre, mais un rideau à chacune d'elle empêchait de voir à l'intérieur. Ils décidèrent de frapper. Après plusieurs coups, il n'y eut toujours pas de réponse.

Ils défoncèrent la porte. Ensuite, ils demeurèrent ensuite immobiles et, un coup assurés qu'il n'y avait personne à l'intérieur, ils entrèrent. Le tour du petit chalet fut fait rapidement et les deux policiers en ressortirent bredouilles. Ils jetèrent rapidement un coup d'œil sous le bâtiment et ne virent rien qui vaille. Ils contactèrent leurs confrères par radio et repartirent après une brève conversation.

De son côté, Germain approchait de chez lui. « Je n'ai pas à m'en faire, personne n'a de preuve contre moi ; ils peuvent avoir des soupçons, mais ils ne peuvent m'accuser de rien. J'ai obtenu ce qu'il me fallait et j'ai eu le temps de le mettre en lieu sûr. Et si on me demande pourquoi je n'étais pas chez moi, peut-on accuser un honnête citoyen de faire de la randonnée pédestre ? ».

Il approchait de la route. Il décida de poursuivre plus longuement dans le bois de façon à dépasser la petite route qui menait à son chalet. Ainsi, il proviendrait de la direction opposée au chantier si jamais il faisait une mauvaise rencontre. Il déboucha donc sur la route plus loin qu'il n'en avait l'habitude et marcha vers sa demeure.

Il arrivait presque. Il souhaitait ardemment que le véhicule de la police ne soit plus chez lui et qu'il ne ferait pas de mauvaises rencontres lorsqu'il entendit une voiture venir derrière lui. Il devint mal à l'aise lorsqu'elle s'arrêta à environ quinze mètres derrière lui. Il continua néanmoins à marcher sans regarder derrière jusqu'à ce qu'il entende une voix lui ordonner :

— Arrêtez !

Il s'arrêta.

— Tournez-vous !

Il se retourna et aperçut un policier debout à côté d'une voiture de patrouille.

— Je m'excuse de vous importuner, mais nous cherchons quelqu'un. Pourriez-vous me donner votre nom, s'il vous plaît ?
— Germain Valois.
— C'est ce que nous pensions. Vous travaillez sur le chantier ?
— Oui.
— Nous aimerions vous poser quelques questions.
— À votre service, répondit Germain en souriant.
— Si vous vouliez monter à l'arrière, ce serait plus simple.
— Mais pourquoi devrais-je monter dans votre voiture ?
— Nous serons à l'abri des oreilles indiscrètes.
— Je ne vois ici aucune oreille indiscrète et à bien y penser, je n'ai aucune raison de vouloir converser avec vous, répondit Germain qui avait recommencé à marcher.
— Est-ce que vous refusez de coopérer ?
— À propos de quoi voulez-vous me questionner ?
— C'est nous qui posons les questions !

— Mais, posez-les, vos questions ! Je ne refuse pas de répondre, je refuse de monter dans votre voiture.

L'attitude du policier changea.

— Monsieur ! Arrêtez !

Rageant de voir Germain continuer à marcher comme s'il eut été seul, il remonta dans la voiture qui démarra vivement, dépassa Germain en le frôlant pour enfin s'arrêter devant lui dans un crissement de pneus, lui bloquant ainsi le passage. Les deux policiers sortirent.

— Nous avons des questions à te poser.
— Je n'ai rien contre vos questions, mais je ne monterai pas dans votre voiture, vous n'avez pas le droit de me forcer.
— C'est ce que tu penses. Approche, j'ai un papier à te montrer, répondit le plus jeune des deux, en lui tendant un papier.

Germain s'approcha lentement et tendit la main pour prendre le papier. Au même moment, le policier bondit en lui attrapant le bras et en le faisant tourner sur lui-même pour le déséquilibrer.

— Lâche-moi ! T'as pas le droit de me tenir comme ça ! hurla Germain, enragé de s'être fait prendre par cette manoeuvre.
— Arrête de crier ! C'est pas nécessaire ! répondit le second policier pendant que l'autre relevait Germain.
— Qu'est-ce que vous me voulez ?

Le policier qui approchait lui donna un coup de pied sur la hanche. Germain grimaça de douleur.

— T'apprendre à être poli, lui répondit-il en même temps.

— C'est pas en fessant sur moi que tu démontres ta grande classe, maudit chien ! vociféra Germain.

Il reçut un coup de poing au visage comme réponse. Celui qui le tenait le laissa tomber. Avant qu'il ne tente de se redresser, il reçut un coup de pied au ventre. Germain, étendu au sol, tentait de reprendre son souffle.

Que pouvait-il contre les deux ?

Celui qui lui avait donné les coups se pencha et s'approcha de son visage qu'il remonta en le tirant par les cheveux.

— Je voulais savoir où tu avais passé la nuit.

— Pourquoi veux-tu savoir où j'ai passé la nuit ? répondit Germain

— Parce que j'ai besoin de ce renseignement ! lui cria le policier en lui donnant un autre coup de pied en haut des cuisses.

Sous les yeux de son compagnon qui observait la scène, impassible, il se pencha à nouveau. Germain put distinguer son matricule cousu sur le haut de la manche de son manteau. 709, c'est un nombre qu'il n'oublierait pas, ni le visage et le regard de cet homme.

— Je veux juste savoir ce que tu as fait cette nuit, c'est pas compliqué ça !

— Nous l'avons passée ensemble, répondit avec émotion une voix féminine essoufflée, mais dont la douceur étourdit Germain qui vit apparaître derrière les deux policiers la silhouette de Lise qui se découpait sur le ciel bleu, avec le sifflotement d'un merle qui s'évanouit dans sa tête lorsque ses yeux se fermèrent, malgré lui.

Sidérés, les deux policiers se retournèrent et aperçurent Lise qui avait assisté à toute la scène qui n'avait pas duré deux minutes.

Elle attendait au chalet le retour de Germain après avoir été témoin de la première visite des agents, alors qu'elle était cachée derrière un buisson. Ayant entendu le crissement des pneus de la voiture de patrouille, elle avait marché prudemment jusqu'à la route pour assister, stupéfaite, à ce triste spectacle auquel son intervention venait de mettre fin.

Plus loin, derrière elle, une voiture que personne n'avait entendue venir était arrêtée. Debout, la conductrice, appuyée sur la portière, tenait sa main devant sa bouche entrouverte.

Les policiers ne savaient que faire. Lise leur dit :

— Partez d'ici ! On n'a rien à faire de brutes et de crétins comme vous !

— Mais, madame, vous ne savez pas ce qu'il …, balbutia le plus âgé, demeuré à l'écart tandis que son compagnon reculait lentement, tournant même la tête pour éviter le regard des deux femmes.

— Ce qu'il a fait cette nuit, je le sais mieux que vous ! Partez ! leur cria finalement Lise, bouleversée, en se penchant sur le visage de Germain qui demeurait à demi conscient.

L'autre femme s'approcha pour épauler Lise. Les deux policiers devinrent presque épouvantés lorsqu'ils crurent la reconnaître. Ils remontèrent dans leur voiture et partirent sans rien rajouter. Elle se pencha et dit à Lise :

— Venez, laissez-moi vous aider. Amenons-le à ma voiture. Habite-t-il loin d'ici ?

— Non, juste au bout de cette petite route, répondit Lise qui appuya la tête de Germain sur ses cuisses.

— Parfait. Ça ne sera pas long.

— Dites-moi, êtes-vous journaliste au quotidien *L'Est* ?

— Oui, c'est ça.

73

— Alors, vous êtes Josée Lacoste ?

— Oui, c'est moi.

Elles couchèrent Germain sur la banquette arrière de la voiture et dix minutes plus tard, il était installé sur le grand fauteuil, dans la pièce principale de son vieux chalet.

Lorsqu'il ouvrit les yeux, il aperçut d'abord les fesses de Lise, moulées dans son jeans. Et relevant ensuite les yeux, il la vit, belle et féminine, qui parlait avec une autre femme, jeune, jolie, grande, pantalon chic, chemise et veston ; professionnelle.

— Alors, vous me promettez que vous ne parlerez pas de cet incident.

— Promis, mais à une condition. C'est bien entendu ?

— Entendu.

— Quelle est cette condition ? souffla Germain qui ressentit une douleur sous l'oreille gauche, en haut de la mâchoire.

Les deux se retournèrent toute souriantes. Germain fut frappé par le regard de Lise alors que la grande femme lui répondit avec gentillesse :

— Que je puisse revenir vous voir.

— Elle t'a aidé, tu sais, lui dit Lise en se penchant sur lui tout en lui caressant le visage.

— Je sais, mais c'est vague.

— Alors, prenez soin de vous deux, et toi, occupe-toi bien de ton beau Germain.

Germain voulut réagir, mais cela semblait au-dessus de ses forces. Lise se pencha à nouveau et lui dit tout bas avec un sourire espiègle :

— Ne t'en fais pas, mon beau garçon, je t'expliquerai.

9

Mensonge

Alors que Lise se rendait à la porte pour saluer et remercier Josée Lacoste, les deux policiers arrivaient au chantier. Ils avaient pris tout leur temps pour revenir au village, le temps de réaliser ce qui s'était passé et de présumer des conséquences.

Le plus âgé reprochait à son compagnon d'y être allé un peu trop fort ; ce n'était pas la première fois qu'il condamnait sa façon de faire. Le plus jeune n'aimait pas qu'on lui dicte sa conduite et continuait plutôt de rager contre cette situation. Il ne tolérait pas qu'on le provoque et il ne cessait de répéter que ce jeune avait cherché ce qui lui était arrivé, qu'il aurait simplement dû collaborer plutôt que de le défier.

De plus, disait-il, si cette journaliste n'était pas arrivée, il aurait pu continuer à le malmener encore seulement quelques minutes et ce jeune blanc-bec aurait fini par passer aux aveux. Depuis l'insurrection de 2005, les policiers avaient recommencé à recourir à la brutalité comme leurs confrères du milieu du siècle précédent. Les tumultes sociaux de l'époque avaient mené à l'abolition de la Charte des droits et libertés et entraîné des modifications dans la façon de faire des policiers qui n'avaient plus à craindre les poursuites de citoyens se disant victimes d'abus de pouvoir. Mais ils avaient tout de même consigne du ministre dont ils dépendaient de collaborer pour entretenir avec la presse une image saine aux yeux du public et des visiteurs.

Cependant, cette fille qui disait avoir passé la nuit avec Germain venait mêler les cartes. Son collègue lui rappela qu'on leur avait simplement demandé de trouver qui avait volé. S'il y avait lieu de devoir interroger une deuxième fois ce jeune homme, ils feraient en sorte de l'amener au poste de façon à s'assurer qu'il avoue, et cette fois, sans personne des médias pour témoigner des moyens utilisés pour obtenir les aveux recherchés.

Lorsqu'ils arrivèrent à l'entrée du chantier, il y avait encore ce petit attroupement qui avait été refoulé jusqu'au cimetière. Les commentaires allaient bon train. Ils passèrent devant les villageois curieux.

Les autres policiers restés là en compagnie de George vinrent rapidement à eux, le regard interrogateur. D'un signe des yeux, ils signifièrent leur échec. Le plus violent des deux lança un regard de mépris sur Georges qui fut quelque peu décontenancé.

— Ça vous a pris du temps ? dit un des policiers.

— Il n'était pas là quand nous sommes arrivés.

— Bien sûr, il n'avait pas encore eu le temps de revenir chez lui, ajouta timidement Georges.

— Vous saviez qu'il demeurait avec une femme ? demanda le plus jeune qui en voulait à George de peut-être les avoir lancés sur une fausse piste.

— Avec une femme ? demanda George, surpris.

— Oui, pas très grande, brune. Jeans et blouse mauve. C'est elle-même qui nous l'a dit.

— Je ne comprends pas, fit George.

— C'est elle-même qui nous a dit qu'il a passé la nuit avec elle ! répéta le policier.

— Je ne sais pas qui c'est, répondit le villageois déconcerté, je ne sais vraiment pas.

— Mais, comment pouvez-vous être absolument certain qu'il s'agit bien de ce jeune homme ? demanda le policier qui avait assisté à la correction.

— La démarche, le maintien, répondit fièrement George ; vous savez, c'est quelque chose qui ne s'oublie pas.

— Mais vous ne le connaissez pas depuis si longtemps, je crois, répondit le policier.

— C'est exact, mais assez pour vous dire que je ne peux l'oublier.

— Que voulez-vous dire ?

— Ce jeune m'a insulté, et dans sa façon de faire, dans sa manière de se tenir, je le reconnaîtrais n'importe où, à n'importe quelle heure.

— Il vous a insulté ? demanda le jeune policier, attiré par ce détail. Pourriez-vous préciser ce que vous voulez dire ?

George raconta les circonstances dans lesquelles il avait rencontré Germain la première fois. Après qu'il eut terminé, l'agent lança un regard vainqueur à l'endroit de son collègue plus vieux et plus prudent.

— Là, je le reconnais, moi aussi, cher monsieur. Ne reconnais-tu pas, toi aussi, Paul, la même arrogance que chez ce jeune que nous venons de rencontrer ?

— Il semble bien que ce soit le cas.

— Mais, alors, que fait-on ?

— On attend les autorités de la compagnie …

— Et s'il est prouvé qu'il y a eu vol, on passe à nouveau chez Germain Valois, répondit le policier.

Cette réponse regonfla d'orgueil George qui, en compagnie des policiers, croyait bien susciter l'admiration de ses concitoyens. Il tourna la tête vers eux et vit alors arriver une voiture verte de laquelle descendit une jeune femme très bien vêtue.

— Merde, la journaliste ! lança le plus vieux des policiers qui avaient intercepté Germain.

— Que veux-tu dire ? lui demanda un confrère.

— Celle qui est arrivée quand Jacques tapochait le jeune, c'est Josée Lacoste, répondit-il à voix basse, ne voulant pas ébruiter l'altercation.

— Encore Jacques qui tapochait ?

— Encore.

Les deux s'éloignèrent de George qui scrutait le groupe de villageois, tentant d'identifier cette femme. À ce moment, il distingua le vieux Cyr qui lui faisait signe avec la main de venir. George laissa les policiers et se dirigea vers le cimetière.

Profitant de son départ, les deux policiers racontèrent aux autres ce qui était arrivé avec Germain. Ils s'entendirent pour déclarer que des raisons temporaires de sécurité les empêchaient de parler avec la journaliste, si elle venait les rencontrer.

Pendant ce temps, après s'être présentée, elle avait entrepris le dialogue avec les curieux qui répétèrent avec Cyr en tête ce que George leur avait raconté plus tôt.

A un certain moment, on vit George qui arrivait. Cyr laissa la journaliste et s'empressa de rejoindre son ami

— Puis, que disent-ils ?

— Rien de précis, pour l'instant.

— Pardon, monsieur, demanda Josée qui s'était approchée, pouvez-vous me dire ce qui se passe ?

— C'est une journaliste à *L'Est*, Josée Lacoste, tu sais, celle qui raconte des histoires, lui dit Cyr sur un ton de confidence.

— Il y a, madame, il y a qu'on a volé de la dynamite cette nuit, déclara solennellement George qui se tenait très droit.

— De la dynamite ? répéta la journaliste très surprise.

— Oui, madame, de la dynamite, répéta à nouveau George sur un ton fataliste.

— Est-ce qu'on suspecte quelqu'un ? demanda-t-elle.

— Ça, je ne peux encore vous le confirmer, répondit George, tout le monde suspendu à ses lèvres.

— Bon, vous le savez ou vous ne le savez pas ? insista-t-elle.

— Est-ce qu'il s'agit de Germain Valois ? demanda un villageois, provoquant chez la journaliste un certain trouble que personne ne remarqua.

— Il serait imprudent de vous le dire, dit George.

— Qui est ce Germain Valois ? demanda Josée, feignant la curiosité.

— Un étranger arrivé l'hiver dernier, répondit Cyr.

— Avez-vous des preuves qu'il s'agisse bien de lui ?

— George l'a vu de sa chambre, ce matin, avant le lever du jour.

— Mais ce n'est pas encore suffisant pour l'arrêter ; pas pour l'instant, en tout cas, répondit George qui secoua la tête, s'assurant ainsi le support inconditionnel du vieux qui l'entraîna un peu à l'écart.

Après avoir réfléchi, la journaliste remonta dans sa voiture et se dirigea lentement vers les trois voitures de patrouille et le dépôt. Elle était celle qui possédait probablement le plus de morceaux de ce casse-tête, et les policiers le savaient. Il lui faudrait être prudente.

— Eh bien, on a volé de la dynamite ? demanda-t-elle aux policiers alors qu'elle descendait de sa voiture en souriant.

— Mais qui vous a dit cela, madame ? répondit Jacques.

— Un monsieur aux cheveux roux, là-bas, fit-elle en pointant le petit groupe d'hommes auquel s'ajoutaient quelques femmes.

— Vous savez, il parle trop.

— C'est possible. Et là, que faites-vous ?

— On attend.

— On attend quoi ?

— Les autorités du chantier et de la compagnie de dynamitage.

— Pourquoi ?

— Difficile à dire.

— Bon, on va attendre.

— Mais, ce n'est pas nécessaire, vous savez …

— Je sais, répondit-elle en s'assoyant dans sa voiture.

Elle prit son téléphone et simula une conversation.

Après le départ de Josée, Germain s'était assoupi sur le fauteuil alors que Lise lui caressait le visage avec une débarbouillette tiède. Il était fourbu.

Ce moment lui permit de remettre de l'ordre dans ses idées. Connaissant l'existence des trous dans le bois derrière l'érablière et l'état dans lequel il était, elle savait bien qu'il avait fait quelque chose de louche. Elle pensa à son père seul à l'hôtel et jugea qu'il serait préférable qu'elle le rejoigne. Toutefois, elle ne pouvait laisser Germain seul dans cet état.

Il était sale, avait sué et son visage était légèrement tuméfié et ensanglanté. Si les policiers revenaient, il ne pouvait se présenter dans cet état sans attirer les soupçons. Elle tenta de l'éveiller, mais n'y parvint pas au premier coup. Elle décida donc de lui retirer sa chemise d'abord, pour le laver. À ce moment, il s'éveilla.

— Doucement, mademoiselle, ça fait mal, marmonna-t-il en tentant de sourire.

— Je m'excuse, fit-elle en sursautant, où as-tu mal ?

— Partout.

— Allez, on va y aller lentement.

— Que veux-tu faire ?

— Il faut que tu te laves, s'ils reviennent, ils pourront t'accuser, juste à voir de quoi tu as l'air.

— Mais de quoi pourraient-ils m'accuser ?

— George leur a dit que tu as volé des explosifs cette nuit, lui dit-elle en le regardant dans les yeux.

— C'est un fou, répondit-il, en souriant légèrement.

— Peut-être, mais où étais-tu, tôt ce matin ?

— Ce matin ?! Mais, j'étais ici.

— Tu peux mentir à la police, mais pas à moi.

— Comment sais-tu que je mens ?

— Tu vas me dire que tu dormais et que tu ne les as pas entendus quand ils sont venus fouiller plus tôt ce matin ?

Malgré lui, Germain sursauta.

— Comment ça, fouiller ? fit-il ensuite en se levant douloureusement pour voir autour de lui.

— Ils sont venus, ils ont regardé tout le tour par les fenêtres et ils ont défoncé la porte, répondit Lise pendant que Germain qui s'était redressé sur le fauteuil constatait les dégâts.

— Comment se fait-il que tu saches cela ?

Lise fut soudainement embarrassée.

— Ben, … je les ai vus faire, lui répondit-elle en regardant ailleurs.

— Mais, comment se fait-il que tu étais là ? questionna-t-il, curieux.

— Ce matin, George Lauzon est venu prévenir tout le monde qu'il t'avait vu sur le chantier marcher vers l'érablière de mon oncle pendant la nuit avec de la dynamite. Puis, la police est venue le prendre ; ils cherchaient un témoin, continua-t-elle, demeurant ensuite silencieuse.

— Puis, qu'est-il arrivé par la suite ?

— Je suis venue ici le plus rapidement possible pour te prévenir, mais j'ai constaté que tu n'étais pas là.

— Qu'est-ce que tu as fait ?

— Je t'ai attendu et là, ils sont arrivés sans me voir. Je me suis cachée et je les ai vus.

— Ont-ils fouillé ailleurs ? demanda Germain, après un moment de silence, le regard inquiet.

— Que veux-tu dire ?

— Ont-ils regardé partout à l'intérieur ?

— À voir l'état dans lequel ils ont laissé toute ta maison, je pense que oui.

— Ont-ils regardé dehors ?

— Non, ils n'ont pas vraiment cherché dehors, ils ont jeté un coup d'œil sous le chalet, c'est tout.

— Et comment se fait-il que tu sois arrivée quand ce baveux-là me cognait.

— Après leur départ, je suis restée pour te prévenir qu'ils te cherchaient.

Ils demeurèrent silencieux un bon moment.

Germain entreprit de se débarrasser de sa chemise, ce à quoi elle l'aida.

— T'es bien gentille de faire tout cela pour moi.

— Mais, ça ne doit pas être facile de se contorsionner après ce qu'ils t'ont fait.

— Pour ça, tu as raison, mais ce n'est pas de cela que je voulais parler.

Elle eut quelques rougeurs au visage, essuya nerveusement la poussière sur sa chemise et lui dit :

— Tu devrais prendre une bonne douche et te reposer.

— Ouais, c'est ce que je vais faire.

Avant qu'il ne referme la porte de la salle de bain derrière lui, elle lui demanda :

— Germain, que faisais-tu dans le bois, cette nuit ?

— Rien de grave. L'autre soir, j'ai trouvé une famille de renards que j'observe depuis, répondit-il après une hésitation.

Elle ne répondit rien, le considéra longuement avec de grands yeux interrogateurs, puis elle baissa la tête. Elle se détourna alors et entreprit nerveusement de ranger les objets qu'elle pouvait remettre à leur place.

De son côté, il ferma la porte, acheva de se dévêtir et s'installa confortablement pour se détendre sous l'eau chaude.

Lorsqu'il eut terminé et qu'il ouvrit la porte, Lise était partie. Il alla s'asseoir près de la rivière. Il regretta la réponse stupide qu'il lui avait faite, elle qui venait de le sortir d'un mauvais pas.

Mais il ne devait pas s'attacher à elle, cela lui faisait très peur, plus peur que ce qu'il avait entrepris.

Après un certain moment, absolument sûr d'être seul et de ne pas être épié, il vérifia le dessous du chalet et fut soulagé de voir que rien n'avait bougé de là.

Et plus tard, sous les arbres, caché sous des couvertures et à l'abri, épuisé, il s'endormit sans difficulté, blotti dans son sac de couchage.

Il n'avait pas oublié qu'il travaillait le lendemain.

10

Jeans et blouse mauve

Lise avait été déçue par la dernière réponse de Germain avant qu'il n'entre dans la douche. Surprise par ce mensonge, elle n'avait pas su lui répondre. Elle avait d'abord pensé lui crier de ne pas la prendre pour une imbécile, qu'elle savait bien qu'il creusait des trous dans la forêt derrière la terre de son oncle. Mais la déception fut plus vive que la colère. Assise sur le fauteuil, après réflexion, elle avait préféré le laisser seul. Après tout, peut-être s'était-elle nourrie d'illusions à propos de ce garçon qui avait finalement autre chose à faire que de s'occuper d'une fille d'un village perdu dans les Appalaches.

Désenchantée, elle sortit, prit sa bicyclette et retourna chez elle retrouver son père qu'elle avait laissé sans explication avec son départ rapide. Pendant le trajet, elle réalisa la situation dans laquelle elle s'était mise, peu fière d'elle : s'improviser l'alibi d'un inconnu dont elle était tombée sous le charme avant même qu'il ne lui ait adressé la parole !

Lorsqu'elle entra par la porte arrière de la cuisine de l'hôtel, elle retrouva son père seul à la table, absorbé dans ses pensées. Elle jeta rapidement un coup d'œil dans la salle à dîner vide et se retourna vers son père.

— Où est allé tout le monde ?

— L'as-tu retrouvé ? lui demanda-t-il sans relever la tête.

— Oui, répondit-elle sans le regarder, gênée. Où est tout le monde ?

— Partis sur le chantier voir ce qui se passe. Alors, si tu l'as rejoint, ce n'est donc pas lui qui ... qui a volé les explosifs ?

— Je ne pense pas.

— Est-ce que la police lui a parlé ?

— Oui.

— L'ont-ils arrêté ?

— Pas encore.

— Lise, fais attention, lui dit-il en relevant lentement la tête et en la regardant avec douceur ; fais attention, il n'est pas comme les autres.

— Je sais. Il n'est pas comme les autres. Il a un quelque chose que ...

— Lise, il a la police aux fesses, lui dit son père en se tenant le ventre, je veux bien croire qu'il a un quelque chose, mais ce quelque chose-là est probablement dangereux.

Elle ne répondit pas à cette remarque et fit plutôt quelques pas vers lui.

— Tu as encore mal ?

— Ça s'endure. Ce n'est pas de cela que je te parle.

— Ça fait plus d'un mois que tu as des douleurs. Est-ce que je me trompe, ou ça te prend plus souvent ?

Ce fut lui qui ne répondit pas cette fois.

— Tu ne penses pas que ces douleurs soient plus importantes que cet inconnu ?

— Cet inconnu occupe tes pensées comme jamais ce n'est arrivé auparavant. Je suis certain qu'il touche à des choses qu'on ne devrait pas toucher.

— Et moi, je suis sûre que ce n'est pas normal que tu te tiennes le ventre ainsi. Y a-t-il encore de l'essence dans la voiture ?

— Pourquoi ?

— Je vais t'amener à l'hôpital quand ce sera possible cette semaine. Pas lundi, il y a beaucoup de monde. L'idéal serait qu'on y aille mardi ou mercredi.

— Que veux-tu qu'on fasse là ?

— Voir si on peut faire quelque chose pour tes douleurs.

À ce moment, il y eut un bruit à la porte d'entrée. Des éclats de voix annonçaient le retour de plusieurs qui étaient là une heure plus tôt pour déjeuner et qui avaient déserté la place pour aller aux nouvelles non loin du chantier.

D'un geste, il ordonna à sa fille de rester immobile.

— Ecoute bien. Tantôt, quand tu es partie, personne n'a vraiment remarqué ton départ. Si nous faisons attention, personne ne saura que tu es allée le retrouver.

Il ne lui donna pas le temps de répondre et se dirigea vers la salle à dîner. La plupart étaient revenus ; George et le vieux Cyr n'étaient pas avec eux.

— Alors, que s'est-il passé ?

— Bah, pas grand-chose. Pas vraiment, répondit un client.

— Dis-en un peu plus, j'aimerais savoir ; je n'ai pu aller là-bas..

On raconta donc à l'hôtelier les événements de ce début de journée en lui dressant un portrait des allées et venues de George, très occupé par le premier rôle qu'il s'était donné, mais qui n'avait cependant pas encore atteint son apothéose.

Lise, demeurée dans la cuisine, s'était appuyée sur le mur, toujours à l'abri du regard des habitués de la place. Elle aurait tout donné pour que cette situation n'ait jamais existé. Le remords l'envahissait. Depuis le décès de sa mère, son père était plutôt compréhensif et finissait ordinairement par tolérer presque toutes les frasques qu'elle se permettait avec les gars de la région ; d'ailleurs, les gens la connaissaient : elle n'était pas maligne, Lise.

Mais cette fois, il pouvait se manifester des conséquences.

Pourquoi s'était-elle foutue dans ce pétrin ? Le regret la saisit si fortement qu'elle eut mal. Elle resta plongée en elle jusqu'à ce qu'elle entende son père crier d'une voix forte :

— Alors, on vous sert à déjeuner ou vous vous nourrissez de ragots ?

Elle ressentit le mouvement qui parcourut la petite assemblée jusque dans la pièce où elle était. C'est à ce moment qu'elle se ressaisit. Elle prit la cafetière toute pleine, sortit et commença à emplir les tasses qui étaient sur les tables. Elle fut heureuse et rassurée lorsqu'elle aperçut le visage soulagé de son père. Elle croyait bien avoir évité la tempête.

Lentement, le tourbillon d'émotions qui tournoyait en elle s'apaisa, et pour le bonheur de tous, elle redevint la Lise qu'on connaissait et qu'on aimait bien.

Pendant ce temps, au chantier, rien n'avait vraiment bougé. La journaliste était toujours assise dans sa voiture, alors que George et Cyr, qui s'étaient rapprochés, se tenaient un peu à l'écart. Un bref appel prévint les policiers qui attendaient près de leurs véhicules que l'employé de la compagnie d'explosifs devait rappeler son patron aussitôt son arrivée.

Quinze minutes plus tard, une voiture arrivait. Le contremaître, Pierre Ladouceur, descendit et s'approcha des policiers qui le reconnurent aussitôt. Ils l'accueillirent et l'entraînèrent rapidement vers le dépôt en faisant signe à George et à Cyr de s'éloigner.

Une seconde voiture arriva ; il s'agissait du représentant de la compagnie de dynamitage, Serge Riopel, qui dut prouver son identité. Le policier lui fit part de l'appel qu'il avait reçu pour lui et les deux se dirigèrent immédiatement vers la voiture de patrouille dans laquelle s'installa le nouveau venu. La conversation qui ne dura que quelques minutes parut se dérouler à sens unique car l'employé, dont le visage devenait de plus en plus grave, ne répondit que trois fois : « oui monsieur, c'est bien ».

Ensuite, ils rejoignirent le contremaître affairé à constater les dégâts à l'arrière de la petite bâtisse.

— Il y a bien eu effraction, disait-il à ce moment, on voit que le coin du mur a été défait.

— On voit bien que c'est par là qu'il a réussi à sortir des explosifs, renchérit le policier qui avait frappé Germain, du moins, si on se fie à ce que le monsieur avec les cheveux roux nous a dit.

— On verra bien ce qui s'est passé. Je vais aller voir à l'intérieur à quoi ça ressemble, dit alors Serge Riopel, le visage à la fois triste et tragique.

Il sortit la clef du cadenas qui barrait la porte du petit dépôt et entra avec un policier. Tous étaient bien curieux de voir. Au premier coup d'œil, tout semblait normal. Il fouilla dans le tiroir d'un bureau qui était là et en sortit quatre feuilles. Il commença à vérifier si chaque item inscrit sur la liste était dans ce hangar.

Tous occupés à leur tâche, personne n'avait remarqué un grand homme vêtu de noir, les cheveux gris et longs, observant la scène, appuyé sur une voiture luxueuse garée le long de la route, en face du petit cimetière à l'entrée du village.

À côté du hangar, on prévint les autres qu'une quinzaine de minutes suffiraient pour qu'on puisse enfin connaître la vérité. George trépignait presque comme un enfant tellement il avait hâte de savoir.

Dix minutes plus tard, un policier s'approcha de la voiture de Josée. Il s'agissait de celui qui avait assisté à la correction de Germain.

— Excusez-moi de vous déranger, dit-il en l'abordant avec une politesse teintée de sarcasme.

— Qu'y a-t-il ? demanda la journaliste.

— On vient de nous demander par téléphone de tenir les gens à l'extérieur d'un périmètre important.

— Ce qui signifie ? demanda George qui s'était promptement rapproché.

— Qu'il est mieux pour vous d'aller ailleurs.

— Eh bien ! Quoi ? Je donne l'alerte, je vous donne l'identité du voleur et c'est ainsi que vous me remerciez !? Comme ça !? Cavalièrement ! répliqua George.

Le policier le tira à part.

— Tu vas bien m'écouter, bonhomme. Peut-être que tu as raison, mais le mec que tu nous a décrit a passé la nuit avec sa bonne femme ! Ça, c'est difficile de prouver le contraire, ajouta alors le policier sur un ton définitivement moins amical.

À ce moment, l'agent fut appelé par ses confrères que l'employé de la compagnie d'explosifs venait de rejoindre. Abandonnant George, il alla les retrouver et ils tinrent un autre conciliabule auquel se joignit le contremaître du chantier.

Puis, après quelques minutes, le même policier revint.

— Qu'est-ce que vous a dit le monsieur de la compagnie ? demanda George, très sérieux.

— Il nous a dit qu'il ne manque rien à l'intérieur du dépôt, dit le policier en le regardant dans les yeux. Et pour être certain de bien se faire comprendre, il ajouta : il n'y a pas eu de vol !

Cette réponse secoua le grand rouquin. Le policier visiblement en colère regardait par terre en se grattant le menton. Cyr jeta un regard vers George, incrédule.

— Mais voyons, George, es-tu sûr de l'avoir vu, ce jeune ?

— C'est sûr que je l'ai vu, répondit son ami en bafouillant presque.

— Monsieur, continua alors le policier, j'espère que vous réalisez le dérangement que vous avez causé.

— Mais …

— Monsieur, interrompit le policier, vous avez dérangé jusqu'aux dirigeants de la police, nous avons failli arrêter un innocent.

— Mais, voyons ! Je l'ai vu !

— Vous croyez l'avoir vu. Vous croyez l'avoir vu, répéta le policier d'une voix forte ; vous avez pu vous tromper. En fait, vous vous êtes trompé. Le représentant de la compagnie vient de faire l'inventaire et il nous affirme que depuis la dernière livraison, rien n'a disparu. Tout est intact.

George tenta d'insister, mais le policier tourna les talons et retourna vers ses confrères croisant au passage la journaliste à laquelle il adressa un regard chargé de mépris.

— Madame, je ne sais ce que vous a dit cet homme, mais s'il vous a parlé d'un vol ou de quelque chose comme cela, ce n'est qu'une fausse alerte. Ne parlez donc pas de ce qui vient de se passer, ça ne servirait à rien et ça pourrait peut-être vous causer des problèmes de répandre des rumeurs.

— Je suis bien heureuse de l'apprendre, mais pourquoi donc avoir tabassé ce jeune homme, plus tôt ? demanda-t-elle, sourire aux lèvres.

— Je ne comprends pas ce que vous dites, madame. De quel jeune homme s'agit-il ? De quoi parlez-vous ?

— D'accord, monsieur, je vous comprends. Et si cela peut vous rassurer, sachez que mon patron n'aimerait pas me voir répandre une rumeur dans laquelle la réputation de la police nationale serait, disons, écorchée, répondit Josée. Mais dites-moi, voyez-vous ce grand homme aux cheveux gris, sur la route là-bas, appuyé sur sa voiture, et qui observe avec grand intérêt depuis tantôt ce qui se passe ici ? Le connaissez-vous ?

Le policier regarda par-dessus l'épaule de Josée et aperçut au loin cet homme vêtu de noir qui montait dans sa luxueuse voiture, laquelle démarra aussitôt en s'éloignant du village.

— Je suppose, madame, que c'était quelqu'un curieux de comprendre la présence de nombreux policiers si tôt ce matin, probablement le propriétaire d'un des nombreux chalets ...

— Qu'importe, cher monsieur, dit-elle, puis-je rencontrer le contremaître, pour lui parler des célébrations concernant l'inauguration ?

— Je suppose, madame, mais je ne peux cependant répondre pour lui ; vous savez, il a été dérangé chez lui très tôt ce matin.

Elle le suivit sans rien lui répondre.

Pendant ce temps, George et son inséparable avaient déjà dépassé le cimetière et marchaient sur la rue principale du petit village que le soleil printanier faisait resplendir.

Ils échangèrent ainsi de supposition en supposition jusqu'en face de l'hôtel. George entra, suivi du vieux Cyr.

Toutes les personnes qui jasaient interrompirent leurs conversations.

Alors, George balaya lentement des yeux la petite foule et lorsque son regard tomba sur Lise, un sourire vainqueur illumina son visage. Cette dernière, qui ne comprenait pas son attitude, soutint son regard jusqu'à ce qu'il lui dise devant son père qui sortait des cuisines :

— Eh ! Mais tiens tiens, me voilà donc devant celle avec qui notre beau Germain Valois a passé la nuit. Petite, brune, avec jeans et blouse mauve, n'est-ce pas là la description faite par le policier pour décrire la fille qui dit avoir passé la nuit avec ce vaurien ?

— Ça m'en a bien l'air, répondit le vieux Cyr, tout fier du coup de poignard que venait d'administrer George.

— C'est bien elle, Fernand, c'est bien elle, la belle Lise Daigneault ; tout juste bonne à se faire peloter. Par un étranger, en plus.

Un silence envahit alors la salle à dîner. Lise demeura interdite, le cabaret à la main, l'œil sombre, immobile et mauvais lançant des flèches à cet homme cruellement vaniteux.

— Qu'est-ce que tu viens de dire au juste ? dit d'une voix forte le père de Lise qui se dirigeait lentement vers George avec un couteau à dépecer à la main. Qu'est-ce que tu veux dire ?

— Je répète ce qu'un policier m'a dit, répondit-il, et fais attention avec ton couteau !

— Je me fous de ça, répondit Henri tout en continuant d'avancer.

— Arrête ! Papa ! Arrête ! Je vais t'expliquer, cria Lise en éclatant en sanglots et tenant son visage avec les mains.

Quelques attablés sortant de leur stupeur se levèrent et aidèrent Michel à arrêter Henri alors que d'autres conduisirent George et son oiseau de malheur à la porte.

— Je vais le tuer ! cria le père en se débattant, je vais le tuer !

11

Le père et la fille

Ceux qui s'étaient levés pour arrêter Henri finirent par l'asseoir à une table. Il respirait fort. Il donna trois coups de poing sur la table et dit à voix basse :

— Avant de mourir, je vais le tuer. Je ne vois pas d'autres moyens pour lui fermer la gueule. Je vais le tuer !

— Mais non, Henri, lui répondit un de ceux qui étaient là, mais non, il ne vaut pas la peine que tu perdes ton temps à faire cela

— Tu ne peux comprendre.

— T'en fais pas pour Lise, on l'aime tous beaucoup. C'est un peu à nous ta fille. T'en fais pas.

Lise, demeurée immobile pendant les dernières minutes, se dirigea lentement vers la petite pièce. Elle jeta un coup d'œil vers son père. Ce dernier fixait alors le sol devant lui, sans bouger. À le voir dans cet état, elle savait que ce n'était pas le temps de lui parler. Avant de disparaître, elle fit signe à un de ceux qui étaient avec son père qu'elle le verrait plus tard.

Elle prit son coupe-vent et sortit. Dans la cour de l'hôtel lui parvenaient entre deux maisons les éclats de voix de ceux qui avaient sorti Lauzon et son vieux compère que l'on tentait de convaincre de retourner chez eux et d'attendre là quelques jours avant de se pointer le nez à l'extérieur. Personne ne semblait soutenir George et tous s'entendaient pour reconnaître dans sa conduite une bêtise plus qu'un geste intelligent Elle préféra ne pas aller de ce côté. Sans ami et sans recours, elle alla s'asseoir contre le gros arbre au fond, celui auquel son père lui avait attaché une balançoire lorsqu'elle était toute jeune et qui faisait l'envie de ses amies. Elle réfléchit à tous ces événements.

Soudainement, les choses étaient devenues sérieuses. Avant aujourd'hui, réalisait-elle, tout n'était qu'un jeu. Elle ne pouvait qu'avoir du plaisir. Elle n'avait jamais fait de mal à personne. Certes, elle avait brisé le cœur de plusieurs garçons, mais elle était demeurée en bonne relation avec tous ceux qui étaient passés dans sa vie. Tout cela n'avait toujours été qu'un jeu.

Cette vie de plaisir l'avait-elle rendue égoïste ? Ne pensait-elle qu'à elle ? Lorsqu'elle avait aperçu ce bel étranger la première fois, d'où lui était venu ce besoin de conquête ? Elle n'avait jamais trouvé de sens à ce que faisait ce garçon dans le bois à creuser des trous. Un maniaque ? La question lui avait traversé l'esprit. Pourquoi avoir tenu à ignorer la réponse ?

Indirectement, elle avait fini par blesser ce qu'elle avait de plus cher au monde, celui qui avait tenu les rôles de père, de mère, de confident, de complice.

Celui qui lui avait consacré sa vie.

Elle savait qu'il avait pataugé dans des affaires de politicailleries louches à l'époque de sa naissance alors qu'ils habitaient Montréal. Elle ne savait pas de quoi il s'agissait au juste. Tout au plus savait-elle qu'il avait été actif dans le soulèvement de 2005, ce que les chroniqueurs de droite avaient appelé la révolution tranquillisée. De cela, on n'en parlait pas. Il en était sorti écœuré et aigri et ne s'était plus occupé que d'elle et de sa mère qui était morte six ans plus tard. Il avait juré à sa femme que rien n'arriverait à leur fille et qu'il ferait ce qu'il faut pour qu'elle soit heureuse.

Pourquoi avait-elle inventé ce mensonge pour protéger ce jeune étranger ?

Pouvait-elle alors dire ce qu'elle savait à propos des fosses et ainsi accuser Germain après avoir affirmé qu'ils avaient passé cette nuit ensemble ? La situation était telle que si elle avouait la vérité, elle passait pour une menteuse, et que si elle ne disait rien, elle nourrissait les calomnies et les médisances de ce Lauzon et de ses comparses qui excellaient dans ces saletés.

Mais d'abord, il fallait qu'elle s'occupe de son père. Il était le seul à qui elle pouvait dire la vérité ; ils ne se mentaient pas. Elle savait qu'il la croirait et cela le soulagerait de savoir.

Elle rentra, se débarrassa de son manteau et pénétra doucement dans la salle à dîner. Il était assis avec deux clients, amis de longue date. Lorsqu'il l'entendit, il détourna la tête un peu et continua ensuite à regarder droit devant lui. Elle continua d'avancer doucement.

— Papa, ça ne sert à rien de te fâcher.

— Ce n'est pas contre toi que je suis fâché, c'est contre cet écœurant, cet enfant de chienne, ce …

— Papa, ça ne te sert à rien de te fâcher contre lui, tu ne le changeras pas. Je voudrais plutôt qu'on parle de nous, dit-elle doucement alors que les deux copains de son père se levaient pour laisser la place.

— Merci, les gars, merci. Vous seriez aimables de rester un peu au cas ou des clients arriveraient, demanda Henri que la voix douce de Lise commençait à apaiser. Tu as sans doute raison, Lise, viens plus près. Tu le sais, je suis incapable de t'en vouloir.

Elle s'assit avec lui et prit ses mains entre les siennes.

— J'aimerais te dire la vérité. À toi, je peux la dire. Si je la dis aux autres, je vais passer pour une menteuse.

— Je ne comprends pas. Pourquoi Lauzon a-t-il dit que tu avais couché avec lui ? demanda Daigneault à sa fille en soupirant, incapable encore de la regarder.

— Si je te dis que je n'ai pas couché avec lui, vas-tu me croire ?

— Tu ne m'as jamais menti, à ce que je sache.

— C'est vrai, je ne t'ai jamais menti. Alors, regarde-moi dans les yeux, lui dit-elle en se plaçant bien en face de lui. Et après qu'il l'eut bien regardée, elle ajouta : je n'ai pas couché avec Germain Valois.

— Pourquoi dit-il cela ? Pourquoi dit-il que c'est la police qui lui a dit cela ?

— Parce qu'il croit que c'est la vérité. J'ai dit à la police que j'avais passé la nuit avec lui pour …

— Tu as dit à la police que tu …?

— Attends, laisse-moi parler. Tantôt, quand je suis revenue de chez Germain, je n'ai pas eu le temps de tout te raconter. Quand la police l'a croisé sur la route en bas de la côte, ils ont commencé à le tapocher fort pour qu'il leur dise d'où il venait. Je suis arrivée à ce moment et quand j'ai vu qu'il n'allait pas s'en sortir, je leur ai crié qu'il avait passé la nuit avec moi. Ils ont arrêté.

— Tu leur as dit ça ? interrogea le père, interloqué.

— Oui. J'avais peur qu'il le tabasse trop fort, ce policier frappait dessus comme un enragé ! Mais je ne savais pas que ça donnerait ce que ça a donné. Si j'avais su que ça prendrait de telles proportions …

— Tu leur as vraiment dit cela ? demanda-t-il encore, avec un sourire apparaissant sur le coin de ses lèvres.

— Tu n'es pas fâché de ce que j'ai fait ? lui demanda-t-elle, hésitante.

— Non, je ne crois pas. Non, c'est bien. Jean ! Apporte le gin ! cria-t-il à l'intention d'un des amis un peu plus loin.

— Alors, là, j'aimerais bien que tu expliques un peu.

— Ce ne sera pas long, lui répondit-il en lui prenant la main, ce ne sera pas long. Laisse-moi juste réfléchir un moment.

La porte d'entrée s'ouvrit alors. Tous les regards se tournèrent dans cette direction. Une femme vêtue d'un tailleur chic entra et demanda :

— Je m'excuse, pouvez-vous me dire si vous servez des repas ?

— Oui, bien sûr, nous servons les repas, bien sûr, répondit Henri Daigneault. Entrez, madame, entrez. Ma fille s'occupe de vous, continua-t-il en désignant Lise qui s'avança vers la femme.

— Bonjour, madame.

— Ah ! Mais c'est vous !? C'est bien vous que j'ai vue ce matin sur la petite route ?

— Oui, c'est bien moi. Venez que je vous présente mon père, répondit Lise en dirigeant Josée Lacoste vers son père. Papa, je te présente madame Josée Lacoste, journaliste à *L'Est*.

— Ah ?! Bonjour, madame, fit l'hôtelier en tendant la main que la journaliste serra.

— J'ai rencontré madame ce matin alors que les policiers cognaient sur Germain. Elle a tout vu et tout entendu.

— En effet, monsieur, je puis même dire que j'ai aidé votre fille à tirer votre gendre des mains de ces brutes, ajouta fièrement Josée.

Lise ne put réprimer un sourire à la réaction de son père qui sourcilla lorsqu'il entendit le mot *gendre*.

— Et comment va-t-il, demanda-t-elle à Lise qui fut embarrassée par la question.

— Heu, je ne sais pas. Je l'ai laissé tantôt, il dormait, répondit-elle en se tournant vers son père qui venait de s'asseoir en se tenant le ventre.

Elle marcha rapidement vers lui et demanda à Jean de laisser faire pour la bouteille de gin.

— Ça va ? demanda-t-elle nerveusement.

— Oui, ça va, répondit-il en grimaçant alors que Josée s'approchait.

— Mais, vous êtes souffrant, monsieur, murmura-t-elle en remarquant son front perlé de sueur.

— Oui, un peu ; cette fois, ça fait mal.

— Je veux l'amener à l'hôpital cette semaine, ajouta Lise, mais il ne veut pas.

— Ce serait une bonne chose.

— Je crois que ça pourrait attendre, dit Henri qui faisait un effort pour camoufler la douleur.

— Ce n'est pas certain, lui dit Lise, tu devrais aller te reposer. Je peux voir à faire aller la maison.

— Non, ça va, je vais …

— Fais-moi plaisir, va te reposer. Pendant ce temps, je vais préparer un repas pour madame.

Il accepta finalement. Il monta seul jusqu'à sa chambre, lentement, s'arrêtant à deux reprises pour laisser passer des spasmes dans son abdomen qu'il tenait, légèrement recroquevillé sur lui-même. Il se redressa vivement lorsqu'il entendit Lise qui venait dans sa direction.

— Ça va, papa ? cria-t-elle.

— Oui, oui, ça va. Ne t'en fais pas, je vais m'étendre un peu, parvint-il à lui crier en dissimulant sa douleur.

De peine et de misère, il arriva finalement à sa chambre, ferma la porte et s'étendit sur son lit en grimaçant de douleur. Lorsque replié et couché sur le côté gauche, le mal semblait diminuer. Il demeura ainsi, inquiet et anxieux. Il n'avait pas idée de la nature de ces indispositions et il craignait une mauvaise nouvelle s'il se rendait à l'hôpital. De plus, cela pouvait s'avérer onéreux et il n'avait pas l'argent nécessaire pour se soigner. Depuis une vingtaine d'années, les dirigeants avaient partiellement aboli l'accès aux soins médicaux, et se faire soigner n'était plus à la portée de tous. Le rationnement de l'essence représentait également un problème pour les régions éloignées. Celles-ci, moins favorisées, en obtenaient moins. De cette façon, le gouvernement en place favorisait les plus riches et contrôlait à sa guise les plus démunis.

Lise connaissait un peu leur situation financière, mais elle en ignorait la fragilité. Son père arrivait à faire *marcher* l'hôtel ; ce dernier était autosuffisant, sans plus. Henri savait donc que si le mal qui l'envahissait s'avérait être grave, il n'aurait pas les moyens de se faire soigner adéquatement. Comme cela arrivait fréquemment, il en arriverait alors aux injections de morphine que fournissait le gouvernement aux citoyens qui n'avaient pas les moyens de se faire soigner, afin qu'ils puissent mourir sans douleur.

Pendant qu'il élaborait tous ces funestes scénarios, Lise racontait son histoire à Josée Lacoste. Elle lui apprit en outre qu'elle connaissait à peine Germain, que ce dernier était ici depuis l'hiver dernier, mais que personne n'en savait vraiment quelque chose. La journaliste comprit pourquoi elle avait agi de cette manière et réalisa parfaitement la situation dans laquelle elle s'était mise.

De son côté, Josée lui raconta qu'elle avait un peu jasé avec le contremaître du chantier, plus précisément des origines de ce projet de construction, de son exécution et des délais qui se devaient d'être respectés car le gouvernement désirait que toutes les rénovations du circuit routier soient terminées au même moment pour une inauguration médiatisée en grande pompe. Aux questions concernant les événements de la journée, il n'avait rien voulu dire de précis, étant donné que tout ce dérangement n'était que le résultat d'une fausse alerte donnée par un citoyen un peu zélé. Il n'avait donc pas été question de Germain.

Après son repas, Josée quitta Lise en lui disant qu'elle était très fière de sa journée, car en plus d'avoir obtenu les renseignements qu'il lui fallait pour son reportage, elle avait rencontré en elle une personne chaleureuse. Finalement, les deux femmes manifestèrent le désir de se revoir très prochainement.

Assise dans sa voiture, la journaliste savoura la « bombe » qu'elle venait de découvrir à St-Stanislas. Son flair lui prédisait une suite d'événements mouvementés à venir dans le petit village où tous les ingrédients d'un cocktail explosif étaient réunis. Mais il n'était pas question qu'elle en parle dans un article, du moins, pas maintenant.

À l'heure du souper, Germain était assis chez lui, les yeux tournés vers la rivière. Il avait dormi jusqu'au milieu de l'après-midi et était reposé. Certaines parties de son corps étaient endolories, dont l'abdomen et le visage, alors que d'autres étaient ankylosées, les jambes et une hanche. Mais il serait apte à se présenter au travail le lendemain matin.

Il était inquiet. On ne pouvait l'accuser, mais il était suspect. Au pire, on ne voudrait plus de lui sur le chantier. Et puis ? Cela n'affecterait en rien sa détermination. Surtout qu'il avait maintenant tout ce qu'il lui fallait.

Regrettait-il d'avoir offusqué Lise en lui répondant comme il l'avait fait ?

Oui, il regrettait. Amèrement.

Il reconnaissait la grandeur du geste qu'elle avait posé et les conséquences qu'il pouvait signifier pour elle. Cependant, il ne voulait pas qu'elle s'amourache de lui, il ne voulait pas qu'elle soit mêlée aux projets qu'il avait mis en branle. Elle risquait de devenir sa complice, ce que ne pardonnerait pas son père qui avait déjà souffert des événements de la première décennie du siècle.

Il s'était juré ne plus jamais aimer : il ne le pouvait plus. Cependant, Lise exerçait sur lui un envoûtement qu'il n'avait plus pensé connaître. Elle n'était pour lui que fascination. Pourtant, s'il se laissait aller à l'aimer, il appréhendait le malheur pour eux.

Mais la décision de lui avoir fait mal lui était insupportable. Il ne le ferait plus. Il n'interviendrait plus dans les événements, il les laisserait venir, qu'importe leur contenu.

La passion, c'est comme un cheval sauvage, ça ne se contrôle pas, lui avait-on déjà dit ; on laisse aller.

12

Lendemain

Le lendemain de tous ces événements, peu à peu, dans la quinzaine de minutes précédant les huit heures, les ouvriers arrivèrent ce lundi matin sous un splendide soleil. Les occupants de chaque véhicule qui se présentaient sur le chantier avaient la surprise de se voir accueillis par des policiers qui vérifiaient leurs papiers. À toutes les questions qui leur étaient posées, les agents répondaient la même chose, à savoir qu'on avait tenté de voler des explosifs pendant la fin de semaine et que le chantier était désormais sous constante surveillance. On se refusait à tout renseignement supplémentaire. Comme aucun des employés n'avait eu vent des incidents du week-end, l'accueil qui leur était fait les laissa perplexes.

Alors que chacun y allait de son commentaire, on vit Germain qui arrivait. On remarqua d'abord qu'il boitait, et ensuite, plus il approchait, que sa démarche semblait laborieuse. Un groupe se forma lentement et se déplaça sensiblement dans sa direction. Germain, qui croyait arriver discrètement comme la semaine précédente, fut donc accueilli à nouveau par René, entouré cette fois de quelques confrères. Lorsqu'il fut près d'eux, tous remarquèrent les contusions sur son visage.

— Mais, que t'est-il donc arrivé ? demanda René le premier.

— Oh ! Rien de grave. Une mauvaise chute, c'est tout, répondit Germain qui attendait la question.

— Tu ne t'es pas manqué ! ajouta un des jeunes hommes, le visage moqueur et souriant.

— Ouais, quand tu décides de tomber, tu prends ça sérieusement ! surenchérit un autre.

Ne sachant pas ce qu'on leur avait dit, Germain préféra adresser des sourires plutôt que de répondre.

Un véhicule inconnu de tous les employés arriva à ce moment et tira Germain de l'embarras dans lequel il était plongé. Tous se dirigèrent vers la camionnette dont chacun reconnut sur les portières le sigle de la compagnie qui s'occupait du dynamitage. Un homme dans la quarantaine, sitôt suivi de trois autres qui l'accompagnaient, en descendit, s'approcha, laissa les murmures se taire et dit d'une voix forte :

— Voici, messieurs, la situation ce matin ...

Germain sentit son estomac se nouer.

— Votre chef de chantier, poursuivit l'homme, M. Ladouceur, arrivera plus tard dans la matinée. Cependant, cela ne signifie pas que vous n'avez pas de travail ...

— Pourquoi n'est-il pas là ? interrompit un ouvrier.

— On ne m'a donné aucune raison expliquant l'absence de M. Ladouceur. Cependant, on m'a envoyé ici ce matin parce qu'il y a de l'ouvrage à faire. On m'a dit que le forage était presque terminé.

— Est-ce vrai qu'on a volé de la dynamite ? demanda un ouvrier.

— J'ai entendu au bureau ce matin qu'on a essayé d'en voler et que le malfaiteur a été surpris avant de pouvoir en prendre.

— Est-ce qu'on l'a arrêté ? demanda une autre voix.

— Pas à ce que je sache.

— Sait-on de qui il s'agit ?

— Je ne crois pas, répondit le représentant qui commençait à s'impatienter.

Pour mettre fin à l'interrogatoire dont il était l'objet, il ajouta :

— Si vous êtes intéressés à travailler dans la police, allez-leur demander un formulaire, répondit-il en pointant vers les policiers. Moi, je ne suis pas ici pour répondre à vos questions, mais pour faire sauter un cap de roc.

— C'est vrai. On doit « déménager » nos foreuses cet après-midi, répondit un employé.

— Ça vaut mieux car on dynamite cet après-midi !

Cette dernière phrase provoqua un silence que René interrompit après quelques instants.

— Alors, si je comprends bien, on se botte le derrière et on finit le forage tôt cet avant-midi si on ne veut pas sauter en l'air avec nos machines ? questionna-t-il à voix haute.

— C'est exact. C'est ce qu'on m'a demandé de vous dire, acheva le porte-parole de la compagnie de dynamitage.

La plupart des ouvriers se retirèrent en maugréant pour se diriger lentement vers le chantier et rejoindre leurs machines là où elles avaient été abandonnées le vendredi. Ils avaient l'habitude ; à chaque contrat, il fallait courir quand on approchait la fin.

Germain ne savait que faire. Au moment où René allait lui dire quelque chose, il fut interpellé par un policier.

— Hé ! Le jeune ! lui cria l'agent en le pointant du doigt.

— C'est à moi que vous parlez ? demanda Germain devant René, surpris.

— Oui. Est-ce qu'on a vérifié tes papiers ?

— Non, répondit Germain en se dirigeant vers le policier auquel il tendit les papiers que lui avait remis le chef de chantier.

Le policier regarda attentivement les papiers et lui demanda de patienter quelques instants. Il se dirigea vers deux de ses confrères qui jetèrent un coup d'œil sur les documents en hochant la tête d'un air approbateur. Ils dévisagèrent ensuite Valois et marmonnèrent quelques mots à l'intention de celui qui avait pris ses papiers et qui revint les porter à Germain qui s'était avancé vers lui. Alors qu'il lui tendait ses papiers, le policier lui dit :

— T'es pas gêné. Faut être effronté pour revenir ici.

— Faut bien gagner sa vie !

— Et celle de sa *pitoune* ! hein ? lui répondit du tac au tac le policier, un sourire moqueur au visage.

— Je suppose que c'est ce que tu fais ?

— Fais attention, je te maquillerai bien l'autre côté de la face un jour !

— Alors, arrange-toi pour ne pas manquer ton coup! lui dit sèchement Germain en se retournant.

Lorsqu'il avait entendu l'homme de la compagnie de dynamitage déclarer à deux reprises qu'il n'y avait eu que tentative de vol, Germain avait compris pourquoi il n'avait plus reçu la visite de la police la veille. Par la réaction du policier, il en avait déduit que c'était le mensonge de Lise qui avait mêlé les cartes.

Il restait cependant aux aguets : il était impossible qu'on ne se soit pas rendu compte du vol et il lui était évident que quelqu'un savait que des explosifs avaient disparu, mais qui ? Pourquoi donc affirmait-on qu'il n'y avait pas eu vol, mais seulement une tentative ? Voulait-on lui tendre un piège ?

La voix de René le tira de ses réflexions :

— Qu'est-ce qu'il te voulait, le policier ?

— Vérifier mes papiers, répondit Germain, hésitant, subitement sorti de sa rêverie.

— Il n'avait pas l'air de vouloir blaguer. Il me semblait avoir l'air bête. Je me trompe ?

— Non, tu as raison, lui dit Germain, sourire aux lèvres, il n'apprécie pas le fait que je ne passe pas par la route pour venir ici.

— Dis donc, tu habites par ici, toi ! Tu as eu connaissance de quelque chose ?

— Tu parles de quoi ?

— De cette histoire de dynamite.

— Non, je n'ai rien vu. Tu sais, j'aime bien la nature et je passe beaucoup de mes temps libres dans le bois. D'ailleurs, j'ai découvert une famille de renards.

— Et c'est ainsi que tu t'es défait le visage et le genou ?

— Exactement, j'ai glissé et je suis tombé sur une roche, tête première.

Lorsqu'ils furent arrivés près de la machine, celui qui travaillait habituellement avec René vint les rejoindre. Il fut entendu avant le démarrage des engins que les équipes demanderaient à Germain de leur apporter le matériel dont ils auraient besoin.

Après une heure, deux équipes lui avaient demandé d'apporter des tiges, des extensions et des mèches. Il devait prendre ces objets derrière le petit dépôt que surveillaient justement deux policiers. Sans leur porter attention, il se rendit derrière le dépôt pour prendre les tiges dont avaient besoin les foreurs. C'est alors qu'un policier s'approcha :

— Ça te rappelle quelque chose ?

Germain tressaillit lorsqu'il entendit cette voix. Il se retourna vivement et reconnut celui qui l'avait frappé la veille.

Le représentant de la compagnie d'explosifs était dans le cabanon et pouvait tout entendre.

— Je ne comprends pas ce que tu veux dire, répondit prudemment Germain.

— Peut-être qu'il ne faisait pas assez clair, ajouta l'autre.

— Je ne vois pas ce qu'il y a de nouveau ici à part ce que je dois apporter à ceux qui travaillent avec les appareils là-bas.

— Fais attention de ne pas sortir de bâtons de nitro par le trou que tu as fait, continua le policier avec un faux sourire au visage.

— Je ne comprends toujours pas ce que tu veux dire, répéta Germain.

— Ah ? Tu ne comprends pas ? répondit le policier sur un ton plus menaçant.

— Non. Il ne comprend pas et je crois qu'il est visible qu'il ne veut pas comprendre, répondit une voix inconnue.

Tournant la tête rapidement, Germain aperçut un officier de la police dont les galons affichaient indéniablement un grade supérieur. La réaction du policier et sa physionomie soudainement craintive lui confirmèrent cette impression.

— Ah ! Bonjour. Vous êtes le capitaine Gariépy ? lui demanda-t-il lentement et poliment.

— En effet. Bonjour, caporal Tétrault, répondit le supérieur en lui lançant un regard incisif, bonjour caporal. Pourriez-vous me suivre ? J'ai quelques mots à vous dire.

— Oui, capitaine. Je vous suis.

Le capitaine Gariépy était assez grand et costaud. Son visage était carré, ses yeux d'un gris acier semblaient scintiller sur sa peau basanée, ses sourcils broussailleux se rejoignaient presque au-dessus du nez court et rond. Il approchait la quarantaine, ses cheveux étaient courts, ondulés et il portait la moustache. Son œil indiquait une attitude altière et sa démarche était rapide et souple.

Après le départ des deux policiers, Germain chargea une première fois le petit camion et se rendit vers les équipes qui avaient besoin de ce matériel. Les artificiers avaient alors rempli près de la moitié des trous qu'avaient creusés les machines. Lorsqu'il revint pour prendre son deuxième chargement, il remarqua le véhicule de Pierre Ladouceur à côté de la grande roulotte dont la porte était ouverte.

Il prépara le deuxième voyage et partit. Comme il arrivait à la hauteur de la roulotte, le directeur se présenta dans l'embrasure de la porte et lui fit signe de venir le voir plus tard. Que lui dirait-il ? À son retour, il se dirigea vers le bureau du chef de chantier. On lui répondit d'entrer et de s'asseoir après qu'il eut frappé.

— Tu sais qu'on a tenté de nous voler ? lui dit rudement l'homme assis derrière son bureau.

— C'est ce que j'ai appris tantôt, répondit Germain.

— Tu as pourtant été rencontré par la police hier ?

— Oui, mais ils ne m'ont pas dit qu'on avait tenté de voler des explosifs.

— Mais alors, que t'ont-ils dit ?

— Ils m'ont demandé de monter dans leur voiture.

— Qu'est-ce que c'est que cette histoire ?

— Ils voulaient me parler et m'ont demandé de monter dans leur bagnole. J'ai refusé. Alors, ils ont cogné. Fort.

— Ça, je l'ai appris. Mais ils ne t'ont pas dit que quelqu'un t'avait aperçu sur le chantier au lever du jour ?

— Non.

— On reprend. Est-ce qu'ils t'ont demandé autre chose que de bien vouloir monter dans leur voiture ? demanda Ladouceur en esquissant un sourire.

— Ils m'ont demandé où j'avais passé la nuit.

— Pourquoi n'as-tu pas voulu répondre ?

— Parce que ce ne sont pas leurs affaires.

— Ils avaient un mandat. Tu aurais dû répondre.

— Vous parlez probablement du papier qu'ils m'ont présenté.

— Peut-être.

— Lorsque j'ai tendu le bras pour le prendre, un des deux salauds m'a fait tomber et il a commencé à me tapocher.

— Alors, tu n'as jamais vu un mandat d'arrêt contre toi.

— Jamais.

— Tu affirmes que c'est la vérité.

— C'est la vérité. D'ailleurs, deux témoins pourraient vous le confirmer. Il s'agit de …

— Nous savons, monsieur Valois, répondit une voix derrière Germain qui sursauta, nous savons. Nous avons d'ailleurs l'intention de rencontrer ces deux femmes pour connaître leurs versions afin de comparer.

Il s'agissait du policier de rang supérieur arrivé un peu plus tôt. Germain sut conserver son calme malgré la manœuvre déloyale dont il venait d'être l'objet. Il se félicitait cependant d'avoir dit la vérité.

Ladouceur intervint alors :

— Germain, permets-moi de te présenter le capitaine Gariépy de la police nationale où il travaille à la section des crimes politiques.

— Vous seriez charmant, monsieur, continua le policier sans se soucier des propos du contremaître et s'adressant à Germain, de ne pas contacter madame Josée Lacoste et votre amie Lise Daigneault, jusqu'à ce que nous les ayons rencontrées.

— Je ne vois pas de problème. Croyez-vous que cela sera long ?

— Au souper, sauf avis contraire, vous pourrez rejoindre ces dames, à moins que les témoignages ne corroborent pas.

— Et si les témoignages ne corroborent pas ? comme vous dites, demanda Germain.

— On vous contactera à nouveau, soyez-en assuré, cher monsieur, répondit l'officier supérieur d'un ton autoritaire, on vous contactera à nouveau.

— Et si ces témoignages prouvent plutôt que j'ai été victime de violence, pourrai-je porter plainte ? poursuivit Valois plus arrogant.

— Mais, contre qui donc ?

— Le matricule 709 de votre service.

— Voyez-vous, monsieur, si vous portiez plainte contre ce matricule, on vous répondrait qu'il y a méprise de votre part car il n'était pas dans la région, mais plutôt en vacances. Il y aurait méprise ! répondit-il en haussant un peu le ton.

Il demeura silencieux quelques instants en se grattant la nuque, visiblement agacé par l'attitude de Germain. Il se rapprocha ensuite très près pour lui dire :

— Écoute-moi bien, jeunot, je veux savoir où tu étais et ce que tu as fait. Je ne veux pas savoir ce qui t'est peut-être arrivé. Si tu veux des histoires de violence policière, tu vas être servi, lui murmura Gariépy chez qui Germain décela un léger tremblement. J'espère que tu comprends bien. Où tu étais et ce que tu as fait, je veux le savoir et je vais le savoir, je te le jure.

— Je comprends, répondit Germain qui avait senti dans ces dernières paroles toute la vanité du personnage.

Le policier partit et laissa le chef du chantier en compagnie de Germain.

— Dis-moi, Germain, j'aimerais en savoir plus long.

— Y a-t-il une autre personne, cette fois, cachée quelque part pour écouter la suite de la conversation ?

— Non, ne t'en fais pas. Je n'ai pas eu le choix, il m'a forcé.

— Pourquoi ?

— Il croyait ainsi apprendre une version dans un contexte plus objectif, expliqua Ladouceur. Et cet homme qui dit t'avoir reconnu, comment expliques-tu ça ?

— Je n'en ai aucune idée, répondit Germain.

— Et cette fille, c'est bien celle qui travaille à l'hôtel ?

— Oui, c'est elle. Comment avez-vous su tout cela ? Ce n'est sûrement pas la police …

— Non, c'est Josée Lacoste. Elle voulait me voir car elle fait un reportage sur le projet de construction. C'est elle qui m'a raconté ta rencontre avec les policiers.

— Elle ne parlera pas de tout cela dans son journal ?

— Non.

— C'est d'ailleurs ce qu'elle avait dit à Lise. Elle est honnête, répondit Germain en se préparant à sortir de la roulotte de Ladouceur.

— Hé ! Valois !

— Oui ?

— Eh bien, mon gars, tu ne perds pas de temps avec les filles, lui dit ce dernier avant de le laisser.

Un sourire éclaira alors le visage de Germain qui sortit sous le soleil éclatant. Lise apparut dans son esprit. Il savait qu'elle répéterait ce qu'il avait dit aux policiers, elle ne pouvait faire autrement. Elle ne pouvait mentir, ils étaient liés, malgré lui.

L'ampleur de la déclaration qu'elle avait spontanément faite aux policiers pour le sortir du pétrin, la grandeur du geste qu'elle avait posé au prix de sa réputation, envahirent à nouveau sa conscience.

L'avait-on déjà aimé si fort ?

Il découvrit soudainement tout le feu qui l'habitait, lorsqu'il réalisa que ce n'était pas que le mensonge de Lise qui les liait. Pourrait-il vivre avec ce feu qu'il craignait tant de libérer ?

Il lui semblait la voir avec un sourire d'enfant, les yeux tristes. La blessure qu'il lui avait infligée avec sa stupide histoire de renards lui apparut comme une morsure qu'inflige un mauvais chien à une innocente petite fille qui s'approche gentiment pour le caresser.

Trouverait-il des excuses suffisamment loyales pour panser une telle meurtrissure ?

Germain marchait, difficilement. Il n'y avait pas que sa jambe qui lui faisait mal.

À ce moment, le bruit des machines cessa brusquement ; un silence complet envahit le chantier. Les équipes de foreurs venaient tout juste de terminer leur ouvrage. Dans quelques heures, une première colline sauterait derrière St-Stanislas.

13

Explosion

Vers deux heures, on commença à charger les appareils sur une grosse remorque afin de les transporter à l'autre bout du chantier, près du vieux pont. Deux voyages suffirent à libérer la zone critique.

Pendant ce temps, les gens de la compagnie d'explosifs avaient terminé d'établir les connexions devant assurer la mise à feu de tout cet arsenal. Une autre équipe arrivée plus tard achevait d'installer des tapis faits de vieux pneus entrelacés pour retenir les masses de roc que libéreraient les explosions. Quatre détonations se succéderaient.

À l'écart, Germain avait observé tout ce va-et-vient qu'il compara à une ruche tellement chacun savait ce qu'il devait accomplir. Vers trois heures trente, la police passa dans le village et les rangs voisins pour prévenir la population que le dynamitage aurait lieu dans l'heure qui venait et qu'une sirène l'annoncerait cinq minutes à l'avance.

On demanda à tous les employés de quitter le chantier et de se rendre à l'extérieur, non loin du cimetière où s'étaient massés, curieux, plusieurs villageois et villageoises, chacun y allant de ses prédictions. Quelques-uns remarquèrent George, un peu à l'écart, seul avec son vieil acolyte qui lançait des yeux dans toutes les directions tentant en vain de surprendre un regard à leur intention.

Après que les policiers, le chef artificier et Ladouceur se furent consultés, on entendit le hurlement strident d'une sirène suivi d'un silence impressionnant qui remplaça le murmure des villageois, lui-même remplacé par le gazouillis des sous-bois environnants. Chacun égrenait les traditionnelles cinq minutes précédant la mise à feu. Les regards se firent peu à peu plus perçants, les uns pointèrent du doigt aux enfants la zone à observer alors que d'autres, ayant appris seulement dans la journée les événements de la veille, demeuraient stoïques devant le vent de changement qui soufflait sur leur région. Certains hochaient la tête en signe de désapprobation devant cette démonstration de la puissance de l'argent qu'ils considéraient contraire au progrès. Un photographe du journal *L'Est*, envoyé par Josée Lacoste et qui avait pris des photos du village, de la région et de sa population dans la matinée, ajustait son appareil.

Et d'un coup, la terre trembla sur le chantier. Telle une vague, la succession d'explosions provoqua une fumée grise qui monta dans les airs accompagnée de quelques blocs de pierre, minuscules à cette distance. Presque au même instant, on entendit le bruit sourd d'une déflagration qui ne semblait pas vouloir s'arrêter. Et ce fut tout. Les morceaux retombèrent, la poussière s'estompa et les rochers donnèrent l'impression d'avoir repris leur rang après avoir été invités à danser. Cependant, on réalisa que plus aucune masse de pierre n'occupait sa place d'origine.

Germain, demeuré près de la clôture, avait aperçu parmi les gens du village, Lise et son père qui marchaient un peu à l'arrière ; eux aussi, sûrement, voulaient se faire discrets après les déclarations injurieuses de ce dangereux Lauzon. L'avait-elle repéré parmi les ouvriers ? Il ne put l'affirmer, mais elle et son père ne s'approchèrent pas autant que le reste de la foule. Peut-être craignait-elle de le croiser ?

Normalement, le jeune Valois ne se serait pas préoccupé de tels détails. Sa gêne de la rencontrer et l'appréhension qu'il ressentait illustraient bien la profondeur de la blessure qu'il lui avait infligée. Ces idées le tourmentaient presque lorsque la colline avait explosé ; surpris, il avait levé les yeux et l'image de ce que lui-même préparait lui était passé dans la tête.

Le spectacle terminé, les gens commencèrent à retourner vers le village reprendre leurs occupations là où ils les avaient laissées. Certains étaient curieux de voir si, comme il arrive souvent dans de telles situations, des morceaux de pierres étaient retombés dans le village, occasionnant parfois des bris. Germain demeura là où il était sans bouger. Il ne tourna même pas la tête : il n'aurait pu soutenir le regard de Lise et il ne voulait pas voir Lauzon.

Un de ceux qu'il avait aperçu à l'hôtel lorsqu'il s'y était arrêté en revenant de Sherbrooke vint alors vers lui, hésitant, au moment où Germain retournait vers le chantier avec le reste des employés.

— Germain ?

— Oui, c'est moi, répondit Germain qui se faisait apostropher pendant cette journée plus souvent que pendant les derniers mois.

— Je m'excuse de t'interpeller, il est possible que tu ne me reconnaisses pas ; nous nous sommes croisés à l'hôtel, chez Daigneault.

— Oui, je me souviens. Tu étais avec un autre gars et vous êtes partis peu après que je sois arrivé.

— Oui, c'est ça, continua l'autre en tirant Germain de côté et en regardant derrière lui.

— Tu cherches quelque chose ?

— Non, je veux être discret. C'est monsieur Daigneault qui m'a demandé de te voir.

— Le père de Lise ?

— Oui, c'est ça, répondit Michel en baissant les yeux.

— Mais que me veut-il ? Y a-t-il quelque chose ?

— Je ne sais pas vraiment. Il m'a simplement demandé de te trouver pour te dire que George est venu à l'hôtel hier, continua Michel en parlant lentement et en pesant chacun de ses mots.

— Oui, puis ?

— Il veut que je te dise que ce dernier a dit très fort à tout le monde présent que Lise était celle qui avait couché avec toi dans la nuit de samedi à dimanche, qu'elle correspondait au signalement que la police avait obtenu.

Germain fut sidéré. Il arrêta de marcher et regarda Michel dans les yeux.

— Il est allé dire à monsieur Daigneault devant tout le monde que sa fille avait couché avec moi ! ?

— Oui, et Lise était là à ce moment, devant lui dans la salle à dîner, poursuivit Michel.

— A-t-il ajouté autre chose ? demanda Germain qui avait peine à desserrer les dents.

— Plus tôt dans la journée, il a dit que c'était toi qui avais tenté de voler la dynamite … en fait, qu'il t'avait vu …

— Il a fait cela hein, ? répondit Germain qui avait pâli.

— Monsieur Daigneault m'a aussi demandé de te dire de ne pas t'enrager, que chaque chose prenait sa place quand c'était le temps.

— Pfffttt ! As-tu autre chose à m'annoncer … ?

— Michel, je m'appelle Michel.

— Eh bien, Michel, as-tu autre chose à me dire ?

— Non, c'est monsieur Daigneault qui voulait que je te dise cela.

— Je te remercie, Michel. Tu as été aimable de le faire, répondit Germain en lui tendant la main.

L'autre hésita un peu, observa Germain et lui serra finalement solidement la main.

— Je peux te demander quelque chose ? dit-il à Germain.

— Oui.

— C'est vrai pour Lise et toi ?

— C'est faux.

— C'est une fille bien, tu verras, répondit Michel en baissant les yeux.

— Je sais. Je peux te poser une question à mon tour ?

— Bien sûr.

— Tu aimerais voir George Lauzon sauter plus haut dans les airs que les cailloux tantôt ?

Michel adressa un sourire complice et répondit :

— Fais attention à George, il peut être dangereux.

— Je puis l'être également, répondit Germain qui entendit Ladouceur crier son nom et lui faire signe de la main. Au revoir. Il faut que je te laisse, on m'appelle. Merci. Tu remercieras monsieur Daigneault et rassure-le : j'ai compris ce qu'il veut dire.

Pendant ce temps, Gariépy stationnait sa voiture devant l'hôtel au centre du village. Il fut accueilli à l'intérieur par le père de Lise.

— Bonjour, monsieur. C'est ici qu'habite mademoiselle Lise Daigneault ?

— C'est exact, c'est ici. Je suis son père.

— Ah ! Bonjour monsieur Daigneault. Enchanté. Puis-je voir votre fille ?

— Mais, quel est votre nom, monsieur ? demanda Henri.

— Je me nomme Étienne Gariépy, de la police du Québec.

— Pourquoi voulez-vous rencontrer ma fille ?

— C'est à elle que je voudrais l'expliquer.

— Ma fille et moi n'avons pas de secret, monsieur, répondit fièrement le père. De plus, j'aimerais savoir : a-t-elle fait quelque chose de répréhensible ?

— Non, pas vraiment. Je ne vois pas d'objection. Cependant, vous seriez aimable de ne pas intervenir.

— Bien sûr, attendez, je vais l'appeler.

Henri alla au pied de l'escalier, appela sa fille qui arriva au bout de quelques minutes. Elle précéda son père qui l'accompagna délicatement jusque dans la petite pièce à l'arrière où elle fut surprise de trouver là cet agent de la police qui l'observa d'un regard irrévérencieux pendant qu'elle approchait. Ils s'installèrent tous les trois autour de la table. Cette fois, Daigneault ne sortit pas sa bouteille de gin.

Au bout de quinze minutes, le policier se leva, il en savait assez long. Lise avait décrit avec précision l'agression dont avait été victime Germain sans répondre précisément à des questions portant sur la nature de la relation qu'elle entretenait avec lui. Pour s'assurer de convaincre l'officier, elle proposa de lui décrire quelques signes particuliers et distincts – à part les ecchymoses avait-elle précisé - qu'il pourrait retrouver sur le corps de Germain, ce qui ne manqua pas de faire sourciller Henri.

Après son départ, Henri demanda à Lise :

— Et comment pourrais-tu dire à ce policier où sont situées les taches de naissance de monsieur Valois ?

— Mais, il fallait bien quelqu'un pour l'aider à se déshabiller l'autre jour, et j'en ai vu assez pour leur faire croire ce qu'il faudrait …

— Ah bon ! J'aime mieux cela. Je craignais que tu m'aies menti …

— Jamais, tu m'as élevée dans la vérité, lui répondit-elle en lui faisant une caresse. Comment va ton ventre ?

— Je crois qu'il va un peu mieux. Tu vois, je ne ressens aucune douleur, même après cette visite énervante. Plus j'y pense, plus je crois que c'est nerveux.

— Alors, qu'est-ce qu'on prépare pour souper ?

Pendant que Lise et son père badinaient, l'officier roula jusqu'à l'extérieur du village où il gara sa voiture. Il réfléchit quelques minutes et fit deux appels.

Le premier s'adressait à un confrère qui devait rencontrer Josée Lacoste pour avoir sa version des faits. Avec ce qu'il apprit, il conclut que les quatre versions, celle du policier témoin des gestes brutaux de son confrère à l'endroit de Valois, celle de la journaliste, de Lise et celle de Germain lui-même, ne contenaient aucune contradiction : son subalterne était fautif.

Le second appel s'adressait à son supérieur. Ce qu'on lui dit alors le laissa sans mot et en colère.

Il se rendit ensuite au bureau de Pierre Ladouceur occupé à regarder les plans de la partie du chantier qui n'avait pas encore été forée. Ce dernier l'accueillit poliment, sans plus.

— Avez-vous trouvé quelque chose qui puisse vous faire avancer ?

— Pas vraiment. Ce n'est pas pour cela que je viens ici.

— Pourquoi donc ?

— Pour assurer la sécurité sur votre chantier.

— Mais, vous avez déjà posté des agents qui surveillent …

— Je crains que cela n'arrive peut-être trop tard, mais il faut assurer la sécurité du chantier.

— Que voulez-vous dire, trop tard ? À ce que je sache, il n'y a pas de dynamite qui ait disparu. À moins que je ne me trompe, il n'y a pas eu vol.

— Ce n'est pas ce que je veux dire.

— Mais que se passe-t-il donc ?

— Quatre autres chantiers de construction de route où il y a du dynamitage prévu au Québec ont été victimes d'actes similaires.

— Quel rapport y a-t-il entre ces événements et St-Stanislas ?

— Ils se sont tous produits en fin de semaine.

— Il y a eu cinq tentatives de vol d'explosifs en fin de semaine ! ?

— C'est exactement cela.

— Y a-t-il eu des arrestations ?

— Aucune, et il n'y a qu'un seul endroit où il aurait peut-être été possible d'arrêter un coupable, répondit Gariépy en haussant la voix, un seul endroit !

— Pourquoi ne l'ont-ils pas fait ?

— Un policier a mal fait son boulot, monsieur, dit-il en tremblotant quelque peu, un policier a mal fait son boulot.

— S'agit-il de Germain Valois ?

— Peut-être. Voyez-vous, si le caporal Tétreault avait fait son ouvrage correctement au lieu de perdre les pédales, nous serions peut-être plus avancés ! cria Gariépy qui s'emportait et dont les épaules tremblaient. Parfois, dans les cas isolés, on ne dit pas grand-chose quand un policier cogne trop fort ; mais là, les grands patrons croient qu'il s'agit d'un mouvement organisé, et sans cet imbécile, nous serions peut-être plus avancés. J'aurais pu …

Gariépy s'arrêta avant d'en dire trop dans son emportement.

— Mais pourquoi venez-vous me voir ?

— Parce que je sollicite votre collaboration comme le font présentement tous mes confrères auprès de tous vos collègues des autres chantiers.

— Mais, que savez-vous de ce mouvement organisé ?

— Très peu de choses. Les membres qui sont connus ne savent rien d'une aile subversive qu'ils ne parviennent pas à contrôler.

— Il s'agit du RACQ ?

— Oui. Et même parmi les membres connus, quand bien même il y en aurait qui se livrent à des activités clandestines, ils sont si bien organisés qu'ils sont intouchables. Par exemple, nous soupçonnons Valois d'être membre de l'aile radicale ;

pourtant, il est impossible d'apprendre quoi que ce soit à son sujet. C'est d'ailleurs ce à quoi je m'attaquerai dans les jours qui viennent.

— Et que voulez-vous que je fasse ?

— Me signaler tout ce qui vous semblerait suspect, répondit le policier qui se calmait. Le fait que l'on ait fait en sorte que toutes ces tentatives aient lieu en fin de semaine nous permet de penser qu'il y a un lien entre tous ces actes. Avec la belle saison qui commence, nous voudrions empêcher que le *grand monde* soit la victime en quelque part.

— Y a-t-il des endroits où on a réussi à voler ?

— Oui, deux. Dans les régions de Montréal et de Trois-Rivières.

— Comme vous avez pu le constater, vous avez déjà eu ma collaboration. Vous pouvez compter sur moi à nouveau. Si je vois quelque chose de louche, je vous préviens.

— Je vous remercie, monsieur, je vous remercie.

Quelques minutes plus tard, Gariépy retrouvait sur le chantier Jacques Tétreault, le policier qui avait tabassé Germain. Il lui remit un papier que l'autre accepta en baissant la tête.

— Est-ce que je perds mon emploi ?

— Non. Tu vas aller le pratiquer ailleurs, lui dit Gariépy à voix basse et les dents serrées ; et rappelle-toi que tu as fait une grave erreur.

— Je regrette, je …

— Le temps n'est pas au regret. Tu te rends au bureau central à Montréal ; ils te diront où tu vas travailler. Le temps n'est pas au regret, dit l'officier pour lui-même, il faut agir, agir …

Gariépy laissa le caporal sans lui dire un mot de plus. Il n'avait que Germain Valois en tête et était convaincu de sa culpabilité. Depuis le temps qu'il désirait travailler contre un mouvement subversif, la chance lui souriait. Il n'allait pas la manquer.

14

Le calme

Au même moment, Lise et son père préparaient la nourriture nécessaire pour le souper. Généralement, les lundis soirs, peu de personnes se présentaient pour le repas. Le père et la fille avaient donc tout le temps pour bavarder.

— Mais vas-tu pouvoir me dire un jour ce qui t'a poussée à défendre ce garçon ? demandait le père.

— Difficile à dire, répondit-elle après un moment de silence. J'ai eu peur qu'ils le tuent. Tu sais, ils tapaient fort. Je ne sais pas.

— Tu penses qu'ils avaient raison de lui taper dessus ?

— On n'a jamais le droit de taper sur quelqu'un.

— Mais toi, comment se fait-il que tu te trouvais à cet endroit ?

— J'étais partie l'avertir que Lauzon apprenait à tous qu'il l'avait aperçu sur le chantier en train de voler.

— Tu crois que George avait raison ?

— Je ne sais pas. Il n'y a quand même pas des tas de gars qui ressemblent à Germain.

— À ton avis, quand les policiers l'ont abordé sur la route, il venait d'où ?

— Il m'a répondu qu'il faisait de l'observation écologique !

— Que veux-tu dire ?

— Il m'a répondu qu'il était dans le bois pour observer une famille de renards qu'il avait découverte, répondit Lise qui s'énervait.

— Tu l'as cru ?

— À voir de quoi il avait l'air quand les policiers l'ont intercepté, c'est difficile à avaler.

— Et toi, qu'en penses-tu ?

— Ce n'est pas vrai, il m'a menti.

— Pourquoi ?

— Parce qu'il me prend pour une idiote, probablement ! lui dit-elle, le regard triste.

— Je ne pense pas qu'il te prenne pour une idiote.

— Qu'en sais-tu ?

— Je ne sais pas … une impression. Alors, s'il n'observait pas des renards, que crois-tu qu'il faisait ?

— J'ai l'impression qu'il a été absent toute la nuit, dit-elle en se mordant aussitôt les lèvres.

— Comment ça ? répondit vivement le père.

— Je suis allée pour le voir vendredi soir, il n'y était pas, murmura-t-elle.

— Je vois, fit le père soucieux, avant d'ajouter après quelques instants de silence, méfie-toi, Lise, tout est étrange autour de ce garçon.

— Mais, je suis convaincue qu'il n'est pas méchant.

— Je sais ; enfin je le pense, moi aussi. Mais ses agissements ne sont pas clairs, il y a quelque chose de louche, tu ne trouves pas ? À ton avis, Lise, dis-moi, qu'est-il arrivé au dépôt ?

— Que veux-tu dire ?

— Est-ce que tu penses qu'il y a eu vol ?

— Tu veux dire que Germain aurait volé de la dynamite ?!

— Ce n'est pas ce que je dis.

— Mais c'est impossible, on dit qu'un gars de la compagnie a confirmé que tout était intact à l'intérieur.

— C'est ce qui est mélangeant.

— Que veux-tu dire ?

À ce moment, quelqu'un entra. C'était Michel qui venait pour souper. Discrètement, il fit un signe entendu avec Henri qui lui adressa un sourire en guise de réponse. La conversation qu'il tenait avec Lise qui semblait encore malheureuse, prit alors une autre tournure.

— Puis ? On s'organise pour aller te faire passer un examen médical cette semaine ?

— Non, répondit fermement Daigneault, j'ai l'impression que ça va mieux. On va attendre encore un peu.

— Comme tu veux. Mais si les douleurs persistent, il ne faudra pas attendre, lui dit-elle en s'approchant de lui. Tu me comprends ? C'est sérieux. Je ne voudrais pas qu'il t'arrive quelque chose.

— Ne t'en fais pas. Je te préviendrai si ça ne va pas. Et alors, on mange bientôt ? demanda-t-il en s'efforçant d'être de bonne humeur.

— Non, je ne pense pas manger. J'aimerais être seule. Si tu n'y vois pas d'inconvénient, je te laisse et je monte.

Henri l'enlaça doucement dans ses bras.

— Et toi, lui dit-il tout bas, si les douleurs persistent dans ton cœur, tu vas me le dire ?

Affectueusement blottie contre lui, elle hocha la tête en guise de réponse.

— Tu peux me laisser. Il n'y aura pas beaucoup de monde ce soir. Michel pourra me donner un coup de main.

Ils se séparèrent et elle monta dans sa chambre. Elle ôta ses chaussures, se dévêtit et tira une couverture sous laquelle elle s'étendit. Aussitôt, Germain meubla son esprit le désir de le revoir réapparut ; quelque chose l'attirait comme cela ne lui était encore jamais arrivé.

Pourtant, tout lui indiquait qu'elle devait se méfier de lui : n'était-il pas celui qui creusait des fosses dans la forêt ? Les récents propos de son père allaient dans ce sens, et il se trompait rarement.

Avec ces pensées qui s'estompèrent tout doucement, elle s'assoupit.

Sur le chantier, les hommes qui s'assuraient que toutes les charges avaient explosé achevaient leur vérification, et Germain, fidèle à ses habitudes, passa par le champ pour se rendre chez lui. Rassuré par les employés qui le saluèrent d'un geste du bras, il prit le temps de bien observer les conséquences de la formidable explosion qui avait secoué près du tiers du trajet qu'il empruntait pour se rendre au chantier.

D'énormes morceaux de roc d'environ un mètre cube, étaient désormais empilés en vrac les uns sur les autres. Dans les semaines à venir, le principal ouvrage serait de les transporter plus loin. Il restait une autre colline à dynamiter.

Lorsque Germain arriva près du pont, l'endroit était désert. À cette heure, les gens mangeaient. Il s'éloigna quelque peu de son itinéraire habituel pour se rendre à une passerelle traversant la rivière en amont du pont. De là, il observa encore attentivement cette vieille charpente.

Il traversa, descendit sur la berge et s'approcha du dessous du pont. L'ensemble, fait de grosses poutres de bois, datait d'avant le milieu du siècle précédent et sa structure avait déjà été réparée à quelques reprises. À cet endroit, la rivière n'est pas large et coule un peu plus rapidement. Plus amont, elle fait une boucle que borde une grande plage après laquelle la végétation se fait dense à nouveau.

Il se dirigea jusqu'à sa demeure, mangea légèrement et s'installa sur la berge en face avec sa tablette à dessin. Depuis son jeune âge, il avait manifesté beaucoup de talent dans cet art et de remarquables aptitudes.

Il commença à tracer le contour d'un visage, rapidement d'abord, puis plus doucement. Par moments, son regard plongeait dans le vide, pour revenir, animé d'une étincelle, à son dessin. Peu à peu, délicatement, cette ébauche commença à dévoiler graduellement les traits de Lise. Lorsque les lignes furent suffisantes pour qu'il puisse regarder à son aise ce visage sans rien avoir à y rajouter, il s'arrêta et rangea son matériel.

Le lendemain matin, fidèle à son habitude, marchant plus aisément, il partit en direction du chantier. Il passa par la passerelle, prit le temps de jeter à nouveau un coup d'œil au vieux pont et aboutit dans le champ au bas de la grande côte. Il fut surpris de voir une équipe d'arpenteurs installant son matériel. En haut de la côte, il reconnut René et ses compagnons qui observaient les lieux où ils travailleraient les prochains jours avec leur machinerie d'enfer. Déjà, plus loin, on avait commencé le déplacement de la pierre.

Tout ce monde était au travail plus tôt que de coutume. Germain qui se demandait pourquoi il n'avait pas été prévenu d'un changement d'horaire, accéléra sa marche tant bien que mal.

Il n'était pas au bout de ses peines.

En approchant la grande roulotte, il remarqua quatre voitures de police avec une dizaine d'agents à leurs côtés, ce qui ralentit sa cadence. À la fois craintif et belliqueux, ignorant ce qui se passait, la vue du véhicule de Ladouceur le rassura. Cependant, il ne pouvait éviter de passer près des policiers qui ne se gênèrent pas pour toiser en sa direction. Germain remarqua, un peu à l'écart, Gariépy qui semblait éprouver du plaisir à cette situation. Le jeune homme parvint à ignorer ces individus et se dirigeait vers son supérieur lorsque :

— Mais, monsieur Valois, on ne salue pas les gens ? lui cria Gariépy, le sourire aux lèvres, arrogant.

— Mais, monsieur, je ne trouve aucune raison valable de le faire ! répondit Germain qui grognait toujours en son for intérieur lorsqu'il croisait les policiers.

— Il le faudrait, monsieur. Sinon, il le faudra ! rétorqua le capitaine sur un autre ton et dont le visage avait subitement changé de physionomie. Oui ! Il le faudra !

— Allons, messieurs, allons. Nous sommes ici pour faire chacun notre travail ! intervint Pierre Ladouceur qui se tenait debout à la porte de sa roulotte, faisant signe à Germain de le rejoindre.

Le policier, affichant un air de dédain, n'insista pas et se retourna plutôt vers ses hommes pour leur expliquer ce qu'il attendait d'eux. Il leur demanda de parcourir adéquatement le champ entre le dépôt et l'érablière afin de trouver un indice susceptible d'apporter la lumière sur les récents événements. Ensuite, ils vérifieraient le sous-bois menant à la cabane à sucre.

Pendant ce temps, Germain était avec son supérieur qui lui expliqua qu'il travaillerait avec une équipe d'arpenteurs à l'autre extrémité du chantier. À savoir pourquoi tout ce monde était arrivé plus tôt pour le travail, l'autre lui répondit qu'il avait été décidé la veille d'accélérer les travaux pour être certain que les dates possibles d'inauguration coïncident avec les agendas des divers ministres.

Tout au long de la conversation, Germain tentait discrètement de voir par une fenêtre ce que mijotaient les policiers, ce que remarqua Ladouceur.

— Ils t'énervent ces policiers ?

— Un peu, oui. Vous savez, une récente expérience m'a démontré qu'il vaut mieux se tenir loin d'eux.

— As-tu quelque chose à te reprocher ?

— Non, vous le savez. Je vous ai raconté …

— Oui, je sais, l'interrompit Pierre en esquissant un sourire narquois, je sais. Mais, dis-moi, si tu adoptais une attitude plus collaboratrice, tu ne crois pas que …

— Peut-être, mais j'en suis incapable. Je ne peux comprendre des gens qui travaillent à la sécurité de ceux qui nous fournissent à peine l'essentiel … et au compte-gouttes ! répondit vivement Germain, stupéfiant quelque peu Ladouceur.

— Vas-y doucement, Germain, ils vont te brûler … répondit ce dernier avant de se retourner, songeur.

De son côté, Germain regrettait de s'être emporté.

— Que font tous ces policiers ? demanda-t-il.

— Ils vont ratisser le champ entre le dépôt et l'érablière pour chercher des indices.

Le jeune homme se raidit, cherchant à masquer sa réaction.

— Tu t'en fais ?

— Non. Non. Je ne m'en fais pas, répondit Germain, alors hésitant.

— Mais alors, pourquoi cet air songeur ?

— Vous vous êtes déjà fait cogner par un policier pour rien ? finit-il par répondre, réfléchissant très fort pour reprendre le contrôle de sa personne.

L'autre ne répondit pas.

— Que feriez-vous si cet agent qui vous a cogné pour rien s'entêtait à vouloir trouver des preuves qui n'existent pas ?

— Germain, si tu n'as rien à te reprocher, ça va aller, lui dit-il en s'approchant. Si tu crois qu'ils ne trouveront rien, c'est qu'ils n'ont rien à trouver.

— Vous savez, monsieur, reprit le jeune homme devenu plus calme, des preuves ça se fabrique …

— J'ai confiance en toi, lui dit Ladouceur sur un ton de confidence, l'air très solennel, en le prenant par les épaules. Va rejoindre les autres à l'autre bout, ils t'attendent. Tu vas voir, ils sont gentils. Demande à voir Émile et remets-lui ce papier de ma part, il va t'arranger quelque chose.

Germain, très surpris, adressa un sourire au directeur du chantier. Il sortit, regarda avec appréhension en direction des policiers qui arpentaient le champ en fouillant de leurs pieds, leurs yeux scrutant le sol. Avant qu'il n'ait eu le temps de s'éloigner, Ladouceur revint à la porte pour lui dire :

— Germain ! Tu fais bien de te méfier. Sois prudent.

Le jeune continua son chemin néanmoins inquiet, se refusant à jeter des coups d'œil furtifs vers l'érablière ; se pouvait-il que les agents trouvent quelque chose qu'il aurait échappé sans s'en rendre compte ?
Parvenu à l'extrémité du chantier, il aborda un premier ouvrier de l'équipe d'arpenteurs et lui demanda :

— Excuse-moi, pourrais-tu me dire qui où est Émile ?
— C'est celui avec le chandail jaune, juste là, répondit l'ouvrier en pointant du doigt un homme d'à peine trente ans, grand, costaud, un peu gras, le visage rieur.

15

Le loup

Peu après que les policiers eurent terminé leur recherche dans le champ, ils furent réunis par l'officier en chef, Gariépy. Après qu'il se fut assuré que rien de particulier ou d'intéressant n'avait été trouvé, il donna l'ordre d'inspecter l'érablière. Lui-même se rendit chez Latour, beau-frère d'Henri Daigneault et propriétaire de l'érablière que fouillaient les agents de police.

Devant le mandat qu'on lui présenta, Jean-Marc Latour n'eut d'autre choix que de donner les clefs de sa cabane à sucre pour permettre aux policiers d'y jeter un coup d'œil. Le propriétaire n'ayant pas voulu l'accompagner, Gariépy inspecta seul le bâtiment où rien n'attira son attention. À l'extérieur, les efforts s'avérèrent vains eux aussi, les agents se plaignant plutôt de la mauvaise visibilité due aux feuilles qui commençaient à se développer.

Déçu et contrarié, l'officier ordonna donc la fin des recherches au début de l'après-midi et se rendit chez Latour lui rendre ses clefs. Il fut surpris d'y rencontrer Lise qui était assise là avec son oncle et sa tante.

— Alors, monsieur, avez-vous trouvé quelque chose ? demanda Latour.

— Non, monsieur. Malheureusement non. Enfin, pas encore, ajouta-t-il en jetant un coup d'œil vers Lise.

— Vous savez, répondit en souriant Mathilde, la tante de Lise, il faudrait être bien patient et surtout bien chanceux pour repérer un quelconque indice sur un si grand terrain.

— Oh ! ne vous en faites pas, madame, nous avons l'habitude.

— Mais, reprit Latour, vous dites que vous n'avez pas encore trouvé, espérez-vous vraiment qu'il y ait quelque chose ? Vous savez, on dit qu'il n'y a pas eu de vol, finalement.

— Peut-être, monsieur, peut-être. Mais nous voulons nous en assurer car s'il y a eu vol de dynamite, vous savez que nous courons tous un risque énorme ; nous devons nous en assurer.

— Et si Lauzon n'avait rien vu de sa fenêtre, tout le monde serait tranquille.

— Voilà pourquoi je ne veux rien laisser au hasard, ajouta le policier en regardant en direction de Lise assise à la table. Bien que, continua-t-il, nous serions déçus d'apprendre que l'amant de mademoiselle …

— Qu'est-ce qui vous dit qu'il s'agit de mon amant ?

— Mais c'est vous-même qui avez dit que vous …

— Je ne prétends pas être sa maîtresse. De plus, je crois avoir collaboré avec vous en vous disant la vérité et j'apprécierais ne pas avoir à subir vos sarcasmes. Si ça vous cause un problème d'entendre une fille avouer avoir couché avec un gars pour le plaisir de la chose, ce n'est pas mon problème ! répondit Lise sur un ton qui ne donnait lieu à aucune réplique.

Gêné et surpris, Gariépy tiqua et changea de ton.

— Heu … eh bien, monsieur Latour, vous m'excuserez pour le dérangement. J'ai apprécié votre collaboration et je vous en remercie. Au revoir, dit-il simplement avant de partir sans rien ajouter, mais en jetant un dernier coup d'œil vers Lise.

Lorsqu'il fut parti, la tante de Lise s'approcha d'elle et lui dit doucement :

— Ne t'en fais pas, ce n'est qu'un mauvais moment, tout ça va se calmer, tu verras.

— Tu es bien gentille de me dire cela, mais je n'en suis pas certaine, lui répondit Lise qui s'approcha de la fenêtre pour s'assurer que les policiers étaient partis.

— Qu'est-ce qui te fait penser cela ?

— Je ne sais pas, une impression comme ça.

— Bah, on verra. On ne peut changer ce qui est arrivé et on ne peut modifier les événements à venir, n'est-ce pas ?

— C'est à peu près cela, répondit Lise, il y a quelque part une grande logique qui ne semble pas toujours l'être. Dites-moi, ça ne vous dérange pas si je vais faire mon tour moi aussi dans l'érablière ?

— Bien sûr que non, mais si j'étais toi, je tâcherais d'être discrète, lui dit son oncle.

— Vas-y et profite de cette belle journée, ajouta sa tante. Tu es bien gentille d'être venue dîner avec Pierrot.

— Ça me fait toujours plaisir de le voir, répondit Lise en se levant.

L'oncle et la tante la regardèrent s'éloigner.

Par la route qui va à la rivière, elle se dirigea vers le petit chemin qui mène à l'érablière. Sans qu'il soit possible pour les policiers qui surveillaient le dépôt de la voir, elle se rendit ensuite à la cabane à sucre. Pendant un bref arrêt à la cabane, elle s'assura qu'elle était bien seule. Après une dizaine de minutes, elle continua par le petit sentier qui faisait le tour, ses sens toujours aux aguets. Lorsqu'elle fut rendue derrière la colline qui constituait l'érablière de son oncle, elle monta un coteau escarpé en haut duquel elle s'étendit à plat ventre. Elle demeura immobile à scruter la forêt pour voir si elle n'avait pas été suivie.

Après quelques minutes, elle se déplaça accroupie, jusqu'au haut d'une petite falaise qui dominait un endroit plat. Elle ne reconnut pas les endroits exacts où elle avait vu Germain creuser ses fosses quelques jours auparavant. Immobile encore quelques minutes, sûre d'être seule, elle descendit pour aller voir si elle parviendrait à trouver les trous qu'elle l'avait vu creuser.

Seul un couple de merles signifiait parfois sa présence par son chant bien particulier.

Alors qu'elle avançait très lentement à la recherche d'un quelconque repère, sa jambe gauche s'enfonça jusqu'au genou ; elle parvint de justesse à étouffer un cri de surprise. Tendue, le cœur battant, elle regarda encore partout autour d'elle, pour constater une autre fois qu'il n'y avait personne. Elle retira vivement sa jambe et se rendit compte, en tâtonnant, que toute cette partie du sol recouverte de branches était molle. Avec ses mains, elle creusa et découvrit le dessus d'un paquet emmailloté dans un sac de poubelle. Elle le dégagea et laissa soudainement passer un sifflement entre ses lèvres.

Par accident, elle avait quelque peu déchiré le sac et les mots *high explosive* lui étaient apparus. Ses jambes étaient devenues molles. Elle venait de découvrir le pot aux roses.

Pas d'erreur, Germain avait bien volé de la dynamite. Subitement, ce fut la panique, il ne fallait pas qu'elle se fasse prendre là ! Fébrile, elle replaça du mieux qu'elle put ce qu'elle avait défait et revint lentement, le cœur battant, sur ses pas jusque sur le haut de la petite falaise où elle s'étendit sur le dos, haletante et en sueur.

Elle ferma les yeux. Elle n'entendit que le couple de merles. Les événements de la dernière semaine lui passèrent dans l'esprit et, couchée sur le rocher derrière l'érablière, à quelques mètres de plusieurs kilos d'explosifs enfouis, elle retrouva son calme. Germain n'était pas un maniaque qui creusait les trous de ses futures victimes. Elle venait d'apprendre ce qu'étaient les renards qu'il venait observer. Sa respiration se modéra. Elle ferma les yeux, écouta tous les petits bruits de la forêt.

Plus tôt, à l'heure du dîner, George et son vieux complice achevaient de boire une tasse de café dans un petit restaurant situé sur la rue principale du village pas trop loin de l'hôtel.

Depuis, qu'ils s'étaient fait sortir de l'hôtel, dimanche, par les amis de Henri, les deux compères n'y avaient pas remis les pieds et s'étaient bien promis que ce serait long avant qu'on ne les revoie dans ce lieu miteux.

En fait, suite à ce coup d'éclat, George avait perdu la faveur des villageois, la plupart arguant qu'il y était allé un peu fort, car finalement, Henri et sa fille ne lui avaient rien fait. Blessé dans son orgueil, il tentait, disaient la plupart, de trouver un responsable. Alors, avec des propos teintés de médisances et de fausses rumeurs, lui et son perfide espion essayaient subtilement de tourner l'opinion défavorable des citoyens à leur avantage, en dénigrant pernicieusement tous ceux qu'ils jugeaient du côté de Henri et de sa fille.

Alors, il arrivait parfois que de petits attroupements se forment autour des deux associés, qui, aux yeux de certains, étaient devenus une caricature vivante dont il valait cependant mieux se méfier.

Après qu'ils eurent terminé leur breuvage, ils sortirent et rencontrèrent quelques habitants qui, en mal de potins ou de mensonges à répéter, leur demandèrent s'ils avaient des nouvelles fraîches. Les deux s'animèrent et finirent par révéler que les fouilles effectuées par les policiers, dans la matinée, ne devaient pas comporter de résultats vraiment significatifs, disaient-ils, puisqu'il n'y avait pas eu moyen d'en savoir très long. Un cultivateur apprit aux autres que le jeune étranger passait ses journées à se promener d'un bout à l'autre du chantier. Toutes ces conversations ne menaient nulle part, lorsque George leur apprit qu'il avait l'intention de se rendre inspecter lui-même l'érablière et ses environs, n'ayant pas réellement accepté que la police l'en empêche l'autre jour. Les autres préféraient ne pas aller dans cet endroit, de peur d'être associés au jeune étranger.

Dans le cas de George, c'était différent : il était celui qui avait alerté les policiers et le seul à avoir vu.

Ses interlocuteurs le regardèrent marcher jusqu'à l'extrémité du village. Il se rendit sur le chantier, passa devant le bureau de Ladouceur et s'arrêta longuement devant le petit dépôt, essayant de percer le mystère qui l'entourait. Les policiers peu accueillants ne virent pas d'inconvénients à ce qu'il jette lui-même un coup d'œil. Il se rendit donc dans l'érablière.

Il prit le temps d'essayer de repérer l'endroit exact où il avait vu cette nocturne silhouette transporter ses paquets. Il ne trouvait rien. Il se dirigea vers la cabane de Jean-Marc Latour et n'y trouva rien non plus. Pourtant il n'avait pas rêvé, que ce soit l'étranger ou n'importe qui d'autres, il avait bien vu quelqu'un. Il aperçut le petit sentier qui fait le tour de l'érablière. Pourquoi ne pas jeter un coup d'œil de ce côté ?

Il regarda tout autour de lui, craintif, ne voulant pas se faire prendre à errer sur la terre de Latour. Sans faire de bruit, il s'engagea dans cette direction. Rien autour de lui n'indiquait que quelqu'un eût pu passer fréquemment à cet endroit. Ne trouvant rien d'intéressant, il rebroussa chemin.

Lorsqu'il se retourna, il échappa presque un cri de surprise. Un peu plus haut, se tenait Lise qui l'observait d'un regard chargé de mépris et de moquerie.

— Que faites-vous donc là ? lui demanda-t-elle.

— Mais, euh … et toi ?

— Moi, je travaille pour mon oncle. On achève d'enlever les chalumeaux de ce secteur. Et vous, que faites-vous par ici ? Encore à la recherche d'un mensonge ?

— Ce n'est pas un mensonge que je cherche !

— Ah non ? Mais qu'est-ce qui peut donc vous intéresser ici ? L'observation de la   nature ? Il y a pourtant d'autres endroits, vous ne trouvez pas ?

George ne savait que répondre. Il s'était fait prendre à son propre jeu. Il avait beau chercher, il ne trouvait aucune raison à donner. Il eut soudain une idée.

— Et toi, la belle, que fais-tu ici ?

— Je l'ai dit, je travaille pour Jean-Marc.

— Tu n'as pas énormément d'outils à ce que je vois, lui répondit George, le sourire vainqueur.

— C'est normal qu'elle ne les ait pas, c'est moi qui les ai ! cria une autre voix qui provenait d'un peu plus haut sur le sentier derrière George qui se retourna pour apercevoir Jean-Marc Latour qui poursuivit, que fais-tu sur ma terre ?

— Je vais vous le dire, moi, ce que je fais. Il n'y a personne qui me croit, alors je cherche.

— Ne te donne pas cette peine, les policiers ont passé plus de six heures à chercher.

— Oui, et qu'ont-ils trouvé ?

— Ça, je ne le sais pas. C'est leur affaire. De toute manière, je suis tanné de voir les gens venir par ici. Tu serais bien aimable de partir et de ne pas revenir avant la prochaine saison des sucres.

Lise demeurée muette, rejoignit son oncle.

— Je te remercie. Je n'étais pas bien en sa présence.

— Je me doutais de cela. Je l'ai vu passer dans le champ et j'ai préféré venir voir au cas où il tomberait sur toi.

— Reste à voir ce qu'il va raconter.

— Ce n'est pas bien grave. Nous connaissons la vérité dans cette histoire, lui dit-il en baissant les yeux. Henri m'a raconté …

— Oui, je comprends ; mais je n'aime pas sa présence. Tu as été gentil. Si tu permets, je vais te laisser. Je vais voir si papa a besoin d'aide, l'heure du souper approche.

Elle repartit vers le village en passant près de la maison de son oncle. Lorsqu'elle arriva à l'hôtel, tout était tranquille. Michel et son père jasaient avec quelques clients. Sans être vue, elle monta dans sa chambre quelques minutes, redescendit, sortit par la porte arrière et prit son vélo.

Germain s'appliquait de son mieux à tenir la longue perche qui permettait à l'arpenteur installé plus loin de faire les lectures nécessaires. Selon ses directives, Germain se déplaçait vers les nombreux piquets plantés dans le champ en pente.

Un peu plus tard, il reconnut au loin la silhouette de Lise qui passait à vélo sur la route en direction du vieux pont. Il aurait bien aimé pouvoir la suivre, mais ils n'avaient pas terminé le relevé topographique qu'ils avaient entrepris. Jusqu'à ce qu'il ait fini sa journée de travail, il souhaita l'apercevoir de nouveau sans y parvenir.

Lorsque la journée fut terminée, il marcha aussi rapidement que sa jambe et sa hanche le lui permettaient. Il ne provoquerait pas les événements, il se l'était juré. Mais il réalisa qu'il souhaitait plus que toute autre chose qu'elle soit chez lui à l'attendre.

Lorsqu'il arriva, il n'aperçut pas la bicyclette. Sa déception fut grande. Réaliste, il comprit qu'il n'était pas raisonnable de s'imaginer que cette fille qui le fascinait, reviendrait se présenter chez lui après l'affront qu'il lui avait fait.

Ce serait à lui de trouver comment panser cette blessure avec la même douceur qu'elle avait mise à panser les siennes.

En approchant du chalet, il vit un papier coincé entre le cadre et la porte. Il se précipita et le déplia fébrilement.

Une grande méfiance devrait inspirer l'observateur
de renards, un renard très intéressé
s'approche de leur terrier.

16

Sherbrooke

Assis à table avec le message en face de lui, Germain avala rapidement son repas. Après, il sortit et s'assit au bord de la rivière avec le bout de papier dans les mains.

Le message était de Lise, il en était certain Il avait reconnu son écriture.

Il fit surgir plusieurs interrogations. De qui devait-il se méfier ? Le *renard* en question était-il l'officier de police ou George Lauzon ? Il s'agissait probablement de ce grand orgueilleux qui lui causait tous ses ennuis.

Et le *terrier*, voulait-elle dire qu'on avait fouillé l'érablière comme les policier dans le champ aujourd'hui ? Parlait-elle des fosses qu'il avait creusées ? Si c'était cela, la situation risquait de devenir épouvantable. Et comment Lise pouvait-elle savoir quelque chose à propos de ces trous ?

Les policiers n'auraient pas manqué de revenir à la charge si sa planque avait été découverte. Mais il n'en était pas certain. Peut-être était-ce une astuce de leur part pour le faire bouger ? Est-ce que Lise aurait accepté d'écrire ce message pour eux ? Non. Il remerciait sa subtilité ; personne d'autre que lui aurait pu interpréter le message. Cette complicité s'immisçait entre eux, semant les germes d'une forme d'intimité ; quelle raison avait-elle de le prévenir ? Sûrement pas de l'indifférence, se disait Germain.

Il n'avait toujours pas à décider des événements en ce qui concernait Lise, et il en était soulagé.

Le sourire revint.

Avant que de douces pensées n'aient eu le temps d'envahir son esprit, il se proposa de visiter ses fosses le plus tôt possible pour en avoir le cœur net.

Plus tard, il marchait dans le sous-bois. Au moment où la noirceur fut presque totale, il retrouva le canot. Aux aguets, il traversa, puis cacha soigneusement son embarcation. La rive sur laquelle il débarqua était éclairée par la lune montante qui serait pleine dans moins d'une semaine. Il prit tout son temps, aussi silencieux et prudent qu'un fauve.

À l'hôtel d'Henri Daigneault, il y avait très peu de clients en cette soirée de début de semaine. Tout près du bar, Lise était assise avec son père à une table au fond de la pièce où se situait la porte d'entrée. Ils parlaient peu, demeuraient même plutôt silencieux.

Elle semblait rêveuse, distraite, absorbée par ses pensées. Lui, la regardait parfois, le regard perçant et malicieux. Il lui demanda :

— Alors, comment va-t-il ?

— Qui ça ? répondit-elle en sursautant.

— Mais … lui, dit-il simplement.

— Tu pourrais être plus précis, s'il te plaît ?

— Comment va Germain ?

— Que veux-tu dire ! *comment va Germain ?* Est-ce que je sais ?

— Sûrement que tu dois savoir, tu t'es rendue chez lui à la fin de l'après-midi.

— Je n'ai pas vu Germain de la journée.

— Mais tu es allée chez lui …

— Qu'importe ? Je ne l'ai pas vu.

Il y eut un moment de silence.

— Papa, tu me crois quand je te dis que je te dis la vérité ? lui demanda-t-elle.

— Oui, habituellement.

— Pourquoi *habituellement* ?

— Parce que tu vas bientôt commencer à mentir.

— Je ne crois pas.

— On verra.

— Si je te disais que Germain n'est pas dangereux, contrairement à ce que tu prétends.

— Que veux-tu dire ?

— Je ne pense pas que ce soit un individu violent.

— Je n'ai jamais pensé qu'il pourrait être violent avec toi.

— Mais pourquoi dis-tu que je devrais m'en méfier ?

— Ce garçon te fera mal. C'est même déjà commencé, je crois.

— Si je te dis que j'ai compris pourquoi … Que diras-tu ?

— Je dirai que tu te trompes et je te demanderai de faire de grands efforts pour l'oublier. Il te causera du tort ! répondit Henri qui commençait à s'emporter.

— Dis-moi, crois-tu toujours que c'est lui qui a pris la dynamite ?

— Je n'ai jamais cru que c'était lui et comment sais-tu qu'on a volé de la dynamite ?

— Heu, en supposant qu'il y ait eu vol, dit-elle en regrettant ses dernières paroles, crois-tu que ce pourrait être lui ?

Henri se leva tout d'un coup et fit quelques pas pour chasser une nervosité qui se manifestait par des impatiences dans les jambes et les bras. Il marchait de long en large en faisant de grands pas et en agitant les bras. Lorsqu'il vit les quelques clients qui l'observaient, il se calma.

— Pourquoi ne veux-tu pas être plus précis quand tu parles de lui ? lui demanda-t-elle, agacée.

— Comment pourrais-je être plus précis ? Je ne sais rien de ce jeune, moi !

— Vois-tu, je ne suis pas si sûre de cela. Que sais-tu de lui pour croire qu'il me rendra malheureuse ? Tu ne vas pas me dire que ton petit doigt te fait des confidences !

— Bien sûr que non, répondit Henri qui dut s'asseoir, sentant venir des douleurs au ventre

Il ne voulait pas que Lise s'en rende compte.

— Alors si ce n'est pas ton petit doigt, où te renseignes-tu ?

— Difficile à dire, ce ne sont que des impressions, répondit plus calmement l'hôtelier qui cherchait discrètement une position confortable pour éviter une montée du mal qui s'amplifiait.

— D'où te viennent ces impressions ?

— Tu vas penser que je perds la raison, dit-il en baissant la tête pour camoufler une grimace suite à une première crampe incisive.

— Mais non, je ne vais pas penser cela, je veux juste savoir ce que tu as dans la tête.

— Lise, je crois que ce gars est le genre à faire des conneries qui attirent les problèmes, répondit-il, la tête toujours vers le plancher.

— Alors, tu le crois capable de voler de la dynamite ?

— Oui, je le crois capable de voler de la dynamite et je crois même qu'il a essayé et qu'il s'est fait surprendre, lui dit-il en relevant les yeux vers elle, le visage en sueur.

Elle demeura la bouche ouverte en le voyant.

— Mais qu'est-ce que tu as ? lui dit-elle, soudainement animée.

— Je ne sais pas, répondit-il en grimaçant de douleur.

Il essaya de se lever, tituba et tomba en renversant sa chaise. Les autres clients s'approchèrent, le soulevèrent et l'aidèrent à s'installer convenablement.

— Lise, apporte-moi de l'eau bien chaude, ça fera passer, souffla-t-il.
— Ça t'arrive souvent ?
— Pas tellement. Va me chercher de l'eau chaude, bien chaude ; ça me fera du bien.

Pendant qu'elle courut vers la cuisine, Henri eut deux autres crampes très vives qui l'affaiblirent encore plus.

— Ça fait penser à une attaque du foie, lui dit un de ceux qui était là ; ça te fait mal dans le ventre à droite ?
— Peut-être au centre aussi, un peu, répondit Henri, la voix à peine perceptible.
— Ça ressemble. De l'eau chaude te fera du bien. Tu as vu un médecin ?
— Ça fait longtemps, le docteur Dupuis était encore au village.
— Tu devrais aller en voir un.
— Pas d'argent, et pas assez d'essence dans la bagnole.

Ceux qui étaient autour de lui se regardèrent, impuissants. Peu de villageois avaient l'argent pour se faire soigner et ils recevaient leurs coupons d'essence à chaque mercredi.

— Demain, on va chez le médecin. L'argent, je vais le trouver.

Lise sortait de la cuisine avec une tasse et une théière remplie d'eau bouillante. Elle demanda à des clients amis de demeurer encore avec lui, le temps d'un appel qu'elle voulait faire, malgré les regards désapprobateurs de son père.

À son retour, on aida Henri à monter à sa chambre. Quant au téléphone, rien à faire, elle ne voulut en dire mot.

Tôt le lendemain matin, fidèle à ses habitudes, Germain s'était arrêté sur la passerelle et observait le vieux pont. La veille, près de ses fosses, il n'avait rien vu d'alarmant. Il monta la grande côte et rejoignit les arpenteurs. Émile, son supérieur immédiat, lui avait annoncé la veille qu'il demeurerait avec l'équipe d'arpentage étant donné sa condition physique. Cela faisait son affaire, il n'avait plus à côtoyer les policiers qui surveillaient le dépôt d'explosifs vingt-quatre heures par jour.

De son côté, Lise s'était levée très tôt pour préparer les déjeuners. Un peu plus tard, elle fut épaulée par Michel avec lequel elle avait fait les arrangements la veille pour qu'il prenne la relève quand elle et son père partiraient voir un médecin. Elle alla au bureau de poste et découvrit, comme prévu, les coupons d'essence. Pendant ce temps, son père s'était levé et semblait en meilleure forme bien qu'il n'ait pas le goût de manger.

Ils partirent, Lise au volant avec son père qui maugréait à ses côtés invoquant l'impossibilité de se rendre à Sherbrooke et revenir à St-Stanislas dans la même journée avec une seule ration de coupons.

Les nuages apparurent tôt, poussés rapidement par un vent froid qui semblait les faire rouler dans le ciel. Ils arrivèrent à Sherbrooke environ trois heures plus tard, trois heures pendant lesquelles Lise dut réconforter, endurer, calmer, tolérer, encourager, convaincre, persuader …

À la surprise de Henri, elle ne chercha pas une clinique mais tournoya plutôt dans les rues d'un quartier résidentiel, se référant à un bout de papier sur lequel quelques lignes étaient griffonnées. Elle s'arrêta finalement devant une grande maison dont la seule sobriété rehaussait l'apparence.

Elle fut accueillie par un homme dans la cinquantaine.

— Bonjour, monsieur.

— Bonjour, mademoiselle. Vous êtes probablement la jeune femme qui vient porter une enveloppe à Josée, lui dit-il poliment en la regardant de la tête aux pieds.

— Oui, je suis cette personne. Voilà le mot qu'elle m'avait demandé de montrer pour m'identifier, répondit Lise, souriante, en lui remettant un bout de papier sur lequel était écrit le mot *Roméo*.

— Malheureusement, elle n'est pas ici ; elle a dû partir. Mais elle m'a demandé de remettre cette enveloppe à une jeune femme vêtue d'un jeans et d'une blouse or. Elle m'a dit aussi que si vous veniez, vous auriez une enveloppe à remettre en échange.

— C'est exact, lui répondit Lise en sortant de la poche de son jeans une enveloppe cachetée adressée à Josée.

Les deux firent l'échange et se saluèrent, sans plus.

Après avoir refermé la porte, l'homme décacheta l'enveloppe et lut la lettre qu'elle contenait :

Bonjour Josée, un mot pour
vous dire que bientôt, il y aura
un événement explosif à St-Stanislas.
Il y a mensonge quand on dit
qu'il n'y a pas eu vol la fin de semaine dernière.
Lise.

Rageusement, il chiffonna le papier qu'il glissa dans sa poche de pantalon.

Lorsque Lise fut revenue dans la voiture, Henri, contrarié et aigri par ces cachotteries, lui posa plusieurs questions auxquelles elle ne répondit pas précisément.

Un peu plus tard, ils trouvaient une clinique et Henri put finalement rencontrer un médecin, sympathique et respectueux des gens. Après une brève discussion, malgré sa compassion pour ceux qui avaient peu d'argent, il leur avoua douter que Lise et son père aient les moyens de payer la consultation, les examens et les médicaments. Il n'avait pas le choix, il était surveillé et il devait faire payer les gens. Laissant Henri stupéfait, Lise répondit qu'elle avait l'argent.

Il constata donc lui aussi que le foie ne semblait pas en bon état et proposa de passer quelques tests qui aideraient à trouver la bonne « médecine » ; malheureusement, il faudrait attendre au moins une semaine pour les résultats.

Pendant que son père subissait les examens, elle sortit à l'extérieur. En regardant la grisaille de la ville, le souvenir de ses grands-parents et de leur histoire passa. Ces gens avaient connu une longue période, presque la moitié d'un siècle, pendant lequel les malades ne payaient pas pour se faire soigner.

Ils revinrent au village à la fin de l'après-midi. Bien entendu, George et son partenaire qui avaient su qu'Henri avait eu une « faiblesse » la veille, s'étaient stratégiquement installés pour ne rien rater de leur arrivée. Ils avaient passé la fin de la journée à jaser avec le propriétaire de l'épicerie d'en face, de biais avec l'hôtel, espérant ainsi les surprendre.

Cependant, ils n'eurent pas le temps de voir grand-chose. Lise gara la voiture à l'arrière de l'hôtel et lorsqu'Henri en descendit, ils ne purent que constater, à le voir marcher rapidement, qu'il ne semblait pas vraiment mal en point. Il ne rapportait pas de diagnostic et n'en espérait pas vraiment avant deux à trois semaines. Néanmoins, le médecin lui avait prescrit des comprimés antidouleur. Plusieurs de ses clients et amis étaient là pour l'accueillir.

Au même moment, alors que Germain marchait en direction du village pour faire un brin d'épicerie, à Sherbrooke, dans une sobre maison de luxe, Louis Jolicoeur, le conjoint de Josée

Lacoste, lui parlait de la lettre que lui avait remise une belle fille près de la vingtaine, vêtue d'un jeans et d'une blouse or.

Il lui avait préparé un apéritif :

— Dis-moi Josée, cette belle fille, c'est de la dynamite, ces lettres qu'elle te porte.

— Que veux-tu dire ?

Louis Jolicoeur lui résuma ce qu'il avait lu.

— Mais tu as lu cette lettre qui était pour moi ?

— Oui, j'espère que tu ne m'en voudras pas ; j'étais très curieux, lui répondit-il en s'approchant d'elle.

— Mais, Louis, tu n'as pas le droit de …

— Qu'importe si j'ai le droit ou non, je suis bien heureux de l'avoir fait.

— Où est cette lettre ?

— Je l'ai brûlée.

— Tu as brûlé la lettre de Lise !? cria-t-elle, sidérée.

— Oui, et si j'étais à ta place, j'oublierais tout cela. C'est trop dangereux.

— Mais comment oses-tu te mêler de mes affaires ? demanda-t-elle rageusement.

Louis ne répondit pas. Il la contempla, le regard différent. Elle sentit la tempête venir.

17

Les soucis de Henri

Après leur retour et qu'elle se fut assurée que tout s'était bien passé en leur absence, Lise était montée dans sa chambre pour se changer. Alors qu'elle boutonnait sa blouse, elle s'approcha de la fenêtre pour jeter un coup d'œil sur la grande rue. De l'autre côté, il y avait encore les deux inséparables qui jasaient en lorgnant vers l'hôtel.

En regardant vers la gauche, elle sursauta en apercevant Germain qui marchait en direction de l'épicerie. Elle vit George et son partenaire effectuer un léger mouvement de recul en l'apercevant venir vers eux.

Germain les avait repérés avant qu'ils ne le voient. Il eut une hésitation, sans plus. Il se convainquit de demeurer calme pour ne pas attirer la police. Il passa devant eux sans rien dire et sans même les regarder. Il ne remarqua pas le mouvement derrière les rideaux à l'une des fenêtres du second étage de l'hôtel en face.

— Hé hé ! jeune homme, on ne dit pas bonjour ! lui dit George, grimaçant de malice.

— Il semble bien que non, répondit Germain qui continua.

— Ce serait plus poli, rétorqua son interlocuteur en appuyant sa main sur la porte du commerce pour l'empêcher d'entrer.

Germain s'arrêta et fixa ce grand costaud dans les yeux. Il recula un peu et dit :

— Quel est le problème ?

— Tu veux savoir quel est le problème ?

— C'est ce que je te demande.

— Depuis ton arrivée, tout va mal.

— Comment ? Que veux-tu dire, *tout va mal* ?

— Il n'y a rien comme avant depuis que tu es par ici ! dit George en s'approchant.

— Ça, ce sont tes problèmes. Je peux te dire que tu te mêles de mes affaires beaucoup plus que je me mêle des tiennes ! répondit Germain sans broncher d'un pouce.

La silhouette disparut de derrière le rideau.

— Je te conseille d'être plus poli, sinon tu vas voir que les étrangers ne sont pas les bienvenus ici, continua Lauzon.

— Ça, ce n'est pas nécessaire de l'expliquer longtemps. En ce qui te concerne, c'est clair.

— Ouais, c'est vrai qu'il y a des cuisses plus accueillantes que les miennes, répondit George en riant.

Germain changea de couleur.

— Écoute, mon gros, si tu ne changes pas ton attitude et que tu ne me laisses pas tranquille, je t'étends par terre, et pour longtemps.

— On passe aux menaces ? demanda George en regardant autour.

— Oui, tout juste avant de passer aux actes.

La porte de l'épicerie s'ouvrit et le propriétaire parla à George.

— Écoute, George, tu peux écoeurer ce jeune homme si tu veux, mais pas en face de chez moi. Laisse-le entrer.

— Mais, je ne voulais pas « l'écoeurer », comme tu dis. Je voulais seulement lui dire qu'il devrait me saluer lorsqu'il me rencontre, c'est plus poli.

— Alors, mon cher George, si ce n'est que cela que ça te prend pour être heureux, je te promets de le faire, mais en retour tu me laisses la paix, lui dit Germain avant d'entrer dans l'épicerie.

Au moment où l'épicier était sorti, à l'intérieur de l'hôtel, l'arrivée en trombe de Lise descendant de sa chambre avait fait sursauter tout le monde. Elle avait expliqué la situation à son père qui, ne voulant pas s'énerver, avait demandé à Michel d'intervenir. Ce dernier, avec deux amis, s'apprêtait à sortir lorsque l'épicier était intervenu. Leur intervention n'avait pas été nécessaire.

Lorsque tout se fut calmé à l'extérieur, chacun reprit sa place chez Daigneault. Quelques instants après que Lise fut remontée à sa chambre, son père monta à son tour, frappa à sa porte et lui demanda s'il pouvait lui parler. Alors, ils s'installèrent tous les deux, elle sur son lit et lui sur une chaise près d'un pupitre.

— Alors Lise, dis-moi, il te plaît vraiment ce gars ?
— Bien, c'est que je lui trouve un certain charme.
— Tu ne lui trouves pas qu'un charme, n'est-ce pas ?
— Tu sais, c'est embêtant. Je ne lui ai pas vraiment parlé. Il ne semble pas démontrer beaucoup d'intérêt…
— Toi, tu en démontres beaucoup, cependant.
— Et tu n'aimes pas cela.
— Ce n'est pas que j'aime ou que je n'aime pas, parce qu'au bout du compte, si c'est dans ce sens que va ton choix, c'est dans ce sens que j'irai.
— Moi non plus, je ne suis pas certaine. Ce ne sont que des impressions.

— Tu sais que tu peux te faire très mal si tu t'amouraches de ce garçon …

— Mais pourquoi t'entêtes-tu donc à penser de cette façon avec lui ? lui dit-elle, un peu exaspérée.

— Lise, tu sais comme moi qu'il touche à des choses pas tout à fait légales, bon Dieu ! Dois-je t'ouvrir les yeux ?

— Tu m'as dit hier que tu croyais qu'il avait tenté de voler et qu'il s'était fait surprendre par Lauzon ! Qu'est-ce qui te fait penser cela ?

Il ne voulait pas lui parler du passé et lui dire qu'il avait alors travaillé avec le père de Germain.

Elle ne voulait pas lui dire qu'elle avait découvert la dynamite, qu'elle était certaine elle aussi qu'il s'agissait de Germain et qu'elle l'avait prévenue de faire attention.

Henri savait qu'il ne pouvait empêcher sa fille de faire selon sa volonté.

— Mais si j'ai raison et que le malheur s'abat sur lui, que feras-tu si tu te retrouves seule ? lui répondit-il, finalement.

— Mais je ne serai pas …

— Non, tu ne réponds pas, l'interrompit Henri. Que feras-tu si tu te retrouves seule ?

— Bien, je crois que je continuerai à faire *marcher* l'hôtel, lui dit-elle après un silence.

— Je crois que tu y parviendrais.

— Papa …

— Oui,

— Tu sais, je ne suis pas sûre à propos de Germain.

— Bah, il ne pourra y avoir plus de commérages qu'il y en a maintenant, lui dit Henri en se levant. Mais, c'est comme ça, hein ? Personne ne peut décider pour autrui ce qui semble être la meilleure chose pour son bonheur.

— Je sais. Ne t'inquiète pas.

Il sortit. Elle demeura sur son lit. Elle se leva et jeta un coup d'œil par la fenêtre. Lauzon et son ami avaient disparu. Quelques minutes plus tard, elle vit Germain sortir avec son sac à dos rempli à ras bord et un autre sac dans les bras. Elle ne ressentit pas le débordement qu'elle avait ressenti la première fois qu'elle l'avait vu ; ce ne serait pas qu'une simple aventure. Qu'est-ce qui poussait ce garçon à jouer avec de la dynamite et pourquoi le faire à St-Stanislas ?

Après qu'il fut entré dans l'épicerie, Germain avait lentement retrouvé son calme car les allusions de Lauzon à propos de Lise l'avaient mis hors de lui. Pendant tout le temps qu'il fit ses emplettes, il ignora encore les regards furtifs que lui lançait constamment la dame qui se tenait debout à la caisse et qui l'épiait plus qu'elle ne faisait de l'ordre dans ses papiers.

Il entreprit de marcher lentement jusque chez lui, décidé à profiter de ce beau début de soirée. Il avait été tenté de traverser la rue pour entrer à l'hôtel, mais il ne savait pas encore comment aborder Lise, si jamais il la rencontrait.

Là où se termine le village, Germain aperçut une voiture stationnée sur le bord de la route. Il crut la reconnaître et justement, lorsqu'il fut à sa hauteur, la portière s'ouvrit et Henri Daigneault offrit à Germain de monter, ce qu'il fit, surpris de voir cet homme l'attendre à cet endroit.

Jusqu'au chalet, ils n'échangèrent aucune parole. Rendus à côté de la petite bâtisse verte, Henri demanda à Germain d'aller porter ses achats à l'intérieur et de venir le rejoindre. Il alla s'asseoir sur le bord de la rivière en l'attendant.

Quelques minutes plus tard, le jeune homme s'approcha.

— Je suppose que vous voulez me parler ? demanda Germain.

— Ce serait faux de prétendre autre chose, répondit Henri, embarrassé et ne sachant par où commencer.

Germain était aussi mal que le père de Lise.

— Aimeriez-vous quelque chose à boire ?

— Non, ce n'est pas nécessaire.

Après un moment de silence, Henri dit simplement :

— Ma fille a risqué gros pour t'éviter des problèmes, tu en es conscient ?

— Bien sûr, je le suis.

— Elle a terni sa réputation, murmura Henri.

— Oui, je sais, répondit à voix basse Germain qui détourna la tête.

— L'autre jour, nous avons jasé, toi et moi …

— Je me souviens …

— Je t'avais dit que je ne voulais pas être mêlé aux affaires que tu venais mener ici en rapport avec le RACQ

— C'est vrai.

— Eh bien, vois-tu, c'est ma fille qui m'y a mêlé, sans le savoir.

— Mais, vous n'avez pas à vous en faire, monsieur, ils n'ont rien trouvé à mon sujet…

— Peut-être, mais ça ne veut pas dire que tu ne feras rien …

Germain ne répondit pas.

— À ce moment-là, continua Henri, lorsque tu passeras à l'action, des soupçons pèseront sur ma fille et par le fait même, sur moi.

— Mais je ne vois pas le rapport … Si jamais je fais quelque chose, ils ne pourraient porter aucune accusation contre vous ou contre votre fille, vous n'êtes ni l'un ni l'autre complice …

— C'est pourtant simple : lorsque tu feras sauter tes pétards …

— Hé là ! Monsieur ! Minute ! Qui vous dit que je ferai cela ?

— Personne. J'en suis convaincu.

Le jeune homme fixa. Henri Daigneault : était-il celui qui savait pour les trous et dont Lise avait voulu le prévenir ?

— Et vous monsieur Daigneault, quand vous aviez mon âge, est-ce que votre femme a été harcelée à cause des actions que vous avez posées ? Je veux dire, l'a-t-elle été directement ? La police de l'époque l'a-t-elle emprisonnée, par exemple ?

— Heu … non, répondit Henri, surpris par la question.

— Est-ce que ma mère était harcelée par les policiers lorsque mon père menait les troupes au-delà des barricades ?

— Non. Heu … enfin, je suppose.

Germain fit une pause avant de continuer en regardant son interlocuteur dans les yeux.

— Et maintenant, monsieur, dites-moi, le choix de ces femmes était-il le leur ou bien le vôtre et celui de mon père ?

— Elles n'ont pas fait ce choix.

— C'est vous qu'elles avaient choisis. Si ma mère a pleuré lors la mort de mon père, ce n'est pas le choix d'être avec lui qu'elle a regretté, c'est lui. Si votre femme vivait encore, elle ne regretterait pas plus son choix aujourd'hui qu'il y a quinze ans.

— Je comprends ce que tu veux dire.

— Comprenez également, monsieur, que je ne veux pas raviver en vous des souvenirs douloureux. Je veux juste vous faire comprendre que je n'y suis pour rien dans le choix qu'a fait Lise dimanche matin. Cependant, croyez-moi quand je vous dis que je n'y suis pas insensible. Car comme moi, vous voyez que les raisons qui l'ont poussée à ce geste sont quelque chose de très grand, monsieur, très grand.

— Oui, pour ça, tu as raison.

— En fait, si vous permettez que je m'explique, j'ai trouvé votre fille charmante la première fois que je l'ai vue, très charmante. Je ne veux pas qu'elle soit mêlée à mes affaires, et la déclaration qu'elle a faite aux policiers dimanche dernier, sa réputation qu'elle a ternie pour m'éviter une bonne raclée, tout cela … je suis incapable d'y être insensible.

— J'espérais que tu aies compris.

— Ce n'est pas tout, je me suis conduis comme le dernier des derniers par la suite avec elle.

— Je sais, elle m'a raconté.

— Vous savez donc pourquoi je lui ai parlé de ces renards ?

— Oui, enfin, je suppose. J'aimerais t'entendre me le confirmer.

— Je ne veux rien qui soit dangereux pour elle. Alors, je me suis dit que si je l'insultais, elle me laisserait.

— C'est ce que j'ai pensé. J'avais peur pour Lise. Tu vois, je ne te connais pas beaucoup et parfois, elle peut se montrer …

— Ne vous en faites pas, monsieur, je ne provoque rien concernant Lise, soyez-en assuré. Je voudrais seulement qu'elle croit en ma sincérité lorsque je trouverai le moyen de m'excuser auprès d'elle.

— Je te crois. Tu es honnête. Je te remercie.

Henri se releva, s'approcha de la rivière, regarda à gauche et à droite, leva le nez pour humer l'air frais et se tourna vers Germain pour finalement lui dire :

— Je voudrais que tu n'oublies pas que tu peux me considérer comme un ami, mais pas comme un allié … Ah, et à propos de Lise, ajouta-t-il, tu verras, c'est une bonne fille.

Il reconduisit le père de Lise jusqu'à sa voiture et retourna s'asseoir près de la rivière avec les dernières paroles de Henri en tête.

18

Émile et l'alcool

Pendant les jours qui suivirent, tout se déroula normalement sur le chantier. Germain, qui avait vu sa condition physique s'améliorer, était devenu un membre à part entière de l'équipe d'Émile. Ils travaillèrent pendant une journée dans la longue pente menant à la rivière, en amont du vieux pont. Le lendemain fut occupé à localiser l'emplacement des assises du futur pont.

Le vendredi fut employé à vérifier le tracé de la nouvelle route de l'autre côté de la rivière, tracé qui rejoignait la route originale non loin du chalet de Germain. Cela ne fut pas très long et Germain et l'équipe d'arpenteurs purent entreprendre leur fin de semaine dès le vendredi midi. Alors que la plupart se préparaient à aller rejoindre leur lieu de résidence, Germain invita son chef d'équipe à passer chez lui.

Le chef arpenteur accepta et les deux hommes se rendirent à l'épicerie du village pour s'acheter les consommations alcoolisées qu'ils prévoyaient siroter assis sur le bord de la rivière. Émile en acheta trois fois plus que Germain.

Lorsqu'ils retournèrent en direction du chalet de Germain, ce dernier remarqua que René et ses hommes achevaient de forer la deuxième colline qu'il fallait faire sauter. Il en apprendrait plus long bientôt avec Émile, après que ce dernier aurait ingurgité ses consommations, il en était certain. C'était d'ailleurs le but qu'il poursuivait lorsqu'il l'avait invité à passer chez lui.

Deux surprises attendaient Germain.

La première, de l'autre côté du vieux pont : une équipe de bûcherons arrivait afin de couper tous les arbres qui se trouvaient sur le tracé que lui et Émile avaient vérifié dans la matinée. Cela signifiait qu'il ne pourrait plus passer par où il en avait l'habitude lorsqu'il partait à travers bois pour se rendre derrière l'érablière.

La seconde, chez lui : en ouvrant la porte, il faillit mettre le pied sur une enveloppe qu'on avait glissée sous la porte et qu'il mit aussitôt dans sa poche. Les deux jeunes hommes s'installèrent ensuite près du cours d'eau. Il prit tranquillement une bière alors qu'Émile en avala plus de trois dans le même laps de temps, ce qui fut suffisant pour lui délier la langue.

— Alors, Germain, lui dit-il sur le ton de la confidence, c'est vrai ce qu'on raconte à ton sujet ?

— Cela dépend, de quoi parles-tu ?

— Il y aurait un vieux qui t'accuse d'avoir volé de la dynamite …

— Faut pas écouter ce que les gens racontent, tu sais …

— N'empêche qu'il y en a pour dire que la police ne t'a pas manqué, ajouta Émile qui se déboucha une autre bière.

— Es-tu du genre à penser que j'aurais volé de la dynamite ?

— Bien … non … je ne crois pas, surtout qu'il n'en manque pas. C'est ce que l'enquête a révélé.

— Alors, si tu crois que je n'ai pas volé, pourquoi le demander ?

— Comme ça, pour être certain, répondit Émile

Après un moment de silence pendant lequel il sembla se concentrer, il se tourna vers Germain qu'il tenta de regarder bien dans les yeux alors qu'il commençait à chanceler un peu. Il ajouta alors :

— Et la fille, Germain, la fille, c'est de l'histoire ça, ou non ?

— Mais ça aussi, Émile, ça dépend de ce que tu as entendu. Difficile à dire …

— Ouais, on n'en apprend pas beaucoup avec toi, répondit Émile avant de terminer sa bière, mais n'empêche qu'avec ce que j'ai vu dans ta chambre tantôt …

— Oh, tu sais, à propos de Lise, je peux bien te dire qu'elle est très charmante, qu'elle est gentille …

— Au point de dire qu'elle a couché avec toi pour t'éviter des problèmes !

Le regard de Germain se durcit et Émile en fut surpris.

— Ne te fâche pas, je ne dis pas ça pour être méchant ! lui dit-il avant d'ajouter après une courte pause : mais je te comprends, on n'aime pas voir nos affaires affichées dans la rue.

— Tu sais, je ne t'en veux pas, ce n'est pas toi qui se fais l'écho de tout ce qui se dit, je suppose ; tu n'en as pas le genre.

— Ça, c'est vrai, tu peux me faire confiance.

— Dis-moi, Émile, à ton avis, le contrat ça va aller vite ?

— Bof ! Comme on achève les trous dans le roc, on prévoit dynamiter au début de la semaine prochaine.

— Tu vois, quand le dynamitage sera terminé, je pourrai respirer librement, on ne m'accusera plus de rien Enfin, je l'espère, ajouta Germain en feignant un éclat de rire.

— Alors, mardi matin, tu seras tranquille. Les artificiers sont attendus dans la matinée de lundi.

La conversation se poursuivit sur divers sujets, en passant par les désordres sociaux du début du siècle au cheminement de chacun pour en arriver où ils en étaient tous les deux. Au bout d'une heure et demie environ, le jeune homme n'ayant plus rien à boire manifesta bientôt le désir de partir.

Émile conduisit très prudemment jusqu'au village. Lorsqu'il y fut rendu, il réalisa qu'il ne serait pas sage de continuer à rouler dans l'état où il était et il décida donc de s'arrêter pour manger. Regardant à gauche et à droite sur la rue principale à la recherche d'un endroit pour s'attarder, il aperçut l'hôtel dont l'affiche annonçait des repas complets. Un sourire éclaira son visage lorsqu'il pensa qu'il avait peut-être une chance d'apercevoir la compagne de Germain ; ce qu'il en savait provenait de rumeurs qui avaient pris des directions et des proportions si douteuses que sa curiosité amplifiée par l'alcool l'emporta. Il gara sa voiture, descendit et entra.

Pendant ce temps, Germain était assis sur la rive, un morceau de papier à la main. Après le départ d'Émile, il avait ouvert l'enveloppe qu'il avait ramassée pour en lire le contenu qui se lisait comme suit :

Le dynamitage est pour bientôt mais les événements le reporteront au lendemain. Pendant cette nuit d'attente, pourquoi ne pas illuminer le Québec par un feu d'artifice à la mémoire d'Ernest ?

Plusieurs questions encore se bousculaient dans la tête du jeune homme. D'abord la présence du nom de son père sur ce message ; qui donc, à part Henri Daigneault, pouvait faire allusion à son père ? Le père de Lise avait lui-même dit qu'il ne voulait plus rien savoir de tous ces mouvements ou actes subversifs. S'il ne s'agissait pas d'Henri, l'allusion à son père était-elle un leurre pour l'entraîner dans un piège ? La police pouvait-elle savoir ?

Pourtant, et il en était absolument certain, jamais le nom de son père n'avait figuré dans les dossiers des autorités à l'époque où il était actif pour la reconnaissance des travailleurs.

Quant au message lui-même, il ressemblait à des instructions, une suggestion de ce qu'il devait faire. Quel était le feu d'artifice auquel on faisait allusion ? Était-ce l'explosion qu'il préparait ? Il ignorait ce qui se passait en dehors de St-Stanislas, lui annonçait-on qu'il serait stratégique de passer à l'action dès la semaine prochaine ?

Il venait tout juste d'apprendre d'Émile que le dynamitage était prévu pour lundi, et là on lui apprenait qu'il serait retardé d'une nuit …

Germain devait décider, et rapidement, de ce qu'il ferait. Il craignait un piège, mais cela lui semblait impossible ; en redoublant de prudence, il savait qu'il y parviendrait. C'était d'ailleurs pour de telles opérations qu'il s'était préparé. Le moment attendu était arrivé.

Et il n'avait que trois nuits pour préparer le *feu d'artifice*.

S'assurant de ne pas être épié, il se glissa sous le chalet d'où il ressortit avec sa carabine. Quelques minutes plus tard, il prit des vêtements qu'il mit dans son sac à dos avec sa carabine démontée et partit en prenant soin d'éviter les bûcherons.

À l'hôtel, très heureux de voir que Lise était de service, Émile s'était assis à une table et s'était commandé deux consommations que lui avait apportées celle qu'il souhaitait tant rencontrer. Il ne lui adressa pas la parole à cet instant, car, se disait-il, ce serait manquer de tact ; s'il abordait trop hardiment cette jeune fille pour lui parler de sa relation avec Germain, il risquait de l'offusquer.

Il demeura donc silencieux et observa les lieux, bien décidé à accoster Lise au bon moment. L'alcool ayant fait disparaître toute gêne, il lui lançait parfois des regards pour admirer ses courbes qu'elle déplaçait nonchalamment entre les tables, simplement vêtue d'un jeans et d'un t-shirt. Plusieurs fois, il se dit que son copain Germain ne réalisait pas la chance qu'il avait d'être dans les bonnes grâces de cette belle brunette.

Un doux arôme parfumé commença à s'exhaler de la cuisine, ce qui stimula encore plus l'appétit d'Émile. Il se commanda une troisième consommation et tenta alors d'entreprendre une conversation avec Lise.

— Dites-moi, mademoiselle, cette bonne odeur, c'est bien du bœuf, n'est-ce pas ?

— C'est bien cela, monsieur, lui répondit-elle en remarquant rapidement l'état presque déplorable de ce client.

— Savez-vous dans combien de temps je pourrai déguster ce repas ? demanda Émile qui dévorait les lèvres de Lise du regard.

— Dans cinq minutes, je pourrai vous servir. Vous êtes de la région ?

— Non, j'habite Sherbrooke, mais je travaille sur le chantier, en arpentage.

— Et alors, la construction, ça avance bien ?

— Ah, mais bien sûr que ça avance bien, avec de bons employés… répondit Émile qui demeura ensuite silencieux.

— Avec de bons employés …, continua Lise qui ne savait que répondre.

— Mais oui, avec de bons employés, et même avec l'un d'eux que vous connaissez bien ! risqua Émile, étourdi par l'alcool et les pensées qu'il entretenait à l'égard de Lise.

— Avec un que je connais bien ? C'est bien ce que vous dites ?

— Mais oui, c'est bien ce que je dis. Et qui vous aime bien, oserais-je dire.

— Vous pourriez me dire le nom de cet employé qui m'aime bien, s'il vous plaît ? demanda Lise qui cherchait où voulait en venir cet homme dont elle n'aimait pas l'attitude.

— Mais, vous vous nommez bien Lise ?

— C'est mon nom, c'est bien cela.

— Mais, vous connaissez Germain ? Je travaille avec lui. Il vient tout juste de me parler de vous.

Cette dernière phrase dérouta Lise. Elle savait bien qu'il s'agissait de Germain, mais qu'il vienne tout juste de parler d'elle avec cet homme qui débarquait à l'hôtel dans cet état. Que se passait-il avec Germain ?

— Ah, mais vous tombez bien. Vous pourrez me donner quelques nouvelles fraîches, j'espère ; nous n'avons pas pu nous voir récemment, poursuivit Lise qui parvint à cacher l'embarras dans lequel cette dernière phrase l'avait plongée.

— C'est un très bon travailleur, il apprend vite.

— Il y a longtemps qu'il est avec vous ?

— Depuis mardi. Vous ne saviez pas ?

— Non, je ne savais pas, nous ne nous sommes pas vus cette semaine.

— Je vous comprends, avec tous ces événements.

— Que voulez-vous dire ? demanda Lise.

— Plusieurs ont pensé que Germain avait volé des explosifs …

— Je sais, dit-elle en se redressant bien droite devant Émile qui n'eut alors d'yeux que pour sa poitrine. Nous avons pensé que c'était mieux comme cela.

— Mais ne vous en faites pas, il vous aime beaucoup, vous savez. Attendez de voir ce que j'ai vu dans sa chambre …

— Ça va, Lise ? demanda alors Henri qui avait perçu un certain trouble dans l'attitude de sa fille et qui s'était approché.

— Oui, ça va, lui répondit-elle. Je donnais à monsieur quelques renseignements sur les habitudes de la place avant de lui servir un repas.

Elle s'éloigna alors en direction de la cuisine, laissant Émile seul avec son père qui échangea quelques propos dictés par la politesse. Lise revint quelques minutes plus tard avec le repas pour Émile qui était demeuré confus depuis l'arrivée d'Henri.

— Je vous remercie, mademoiselle. J'espère n'avoir rien dit de désobligeant, vous m'en verriez navré.

— Non, monsieur, soyez à l'aise. C'est que personne ne sait quoi penser de cette histoire ; le temps arrangera sûrement les choses.

— Sûrement, mademoiselle. En tout cas, en ce qui concerne Germain, soyez rassurée, il semble être bon garçon.

— C'est ce que je pense. Nous devrions nous voir en fin de semaine. J'ai fini de travailler pour aujourd'hui. S'il vous manque quelque chose, vous demanderez Michel. Au revoir, bonne fin de journée ! lui dit-elle avant de disparaître par une autre porte.

Plus tard, après le souper, juste avant qu'il ne fasse trop sombre, Lise sortit discrètement par l'arrière. Vêtue d'une jupe un peu longue, d'une blouse et d'un lainage, elle sauta sur son vélo et prit la direction du vieux pont.

Derrière une fenêtre, Henri la regarda partir, nullement surpris.

Alors qu'elle approchait de chez Germain, elle descendit et s'avança doucement, pour ne pas se faire surprendre. Elle s'arrêta non loin du chalet et réalisa qu'il n'y avait personne. Elle dissimula sa bicyclette et s'approcha.

La porte était barrée. Elle prit une roche, brisa la vieille poignée, parvint à faire tourner le loquet et entra. Ne voyant rien d'anormal, elle se dirigea vers la chambre de Germain. Depuis ce que lui avait dit Émile, c'était une idée fixe. Que pouvait-il y avoir dans cette pièce qui puisse assurer à cet inconnu que Germain l'aime bien ?

Elle entra dans la chambre et fit le tour. Ses yeux s'arrêtèrent soudainement. Un sourire orna son visage.

Elle murmura pour elle :

« Bel inconnu, pourquoi ne pas l'avoir dit ? »

19

Lise

Germain était monté sur la montagne et avait constaté qu'on n'avait pas amplifié la surveillance policière ; il pourrait procéder. D'abord, cette nuit même, déménager les pétards près de sa cible et les installer pendant les nuits subséquentes. La lune qui serait bien ronde dans le ciel pendant le week-end qui s'amorçait l'aiderait.

Il arriva à son canot à la brunante en s'assurant qu'il était bien seul. Il se méfiait toujours des pêcheurs parfois attardés à cette heure souvent propice aux belles prises. Il traversa et dissimula son canot aisément grâce aux feuilles qui achevaient leur croissance ; quelques jours encore, et la forêt changerait ses tons pastels pour des couleurs très denses aux tons de vert plus uniformes.

Germain prenait tout son temps ; il ne voulait pas faire d'erreurs, il ne voulait pas décevoir. Il était en « mission », on lui faisait confiance et on attendrait bientôt, quelque part dans des bureaux, les résultats de cette opération.

Il pensa à son père. Chaque geste fut posé avec circonspection. Dans cet état euphorique, il parvint derrière l'érablière sans mauvaise rencontre. Il commençait à enlever le couvert végétal qu'il avait placé pour dissimuler son arsenal, lorsque les rayons bleutés de la lune envahirent la forêt qu'ils teignirent d'une ambiance féerique.

Deux voyages en canot seraient nécessaires pour avoir son matériel à portée de main, près du vieux pont. Il chargea donc son sac une première fois pour transporter les explosifs au bord de la rivière, près du canot, s'entourant de mille précautions, tous les sens aux aguets.

Pour amener ses paquets jusqu'à leur destination, Germain n'avait qu'à descendre le courant. Il en profitait pour se reposer un peu, séduit par l'aspect irréel de la luminosité grisâtre qui ne lui révéla aucune mauvaise surprise. À un certain endroit, la rivière commence à rétrécir. C'était là l'endroit qu'il avait choisi pour dissimuler sa précieuse marchandise. Plus loin, la rivière bifurque à droite et le pont apparaît.

Il aborda sur une rive de sable, descendit de son embarcation et retrouva en peu de temps l'endroit le plus propice pour la sécurité de sa cargaison. Toujours avec les mêmes précautions, il déchargea son matériel qu'il plaça délicatement dans les anfractuosités des rochers qu'il avait localisées.

Il remonta dans le canot et partit en sens inverse pour achever la dernière étape de cette autre nuit de travail. Il dut répéter l'opération quatre fois.

Tout se déroula sans anicroche et vers trois heures, Germain, fatigué et satisfait, avait terminé et se reposait sur cette plage éclairée par la lune. Il retourna chez lui avec le canot dont il n'avait plus besoin.

Après qu'il soit revenu chez lui et qu'il ait rangé son arme, il vit que la poignée avait été fracassée. Il s'assit près de la rivière. Haute dans le ciel, la lune éclairait un grand champ de l'autre côté. La nuit était chaude, une brise à peine perceptible et tiède se leva.

Soudain, il entendit un bruit de pas derrière lui. Effrayé, il se retourna lentement, ne sachant quelle triste vision le tirerait de ses rêveries. Sa respiration cessa presque lorsqu'il aperçut Lise, pieds nus, la blouse déboutonnée, qui venait vers lui, un sourire léger aux lèvres. Le vent doux agitait sa chevelure et dévoilait ses seins. Germain voulut dire quelque chose, mais elle lui signifia de se taire d'un signe de la main. Il la regarda venir vers lui, ébloui par la pureté de sa peau et les splendeurs de ses mystères que dévoilait l'astre nocturne. Lise s'arrêta derrière lui et, sans dire un mot, commença à tendrement lui caresser les cheveux. Germain ne put freiner l'envie qui monta en lui.

Après quelques frissons, il se retourna, s'agenouilla et tira doucement Lise à lui pour délicatement effleurer son ventre chaud du bout de ses lèvres. Elle l'enlaça de ses bras tout blancs et soyeux.

Le temps sembla s'arrêter.

Elle se laissa caresser ainsi en fermant les yeux et le rejoignit sur ses genoux en offrant dans ce mouvement ses épaules et son cou à la douceur de ses lèvres comme elle l'avait tant souhaité dans son intimité. Lorsqu'il s'arrêta pour la contempler, Lise abandonna sa chemise et lui appliqua un baiser langoureux. L'empêchant de pouvoir dire un mot, elle lui caressa le cou des lèvres et le poussa délicatement, jusqu'à ce qu'il soit complètement étendu sur le dos. Elle demeura ainsi, sans bouger, le contemplant, souriante. Elle se pencha sur lui pour l'embrasser à nouveau. Germain ne bougeait plus, effleurant les cheveux de son insoupçonnée partenaire. Lorsqu'elle sentit ses respirations devenir longues et profondes, elle lui souffla à l'oreille, l'oeil étincelant :

— Je te veux en milliers de douceurs.

Puis, sous le regard complice de la lune, elle se releva, défit sa jupe qu'elle passa par dessus sa tête et lui apparut tout échevelée, soudainement voluptueuse. Elle approcha à nouveau son visage sur le sien et Germain sourit en sentant le souffle court de cette angélique apparition qui soupira de satisfaction en le voyant inspirer ses arômes cachés et ses parfums voilés secrètement désirés. La respiration de la jeune femme s'accéléra et Germain s'appliqua à chercher avec amour les douceurs qui menèrent Lise jusqu'à de longs soupirs de satisfaction.

Après qu'elle eut plané sur lui comme un grand oiseau majestueux, un frisson la parcourut avant qu'elle ne relève la tête pour sourire à Germain qui ne cessait de l'admirer.

— J'ai un peu froid.

Doucement, il la prit dans ses bras et l'amena ainsi à l'intérieur. Du doigt, elle lui désigna sa chambre. Lorsqu'il la déposa sur le lit, elle l'entraîna sur elle, espiègle.

— À ton tour, mon bel amour, lui dit-elle en lui couvrant le visage de baisers.

À nouveau témoin de sensuels moments de douceur et de délices excitants, poussant l'indiscrétion jusqu'à s'infiltrer par la fenêtre, la lune offrit à Germain le plus beau spectacle qu'il eut imaginé. Après avoir frémi de satisfaction, regardant le visage adorable de la jeune fille, il aperçut sur chacune de ses joues, une larme de joie scintillante sous les rayons grisâtres de l'astre nocturne qui se retira discrètement derrière un nuage, heureux d'avoir été témoin du bonheur qui venait d'éclore.

Germain s'étendit à côté de Lise et ils demeurèrent silencieux longtemps. Elle se pressa contre lui et rompit le silence :

— Je ne savais pas que tu étais artiste, lui murmura-t-elle à l'oreille en lui indiquant le portrait qu'il avait fait d'elle, épinglé au mur.

— Je ne sais pas ce que je devrais te dire …

— Peut-être n'y a-t-il rien à dire ?

— Je n'ai pas été très charmant avec toi …

— Moi, je viens tout juste d'oublier.

Le jeune homme esquissa un sourire. Était-ce ce qui devait arriver ?

— Et ton père ?

— Je suis assez grande pour savoir ce que je fais. Il ne discute pas ces choses.

— Mais toi, tu ne sais pas ce que je fais ...

— Toi, tu observes les familles de renards, lui dit-elle, moqueuse.

— Je sais, j'ai été imbécile ...

— Tu n'as pas été imbécile, lui répondit-elle en se relevant vers lui et en lui mettant le doigt sur la bouche. Tu as été honnête et loyal en ne voulant pas me mêler plus que je ne l'étais à tes explosifs.

— Mais ...

Elle se coucha sur lui en se tenant droit sur ses bras tendus. Régnant ainsi sur lui, elle lui dit en souriant :

— Germain, je sais pour tes trous derrière l'érablière de mon oncle, je sais ce qu'il y a dans ces trous. Je ne sais pas exactement ce que tu veux en faire et je m'en fous.

— Comment as-tu pu ... ?

— Ça, ce n'est pas important. Il n'y a que moi qui sais. Je suis simplement heureuse de t'avoir évité la raclée des policiers ...

— Hé hé ! Il y a du danger ...

— Le danger ne m'importe pas. J'ai confiance. Depuis que j'ai vu que tu as dessiné mon visage et que tu l'as mis sur ton mur, le reste ne m'inquiète pas.

— Mais, Lise, il y a réellement du danger dans ce projet que je veux terminer ...

— Si j'avais des projets, m'empêcherais-tu de les mener à terme ?

— Non.

— Alors, pourquoi le ferais-je ?

— Et si jamais il m'arrive quelque chose et que je ne reviens plus ? demanda-t-il, très sérieux.

— Crois-tu vraiment que tu pourrais disparaître de mon esprit ? lui demanda-t-elle avant d'ajouter, c'est vrai, je suis disparue de la vie de bien des gars que j'ai connus, mais je ne veux pas te quitter. Le temps viendra où je t'aurai appris que tu peux vivre avec moi sans craindre que je disparaisse ; je te le démontrerai …

Aussitôt, Germain se raidit.

— Mais où as-tu appris ce que tu viens de dire ? lui demanda Germain, en la fixant avec le regard d'un incrédule confronté à une révélation.

— Mais … ça ne s'apprend pas, Germain, c'est en dedans. Je ne peux t'expliquer, c'est parce que je veux t'aimer …

— C'est dangereux de m'aimer, laissa-t-il tomber en la regardant toujours intensément.

— Je veux bien prendre le risque, moi, lui chuchota Lise en se serrant contre lui.

— Ce n'est pas à cause de ce que je fais, Lise, je préfère être franc avec toi.

— Que veux-tu dire ?

Germain hésita. Il se releva un peu, lui prit le visage entre les mains, lui caressa les cheveux.

— Tu es si belle, toi aussi.

— Mais que veux-tu dire ?

— Il semble qu'il soit dangereux de m'aimer. Peut-être à cause de ce que je suis, lui répondit-il en détournant les yeux, comme si …

— Mais Germain, que dis-tu là ?

— Lise, je fais tous les efforts pour profiter de ce que tu viens m'apporter. Mais j'en éprouve les plus grandes difficultés …

Intriguée, elle lui caressa à son tour le visage.

— Laisse-toi aller. Regarde autour, je ne peux rien imaginer qui soit plus beau.

— Je sais. J'aimerais te dire que oui, rien ne peut être plus beau, mais si tu savais comme j'ai peur …

— Mais alors, abandonne ce projet …

— Non, pas ça, ce n'est pas ce qui me fait peur, lui dit-il, souriant. J'ai simplement peur de ces beaux moments. Ne t'en fais pas, je ne te réserve pas de mauvaises surprises. Je veux t'aimer, mais j'ai terriblement peur. Ne me demande pas pourquoi. Pas maintenant.

— Je ne te le demanderai pas.

— Comment peux-tu promettre une telle chose ?

— Parce que je ne veux pas te perdre, lui répondit-elle en appuyant la tête sur son épaule. Germain, tu me promets de ne pas disparaître ?

— Oh oui ! Je te promets.

— Alors, jamais tu n'auras été aimé aussi longtemps que je t'aimerai. N'aie pas peur. J'aimerais dormir allongée près de toi et me réveiller à tes côtés.

Germain ne répondit pas. Il préférait ne pas en dire plus, laisser retomber tout ce qu'elle avait éveillé en lui et qu'il croyait endormi à jamais. Après tout, il la désirait depuis plusieurs jours. Il la serra délicatement contre lui.

Ils demeurèrent tous les deux silencieux. La lune, ayant pratiqué toute la magie nécessaire à cette nuit, les abandonna définitivement, satisfaite de voir Lise s'assoupir, étendue près de son bel étranger. Elle ne vit pas les larmes s'échapper lentement des yeux de son amant qui sembla implorer les étoiles qui parvinrent au prix de beaucoup d'efforts à calmer la douleur et le trouble qu'avait fait renaître le bonheur qu'il vivait avec Lise.

Il finit par dormir, légèrement.

Peu après, sans que ni l'un ni l'autre des deux amoureux ne soit dérangé, les oiseaux commencèrent leur concert matinal tous ensemble, comme si l'un d'eux actionnait une baguette pour indiquer le début de cette symphonie dominée par un couple de merles.

À l'hôtel, ce matin-là, Henri ouvrit discrètement la porte de la chambre de sa fille et constata qu'elle n'y était pas.

— Bon, se dit-il, c'est ce qu'elle désirait.

Plus tard, très tard dans l'avant-midi, Lise s'éveilla. En ouvrant les yeux, elle aperçut Germain endormi à ses côtés. Elle soupira de satisfaction et se blottit contre lui en attendant qu'il s'éveille à son tour. Elle lui dit à ce moment :

— Je craignais d'être seule à mon réveil.
— Je t'avais promis.
— As-tu des choses à faire aujourd'hui ?
— Pendant la journée, je n'ai rien.
— J'aimerais que nous la passions ensemble.

À ce moment, elle vint pour se lever, mais Germain la retint délicatement.

— Attends un peu, il faut que je te parle.
— Qu'y a-t-il ?
— Ce n'est pas si simple.
— Comment ?
— Je ne tiens pas à ce que tout le monde sache que toi et moi …
— Mais Germain, c'est un petit village ici, et depuis que George s'est ouvert la trappe …

Germain demeura silencieux, songeur.

— Personne n'a jamais rien su à propos de moi.

— Mais, Germain, tout ce qu'ils sauront, c'est que tu es avec moi. Et avec tout ce que je sais de toi, ajouta-t-elle d'un air narquois, je ne vois pas le danger.

— Tu sais que je tripote des choses qui peuvent être dangereuses.

— Oui, mais ça ne me …

— Écoute, tu vas voir. Je ne veux pas te dire de quoi il s'agit, je ne veux pas que tu saches. Si jamais il arrivait quelque chose …

— Mais …

— Lise, il peut arriver quelque chose. On ne sait jamais. La nuit dernière, si je suis revenu tard, c'est parce que j'étais occupé à jouer dans ces choses pas catholiques.

— Bon, je comprends … Et alors ? Cette situation ne sera pas éternelle ?

— J'en ai peut-être pour deux nuits, je ne sais pas exactement, finit-il par dire.

Elle le regarda d'un air moqueur en lui couvrant l'épaule de baisers.

— Dis-moi, ça va péter fort ? lui demanda-t-elle en riant.

— Comment as-tu su ?

— Quand je t'ai vu creuser tes trous dans la forêt, j'ai pensé que tu étais un genre de maniaque qui se faisait des planques pour ses victimes …

— Et tu es maintenant dans mon lit, lui répondit-il.

— Dis-moi, après ces deux nuits, tu auras fini ?

— Pour un bon bout de temps, je pense que oui.

— Combien de temps ?

— Je ne sais pas.

— Alors, lundi soir, tu couches chez moi, lui répondit Lise qui entreprit de le couvrir de baisers alors qu'elle s'étendait sur lui ; et en attendant, profite bien de tous les instants qui passent.

Moi, je me charge de partir d'ici avec un souvenir de toi, mon bel ami ...

Germain, rongé par un tourment intérieur, demeurait silencieux, immobile. Sous la douceur des caresses de Lise, il finit par se laisser aller, lentement.

20

Le vieux pont

Plus tard, Lise et Germain étaient assis face à la rivière après avoir mangé. Absorbés par leurs réflexions, ils ne parlaient pas depuis un moment.

« Ne pas craindre qu'elle disparaisse », comment se pouvait-il qu'elle lui ait dit cela ? Ces seules paroles lui prouvaient que cette rencontre n'était pas ordinaire et le mettaient en confiance. Mais elles lui rappelaient une douleur encore vive. Toute sa vie se résumait dans ces paroles : souffrances, chagrins, abandons et désolation.

Lise était heureuse. Elle avait obtenu ce qu'elle avait désiré et elle ne voulait pas le perdre. Elle était prête à attendre le temps nécessaire et faire ce qu'il faut pour que Germain se débarrasse de ces sombres idées afin qu'ils puissent mener une vie normale.

— Tu sais, lui dit-elle, je n'avais encore jamais désiré quelque chose autant que ce qui s'est passé la nuit dernière.

— Oh, si je te disais que cette nuit est parmi les plus merveilleuses que j'aie connues, tu me reprocherais sûrement un manque d'inspiration … répondit-il, pris par surprise. Depuis le premier message que tu m'as laissé, tu es toujours avec moi, dans mon esprit. L'autre jour avec les policiers, tu n'as pas hésité à jouer ta réputation …

Germain s'interrompit, regarda Lise dans les yeux, sembla hésiter, vint pour dire quelque chose, mais il s'arrêta. Elle eut connaissance de son trouble et lui dit lentement :

— Mais, dis-le, Germain, je peux comprendre plus de choses que tu l'imagines. Dis-le ce que tu hésites à me dire.

— Tu vois, j'ai maintenant plus que le goût de réussir, je ne veux pas faire d'erreur. Je veux te rejoindre. Ce n'est plus par orgueil que je veux réussir et revenir, c'est pour pouvoir t'aimer, lui répondit Germain en la tenant par les épaules.

— Tu sais qu'on ne m'a jamais dit de si belles choses, Germain ... j'espère seulement être ce qu'il faut pour que tu veuilles toujours revenir.

— Oh! crois-moi, je saurai revenir ...

— Pourquoi y a-t-il un doute ? Pourquoi doutes-tu de l'avenir ?

— Ce n'est pas de toi que je doute, c'est de ce que je provoque ; je ne sais pas comment le dire ; je crains pour toi ... et ça n'a rien à voir avec mes « pétards », comme tu le dis ... Comme si j'attirais la malchance ... quand j'ai l'amour.

— Alors, je te modifierai, je te façonnerai pour que je puisse t'aimer.

— Oh, tu sais ...

Lise lui signifia de se taire.

— Profite du moment présent.

<Ces dernières paroles furent suivies d'un silence pendant lequel chacun mesura l'ampleur des sentiments qui naissaient entre eux. Après un moment, Germain sourit et demanda :

— Dis-moi, c'est toi qui m'as prévenu par un billet qu'un renard très intéressé s'approchait de mes terriers ?

Demeurant dans ses pensées, elle ne répondit qu'en hochant la tête de haut en bas.

— C'était qui le renard ?

— George.

— Est-ce qu'il sait quelque chose ?

— Non.

— Et la poignée de la porte, elle était brisée avant que tu arrives ?

— Non, lui dit-elle en se cachant le visage ; c'est moi qui voulais entrer et voir dans ta chambre. Ton ami Émile, qui est arrêté manger hier, m'avait parlé de quelque chose qu'il avait vu dans ta chambre qui ferait assurément mon bonheur ; je suis très curieuse, tu sais …

Silencieux, ils profitèrent de la chaleur des derniers rayons de ce soleil qui se voyait menacé par des nuages qui s'intensifiaient après quelques premières timides manifestations plus tôt dans la journée. Lise s'assit sur les cuisses de Germain, face à lui :

— Il faudra que je parte bientôt, je dois travailler cet après-midi, lui dit-elle en le regardant dans les yeux.

— Moi aussi, j'ai des choses à vérifier et à organiser cet après-midi. De plus, il se peut qu'il commence à pleuvoir.

— Ça va te compliquer les choses ?

— D'un côté oui, et de l'autre non.

— Alors, j'espère que ça ne le sera pas trop. Est-ce qu'on se verra avant lundi ?

— Je ne sais pas. Je peux te poser une dernière question à laquelle tu répondras par oui ou par non ? Seulement une de ces deux réponses, pas de question.

— Si c'est dangereux, je refuse.

— Ce n'est pas dangereux.

— Allez.

— Tu as laissé un message sous ma porte hier dans la journée ?

— Non.

Germain ne dit plus un mot.

— C'est tout ? demanda-t-elle.

— C'est tout, répondit-il, songeur.

— C'est bien. Alors, je ne bougerai pas, je t'attendrai. Tu seras prudent, bel étranger ?

— Assurément. Promis.

— Alors, je te laisse.

— Et toi ?

— Quoi ? moi ?

— Tu seras là ?

— Mais bien sûr que je serai là. Où veux-tu que je sois ?

— Je ne sais pas.

Ils s'embrassèrent et se levèrent. Elle prit sa bicyclette et tous deux marchèrent très près l'un de l'autre jusqu'à la route où ils se séparèrent, tristes.

Elle fit quelques pas et se retourna :

— Germain, si c'est ce qui te fait peur, ne t'en fais pas, je ne disparaîtrai pas, je t'aime trop.

Elle se détourna, enfourcha son vélo et partit. Sur le vieux pont, elle s'arrêta et regarda la rivière couler. Quelques jours auparavant, décidée à ne faire aucun geste, elle avait choisi d'attendre un signe de cet étranger, quitte à l'oublier s'il ne se manifestait pas. La veille, lorsque Émile lui avait annoncé que Germain l'aimait beaucoup et qu'elle en verrait une preuve dans sa chambre, toutes ses résolutions s'étaient évanouies d'un coup, submergées à l'instant par les fougueux élans qui la poussaient vers cet homme.

Les dernières heures l'avaient comblée. Elle était aimée, elle aimait. Pour le moment, c'est tout ce qui lui importait. Elle avait confiance en l'amour, convaincue que rien ne pourrait en venir à bout. Il lui faudrait seulement être patiente ; un jour, elle apprendrait les tragiques épisodes qui ombrageaient la vie de son amant, épisodes qui cachaient elle ne savait quel drame.

Après l'avoir suivie des yeux tant qu'il le put, Germain retourna vers le chalet. Il ne savait que penser des événements. Il aurait aimé simplement pouvoir remercier sa destinée de lui être favorable en mettant sur son chemin cette fille qui, de minute en minute, devenait son trésor le plus précieux. Mais de mauvais souvenirs surgis du passé le tourmentaient et animaient en lui la crainte d'une autre déception dont il ne parvenait pas à se débarrasser.

Il résolut donc de se laisser aller dans cet épisode à la manière d'une feuille tombée qui poursuit son existence à la merci du ruisseau sur lequel elle s'est déposée. Plus que jamais il serait prudent, précautionneux, vigilant et attentif dans ce qu'il lui restait à faire au cours des prochaines heures pour pouvoir se réfugier dans l'univers de cet ange apparu comme une dernière chance de connaître le bonheur. C'est ainsi qu'il percevait la venue de Lise dans sa vie, et si Lise disparaissait, il disparaîtrait aussitôt et à jamais avec elle.

Il répara tant bien que mal la porte avec des moyens de fortune. Puis, il se faufila à nouveau sous le chalet pour prendre sa carabine et le petit paquet qui contenait un détonateur, petite merveille de technologie. Il entra, l'ajusta et le déposa dans une chambre à l'arrière. Après, il s'installa face à la rivière dans un vieux fauteuil et se reposa pour être alerte pendant la nuit de travail qui l'attendait.

Quelques gouttes de pluie commençaient à tomber. Lise réapparut dans son esprit. En songeant à la confiance avec laquelle elle s'était abandonnée à lui, il s'assoupit, heureux, repus, un léger sourire aux lèvres.

Bientôt, un déclic le tira de son sommeil. Ouvrant les yeux, il réalisa que le jour avait fait place à la nuit et constata avec joie que le déclic s'était fait entendre à la seconde près du moment qu'il avait prévu. Il plaça soigneusement le détonateur dans son sac à dos.

Une pluie fine tombait toujours. La couverture nuageuse qui masquait la lune lui fournissait l'éclairage idéal pour faciliter ce qu'il devait accomplir cette nuit-là.

— O.K., on y va.

Avec son sac et sa carabine, il sortit, prenant au passage une grosse corde enroulée qu'il se mit en bandoulière. Il était près de onze heures. Toujours aux aguets, il aboutit rapidement à la petite plage de sable près de laquelle il avait laissé, la veille, ses explosifs qu'il retrouva sans peine.

Après avoir vérifié qu'il était bien seul à cet endroit, il emplit son sac d'explosifs et se dirigea vers le pont. Convaincu de sa solitude, il se dirigea en dessous de la vieille structure de bois qui enjambe la rivière, étroite et plus rapide à cet endroit. Il déposa son sac et grimpa pour atteindre le dessous du tablier. Il prit alors sa corde et la noua solidement au pont.

Il redescendit prendre son sac et remonta, l'oreille tendue, attentif à tous les sons autour de lui. Le pont l'abritait de la pluie, mais l'empêchait cependant d'entendre distinctement ce qui se passait autour, la structure répercutant le clapotement de l'eau coulant sous lui. Certain de ne pas être surpris à cet endroit, Germain décida de procéder.

Il rampait sur les poutres. La luminosité était très faible et il avait l'impression d'être envahi par les ténèbres. Il attacha son sac à portée de main et, avec précautions, il assujettit à une poutre du pont les dix ballots d'explosifs que contenait son sac.

Il retourna plusieurs fois à la plage prendre d'autres explosifs pour les poser avec les autres au même niveau sous le vieux pont. Il régla le détonateur qu'il fixa ensuite à une poutre et il fit les connexions, comme on le lui avait enseigné. Il ne pensait pas qu'il aurait eu le temps de tout mettre en place en une seule nuit. Il n'avait plus beaucoup de temps ; à l'est, les nuances sombres du ciel pâlissaient, imperceptiblement. La pluie avait cessé.

A ce moment, il ressentit une légère secousse sur le pont. Après quelques instants de stupeur, il regarda sur les deux rives et n'aperçut rien. Mais les secousses s'amplifiaient. Il crut entendre des éclats de voix et reconnut alors des bruits de pas : quelqu'un passait sur le pont.

Il quitta l'endroit où il était pour s'approcher du bord du tablier. Lorsqu'il sortit la tête de dessous le pont, il les entendit plus distinctement. Les deux personnes se dirigeaient vers village et étaient près de passer à sa hauteur. Les vibrations devinrent plus intenses et s'amenuisèrent au fur et à mesure que les piétons s'éloignaient. Germain s'approcha encore plus près du bord du tablier et releva la tête pour arriver à voir sur le pont.

Deux jeunes adolescents, une fille et un garçon, revenaient d'une légère escapade ; la bouteille d'alcool que le gars tenait à sa main pouvait le laisser croire. Les ténèbres jouant en sa faveur, Germain put les observer avant leur disparition.

Ils marchaient bras dessus, bras dessous. Ils ralentirent le pas et finirent par s'appuyer sur la rampe. Le garçon laissa sa bouteille et enlaça la jeune fille qui rejeta la tête en arrière alors qu'il commença à déboutonner son chemisier. Gauchement, l'adolescente tenta de défaire le pantalon du jeune homme, mais un bruit les arrêta net. On entendait une voiture qui venait au loin. Rapidement, ils marchèrent jusqu'à l'extrémité du pont, sautèrent le garde-fou et demeurèrent là, cachés, sans bouger. Germain était immobile. La voiture passa sur le pont. Les deux jeunes gens restèrent cachées.

En les entendant ricaner, Germain réalisa qu'il se pourrait que du monde se trouve là lorsque tout sauterait. Il y avait pensé lorsqu'il avait été désigné et pour se donner bonne conscience, il s'était dit que les nuits de semaine, il devait être rare qu'on circule sur cette route la nuit. Et bien sûr, que pouvait-il contre la fatalité qui s'abat parfois sur les gens, si honnêtes qu'ils soient ? Le hasard n'existe pas, prétendait-il, il n'y a que les rencontres avec d'autres personnes ou avec son propre destin et nul ne peut y échapper. Parce qu'il ne visait personne en particulier, il avait l'esprit en paix. Son intention n'était pas de faire des victimes. De toutes façons, était-il possible de mourir sans l'être … ?

Nous sommes tous victimes, et nous nous battons tous, riches ou pauvres, pensait-il.

Mais c'était avant que Lise ne débarque dans sa vie avec toutes les réactions qu'elle avait suscitées en lui. Alors qu'il les entendait rire tout occupés à découvrir les jeux de l'amour, il s'imagina le bouleversement de ce jeune garçon s'il fallait qu'il apprenne le décès de son amie dans l'explosion de la nuit de mardi, alors qu'elle l'attendait sur le vieux pont. Il décida donc qu'il le ferait sauter à distance le jour, malgré le risque plus grand d'être découvert.

Il commençait à faire jour. Il ne pouvait plus rester là longtemps. Les deux adolescents avaient dû réaliser la même chose, car il les aperçut quelques instants plus tard marchant sur la route menant au village. Il défit rapidement toutes les connexions qu'il avait faites, prit le détonateur et descendit à toute vitesse sur la rive. Il disparut dans la forêt sans laisser de trace de son passage.

Dans sa hâte, il n'aperçut pas, tapie derrière un fourré, la grande silhouette qui l'observait et qui avait tout vu.

Plus loin sur la route menant aux luxueux endroits de villégiature, Germain réapparut comme dans un rêve, dans lequel un léger brouillard avait remplacé la pluie. Rendu chez lui, il rangea sa carabine et le détonateur avant de s'installer face à la rivière.

Lise ne vint pas.

Il demeura là un long moment à se demander s'il utiliserait les explosifs. En attendant la réponse, les « pétards » étaient en place ; lorsqu'il serait décidé, il procéderait ou les enlèverait. Rien ne pressait, il avait encore du temps. Il passa la journée à se reposer avant de rejoindre Lise un plus tard pour lui faire une surprise.

Peu après l'heure du souper, Germain se dirigea ensuite vers le village sans se cacher. Trois voitures luxueuses passèrent en direction du village : des familles qui retournaient vers la ville. En passant sur la passerelle, il n'osa regarder le vieux pont. Il n'arrivait pas à se décider. Bientôt probablement, il viendrait tout enlever. Il n'était pas certain. Les ouvriers finiraient par trouver.

Alors que la pénombre envahissait la région, Germain arrivait en haut de la longue pente qui mène au village, marchant lentement, satisfait de sa décision. Qui donc pouvait lui avoir écrit ce mot suggérant un feu d'artifice à la mémoire de son père ? Le père de Lise était le seul à avoir pu le faire. Cela était invraisemblable.

Pendant ce temps, il était arrivé dans le village. Il entra à l'hôtel où étaient assis une dizaine d'habitués. Lorsque Henri le vit, il se leva pour aller à sa rencontre et lui tendit la main :

— Bonsoir Germain, lui dit-il simplement.

— Bonsoir, monsieur, répondit gauchement le jeune homme qui s'attendait plutôt à voir Lise.

— Tu veux que je prévienne Lise ? lui demanda Henri en esquissant un sourire.

— Heu … s'il vous plaît, oui.

Henri se dirigea vers la porte du fond et appela sa fille qui apparut quelques minutes plus tard.

— Il y a quelqu'un pour toi, lui dit son père.
— Germain ! ? s'exclama Lise en le voyant.

Elle laissa ce qu'elle faisait, se dirigea vers lui et s'appuya légèrement contre son bras.

— Mon bel inconnu ! Je ne t'attendais pas ce soir, lui souffla-t-elle.

— J'aurais été peiné de devoir attendre à demain, lui répondit-il en murmurant pour ensuite la serrer dans ses bras et s'enfouir la tête dans ses cheveux.

21

Explosion retardée

La veille, Lise et Germain s'étaient couchés relativement tôt. Ils avaient passé un petit bout de soirée assis en tête à tête, seuls à une table dans un coin. Pendant les premiers moments, le jeune homme avait d'abord été mal à l'aise par rapport au père de Lise, mais ce dernier avait fait en sorte que Germain puisse se sentir confortable assez rapidement.

En fait, depuis le décès de sa femme, Henri Daigneault avait fait passer le bonheur de sa fille avant toute chose. Assez jeune, elle avait recherché de la tendresse auprès des garçons et certains, trop souvent plus vieux, avaient su en profiter pour assouvir leurs élans sexuels. Le père avait enduré de la voir malheureuse après de mauvaises expériences, mais il s'était juré de ne jamais lui en tenir rigueur, ne pouvant lui-même combler cette carence affective, et sachant surtout que de grands discours n'auraient pas suffi à ralentir les transports de l'adolescence.

À la longue, son attitude avait commencé à rapporter car elle avait permis à sa fille d'apprendre par ses propres expériences et de trouver chez son père le confident qui lui faisait défaut. Avec le temps, elle était devenue très critique et exigeante avec les garçons dont elle ne voulait plus être l'objet de fantasmes. Il était alors arrivé qu'elle ait à subir les sarcasmes causés par la frustration de ceux qu'elle avait éconduits, alors qu'ils s'attendaient à une proie facile.

Petit à petit, Lise était parvenue à se refaire une réputation de fille respectable, bien que certains esprits pervers cherchèrent toujours à entretenir à son endroit une renommée peu enviable, ce dont elle ne se préoccupait guère plus. De son côté, Henri souffrait de la voir encore victime de sarcasmes vulgaires comme ceux qu'avait tenus George.

Malgré le côté mystérieux de Germain, il avait reconnu en lui quelqu'un de respectueux. Peut-être que Lise se ferait mal en aimant ce garçon, mais elle serait respectée et aimée, il l'avait senti. Il espérait seulement que Germain mette un terme à ses projets clandestins ; mais il comprenait, il avait lui aussi connu ces élans de la passion nécessaires au renversement d'une société.

Pour se rassurer, il se répétait que tous n'étaient pas morts au combat ; certains, comme lui, avaient même trouvé la façon de se refaire une vie honorable. Certes, il y avait le père du jeune homme, mais c'est son entêtement qui lui avait été fatal. Le pauvre homme n'avait pas eu la femme qu'il lui aurait fallu pour le retenir à la maison. La consommation qu'elle faisait de médicaments en avait fait une femme peu intéressante. Ernest lui-même n'avait pas su faire en sorte qu'elle soit fière d'elle, trop souvent enivré pour fuir ses problèmes. « S'ils avaient su eux-mêmes s'aimer, Ernest serait peut-être encore avec nous », pensait encore Henri, habité par ces images qu'il avait fini par oublier.

L'arrivée subite de Germain avait ravivé tous ces souvenirs. Henri en connaissait bien plus qu'il ne l'avait laissé entendre ; il avait été un compagnon fidèle de son père. Ainsi, il était grandement attristé de voir ce jeune homme ne semblant pas connaître son passé. Il hésitait à lui apprendre, il ne voulait pas que ces révélations influence la vie déjà périlleuse de Germain.

Assez tôt, Lise avait conduit Germain à sa chambre pour l'entraîner avec elle sous la douche. Le jeune homme démontrait une docilité grandissante devant cette belle fille rieuse, vive et énergique.

Lorsqu'ils furent couchés, elle se blottit contre lui et chuchota à son oreille :

— Ce soir, j'aimerais que nous faisions comme les vieux amants.

— Que veux-tu dire ?

— Nous allons doucement nous assoupir …

— Et si moi je ne voulais pas m'assoupir, répondit Germain en se tournant vers elle et lui caressant les hanches.

— Ce serait fort triste. Je connais déjà les douceurs de tes mains … J'ai hâte de te connaître … toi.

— Alors, tu dormiras heureuse, tranquille, murmura Germain qui cessa discrètement ses caresses.

Lise poussa un long soupir et ferma les yeux, lui se convainquit que ce moment n'allait pas s'envoler.

— Tu n'auras qu'à me dire comment tu veux que je t'aime, et je tâcherai de le faire. J'aime ta chaleur, ton parfum, ton sourire … Tu fais des choses dangereuses demain ?

— Non, je ne ferai plus de choses dangereuses avant quelques mois.

— Je tâcherai de ne plus t'en parler.

— Moi aussi.

— Demain, je veux être là quand tu partiras travailler.

Ils ne dirent plus un mot et s'endormirent comme deux enfants au-dessus des conversations qui s'achevèrent tard dans la petite salle de l'hôtel.

Le lendemain matin, Lise et Germain mangeaient ensemble dans la cuisine de l'hôtel avant que ce ne soit l'heure d'ouverture.

— Tu manges quoi pour dîner ?
— Seulement des fruits.
— Je vais te préparer …
— Non, je vais le faire.

Les deux étaient déjà vêtus. Germain se servit dans le réfrigérateur quelques fruits et s'emplit quelques bouteilles d'eau. Lise mit le tout dans un sac et tous deux se dirigèrent vers la porte arrière. Sur le seuil, ils s'enlacèrent.

— Je te remercie, j'ai passé une nuit merveilleuse tout enveloppée par ta chaleur …
— J'ai hâte de retrouver tes parfums …

Germain s'était interrompu.

— Qu'allais-tu dire ? demanda-t-elle.
— Bel ange, dit-il timidement.
— C'est gentil. Sois prudent bel inconnu.

Il sortit et marcha directement vers le chantier à travers les champs derrière l'hôtel. Au même moment, à l'autre bout du chantier, près de la roulotte du chef de chantier, il y avait de l'activité. Les artificiers, ils étaient trois, discutaient avec les policiers qui avaient eu ordre de vérifier leurs papiers, ce qui avait contrarié ces employés peu habitués à travailler sous présence policière.

Un peu plus tard, le capitaine Gariépy arriva et rejoignit Pierre Ladouceur dans sa roulotte pour lui annoncer les consignes de la journée concernant tout ce qui touchait de près ou de loin les explosifs. Après que leur identité aurait été vérifiée, les artificiers devraient obligatoirement être escortés par des agents pendant le transport et le chargement dans le roc à l'autre bout du chantier. Ces ordres venaient d'en haut, avait répété à plusieurs reprises l'officier ; on ne voulait pas revivre les émois de la semaine précédente et la sécurité de tous devait être assurée au maximum, ce à quoi avait acquiescé le chef de chantier.

Pendant ce temps, la vérification de leur identité n'ayant soulevé aucun pépin, les artificiers maugréèrent lorsqu'ils apprirent qu'ils devaient attendre l'escorte prévue. Ils voyaient ainsi leur horaire retardé malgré les appels téléphoniques qu'ils adressèrent à leur bureau chef. Pour une rare fois, l'explosion se ferait plus tard que vers les quinze heures.

Vers neuf heures, une camionnette de la police nationale livra deux véhicules d'accès illimité. Les deux petits véhicules furent descendus de la plate-forme et deux policiers lourdement armés qui les enfourchèrent se dirigèrent vers le camion des artificiers.

La camionnette déjà chargée d'explosifs et son escorte purent donc se rendre à l'endroit où les foreurs avaient passé la dernière semaine à travailler. Sous l'œil des policiers, les artificiers se mirent immédiatement à la tâche.

Plus bas, de l'autre côté de la rivière, Germain et l'équipe d'Émile travaillaient à indiquer les repères pour la nouvelle route, suivant la brèche qu'avaient achevée les bûcherons pendant la journée de vendredi. Plus éloignés, ces derniers brûlaient tout ce qu'ils avaient coupé. Du coin de l'œil, Germain aperçut au loin les hommes qui s'affairaient sur les roches qu'avaient forées René et son équipe. Il afficha un petit sourire et continua sa besogne avec Émile qui le complimenta avec force à propos de Lise et tous ses atouts qu'il avait remarqués d'un seul coup d'œil.

Vers seize heures, les trois artificiers se rejoignirent, échangèrent quelques propos et s'approchèrent des policiers pour leur adresser quelques mots. Un des agents partit et revint vingt minutes plus tard suivi d'une camionnette avec Ladouceur à son bord qui s'approcha immédiatement du responsable du chargement d'explosifs.

— Eh bien, qu'y a-t-il ? demanda-t-il.

— Il n'y aura pas assez d'explosifs, laissa tomber le petit homme.

— Comment ? Que voulez-vous dire ? répondit Ladouceur.

— On a pris tout ce qu'il y avait dans le hangar ; il n'y en a plus. Et il nous reste le cinquième à charger.

— Mais, c'est impossible !

— Peut-être bien, mais c'est ce qui se passe.

— Vous avez tout pris, vous êtes bien sûrs ? demanda Ladouceur en regardant les deux autres qui hochèrent la tête de haut en bas.

Ladouceur demanda à un policier de joindre son chef et de lui dire de se rendre immédiatement à la roulotte. Il partit ensuite avec le chef des artificiers à l'autre bout du sentier. Rendus là, ils s'assurèrent que le petit hangar était bien vide, ce qui était le cas. Quelques minutes plus tard, Gariépy arriva.

Il fulmina lorsqu'il fut mis au courant. Il invita Ladouceur et Laprade, le chef artificier, à le suivre dans la roulotte. Il prit la parole le premier et demanda :

— Dites-moi, ça arrive souvent qu'on manque d'explosifs sur un chantier ?

Aucun de ses deux interlocuteurs ne sut quoi répondre.

— Pourriez-vous d'abord m'expliquer comment on calcule la quantité d'explosifs nécessaire sur un chantier ? demanda-t-il en faisant de grands efforts pour demeurer calme malgré les tremblements de sa lèvre supérieure.

— Généralement, répondit Ladouceur, quand on fait les estimés des coûts, il faut indiquer la quantité à prévoir de tout ce qui sera utilisé, que ce soit le temps d'homme ou le matériel.

— Est-il possible qu'il y ait eu une mauvaise prévision ici ?

— C'est presque impossible. On calcule même la profondeur que doivent atteindre les foreurs et le nombre de trous qu'ils doivent creuser pour obtenir le maximum de performance lors de l'explosion.

— Vous m'affirmez donc que même avec une certaine marge d'erreur acceptable, il est impossible qu'il manque vingt pour cent d'explosifs! Vingt pour cent !Car c'est bien cela qu'il manque ?!

— En effet, c'est impossible.

— Et vous, monsieur, demanda le policier en se tournant vers Laprade, avez-vous déjà vu ce qui nous arrive ?

— Non, c'est la première fois qu'il manque tant de *charge*, monsieur.

Il y eut un moment de silence que Gariépy brisa. Ladouceur craignait qu'il explose.

— Avez-vous, monsieur, un document indiquant quelles étaient les prévisions ? Avez-vous un tel document ?

— Oui, j'ai ce que vous demandez ici dans ce tiroir, répondit le chef de chantier en fouillant dans une liasse de papiers.

Il sortit les devis et trouva celui dont il avait besoin.

— Je vais vérifier les données informatiques. Ainsi, nous serons fixés, ajouta Ladouceur.

— Et vous, monsieur, demanda le policier à Laprade, avez-vous un papier qui indiquerait les quantités qui ont été livrées sur le chantier ?

— Ce document est probablement dans le petit bureau du hangar à côté …

— Venez, nous allons voir. Je crois que je commence à comprendre, répondit Gariépy en entraînant les deux hommes avec lui. Nous vérifierons les données informatiques plus tard, monsieur Ladouceur. Dites-moi, Laprade, vous saviez qu'il y avait eu un vol dimanche dernier ?

— Oui, mais pas un vol, monsieur, une tentative de vol.

— Appelez cela comme vous le voulez, mais vous êtes bien le premier à avoir constaté qu'il manque présentement d'explosifs, n'est-ce pas ?

— Ça, oui.

Rendus dans le petit hangar, à la lecture d'un document que fit Laprade, les trois hommes constatèrent que la compagnie d'explosifs avait bien livré la bonne quantité de matériel. Une autre vérification permit de conclure qu'on n'avait pas utilisé plus d'explosifs qu'on ne le devait pour la première explosion, la semaine précédente.

Il y eut un lourd silence rompu par Gariépy.

— Il peut y avoir eu vol, erreur dans les papiers ... ou on nous a menti ! finit-il par crier.

— Que voulez-vous dire ? demanda Ladouceur.

— Je ne peux expliquer clairement comment il se fait qu'il manque d'explosifs, dit le policier qui avait grand peine à conserver son calme, je ne peux l'expliquer. Cependant, cela prouve ce que je pensais déjà.

— Mais, expliquez-vous !

— Voyez-vous, je ne suis pas certain, mais selon moi, ce jeune qu'on a soupçonné n'a pas agi seul, dit-il, le regard enflammé.

Encore une fois, le trio demeura silencieux.

— Vous n'avez jamais été convaincu de l'innocence du jeune Valois ? demanda Ladouceur qui entraîna les deux autres à sa suite en sortant à l'extérieur du petit bâtiment.

— Jamais ! Comme vous le dites, j'ai toujours douté de ce jeune homme. Même que j'ai toujours eu l'impression qu'il riait de nous. De toutes façons, j'aurai le temps qu'il faut pour le coincer.

— Vous pensez en savoir suffisamment ?

— Plus tard, monsieur Ladouceur, plus tard, répondit le policier en s'impatientant à nouveau et qui continua en s'adressant à Laprade demeuré muet depuis le stupéfiant constat, vous ne pouvez donc pas faire sauter tout le roc aujourd'hui ?

— Je ne peux même pas en faire sauter une partie, c'est tout ou rien.

— Mais pourquoi ?

— Mais parce qu'il sera impossible de faire sauter le reste. Il faudra y creuser de nouveaux trous, et ça, ça ne se fait pas.

— Mais que fait-on alors, dans ces conditions ?

— On fait venir les explosifs qui manquent, monsieur, répondit Ladouceur, et on fait sauter demain.

— Mais on ne peut laisser toute cette colline prête à exploser ! dit vivement le policier.

— Vous avez raison, monsieur, continua Laprade, il vaudrait mieux la faire surveiller pendant la nuit. Le matériel qui manque arrivera demain matin, on le chargera et on la fera sauter dans la matinée, probablement vers onze heures. Cet après-midi, nous n'avons plus le temps.

— Êtes-vous en mesure d'estimer la quantité qui manque ? demanda l'officier.

— Bien sûr. Il faut que j'aille voir là-bas quels sont les trous qui n'ont pas été chargés, vérifier les plans avec monsieur Ladouceur. C'est un jeu d'enfant.

— Alors, allez-y. Je vais tâcher d'obtenir les hommes et le matériel nécessaire pour cette nuit.

— Monsieur Laprade ! ajouta Ladouceur, assurez-vous que les trous qui restent sont de la bonne profondeur pour que nous soyons absolument sûrs de tout cela ; on ne sait jamais, s'ils avaient trop creusé !

— Ça ne leur est jamais arrivé, monsieur.

— Je sais.

Laprade partit avec la camionnette de Ladouceur à l'autre bout du chantier, laissant seul son propriétaire avec le policier.

— Vous allez prévenir vos supérieurs ? demanda le contremaître.

— Je peux vous le dire à vous : je ne sais pas. J'ai l'impression qu'il y a une organisation derrière tout cela. J'aimerais mieux étouffer l'affaire et enquêter seul. Ils paniqueront rapidement …

— Qu'est-ce qui vous fait croire à une organisation ?

— Voyez-vous, un employé de la compagnie confirmait, dimanche dernier, que tout est intact, les papiers prouvent qu'il dit vrai, et pourtant, il manque bel et bien d'explosif. Alors, il y a eu vol, c'est évident mais il n'y a aucune preuve. Valois n'a pu organiser tout cela seul, c'est impossible, répondit le policier en hochant la tête et en pointant la petite bâtisse du doigt avant de se diriger vers la roulotte, suivi du contremaître. Il y a eu complot ! Monsieur, j'en suis certain.

22

Pétards

De l'endroit où il se trouvait, Germain avait pu distinguer un va-et-vient anormal sur la colline où les artificiers travaillaient. Un peu avant quinze heures, tous remarquèrent l'arrivée de trois voitures de police avec chacune quatre hommes. Personne ne comprenait.

Après sa journée de travail, Germain se dirigea vers le village pour retrouver Lise. Ayant aperçu la dizaine de policiers de part et d'autre de la colline, il préféra passer par la route plutôt que par les champs, voulant éviter toute rencontre avec les policiers. Un peu avant le village, là où se trouvait l'étroit chemin de cultivateur qui menait au chantier, il ralentit le pas à la vue de quelques villageois ; cinq hommes sans doute curieux d'apprendre les causes de cette présence policières.

Germain reconnut George et son vieil acolyte. Ce dernier regardait son grand copain qui gesticulait, son petit public suspendu à ses lèvres. Il pointait vers le chantier, vers le pont, vers l'autre extrémité et il s'arrêta net lorsqu'il vit Germain approcher. Se rappelant leur dernière rencontre à l'épicerie, le jeune homme lui adressa un sourire et le salua.

— Tout de même étrange, n'est-ce pas ? Il semble y avoir un problème concernant les explosifs et voici notre jeune étranger qui apparaît, lui répondit George en s'adressant aux siens.

— Les événements sont comme les chiffres, n'est-ce pas ? On leur donne la signification qui convient, répliqua Germain.

— C'est comme réaliser qu'il n'y a jamais eu tant de policiers que depuis que vous êtes dans les parages, mon jeune monsieur, lui dit George qui se plaça devant lui pour l'empêcher de passer.

— Si je vous cause un problème, monsieur, vous m'en voyez navré, car ce n'était réellement pas mon intention en venant par ici, lui répondit Germain qui s'était arrêté.

— Mais quelle était donc votre intention en venant vous installer parmi nous ?

— Sûrement pas celle de te servir de couverture au moment où tu préparais ce vol, mon cher, lui répondit Germain en le regardant droit dans les yeux.

— Mais que veux-tu dire ? demanda George soudainement embarrassé par cette remarque inattendue.

— Je veux dire, répondit le jeune homme en regardant également ceux qui l'accompagnaient, que je trouve les policiers bien innocents de ne pas avoir pensé que tu les lançais sur une fausse piste. C'est une belle invention toute ton histoire de silhouette dans la nuit que tu dis avoir vue de ta fenêtre en allant pisser.

— Mais qu'est-ce que tu racontes là ? répliqua George sur un ton menaçant.

— Je te raconte ce que j'aurai à leur dire si l'occasion se présente. Tu vois, j'ai mangé une raclée par ta faute, et je n'ai rien contre le fait que tu en manges une à ton tour. Et qui sait si je ne dis pas la vérité …

— La vérité, bafouilla George en s'approchant, la vérité est que …

La vérité est que si tu restes devant moi, je passerai par-dessus toi pour continuer mon chemin, lui dit Germain en regardant vers le village.

— Des menaces ?

— Oh non, une promesse !

Il reconnut alors plus loin la silhouette de Lise qui venait à sa rencontre. Les amis de George regardèrent aussi dans la même direction et la virent qui approchait. L'homme aux cheveux roux se tourna à son tour et aperçut la jeune femme qui marchait vers eux. Il se déplaça machinalement pour laisser le passage à Germain qui dit simplement :

— Vous m'excuserez, je suis attendu.

Le jeune homme accéléra le pas et tint bientôt dans ses bras cette belle fille qui l'envahissait comme les couleurs pourpres s'emparent du ciel par les beaux matins printaniers. Bras dessus, bras dessous, ils marchèrent lentement vers le village.

Le silence demeura un moment et devint inconfortable. Il fut interrompu par George :

— Vous n'allez pas croire les conneries qu'invente ce jeune freluquet ?

— Non, George, non, répondit l'un d'eux, hésitant. Bien sûr que non, mais de toutes façons, hein, c'est bien le temps de souper, n'est-ce pas ? Alors, excuse-moi, il faut que j'y aille. On se verra plus tard. Salut !

— Moi aussi, faut que j'y aille, ajouta un autre avant de demander au troisième : tu viens avec nous ?

— Ouais, je viens. Il n'y a plus grand-chose à faire ici, hein ? J'arrive. Salut George! Salut Cyr !

Les trois hommes partirent, laissant George et son vieux complice seuls sur le bord de la route.

— Non, mais faut être baveux pour dire des choses comme ça ! dit George assez fort pour que les trois hommes qui s'éloignaient l'entendent.

— Il dit ça juste parce qu'il a peur, le jeune ! surenchérit le vieux.

L'un des trois hommes s'arrêta, se tourna et dit :

— Écoutez, tous les deux, nous préférons seulement ne pas nous mêler des affaires des autres, c'est tout.

— C'est ça, c'est ça, et les autres arrangeront vos affaires ! répondit George.

— Fais ce que tu veux, George, je n'ai rien à voir avec tes affaires, rétorqua le villageois avant de se retourner pour aller rejoindre les deux autres.

George se dirigea vers le chantier pour tâcher d'apprendre ce qui s'y passait. Il tira le vieux à sa suite. Ils croisèrent Laprade qui revenait d'un conciliabule tenu avec Ladouceur et Gariépy qui suivaient un peu en arrière. Ils eurent le temps qu'il leur fallait pour apprendre les derniers développements et surtout, qu'une surveillance serait assurée sur la colline chargée d'explosifs afin d'assurer la sécurité des citoyens jusqu'au lendemain matin. L'explosion se produirait vers dix heures.

Vingt minutes plus tard, le village au complet était au courant.

Lise et Germain étaient assis ensemble dans la petite pièce à l'arrière et mangeaient. Michel entra dans la salle à dîner et apprit ce qui se passait sur le chantier à ceux qui étaient là.

De son côté, Henri accueillit cette information très sérieusement. À partir de ce moment, il jeta de fréquents regards en direction de Lise et Germain et n'arriva pas à demeurer assis ; il commença à se promener de long en large. Plus tard, il disparut de leurs yeux, et quelques instants après, Michel fit signe à Lise qui se leva pour aller vers lui.

Elle aperçut son père derrière le comptoir du bar, le visage grimaçant, un peu penché vers l'avant. Vivement, elle se dirigea vers lui. En relevant la tête, il lança un regard de détresse à l'endroit de Germain. Elle voulut l'attirer vers la cuisine, mais il résista.

— Laisse-moi !
— Eh non ! Je ne te laisserai pas.
— Maudit ! Lise. Maudit ! Pourquoi …
— Tais-toi ! Viens avec moi ! Tu as des médicaments pour tes douleurs ! lui dit-elle en serrant les dents et en le tirant par le bras.

Elle finit par le convaincre, sous les regards interrogateurs des clients stupéfaits. Michel les suivit et Germain retourna dans la petite pièce à l'arrière. Lise apporta deux comprimés qu'Henri avala avec deux grandes gorgées d'eau. Ils l'installèrent ensuite sur un fauteuil confortable et l'homme parut se détendre au bout de quelques minutes.

— Excuse-moi, petite fille, lui dit-il, reprenant son souffle, je ne m'emporterai plus, je ferai mon possible.
— Tu sais pourtant que ça ne sert à rien …
— Ce n'est déjà plus comme avant …
— Repose-toi, tu verras, ça ne sera pas si pire que tu penses.

Henri demeura silencieux observant par la fenêtre le jour qui disparaissait. Les couleurs assurant le passage de la clarté au crépuscule s'annoncèrent, discrètement d'abord, puis plus intensément par la suite. À l'extérieur, tout était calme.

— Va le rejoindre, petite, lui dit-il alors d'une voix réconfortante, ça ira pour moi. Excuse-moi auprès de ton ami. Demain, je t'expliquerai.

— Ne t'en fais pas.

Lise rejoignit Germain qui attira la jeune fille à l'extérieur derrière l'hôtel, près du gros arbre. Il tira à lui la balançoire et s'assit sur la vieille planche. Lise s'installa face à lui sur ses cuisses, les bras autour de son cou. Tenant fermement les cordes, Germain les fit se balancer doucement. Lise appuya la tête sur son épaule et ferma les yeux.

Germain pensait à Henri et se demandait s'il était l'auteur de ce mystérieux message. La voix de Lise le tira de ses réflexions.

— Que veut dire mon père lorsqu'il me dit que bientôt, il n'y aura plus rien comme avant ?

— Difficile à dire, il peut s'agir de ses malaises, il fait peut-être allusion à toi et moi. Il n'est pas tranquille avec mes histoires, ça lui fait peur, c'est normal.

— Je sais, j'ai vu. Dis-moi, Germain, connaît-il quelque chose à propos de toi que je ne sais pas ?

À ce moment, le sol trembla. Il y eut ensuite une énorme détonation parcourue de bruits à la fois secs et sourds. Lise tressaillit, échappa un cri et tourna vivement la tête vers le sud pour apercevoir des petites allumettes noires qui virevoltaient dans le ciel. Germain, qui avait sursauté, demeura de glace, immobile hochant simplement la tête en signe de négation. Il dit alors :

— Mais, ça ne se peut pas ! J'ai tout débranché !

Sur la colline, ce fut la panique. Les policiers coururent d'abord partout en regardant de tous les côtés. Ils virent voltiger dans les airs les poutres de bois du vieux pont qui retombèrent, comme au ralenti, dans le champ au bas de la côte, dans la rivière et dans la forêt de l'autre côté de cette dernière. Ensuite, plus personne ne bougea. Les policiers abandonnèrent alors la butte de roc en marchant prudemment et rapidement.

Dans les minutes qui suivirent, avec le retour de ceux partis voir à pied ou avec leur véhicule, les habitants de St-Stanislas apprirent que le vieux pont avait été détruit par une explosion.

Toujours assise face à Germain pétrifié, des larmes coulèrent des yeux de Lise.

— Germain, est-ce toi qui as préparé cette explosion ?

— Non, je te jure, ce n'est pas moi. J'ai changé d'idée l'autre nuit, j'avais décidé de ne pas faire sauter le pont ; je ne comprends pas.

Les clients de l'hôtel sortirent suivis de Michel qui se précipita pour obtenir des nouvelles. Au bout du village, les policiers refoulaient tous ceux et celles qui voulaient aller trop près. On entendit des sirènes au loin et quelques minutes plus tard, des renforts eurent tôt fait de freiner les curieux. Tout ce mouvement fut suivi d'un silence.

L'officier Gariépy venait d'arriver et ordonnait à quelques policiers d'aller voir sur place les dégâts. La rumeur voulait à ce moment qu'il n'y ait pas de danger que la colline explose, aucun fil n'ayant été encore installé. Dans les premiers instants, on avait craint que la déflagration n'entraîne l'explosion des charges installées dans la journée.

Les policiers revinrent et annoncèrent que le pont était détruit, qu'il était impossible de le traverser. A part la passerelle endommagée, il n'y avait plus rien.

Rassurée par les paroles de Germain, Lise rejoignit son père qui s'apprêtait à sortir. Elle vint pour lui parler mais il lui fit signe de se taire. Il se planta devant Germain et lui demanda :

— C'est toi ?

— Non, ce n'est pas moi.

— Qui donc alors ?

— Je ne sais pas.

— Tu as quelque chose à te reprocher ? lui demanda Henri.

— Ce n'est pas moi qui ai fait cela, répondit Germain, déterminé.

— Je te crois, lui répondit Henri en lui donnant une tape amicale sur l'épaule.

Germain avait la tête qui lui tournait. Quelqu'un s'était chargé de faire sauter le pont. Quelqu'un avait vu ou savait qu'il y avait là tous les explosifs.

Michel arriva en courant, haletant.

— Il y a des blessés ? interrogea Henri.

— Non. On n'a rien vu. C'est ce que disent les policiers.

— Est-il possible de trouver des preuves contre toi ? demanda Henri à Germain

— Impossible ! répondit ce dernier

— C'est bien. Venez ! On va par là, dit Henri en entraînant les autres à sa suite et en se dirigeant vers le bout de la rue où la foule s'agglutinait en face des policiers qui barraient le chemin.

— Allez-vous m'expliquer ? demanda Lise demeurée muette jusque-là, intriguée et surprise par ce qu'elle entendait.

— Je t'ai dit que je t'expliquerai demain. Alors, ce sera demain.

Dans le ciel, les dernières couleurs se retirèrent. Germain entraînait Lise, marchant à côté de son père, vers le tumulte de la foule.

L'hôtelier s'arrêta tout d'un coup.

— Mais non ! Ce n'est pas possible ! Pas lui ! dit alors pour lui-même Henri, la tête tournée vers ce grand homme aux longs cheveux gris, vêtu de noir, qui s'approchait d'une longue voiture noire.

À ce moment, venu de nulle part dans la foule, George arriva en criant et voulut s'en prendre à Germain.

Fin de la première partie

DEUXIÈME PARTIE

23

Tempête à Sherbrooke

Un peu plus tard, pendant cette soirée, à Sherbrooke, Josée Lacoste réfléchissait, suite à la conversation téléphonique qu'elle venait de terminer avec Lise.

Son compagnon s'approcha. D'un geste sec, elle l'arrêta sans même lever les yeux en sa direction, ce qui le laissa penaud. Elle s'assit dans un fauteuil de cuir et laissa tomber sa tête en arrière.

Elle n'approchait pas les trente ans, n'avait pas d'enfant et avait obtenu ce poste de journaliste au quotidien l'Est avant même d'avoir terminé ses études. En effet, élève douée, elle s'était toujours fait remarquer par la qualité et le style de son écriture qui accrochait et charmait les lecteurs. Cela avait convaincu ses parents de faire tous les efforts nécessaires pour lui payer les études qui la mèneraient à une profession qui mettrait en valeur ce talent naturel. Pendant ses études collégiales, un concours mené par ce journal l'avait fait connaître, et l'éditeur, ayant appris qu'elle se destinait à une carrière journalistique, l'avait pris sous son aile. Voyant que ses espoirs ne seraient pas déçus, il lui offrit d'abord un espace dans la section des lettres, espace où il l'avait chargée de faire découvrir de jeunes écrivains peu connus. Puis, avec le temps, la justesse de ses chroniques lui apporta la faveur des lecteurs, ce qui lui attira les meilleures grâces de son patron.

Peu inquiétée par son avenir, elle obtint aisément son diplôme universitaire pendant qu'elle devenait lentement la coqueluche d'un public qui s'était attaché à cette charmante jeune femme. Elle avait proposé à l'éditeur d'écrire des romans d'aventures et d'amour qui paraîtraient en feuilleton chaque semaine, comme le faisaient les grands du dix-neuvième siècle. Le public s'éprit de ces aventures qui devinrent un énorme succès. On dut augmenter le tirage et la diffusion électronique, car les gens attendaient la suite des aventures dans lesquelles l'imagination de la jeune auteure surprenait toujours ; Josée Lacoste était devenue pour le public celle qui savait, à peu de frais, lui faire oublier sa triste condition. De plus, le charme qu'elle exerçait sur tous ceux et celles qu'elle rencontrait faisait qu'elle ne laissait plus personne indifférent.

Avec les années, elle fut en position d'exiger de meilleures conditions salariales, sans toutefois tomber dans l'exagération. La classe moyenne étant pratiquement disparue, elle commença à mener un train de vie luxueux sans pour autant devenir vaniteuse et la société qu'elle commença à fréquenter était celle où évoluaient la classe dominante et les intellectuels.

Lors d'un cocktail, elle avait rencontré son compagnon Louis Jolicoeur, avec lequel elle vivait depuis trois ans. Tous les deux avaient fini par former un couple qui faisait l'envie de tous ceux et celles qu'ils croisaient sauf des parents de Josée qui voyaient en cet homme, un individu égoïste qui avait su charmer leur fille pour profiter de son innocence et de la jeunesse de son corps ; malgré les explications et les propos rassurants que leur tenait Josée, ils n'étaient pas tranquilles.

Ils n'avaient pas tort. Sachant que cette relation ne serait pas éternelle, profitant d'un penchant de son amant vers la luxure, Josée avait sciemment conçu de s'y abandonner en offrant à son partenaire des plaisirs pervers par lesquels elle le manipulait à sa guise en le faisant fléchir par toute proposition lascive, et à travers lesquels elle satisfaisait ses propres fantasmes. Heureusement, cette liaison n'avait pas altéré la relation qu'elle entretenait avec le public puisqu'elle était parvenue à préserver son intimité, malgré sa popularité grandissante.

Plus jeune, Louis Jolicoeur avait participé aux désordres sociaux du début du siècle. Cette crise atteignit son point culminant lorsque, pour convaincre les gouvernements de l'importance de mieux distribuer les richesses, les syndicats dressèrent des barricades aux différents ponts conduisant à Montréal et à Laval, paralysant ainsi toute la circulation écrasée sous les coûts de l'essence. Ils s'accaparèrent également le contrôle des différents circuits informatiques gouvernementaux pour en démontrer l'inefficacité et l'absurdité. Après quelques journées, l'économie était complètement neutralisée, le dollar chutait, et pour éviter de devoir démissionner, de concert avec les forces armées, les autorités avaient commandé un assaut qui devait mettre un terme à ce sabotage avant que l'anarchie ne s'installe.

Il y avait eu beaucoup de morts, surtout des disparus, des quantités de blessés, et de nombreuses plaies qui ne s'étaient pas encore refermées, d'où l'apparition de différents groupes anonymes qui voulurent continuer cette bataille. Mais une police rapidement mise sur pied, à laquelle on donna des pouvoirs énormes par l'abolition de la Charte des droits et libertés, vint rapidement à bout de ces groupuscules. Dans le même vent qui balaya le monde politique, les partis d'oppositions furent promptement muselés par l'adoption de lois d'une sévérité et d'une rigueur encore jamais vues ici.

Au lendemain de cet assaut sanglant contre les syndiqués, Jolicoeur avait été accusé d'être intervenu et d'avoir incité les étudiants de l'université de Montréal à ne pas réintégrer leurs cours. Il s'était fait emprisonner et on lui avait retiré son permis d'enseigner.

Louis ainsi que plusieurs autres eurent très peur et déposèrent les armes pour s'assurer une vie confortable et ne pas se retrouver constamment dans le collimateur des abus du pouvoir. Ce dernier récupéra son permis d'enseigner quatre années plus tard après qu'il eut fait preuve d'une conduite digne d'un citoyen exemplaire et qu'une enquête eut démontré qu'il n'entretenait aucune relation à caractère subversif. Il avait oublié sa participation à ces événements qu'il qualifiait d'erreur de jeunesse et gagnait honorablement sa vie ; aujourd'hui âgé de 52 ans, il enseignait l'anthropologie à l'université de Sherbrooke et sa relation avec la journaliste Josée Lacoste avait éveillé en lui toute sa fierté.

D'autres, cependant, acceptèrent de ne jouer qu'un seul jeu : celui de demeurer silencieux pendant le temps qu'il faudrait pour tisser un nouveau réseau, clandestin cette fois, qui, un jour, pourrait frapper fort dans la forteresse insensible et sans scrupules qui s'était érigée devant eux, quelques semaines seulement après cet assaut.

C'est de là que provenait le groupe dont faisait partie Germain, conçu de façon à ce qu'il soit impossible de le démanteler étant donné ses multiples réseaux tous indépendants les uns des autres. Tous les chefs ne se connaissaient pas. Ce jeu était dangereux. Les exécutants pouvaient se voir livrer à eux-mêmes en cas d'échec et ignoraient, la plupart du temps, les origines des instructions qu'ils recevaient. Ceux qui avaient eu de bons emplois mais qui les avaient perdus sans raison valable et qu'on appelait *anciens chômeurs*, se retrouvaient à vivre dans des conditions si déplorables qu'ils souhaitaient adhérer à ce mouvement qui s'était donné comme nom le Regroupement des Anciens Chômeurs du Québec, désormais connu sous le sigle, RACQ ; certains y parvenaient parfois, seulement lorsqu'on était absolument convaincu de leur loyauté. Ce mouvement avait-il un dirigeant ? Personne ne le savait. Jamais les autorités n'étaient parvenues à en ébaucher la structure.

Lorsque Josée lui avait raconté la raclée de Germain et la réaction de Lise dans laquelle elle voyait un héroïsme digne des meilleurs romans, Louis lui avait fait part des risques et même du danger qu'elle courait de tremper dans de telles affaires. Il s'était convaincu qu'elle refuserait à partir de ce moment tout contact, sous quelque forme que ce soit, avec la région de St-Stanislas. La réaction de Josée sembla confirmer qu'elle avait compris et ils n'en reparlèrent plus.

Cependant, elle avait discrètement entrepris d'en savoir plus long sur cette période, fascinée par ce qu'elle avait vu, ce fameux matin, sur le rang du vieux pont. La semaine précédente, une journée qu'elle avait dû s'absenter, elle avait demandé à Louis de bien vouloir remettre une enveloppe à une jeune fille défavorisée afin qu'elle puisse faire soigner convenablement son père malade. Louis, charmé par l'altruisme de sa maîtresse, avait accepté de demeurer à la maison toute la journée s'il le fallait pour accommoder ces gens dans le besoin. Lorsque Lise s'était présentée à leur porte, il ne s'attendait pas à ce qu'elle lui remette une enveloppe. Curieux, il l'avait ouverte et s'était effondré, furieux, après avoir lu son contenu.

Il avait rageusement attendu le retour de Josée, transporté par les craintes les plus folles et une impuissance qui le fit rager face aux événements qui se dessinaient, bien malgré lui. À son retour, Josée avait été victime d'une colère telle, qu'elle n'en avait jamais imaginé. D'abord, souriant et un peu vicieux en lui décrivant Lise, elle avait d'abord découvert sa sournoiserie lorsqu'il s'était mis à lui crier combien elle était idiote, inconsciente et imbécile, et ensuite sa violence lorsqu'il l'avait giflée pour lui imposer le silence. Sans lui laisser le temps de s'expliquer, il était sorti en claquant la porte.

Stupéfaite, elle réalisa alors que la vanité ajoutée à la terreur qui l'habitait avaient transformé cet amant en un être dangereux. Elle ne pouvait pas savoir jusqu'où le mènerait l'épouvante qu'elle avait perçue. Il était revenu tard dans la nuit et la situation entre les deux était demeurée tendue, Josée conservant ses distances et lui n'osant pas lui parler.

De plus, avant qu'elle ne soit témoin de la raclée qu'avait reçue Germain, elle lui avait caché deux informations d'un expéditeur anonyme : la première, vague, la prévenait que des moments historiques importants se préparaient à St-Stanislas ; on ajoutait que pour l'avenir de sa carrière, il valait mieux pour elle qu'elle ne dise rien de ce message et qu'elle ne rate rien. La seconde, datant du dernier vendredi, la prévenait qu'un dynamitage à la mémoire d'Ernest était imminent. Jusqu'à ce moment, elle n'avait parlé de ces messages à personne et avait encore le choix de renoncer.

C'est à tout cela que pensait Josée suite à l'appel de détresse qu'elle venait de recevoir de Lise. Au départ, ce ne devait être qu'un reportage que son patron lui confiait ; une page dite *touristique* pour faire connaître cette région que les dirigeants développaient à la mesure de leurs besoins en matière de loisirs ...

Le matin où elle avait vu Lise arrêter le policier qui s'en prenait à Germain, très tôt, un appel anonyme lui avait suggéré de se rendre au village pour voir à quoi ressemblait le lendemain d'un important vol de dynamite, message qui insistait sur le besoin d'en garder la confidentialité et l'importance qu'elle soit présente. Ce qu'elle avait découvert ce matin-là l'avait cependant convaincue que des choses sérieuses se tramaient. Surprise de voir la condition de ces gens, elle avait vu en Lise et Germain des personnages héroïques sortis tout droit de son imagination de jeune fille et qui existaient vraiment !

Sa réaction fut définitive : elle prit parti, le parti de ceux qui luttaient. Elle comptait utiliser intelligemment sa position pour soutenir la cause pour laquelle ces jeunes combattaient, cause à laquelle elle s'identifierait désormais. L'amour du public pour elle pouvait devenir très puissant.

Quant à son mystérieux informateur, une vérification lui avait permis d'apprendre que ces appels provenaient d'une cabine publique de Québec, rien de plus.

Elle pensait à Lise. Elles s'étaient bien entendues et une confiance s'était rapidement installée. Lise n'avait pas hésité à lui demander de l'aide lorsqu'il avait été question d'amener son père souffrant à Sherbrooke ; Josée allait lui offrir.

La voix de Louis la fit soudainement sursauter :

— J'ai pensé à nous deux.

Elle releva la tête et l'aperçut appuyé sur le cadre de la porte, souriant, un verre à la main. Il continua :

— D'abord, j'aimerais que tu puisses m'excuser du geste que j'ai posé l'autre soir ; je n'aurais jamais pensé que je puisse faire cela …

— Tu y es pourtant arrivé, lui répondit-elle sans le regarder.

— Oui, je sais, heu … balbutia-t-il, je ne comprends pas ce qui m'est arrivé …

— C'est dommage, lui dit-elle en le regardant dans les yeux, tu ne pourras pas me l'expliquer.

Il détourna le regard.

— Regarde-moi, Louis, regarde-moi ! lui dit-elle sur un ton impératif

Lentement, il dirigea les yeux vers elle.

— Jamais, moi non plus, je n'aurais pensé que l'on puisse me mépriser comme tu l'as fait.

— Je le regrette pourtant, ma chérie.

— Tant que tu ne pourras m'expliquer pourquoi tu as fait cela, ne m'appelle plus de cette façon ! D'ailleurs tu ne m'appelleras plus jamais de cette façon.

— N'y a-t-il pas moyen que tu puisses oublier ? J'ai tellement envie de toi, dit-il doucement en s'approchant.

— Reste où tu es ! Mets-toi bien dans la tête qu'il n'est pas question que j'oublie ce que tu as fait. Trop de femmes ont pardonné un premier manque de respect, je ne veux pas faire partie de cette trop longue liste !

Un air de dédain éclairant son visage devenu très ferme, elle ajouta :

— Sans compter que tu ne peux même pas, ou que tu ne veux même pas m'expliquer pourquoi tu m'as frappée !

— Mais je ne t'ai pas frappée, je t'ai giflée !

— Ha ! Elle est bonne celle-là ! Pourrais-tu, s'il te plaît, m'expliquer la différence ? Ou ça aussi, tu ne peux l'expliquer ?

— Mais tu es donc enragée ! ?

— Pas enragée, mon cher, mais plutôt engagée ! Engagée contre des pauvres types comme toi qui ont peur !

— Je n'ai pas peur !

— Tu n'as pas peur ? Alors dis-moi d'où te vient la crainte que je dévoile ce qui se passe là-bas ?

— Mais ton avenir ! Y as-tu pensé ?

— Je ne te parle pas de mes affaires, je te parle des tiennes ! Pourquoi crains-tu donc tant pour moi ? Pourquoi ne pas m'appuyer si tu m'aimes tant ?

Louis changea de couleur.

— Tu es trop jeune pour comprendre ce danger qui menace ! se hasarda-t-il à dire.

— Trop jeune ? Et mon cul, lui, est-il trop jeune pour te comprendre ?

— Tu vas trop loin, Josée, tu vas trop loin.

— Pas autant que tu y es allé toi-même. Je ne m'en prends pas à toi, que je sache ! Tu as peur, Louis, tu as peur. Je ne veux pas vivre dans la peur. Je veux l'amour et vivre dans la vérité.

— Ne t'emporte pas, Josée, crois-moi, le temps arrangera les choses.

— Je n'ai pas de temps pour cela. Louis, pour d'autres, le temps a trop duré.

— Mais tu vas te faire mal, et ça, je ne saurais le supporter, tu le sais bien, répondit-il sur un ton très doux.

— Tu mens, Louis. Je vais même te dire ce qui va arriver …

— Que veux-tu dire ?

— Crois-moi, après que j'aurai franchi cette porte, tu auras tellement peur que tu trembleras. Avant de craindre pour ta peau, tu craindras de ne plus retrouver ces belles parties de fesses que je t'ai offertes, et c'est ce que tu regretteras le plus. Ensuite, lorsque tu auras constaté que ton plaisir est tellement égoïste et que tu peux le retrouver avec n'importe quelle autre fille, tu auras vraiment peur pour toi. Et tu voudras alors éloigner le plus loin de toi le souvenir que je serai devenue !

— Mais Josée, réfléchis un peu …

— C'est tout réfléchi. Et ne crains pas, je ne regretterai rien. J'ai simplement appris grâce à toi que la vie a bien mieux à m'offrir, et c'est vers cela que je veux aller.

— Mais, tu t'en vas ?

— Bien sûr que je m'en vais !

— Où ?

— Je me suis organisée depuis que tu as ouvert cette lettre pour moi !

— Ah oui ? Et qu'as-tu donc fait ?

— Je me suis loué un appartement, il y a quelques jours. J'ai prévenu la poste ; tu ne recevras plus rien à mon nom ici. J'ai également fait ce qu'il faut pour les communications. Toutes celles qui me concernent seront acheminées à ma nouvelle adresse à partir de demain matin.

Louis, déconcerté par ses fermes propos, s'était assis dans un fauteuil, en face d'elle. Il ne savait plus quoi dire ; il ne pensait pas qu'elle aurait démontré tant de caractère.

— Ne sois pas inquiet, je ne crois pas que ta sécurité soit compromise par ma faute.

— Mais as-tu idée contre quoi tu te butteras ?

— Lorsque tu réaliseras la force qui me soutient, tu comprendras. Je ne veux pas de tes peurs.

— Avec qui parlais-tu ? Tu veux me le dire ?

— C'était la jeune fille de St-Stanislas. Son amant vient d'être emprisonné …

— Sais-tu seulement pourquoi ?

— Je n'ai plus à te répondre, Louis. Au revoir.

Elle se leva et quitta la pièce sous son regard incrédule. Quelques minutes plus tard, il entendit la porte d'entrée se fermer et, par la fenêtre, il la vit qui démarrait avec sa voiture.

Il passa à la salle à dîner se verser un autre verre. Passant à la cuisine, il vit une lettre qui lui était adressée sur la table :

Louis,

J'ai décidé de partir, cet épisode de ma vie est terminée. Je sais que des dangers peuvent survenir, mais j'ai en moi la force qu'il faut pour les affronter, ne crains pas inutilement. Je fais une croix sur cette partie de ma vie que j'ai passée avec toi et dont je ne veux plus aucune trace à part les souvenirs heureux. Tu m'excuseras donc d'avoir fouillé dans tes affaires pour détruire ce qui pourrait te servir à te rappeler les moments intimes que nous avons vécus. J'ai jugé plus prudent de tout faire disparaître : lettres et poèmes que je t'ai écrits ainsi que toutes les photos que tu as prises de moi. J'ai également détruit tout ce que je possédais de toi.

Josée.

Après avoir lu la lettre, Louis lança son verre contre le mur et fouilla dans son secrétaire qui était généralement fermé à clef. Il entra dans le bureau de sa maîtresse qui avait tout vidé.

— Rien ! Rien ! Elle n'a rien voulu laisser ! marmonna-t-il.

Il retourna au salon en emportant la bouteille avec lui. Avant d'y arriver, il s'arrêta et vit qu'elle n'avait pas touché à son linge plié sur une chaise près du lit.

— Il y a au moins ça qu'elle n'a pas touché, murmura-t-il en débouchant la bouteille de laquelle il prit une grande gorgée.

24

Josée et Lise

Son nouveau domicile était situé dans un quartier aisé et sécuritaire à l'autre bout de la ville. Elle avait loué le deuxième étage d'une vieille demeure victorienne dont les récentes rénovations avaient respecté le style. Il était très spacieux et comptait sept pièces. Elle achevait de le meubler, à l'insu de Louis dont elle avait profité des absences successives de la dernière semaine.

Elle fit couler l'eau dans la baignoire, passa dans sa chambre se dévêtir, et revint se détendre dans l'eau tiède qu'elle parfuma d'un bouquet d'huiles odorantes. Dès qu'elle eut fermé les yeux, les derniers épisodes concernant St-Stanislas se présentèrent à nouveau, pêle-mêle.

Plus tôt dans la soirée, au téléphone, Lise lui avait relaté avec beaucoup d'émotion ce qui s'était déroulé à St-Stanislas. Les yeux fermés, Josée s'imaginait le tremblement causé par le souffle de l'explosion ; elle apercevait les morceaux du vieux pont qui virevoltaient dans les airs, la réaction d'épouvante des policiers installés sur la colline chargée d'explosifs, la physionomie des gens incrédules qui se dirigeaient lentement vers le haut de la côte, au bout du village, la balançoire avec Lise assise sur son bien-aimé, la tête enfouie au creux de son épaule.

Puis, c'était Henri, Germain, Lise et Michel marchant ensemble dans la rue pour rejoindre la foule qui s'était massée au bout du village attendant d'en savoir plus long et qui les accueillait avec gêne et méfiance. Germain demeurait muet, moins anxieux depuis qu'on savait qu'il n'y avait pas de blessé.

Il y eut cet homme qu'avait aperçu Henri.

Puis George, dans un état que personne ne lui connaissait qui commence à vociférer contre le maudit étranger, la foule qui s'écarte et qui permet à cet homme devenu dément d'approcher Germain et de s'en prendre à lui. Germain qui se défait de l'étreinte de Lise et qui accuse le forcené d'avoir profité de son arrivée et d'avoir tout comploté pour le faire accuser. George tente de frapper Germain, mais deux policiers venus de nulle part les séparent et les entraînent vers deux voitures. Germain crie son innocence au nom de la liberté, Lise hurle de le lâcher alors que son père qui insulte les policiers essaie de défaire Germain de l'emprise de ces derniers qui rudoient et renversent l'homme aux cheveux blancs. Lise se précipite à ses côtés pour le calmer et lorsque tout deux relèvent la tête, ils rencontrent le regard victorieux d'un officier, Gariépy, auquel Lise demande où ils amènent son amant et qui laisse tomber : *à un endroit où ton beau cul ne pourra ni le défendre, ni le réconforter, la petite.* Et cet officier disparaît en même temps que les deux voitures.

Lise était seule et démunie, n'ayant aucun moyen de secourir son amoureux. Elle avait dit à Josée qu'elle patienterait jusqu'à un éventuel procès où elle irait jurer ce qu'il faudrait pour qu'il soit libéré car son père lui avait dit que tout n'était pas perdu, qu'il restait encore une solution pour le ramener.

Suite aux propos de Lise, la journaliste avait craint qu'on n'entende plus jamais parler de Germain Valois, simplement. Aussi, plusieurs interrogations lui venaient à l'esprit : comment faire pour intervenir avant qu'on n'élimine ce jeune homme ? Comment faire pour défendre cet innocent qu'elle savait coupable ? Qui était ce Ernest que lui mentionnait son informateur anonyme et qu'elle n'avait jamais pu identifier parmi les gens de St-Stanislas ? Et finalement, qui était son mystérieux informateur ? Elle se doutait bien qu'il l'avait contactée à cause de sa popularité auprès du public ; en lui imposant de demeurer discrète, mais de ne rien rater non plus, il faisait en sorte de pouvoir l'utiliser à sa guise quand cela le servirait.

Devait-elle dès le lendemain préparer une série d'articles dans lesquels elle dénoncerait les méthodes et l'inefficacité de la police, ou ne rien dire et se rendre chez Lise pour la supporter ?

Elle sortit de la baignoire, se dirigea vers son lit sur lequel elle se laissa tomber et s'endormit en réfléchissant aux dangers qu'elle courait si elle prenait publiquement parti. Il ne fallait pas foncer tête baissée, car si la faveur du public représentait une alliée de taille, la bêtise des gens au pouvoir pouvait être supérieure à tout ce qu'on puisse imaginer.

Très tôt le lendemain matin, elle fut éveillée par la sonnerie de téléphone. C'était la même voix anonyme qui lui disait simplement :

« Je crois que le moment est venu de faire un bon papier. »

On raccrocha. En vitesse, elle vérifia la provenance de la communication ; une autre fois, c'était de Québec.

Le dilemme augmenta : devait-elle écrire ou non l'article ? Elle se dit finalement qu'il serait prématuré de prendre une telle décision avec l'information incomplète et que de toute manière, il serait plus sage d'en parler un peu à son patron avant de commencer. Elle décida donc de se rendre à St-Stanislas sur-le-champ, là où elle apprendrait peut-être quelque chose de nouveau. Aussi, elle avait hâte de revoir Lise.

Elle fit sa toilette, s'habilla, se prit un peu de linge, sortit et rejoignit sa voiture. Elle s'arrêta pour manger un peu et, environ trois heures plus tard, elle se garait en face de l'hôtel Central sur la rue principale du petit village encore sous le choc des événements de la veille.

Au bout de la rue, elle distingua un barrage policier. Sur la colline où les policiers avaient veillé toute la nuit, les artificiers achevaient d'emplir les trous avec les explosifs qui étaient arrivés tôt le matin, sous surveillance étroite.

Diverses voitures et caravanes de reportage que de nombreux policiers tenaient à une grande distance du barrage qu'ils avaient érigé s'étaient installées sur les trottoirs et sur les terrains, un peu comme s'il se fut agi d'un grand parc public. Les journalistes à la recherche de la phrase ou du mot sensationnel s'abattaient, comme des vautours sur une proie bien fraîche, sur toute personne qui, par mégarde, s'aventurait dans leur rayon. La plupart étaient bredouilles, car aucun villageois n'était intéressé à leur parler. Les quelques-uns qui acceptèrent dirent souhaiter qu'on les laisse tranquilles, ne s'expliquant pas que des gens viennent régler leurs querelles chez eux. Josée avait bien hâte de voir comment les autorités s'y prendraient pour contrôler l'information.

Lorsqu'elle entra, elle fut accueillie par le père de Lise.

— Alors, monsieur Daigneault, comment allez-vous ?

— Bonjour madame, vous êtes la journaliste, n'est-ce pas ?

— Oui, c'est bien cela, Josée Lacoste.

— Ça ne va trop mal, mais vous comprendrez que nous n'avons pas très bien dormi. Heureusement, il y a Michel qui peut nous aider.

— Oui, je vois. Est-ce que Lise est ici ?

— Elle n'est pas encore descendue ; elle est dans sa chambre, je suppose.

— Je peux la voir ?

— Bien sûr, tout juste en haut de l'escalier, la première porte à gauche.

— Merci.

Josée monta et trouva aisément la porte qui était fermée. Après qu'elle eut frappé, elle entendit la voix de Lise :

— Entrez, ce n'est pas barré.

Elle était debout à la fenêtre, portant encore les vêtements de la veille, les cheveux enchevêtrés, les traits tirés, l'air triste. Elle fut très heureuse de voir Josée qui lui tendit les bras en s'approchant. Lise s'appuya sur son épaule.

— C'est gentil de ta part d'être venue rapidement.
— C'est normal, tu sais. Et puis, je n'avais pas envie d'être seule à essayer d'imaginer ce qui se passe ici. J'ai passé la soirée et une partie de la nuit à le faire.

Après quelques minutes, elles s'assirent ensemble sur le lit.

— Tu crois qu'ils vont le garder longtemps ?
— Pourquoi le garderaient-ils longtemps ? Ils n'ont aucune preuve sérieuse permettant de l'inculper.
— Mais seulement parce qu'ils le haïssent, si tu avais vu le visage de ce Gariépy lorsqu'ils l'ont amené.
— Et l'autre, ce Lauzon, est-ce qu'ils l'ont relâché ?
— Je ne sais pas.
— As-tu appris quelque chose de nouveau, ce matin ?
— Non, je ne suis pas encore sortie de ma chambre.
— Allons, viens, nous allons descendre. Ton père doit s'inquiéter. Faut pas demeurer seule quand ça va mal.
— Donne-moi le temps de me rendre présentable et j'arrive.

Le visage d'Henri s'illumina lorsqu'il vit apparaître sa fille dans la petite pièce, derrière. Il la prit dans ses bras.

— Ça va ? lui demanda-t-il tendrement.
— Oui, c'est correct. Et toi, ton ventre ?
— Ça pourrait être bien pire, tu sais, on dirait que j'ai rajeuni hier soir.

— Ce n'est pas mon cas.

— Tu verras, tout va s'arranger.

— Comment peux-tu en être si sûr ? lui demandait-elle lorsqu'elle aperçut Josée en relevant la tête. Te rappelles-tu de madame Lacoste ? Elle était là le jour où les policiers ont tabassé Germain.

— Je me souviens. J'étais souffrant, répondit Henri en se tournant vers Josée qui s'approcha en lui tendant la main.

— Tu n'as pas à te gêner avec Josée ; elle et moi, on se dit tout, ajouta Lise.

Henri s'arrêta, regarda Josée dans les yeux et lui demanda :

— Avez-vous l'intention, madame, de parler de tout ce qui se passe ici et de ma famille dans votre journal ?

— Je serai franche avec vous, monsieur Daigneault, répondit Josée surprise par la question ; j'aimerais en parler avec vous car je vous avouerai bien honnêtement que je ne sais pas quoi faire.

— Ce n'est quand même pas moi qui …

— J'aimerais vraiment en parler avec vous car vous savez probablement des choses que j'ignore et je sais des choses que vous ne savez pas.

Henri fut surpris par cette réponse. Une ombre d'inquiétude qu'il ne put cacher assombrit son visage alors que Josée poursuivit :

— Ne voyez pas de menace dans ce que j'ai dit, monsieur Daigneault. Il s'agit simplement de trouver ensemble ce qui pourrait aider Germain.

— Allez, viens papa, nous devrions nous asseoir. Moi aussi, j'ai des questions à te poser.

— J'aimerais cependant, madame, que vous n'utilisiez pas ce qui pourrait se dire, car il est possible que vous jouiez alors avec un feu qui peut devenir très dangereux.

— Je sais, on m'a prévenue.

Les trois s'installèrent à l'écart, autour d'une table dans le fond. Henri demanda à Michel de préparer du café. Parmi les quelques clients qui étaient là, quelques-uns reconnurent la journaliste de l'Est et la saluèrent d'un sourire franc et respectueux qu'elle leur rendit bien poliment. Ils s'imaginaient qu'elle venait faire là son boulot de journaliste ; aucun ne se doutait qu'elle et Lise étaient amies.

Lorsqu'ils furent assis, Josée prit la parole :

— J'aimerais que nous comparions les informations que nous possédons pour éviter toute confusion.

Lise acquiesça immédiatement alors que son père hésita.

— Pourquoi hésites-tu, papa ? Nous avons convenu depuis longtemps de nous dire la vérité.

— Mais, c'est qu'il y a des choses que tu ne connais pas encore, Lise.

— Que veux-tu dire ?

— Tu verras.

— Alors, interrompit Josée, nous savons que c'est Germain qui a fait sauter le pont.

— Mais comment savez-vous cela ? demanda Henri tout surpris.

Lise eut le regard d'une petite fille qui vient de se faire prendre.

— Je savais que Germain avait volé les explosifs, dit-elle à voix basse.

— Mais comment savais-tu cela ? demanda Henri sur le même ton.

— Je les avais trouvés dans le bois.

— Mais tu ne m'en as rien dit !

— Il y a des choses que tu ne m'as jamais dites, toi non plus.

— Ce qu'il y a d'étrange dans cette histoire de vol, continua Josée, c'est que ce sont des autorités officielles qui ont déclaré qu'il n'y avait pas eu de vol. J'étais là ce matin-là.

— Ça, ma chère madame, ce sont les autorités qui commencent à se faire fourrer, répliqua Daigneault.

— Que voulez-vous dire ?

— Je pense qu'il y a des gens qui ont triché.

— Connaissez-vous le RACQ ? demanda Josée

Henri ne répondit pas tout de suite. Michel en profita pour apporter du café. Lorsqu'il se fut éloigné, la conversation reprit :

— Je ne connais pas profondément cette organisation, mais j'en connais les objectifs et un peu le fonctionnement, répondit Henri qui surprit sa fille par sa réponse.

— Est-il vrai qu'il peut être dangereux d'en parler ouvertement ? demanda Josée.

— Que voulez-vous dire ? répondit Henri.

— Il est donc vrai que, s'il s'agit bien du RACQ à St-Stanislas, on me pousse dans un piège en m'incitant à en parler, poursuivit Josée.

— À en parler où ? demanda Henri.

— Dans le journal.

— Il est évident, madame, que la police va descendre chez vous et qu'ils ne mettront pas de gants de cérémonie pour trouver ce qu'ils cherchent. Mais que voulez-vous dire par des gens qui vous incitent ?

— Depuis près d'un mois, il y a un informateur anonyme qui me prévient de ce qui va se passer.

— Pourriez-vous préciser ?

— J'ai d'abord été prévenue que des événements explosifs se préparaient à St-Stanislas. Le matin où Germain s'est fait battre, j'avais été prévenue très tôt qu'en me rendant ici, je verrais à quoi ressemblait le lendemain d'un vol de dynamite. On me répétait que pour l'avenir de ma carrière, je ne devais rien dire de ces messages, mais également que je ne devais rien rater des événements.

— Avez-vous vérifié d'où provenaient ces messages ?

— Oui, ils provenaient de Québec.

— Vous a-t-on demandé d'écrire quelque chose ?

— Oui, ce matin.

Henri regarda autour de lui, comme pour s'assurer que personne n'écoute.

— L'avez-vous fait ?

— Non, j'ai préféré venir ici car …

— Vous avez bien fait.

— J'ai préféré venir ici car il y a un nom que …

— Vous risqueriez gros en écrivant, madame.

— Papa ! Cesse de l'interrompre !

— Pardon, madame. Vous dites qu'il y a un nom qui …

— Qui m'intrigue, monsieur, qui m'intrigue, car la seule fois qu'il a été nommé, c'est dans le troisième message que j'ai reçu.

— A quoi ressemblait ce message ?

— Je l'ai reçu vendredi dernier. Je l'ai rapidement transcrit, répondit-elle en sortant un papier de son sac. C'était à peu près comme ceci : *comme le dynamitage sera reporté au lendemain pourquoi ne pas illuminer le Québec pendant cette nuit d'attente avec un feu d'artifice à la mémoire d'Ernest ?* Et Lise m'apprend hier que le dynamitage de la seconde colline a été retardé parce qu'il manquait d'explosifs, et que le vieux pont a explosé en soirée …

Henri arrêta Josée d'un signe de la main.

— Vous avez bien dit *Ernest* ? N'est-ce pas ?
— Oui.
— Eh bien, madame, si vous aviez écrit quelque chose là-dessus et qui aurait été publié, on aurait commandé l'exécution de Germain dans les trois ou quatre semaines à venir, au plus tard.
— Papa ! Que dis-tu là ?
— Y a-t-il une autre personne que vous qui soit au courant de l'existence de ce prénom ? demanda Henri qui n'écoutait plus.

Josée réfléchit avant de répondre.

— Non, je ne vois pas.
— Votre conjoint, se peut-il qu'il soit au courant de ce prénom ?
— Non.
— Écoutez-moi toutes les deux : pour la vie de Germain et pour notre sécurité, il ne faut absolument pas que ce prénom tombe dans les oreilles de la police, est-ce clair ? C'est une question de vie ou de mort, déclara Henri, lentement et solennellement.
— Est-ce que tu vas t'expliquer ?
— Impossible, Lise, le temps presse.
— Dis-moi juste quelque chose ! ordonna Lise en se levant.
— Quelqu'un du RACQ essaie de sacrifier Germain, laissa-t-il tomber.

Le moment de stupéfaction passé, Lise réagit :

— Comment peux-tu être certain de ce que tu affirmes ?

— Écoute, Lise, je ne puis te le garantir à cent pour cent, mais j'ai de bonnes raisons de croire que c'est peut-être ce qui se passe.

— Mais comment peux-tu penser qu'on veuille le sacrifier ?

— Le prénom *Ernest* ne doit pas être mis en relation avec Germain, répondit Henri, la tête basse.

— Mais pourquoi ?

Henri demeura silencieux avant de répondre :

— Tu aimes Germain, n'est-ce pas ?

— Bien sûr !

— Si tu veux continuer de l'aimer, oublie ce prénom, ajouta-t-il, et vous, madame, ne publiez rien qui mentionne ce nom en relation avec les événements qui se déroulent ici et dont Germain est présentement le centre.

— Est-ce donc si dangereux ? demanda Josée qui se félicitait de sa décision de se rendre chez Lise ce matin-là.

— Autant que ce que vous pourriez imaginer pour faire frémir vos lecteurs, madame. C'est pour cela, continua-t-il en déportant son regard vers sa fille, que je ne veux pas en dire plus. Présentement, la chose la plus importante pour la survie de Germain est que ce prénom ne soit pas connu. D'aucune façon il ne doit circuler, car comme je l'ai dit tantôt, il est la seule piste qui puisse donner à la police la ou les preuves qu'elle doit présentement chercher pour accuser Germain de choses très graves. Laissez-moi et ne me posez plus de question. Je reviendrai plus tard.

Lise se leva en même temps que lui. Il s'approcha et lui donna un baiser sur la joue.

— Ne t'en fais pas, j'ai vécu pire. Je te raconterai un jour. Et puis, j'ai toujours mes médicaments avec moi.

25

La « Bastillette »

Le bureau de la police nationale était situé un peu en dehors du centre de Sherbrooke, vers le sud, sur la rue King Ouest, sur le bord de la rivière Magog. À l'origine, il s'agissait d'une vieille bâtisse, aujourd'hui démodée et austère, construite vers la fin du siècle dernier. On y avait ajouté en 2006, sans aucun souci pour l'esthétique architectural, deux annexes préfabriquées en béton.

On avait aménagé dans la première de ces annexes, d'une grandeur raisonnable, des bureaux avec un équipement informatique sophistiqué. Depuis l'instauration de ce nouvel ordre social, la plupart des postes policiers avaient subi des transformations nécessaires à la mise en place d'un plus grand contrôle.

Étant donné que, comme à l'époque de la France classique, il était devenu dangereux d'émettre des idées ou de poser des actes qui allaient dans le sens contraire de ce que préconisait ce nouveau régime, la population instruite avait donné le sobriquet de *Bastillette des Cantons de l'Est* à cette deuxième annexe de béton, plus grande, qui contenait des cellules.

C'est là qu'avaient été amenés George et Germain dans la nuit qui avait suivi l'explosion du vieux pont. Le premier, qui n'avait cessé de parler, d'engueuler, d'injurier et de crier à l'injustice, n'avait provoqué aucune réaction chez les deux agents qui l'accompagnaient, alors que l'autre était demeuré muet pendant tout le trajet, révisant soigneusement ses faits et gestes des dernières semaines pour éviter toute contradiction lorsqu'il serait interrogé. Sur le stationnement, lorsqu'on les descendit chacun de leur voiture, George avait recommencé à invectiver Germain, à lui dire n'importe quoi qui puisse servir à le rendre coupable aux yeux des agents à peine plus âgés que Germain. Demeuré impassible jusque-là, l'un des deux gardiens, las de l'entendre encore, lui appuya fortement le visage contre le mur. Impuissant à cause des menottes qui lui tenaient les mains dans le dos, George reprit de plus belle lorsque deux coups de poing assénés aux reins très fortement et un coup derrière la tête lui apprirent qu'à *La Bastillette*, on ne criait pas des injures aux policiers. Le souffle coupé, plié en deux, soudainement exténué, saignant du nez et le visage éraflé, il comprit et devint silencieux.

Un sourire éclaira Germain qu'on conduisait à l'intérieur. Après un long parcours dans dédale de corridors, on le fit attendre dans un bureau, menottes aux poings. Deux autres agents arrivèrent pour constituer sa fiche d'identification après quoi on lui prit les empreintes digitales, et les traditionnelles photos de face et de profil. Sans lui dire un mot, on le conduisit dans une cellule.

Il s'étendit, repensa encore à tout ce qu'il avait fait et se convainquit qu'il était impossible qu'on trouve une preuve contre lui. Persuadé de tout cela, il fit en sorte que réapparaisse Lise lui dévoilant ses charmes sous la lune, sur le bord de la rivière à la Truite ; répondant à son doux sourire qui l'invitait, il se laissa gagner par le sommeil.

Au matin, il fut éveillé sans douceur et on lui offrit un café accompagné de deux rôties. On le prévint au même moment qu'il rencontrerait un officier un peu plus tard.

Une quinzaine de minutes après, deux agents vinrent lui passer les menottes et l'amenèrent dans un local sans fenêtre où se trouvaient un pupitre et deux grosses chaises ; ils l'assirent sur l'une d'elles et attachèrent la chaîne reliant ses poignets à une patte de façon à ce qu'il ne puisse pas toucher son visage sans se pencher vers l'avant, ni se lever sans entraîner la chaise avec lui. Ils sortirent ensuite, le laissant seul dans cette position peu confortable.

Un autre policier, petit et maigre, âgé d'environ trente-cinq ans, entra, s'assit de l'autre côté du pupitre, sans un regard vers Germain. Il était accompagné d'un autre, très grand, costaud, le visage sans expression. Il s'adossa à la porte alors que le petit commença à consulter les quelques feuilles que contenait un porte-document qu'il avait avec lui.

— Vous vous nommez bien Germain Valois, demanda-t-il, toujours sans le regarder.

— C'est exact.

— On vous a arrêté pour deux motifs, monsieur Valois. On vient de m'annoncer que vous avez troublé l'ordre social hier dans le village de St-Stanislas en vous en prenant à un autre homme …

— Mais c'est lui qui …

— Je ne suis pas ici pour parler d'un autre que vous, monsieur Valois, continua le policier sur le même ton, sans permettre à Germain de s'expliquer. Vous répondrez donc seulement à mes questions, pour le reste que vous auriez à dire, vous serez charmant d'attendre le moment opportun.

Ayant vu le géant s'approcher, Germain comprit rapidement et répondit affirmativement de la tête. Le policier continua.

— On me dit également qu'il y avait attroupement de curieux suite à une explosion qui a soufflé un pont et dont on dit que vous êtes le responsable.

Germain ne dit rien. On ne pouvait l'accuser de cela.

— Etes-vous coupable de ces deux méfaits ?

— Non.

— Alors, monsieur Valois, je me dois de vous dire qu'il est bien dommage que vous répondiez de la sorte, car le résultat que nous désirons atteindre ne changera pas, sauf que cela nous prendra plus de temps pour y arriver.

Germain demeura silencieux.

— Auriez-vous, à ce stade, une question ?
— Oui. Quel est ce résultat que vous voulez atteindre ?
— La preuve de votre culpabilité.
— Oui, mais …
— Monsieur Valois, l'interrompit le petit homme, je vous ai permis une seule question. De toute manière, ce n'est pas moi qui serai chargé de trouver des preuves concernant les actions que l'on vous reproche. Mon rôle à moi est de retracer vos origines, chercher de ce côté des renseignements susceptibles de nous aider dans ce que nous recherchons. Et, voyez-vous, certaines informations, disons … normales ou essentielles, manquent à votre fichier. C'est agaçant et même préoccupant, car voyez-vous, lorsqu'on me demande d'établir la fiche de renseignements d'un individu, j'échoue rarement.

Il fixa alors Germain de ses petits yeux et attendit un long moment avant de continuer. Germain soutint son regard sans dire un mot, puisque telle était la consigne et qu'aucune question ne lui avait été posée. Après avoir étiré ce silence, le policier continua :

— D'abord, je n'arrive pas à trouver ce que vous avez fait depuis quatre ans ; pas de passeport, aucune inscription dans une quelconque école, pas de contravention, pas d'emploi, même pas d'adresse ! En fait, rien qui nous permette de savoir ce que vous avez fait. C'est comme si vous étiez disparu et que vous réapparaissiez par magie, laissa-t-il tomber, demeurant à nouveau silencieux.

Germain ne dit rien, respectant la consigne.

— Les fichiers mentionnent votre date de naissance, le 8 novembre 2002, à Montréal, poursuivit ensuite le policier en consultant le dossier. Trois ans plus tard, ils révèlent que vous avez dû être pris en charge par une famille d'accueil, votre mère elle-même orpheline et toxicomane, étant devenue trop dépressive pour s'occuper de votre éducation, et par la suite, internée. Cette première famille habitait en dehors de la ville. Malheureusement, le couple qui vous avait accueilli divorça quatre ans plus tard et on dut vous retirer de cet endroit, c'est à dire en 2009.

Le petit homme tournait lentement les pages et lisait ça et là, au hasard, des informations en essayant de retracer l'existence de Germain tout en respectant la chronologie.

— Donc, continua-t-il, vous avez vécu avec vos parents jusqu'en 2005. À ce moment, votre mère sombre dans la dépression. Avez-vous déjà eu une idée de ce qui a pu se passer dans sa vie à ce moment ?
— Non.
— Vous ne vous êtes jamais intéressé à votre passé ?
— Non.
— Mais pourquoi donc ? Ne devrait-on pas être fier de ses origines ?
— À condition d'en avoir.
— Vous n'avez donc pas d'origines ?
— C'est vous qui me le dites avec votre dossier. S'il était plus volumineux …
— Pas de commentaire, monsieur Valois, nous ne voulons que des réponses à des questions.

Germain demeura muet.

— Votre mère meurt en 2009. Vous êtes allé à son enterrement ?

— Non.

— Pourquoi ?

— Parce que les gens où j'habitais n'ont pas su qu'elle était morte.

— Avez-vous idée pourquoi on ne les a pas prévenus ?

— Non.

— On peut conclure qu'elle avait été abandonnée ...

Germain ne connaissait que vaguement l'histoire de ses parents. Il savait que sa mère avait été internée, qu'elle était toxicomane et que son père ne s'en était que peu occupé, trop accaparé par les affaires politiques qu'il menait. Il tenait ces connaissances de bouts de conversations ou de commentaires entendus ici et là, faits par les gens qui l'avaient hébergé pendant son enfance. Devenu adulte, il avait compris que d'une place à l'autre, chaque fait relaté à propos de son père perdait de sa véracité, personne ne l'ayant vraiment connu.

Henri savait sûrement. Peut-être un jour lui en apprendrait-il un peu plus.

Germain avait l'impression que cet homme lui racontait tout cela uniquement pour l'humilier, pour lui faire mal, pour le faire réagir.

Il demeurerait impassible ; ne révéler aucune faiblesse que ces gens dont il était le captif se hâteraient d'utiliser contre lui.

— ... abandonnée par qui ? Avait-elle de la famille ?

— Vous m'avez dit qu'elle était orpheline.

— N'avait-elle pas un mari ?

— Sûrement, puisque je suis là.

— Je n'aime pas les sarcasmes.

Germain sentit monter l'impatience d'un cran chez son interlocuteur qui arrêta tout de même le colosse qui s'était encore approché de Germain.

— Vous n'avez donc jamais connu votre père ?
— Peut-être, mais j'étais trop jeune pour me rappeler.
— Savez-vous de quoi il est mort ?
— Non.
— Savez-vous s'il est vraiment mort ?
— Non.

Cette question passa près de déstabiliser Germain. Se pouvait-il qu'à force de recherches, on ait trouvé quelque chose à propos de son père ?

— Avez-vous déjà essayé de le retrouver ?
— Non.
— Pourquoi ?
— J'ai toujours cru qu'il était mort.
— Vous n'avez donc jamais cherché à connaître les circonstances de son décès ou l'endroit où il aurait été enterré ou incinéré ? Si toutefois il était mort.
— Cela n'a jamais été possible.
— Pourquoi ?
— Je n'ai même jamais pu retracer la première famille qui m'a hébergé.
— Pourquoi ?
— Lorsque je suis allé pour retrouver cet endroit, des voisins m'ont dit que ces gens n'habitaient plus là.
— Vous n'avez pas fait d'autres tentatives ?
— Non.
— Pourquoi ?
— Les Tremblay sont tellement nombreux, et les moyens dont je disposais pour essayer de les retrouver tellement minimes que j'ai abandonné mes recherches après avoir vu ce

241

quartier où j'ai vécu de trois à sept ans et dont je ne me souvenais qu'à peine.

— Je vois. C'était bien dans la ville de Deux-Montagnes, n'est-ce pas ?

— Ste-Marthe, pour être plus précis ; c'est dans la même région.

— Nous arrivons donc à ce détail agaçant qui me manque, à savoir l'impossibilité de retracer vos occupations depuis les quatre dernières années.

L'homme se tut et Germain n'ajouta rien, se contentant de jouer le jeu et de respecter la consigne.

— Qu'avez-vous fait ces quatre dernières années ?

— Pas grand-chose. Vous savez, sans emploi, il est difficile de pouvoir faire quelque chose.

— Vous avez pourtant étudié l'architecture ?

— Un peu.

— Vous n'avez jamais trouvé de l'emploi dans ce domaine ?

— Non.

— Dans quoi avez-vous travaillé ?

— Surtout en mécanique, répondit Germain, jugeant qu'il valait mieux dire la vérité, ne sachant pas de quels renseignements disposaient les autorités.

— C'est en effet ce qu'indique votre fichier, mais on ne nomme aucun employeur, répondit son interlocuteur, calmant ainsi Germain sans s'en rendre compte.

Pendant quelques instants, il ne dit plus rien, se contentant seulement de consulter les pages du dossier.

— Connaissez-vous le prénom de votre père ? demanda-t-il sans lever les yeux.

— Non.

— Voilà autre chose qui agace, nous ne connaissons pas le prénom de votre père. Vous ne l'avez jamais entendu nommer ou vous ne voulez pas vous en rappeler ?

— Je ne l'ai jamais entendu nommer.

— C'est ce qui m'irrite. Il y a dans votre dossier deux grands inconnus : le prénom de votre père et vos occupations depuis les quatre dernières années. Il est étrange qu'il y ait ces deux « vides », si vous permettez l'expression ; je crois personnellement qu'ils sont liés. Je crois qu'en trouvant le premier de ces inconnus, nous serions éclairés sur le deuxième. Il me reste des dossiers, des documents et des gens à consulter. Soyez assuré, monsieur Valois, que je trouverai le premier car le second nous aidera peut-être à comprendre votre rôle concernant ce qui se passe dans ce petit village où vous habitez. Moi-même, j'ai maintenant bien hâte de vous apprendre le prénom de votre père, pauvre orphelin. Je vous promets que je chercherai tous les Valois de cette époque pour trouver.

Le visage froid et impassible, il avait prononcé ces dernières phrases en regardant Germain dans les yeux. Ce dernier parvint à cacher son trouble lorsque son interrogateur se leva pour quitter la pièce suivi du géant.

Il ouvrit la porte pour sortir, mais avant qu'il ne soit complètement disparu, il se retourna vers Germain et lui dit :

— J'oubliais, monsieur Valois, à part les détails manquants de votre fichier, il y a un autre petit quelque chose qui me préoccupe et que je vais élucider cet après-midi ou demain au plus tard.

Il s'arrêta, dominant alors Germain suspendu à ses lèvres. Il ajouta en esquissant un petit sourire victorieux :

— Comment, selon vous, a-t-on pu vous engager au ministère des Transports sans savoir ce que vous avez fait depuis ces quatre dernières années ?

Il fit encore une pause, et regardant du côté de celui qui l'accompagnait, il ajouta :

— Si moi, je n'arrive pas à trouver, Yves saura vous faire dire ce que nous voulons savoir.

Il ferma ensuite la porte.

Germain savait très bien que si cet étrange personnage fouillait de ce côté, il avait des chances de trouver des irrégularités qui pourraient lui être fatales, à lui ou à d'autres. Il ne pouvait qu'espérer que la couverture qu'on lui avait offerte était solide.

Il demeura seul, menottes aux mains, lié à sa chaise, à la merci de la seule partie de son projet qu'il n'avait pu être en mesure de contrôler.

26

Histoire

Après avoir laissé Lise en compagnie de Josée, Henri s'était dirigé vers une porte qui donnait sur une petite pièce dans laquelle il avait aménagé son bureau lorsqu'il avait acheté l'hôtel. C'est là qu'il faisait la tenue de ses livres. L'ameublement était luxueux, mais simple : un grand pupitre, trois chaises en cuir, un ordinateur, un classeur et sur un des murs, une grande photo encadrée de sa femme, Sophie, tenant Lise dans ses bras. Une immense fenêtre permettait de voir sur le côté de la bâtisse.

Il ferma la porte à clef, tira les rideaux et déverrouilla le classeur. Il prit une chemise dans le deuxième tiroir et vint s'asseoir à son bureau. Il fouilla dans les papiers pendant une dizaine de minutes, griffonna un nom sur un bout de papier et demeura immobile. Assis face à la fenêtre, il regarda vaguement à l'extérieur.

Après quelques minutes, il prit le téléphone et composa un numéro.

— (…)
— Bonjour, mademoiselle …
— (…)
— Oui, bien sûr, attendez, répondit Henri en cherchant dans ses papiers, oui, attendez ; il s'agit du numéro 36785.
— (…)
— Oui, je sais, il y a longtemps, mais …

— (...)

— J'aimerais savoir s'il y a un abonné au numéro 894-7843 ...

— (...)

— Oui, dans la région de Québec, s'il vous plaît.

— (...)

— Ah oui ? Parfait ! Pourriez-vous me donner le nom de cet abonné ?

— (...)

— Je sais, ce n'est pas régulier, mais, avec le code que je vous ai donné, j'ai accès à ces renseignements.

— (...)

— Vous avez bien dit *Michel Boissonneault* ?

— (...)

— Je vous remercie, mademoiselle, au revoir.

— (...)

Henri écrivit ce nom et le téléphone qui correspondait. Ensuite, il composa un autre numéro.

— (...)

— Oui, bonjour, mademoiselle, pourriez-vous me donner l'adresse à laquelle correspond ce numéro ?

— (...)

— Non, ce n'est pas pour la police, c'est à titre personnel.

— (...)

— Je sais. Alors, peut-être pouvez-vous répondre à la question suivante ?

— (...)

— S'agit-il du 988 Parc des Braves ?

— (...)

— Je vous remercie. Au revoir.

Il raccrocha, secoua la tête et s'appuya confortablement. « Je m'étais juré que je ne lui parlerais plus, murmura-t-il, de toutes façons, je ne vois pas d'autres solutions ». Après un long moment à réfléchir et à rêvasser, il rangea la chemise dans le tiroir du classeur, composa un numéro et attendit.

— Bonjour, c'est moi, Henri.
— (…)
— Ne fais l'imbécile, tu savais que je te contacterais un jour ou l'autre.
— (…)
— Il faut que je te vois.
— (…)
— Ne t'en fais pas, j'ai toujours mes principes et ma fierté, mais je n'ai pas le choix.
— (…)
— Ne me raconte pas d'histoires, c'est par ici que tu es occupé …
— (…)
— Tu ne veux pas de problème, moi non plus d'ailleurs ; c'est pour cela que je te contacte. Il faut que nous nous parlions.
— (…)
— Je ne peux me déplacer … Je suis malade !
— (…)
— Ne me pousse à bout. Ce soir, vers vingt et une heures, dans l'église.
— (…)
— Oui, c'est bon ; j'aurai ce qu'il faut, comme avant.
— (…)
— C'est ça.

Henri raccrocha. Son ventre lui faisait mal ; il prit des comprimés, ouvrit les rideaux et sortit du bureau. Une poignée de journalistes des réseaux de télévision était entrée pour prendre le repas. Il fit signe à Michel qui vint. Il lui demanda de prévenir Lise de ne pas les laisser s'approcher d'elle et de dire à Josée qu'il valait mieux qu'elle ne soit pas vue, c'était très sérieux. Il le prévint qu'il sortirait en soirée et qu'il reviendrait tard, au début de la nuit. Il monta à sa chambre se reposer et après avoir demandé à n'être pas dérangé.

À la fin de l'avant-midi, les sirènes signalèrent l'imminence de la seconde explosion sur le chantier. Les artificiers avaient terminé de charger et de préparer la mise à feu. Mêlés aux villageois, les journalistes assistèrent à la disparition de la deuxième colline derrière le village. Ensuite, tous retournèrent à leurs occupations, les habitants soulagés d'en avoir fini avec les déflagrations.

Lise et Josée qui passèrent la journée à l'arrière, au soleil, n'eurent point connaissance de ce que manigançait Henri. La plupart des habitants surveillaient leur téléviseur pour voir s'ils n'allaient pas eux-mêmes apparaître à l'écran.

Un article de la semaine précédente, paru dans un quotidien de Montréal, mentionnait brièvement le nom de St-Stanislas que l'on associait à quatre autres tentatives similaires de vol d'explosifs, dont deux réussies. Cette parution avait alarmé les hautes instances qui donnèrent ordre de redoubler de vigilance. Parce que ces vols avaient été perpétrés dans la même période de temps, des haut placés s'étaient convaincus qu'une organisation clandestine passait à l'action et tentait de semer le désordre civil.

À aucun moment, et à aucun prix, on ne pouvait tolérer de tels actes. On ne pouvait prendre de chance. Cela avait pris plusieurs années à se remettre des événements de 2005, tant économiquement que socialement et l'image projetée dans le monde avait été longue à redorer. On ne voulait donc pas voir disparaître ce nouvel ordre social qui convenait si bien à ceux qui s'étaient installés au pouvoir.

Les dirigeants de la police avaient été relancés et avaient promis une surveillance accrue. La mise en place d'enquêtes sérieuses pour parvenir à démanteler tout réseau subversif n'avait pas tardé. D'abord, on avait cherché à comprendre comment ce journaliste, Pierre Galarneau, qui avait écrit cet article semblait connaître ces faits avec assez de précision pour faire un lien entre eux. Les enquêteurs qui s'étaient présentés au journal avaient ragé lorsqu'ils avaient appris que ce jeune reporter était parti en vacances le matin de la parution. Où ? Au Chili. Dans quelle région ? Difficile à dire, il s'agissait d'un voyage « tensions extrêmes » et il était presque impossible de savoir avec précision dans quelle partie du pays il voyageait puisqu'il n'avait donné aucun détail à ses collègues, sauf la date de son retour : fin juillet. De plus, il n'avait aucune famille et personne au journal ne savait quelque chose de sa vie privée ni avec qui il entretenait des relations.

L'officier Gariépy qui avait été mis au courant des tentatives de vol sur les autres chantiers ne savait rien de cet article lorsqu'il avait été convoqué à Québec par ses supérieurs pour le lendemain matin, quelques heures après l'explosion du pont et l'arrestation de Germain. Il ne savait pas à quoi s'attendre lorsqu'il se présenta tôt à la direction de la police dans la capitale où étaient déjà arrivés ses supérieurs de Sherbrooke. Il connaissait à peine les autres qui étaient assis là et qui demeurèrent silencieux pendant presque tout le temps que dura la rencontre.

Dans un premier temps, il essuya sans dire un mot l'ouragan qui déferla. On comprenait qu'il n'ait pu prévoir le vol de dynamite, mais on le tenait responsable de n'avoir pu empêcher l'explosion. Des gens en relation avec la classe politique qui avaient leur résidence secondaire dans les montagnes et au bord des lacs de cette région hésitaient désormais à s'y rendre. Déjà, une rumeur d'insatisfaction à l'égard de certains ministres que l'on qualifiait d'incapables s'activait autour des ministres influents. Il fallait qu'on trouve parce que bien des têtes tomberaient avant celles des ministres, Gariépy en fut assuré.

Après qu'il fut mis au courant de cet article et de la personnalité du journaliste qui l'avait écrit, il crut y voir la bonne fortune, et l'espoir qu'il avait de se sortir du bourbier dans lequel les événements l'avaient placé. Il demanda à ses supérieurs de lui donner une chance en leur expliquant qu'il était le seul dans toute la police à détenir un suspect qu'il connaissait en la personne de Germain Valois. Selon lui, il n'y avait pas à en douter, il s'agissait d'un complot ourdi par un regroupement bien organisé, ce que pensaient et appréhendaient ceux qui l'écoutaient.

Les chefs de la police le jugeant le mieux renseigné concernant St-Stanislas acceptèrent de lui donner une dernière chance en imposant comme condition d'être tenus au courant des développements. Ils lui firent préparer un mandat lui donnant le droit de faire les arrestations et de mener les interrogatoires qu'il jugerait nécessaires. Il était rare qu'on donne de tels pouvoirs à un officier, mais la situation était telle qu'on ne pouvait pas mettre des gants blancs.

Ils lui apprirent que déjà, dans la même journée, on avait commencé à fouiller dans la vie de ce jeune homme afin de trouver un quelconque éclairage concernant sa personnalité, puisqu'il représentait la seule piste pouvant mener à un réseau, si réseau il y avait. En cas d'échec, pour protéger leur poste, le ministre dont ils relevaient ne serait pas informé de tout cela et aucun ordre ne serait donné par écrit.

Lorsque Gariépy sortit de cette pièce, il était en sueur, mais fier du pouvoir que lui conférait le papier qu'il tenait et qu'il glissa dans son étui d'identification. Il n'avait pas tout révélé à ses supérieurs, préférant garder quelques atouts en main si la suite des événements ne se déroulait pas comme prévu. Sur le chemin du retour vers Sherbrooke, il élabora la stratégie qui lui semblait la plus prudente et la plus efficace.

Il avait volontairement omis de parler de Josée Lacoste. Elle était au courant de certaines choses, sûrement, et elle était l'une des rares personnes à avoir pu communiquer de tels renseignements à ce Galarneau parti au Chili. Il était important qu'elle demeure silencieuse car elle avait acquis une telle popularité qu'il serait dangereux de la laisser monter la grogne publique si elle décidait de raconter l'histoire de Lise et de Germain. Il fallait éviter à tout prix que l'ordre social soit compromis avant la saison des vacances.

Décidé à la convaincre de demeurer silencieuse, il pensa chercher dans sa vie privée un quelconque renseignement intimidant pour elle ; après tout, cette femme pouvait certainement avoir quelque chose à se reprocher. L'inspecteur n'avait pas à s'en faire, Germain était captif, il pouvait prendre tout son temps, et qui sait, ce temps contribuerait peut-être à faire craquer le jeune homme et finir par jouer en sa faveur.

Dès son arrivée à Sherbrooke, il se rendit à son bureau fouiller dans la vie de cette belle grande femme appréciée du public. Assis face à son ordinateur, ses recherches prirent une tournure inattendue. On parlait un peu de ses parents qui n'avaient rien à se reprocher. Ensuite, il y avait une description de sa démarche académique et de ses résultats remarquables qui l'avaient rapidement conduite au quotidien l'Est. Le fichier spécifiait qu'elle était devenue une personne très appréciée du public sur lequel elle exerçait une certaine fascination, tant par son talent que par sa personne. On stipulait que ses publications devaient être lues avec beaucoup d'attention pour s'assurer de leur impartialité. À cet égard, précisait-on, aucun reproche ne pouvait être formulé jusqu'à date.

Très peu de choses sur sa vie privée ; on parlait de sa relation avec ce professeur ayant plus du double de son âge : soirées mondaines, cocktails, galas …

« Mais qu'est-ce qu'elle peut bien fabriquer avec un vieux comme lui ? » se demandait Gariépy. « En tout cas, poursuivit-il pour lui-même en souriant, je saurais quoi faire avec elle ». Ceci l'amena à chercher le dossier de Louis Jolicoeur. Il sourcilla en apercevant l'icône rouge apposé à côté de son nom, lequel indiquait un passé politique trouble. Ses mains se précipitèrent alors sur le clavier.

Le dossier contenait plusieurs pages et référait à des archives. D'abord, on y faisait état des renseignements traditionnels : naissance, éducation, études, famille, conjoint (e) (s), emplois passés et références (parfois). Lorsqu'il activa l'astérisque clignotant qui accompagnait le titre de son premier emploi, l'inspecteur fut ramené au début du siècle, un an avant que les tensions sociales croissent avec l'augmentation vertigineuse des prix de ce qu'on nomma le trio infernal : le carburant, l'électricité et le bois. De là était venue l'insurrection organisée par les syndicats qui crurent que l'anarchie viendrait à bout des dirigeants sciemment aveugles.

Le dossier rapportait que Jolicoeur avait entraîné de jeunes étudiants au sabotage des cours dans le but de paralyser l'institution, alors qu'il commençait sa carrière d'enseignant à l'université. Cela avait abouti, l'année suivante, à une grève qui s'était terminée après l'assaut des barricades syndicales, assaut sauvagement mené par les diverses forces d'état qui s'étaient liées contre les insurgés avant que toute la population ne descende dans les rues ; on pouvait lire que, malgré ce coup de force, Jolicoeur avait, lors d'un discours tenu sur le terrain du centre sportif, encouragé les étudiants à désobéir à l'ordre reçu de réintégrer les cours. Cet ordre acclamé par la jeune foule nombreuse avait eu des répercussions sur la majorité des étudiants du Québec et cela ayant encore favorisé le chaos pour quelques jours, on n'avait pas tardé à arrêter ce jeune professeur dont on mentionnait que les mesures visant à faire taire en lui toute idée anarchiste avaient été prises et exécutées. Quatre années plus tard, il demandait son pardon qu'on lui accorda, bien qu'il dut accepter de demeurer sous surveillance discrète allant s'amenuisant avec les années. Toujours dans le même dossier, on pouvait lire des documents d'archives qui relataient ses articles dans le journal étudiant et le contenu des discours qu'il avait prononcés. On faisait également allusion à sa relation avec Josée Lacoste où on mentionnait que les écrits de cette dernière étaient lus pour s'assurer qu'on n'y retrouve aucune influence de son amant.

Gariépy soupira de satisfaction. Il était convaincu qu'il avait en main ce qu'il fallait pour obtenir le silence de la jeune journaliste. À ses yeux, il était même possible que Jolicoeur veuille « reprendre du service » et qu'il ait pensé entretenir cette relation pour exercer son influence sur cette jeune fille peut-être encore bien innocente. Se pouvait-il, qu'à la faveur des événements de St-Stanislas, il utilise le talent et la popularité de sa maîtresse ?

L'officier contacta un de ses subalternes à St-Stanislas et lui demanda si, par hasard, Josée Lacoste n'avait pas été aperçue dans les environs. La réponse fut positive : elle avait été aperçue le matin même dans sa voiture à l'entrée du village. Après vérification, on fut en mesure de confirmer que son véhicule était effectivement garé en face de l'hôtel. Il ordonna qu'on le prévienne si cette dernière bougeait.

Gariépy ne put contenir un sourire vainqueur. En voulant museler la jeune journaliste, il avait sans doute trouvé une voie le menant au réseau dont il croyait peut-être avoir découvert un personnage important.

Depuis son départ de Québec à l'heure du midi, et son retour à Sherbrooke, il n'avait pas encore mangé. Absorbé par ses lectures, il n'avait pas vu le temps passer. L'heure du souper étant arrivée, il décida de se rendre à une brasserie située non loin. Il voulait réfléchir encore un peu avant de rendre visite à l'amant de Josée Lacoste.

27

Albert Charron

Tard en soirée, Henri sortit furtivement de sa chambre et descendit, dans la pénombre, heureux de ne croiser ni Lise, ni Josée. Il quitta l'hôtel par une porte de côté, en apportant un sac et en faisant attention de ne pas être vu.

Il marcha jusqu'au cimetière près duquel il aperçut une voiture noire. Après avoir regardé autour, en avançant dans le noir d'une haie, il s'approcha de l'église qu'il contourna pour se rendre à l'arrière. Il entra par une petite porte de côté qu'il força. Il se retrouva dans la sacristie. Tout était calme et paisible à l'intérieur. Il approcha à côté de l'autel pour dominer le haut du large escalier qui mène à la nef.

Il distingua plus loin une silhouette, assise sur un banc, près d'une colonne. Il s'arrêta et demeura immobile jusqu'à ce qu'une voix retentisse dans la vieille bâtisse :

— Bonsoir, Henri, tu as apporté ce qu'il faut lorsque deux vieux amis se rencontrent ?

— Bonsoir, Albert. Oui, j'ai ce qu'il faut dans ce sac, répondit Henri en sortant une bouteille de gin qu'il déposa sur l'autel.

L'autre s'approcha.

— Tu n'as pas apporté de verres ?

— Nous n'avions pas cette habitude, répondit Henri en lui tendant la bouteille.

— Toi, d'abord, répondit Albert.

Henri prit une gorgée et tendit la bouteille à l'autre.

— Je ne veux pas qu'on sache que je suis ici, dit Albert.

— Personne ne sait que nous sommes ici.

— Mais pourquoi donc m'avoir demandé de venir après toutes ces années ?

— Albert, cesse de faire l'innocent ! J'ai à te parler, lui dit fermement Henri

— Bon, fit Charron, asseyons-nous donc. Tu as l'air très sérieux.

— Il se passe des choses très sérieuses, Albert.

— Ce n'est pas tous les jours que le vieux pont saute, tu n'as pas tort.

— C'est que ces choses ont des répercussions directes sur ma famille, sur Lise en particulier. Et je veux lui éviter de vivre des malheurs, poursuivit Henri qui ajouta après une gorgée : que comptez-vous faire de Germain maintenant ?

— Je ne comprends pas ce que tu veux dire, répondit sans sourciller Albert.

— La question est pourtant évidente. Je suppose que le jeune a fait ce que vous attendiez de lui ; que comptez-vous en faire maintenant ?

— Henri, je ne comprends pas tes allusions et je n'aime pas tes allégations. Il a été arrêté hier par la police et amené je ne sais où. Je ne vois pas en quoi je puis décider de ce qui adviendra de ce jeune étranger …

— Albert, c'est vous qui avez fait en sorte qu'il vienne par ici faire ce que vous aviez décidé, tu ne vas pas me dire le contraire …

— De qui parles-tu donc quand tu dis « *vous* » ?

— De l'organisation qui a monté le coup, répondit Henri qui commençait à perdre patience.

Charron ne répondit pas. Henri lui tendit la bouteille et continua.

— Arrête de cacher la vérité, je sais. Je ne comprenais pas hier. Ce matin encore, je n'étais pas certain, mais depuis, j'ai compris et je suis convaincu.

— Et comment peux-tu être convaincu, et de quoi es-tu donc convaincu ?

— J'ai compris que tu es actif dans le RACQ. Ce que tu y fais, je l'ignore et je ne veux pas le savoir. Mais je suis convaincu que tu peux quelque chose pour ce gars.

— Puis-je maintenant savoir ce qui te fait penser toutes ces choses ?

— Tu as fait une erreur. En fait, ce n'était pas une erreur, tu ne pouvais te douter.

— De quelle erreur parles-tu ? demanda Charron, un peu plus nerveux.

— De ne pas avoir prévu que Josée Lacoste et Lise deviendraient amies …

— Josée Lacoste ? demanda subitement Albert.

— … et que cette dernière me parlerait d'un message anonyme qu'elle a reçu un peu avant l'explosion … Un message qui venait de toi, Albert, comme tous ceux que tu lui as envoyés, qui d'autre que nous deux peut parler de « *Ernest qui souhaitait tant faire des feux d'artifice* », qui d'autre ? acheva Henri.

Il y eut un silence. Albert Charron prit deux grandes gorgées. Il se leva et se dirigea vers la sainte table et s'occupa à contempler les statues des saints qui apparaissaient comme des spectres sur les murs. Après un moment, il revint vers Henri et s'assit.

— O.K., Henri, O.K. Mais pourquoi vouloir savoir ce qui arrivera à Germain ?

— Parce que Lise est en amour avec ce garçon.

Albert fut stupéfait.

— Lise est en amour avec ce gars ! ? Mais, je m'en fous, moi.

— Pas moi, répondit durement Henri, je ne sais ni pourquoi ni comment tu l'as repêché, mais je sais qu'il ne sait rien à propos de toi. Il n'est pas dangereux pour aucun d'entre vous et il vous a rendu de grands services. Malgré cela, je sais que tu veux t'en débarrasser.

— Comment peux-tu affirmer cela ?

— Pourquoi vouloir à tout prix que Lacoste publie ce qui se déroule ici en mentionnant le feu d'artifice à la mémoire d'Ernest ? Je sais pour le message que tu lui as laissé ce matin. Le nom d'Ernest est dangereux pour son fils, tu le sais.

— Mais je ne peux rien faire pour …

— Mensonge ! ajouta Henri, les dents serrées, mensonge !

— Mais je t'assure …

— Alors, tu vas m'expliquer quelque chose, poursuivit Henri qui s'arrêta pour prendre une gorgée. Comment se fait-il que vous ayez le pouvoir de faire mentir un employé de la compagnie de dynamitage ?

Albert demeura muet.

— Je vois, finit-il par répondre, que tu n'as pas perdu la main. Tu vois aussi clair qu'auparavant. Mais, sincèrement, dans le cas de ce Germain, c'est beaucoup plus compliqué.

— Mais pourquoi donc ?

— Il y a eu vol et il y a eu explosion ; la chose la plus élémentaire est qu'il y ait un coupable et ils l'ont trouvé.

— Tu sais comme moi qu'il n'y a aucune preuve possible contre lui.

— Ils en fabriqueront une pour sauver leur poste.

— Il y a une solution.

— Laquelle ?

— Il faut leur donner un autre coupable, répondit simplement Henri.

Encore une fois, il y eut un silence entre les deux hommes. Henri se leva et se dirigea vers l'arrière, dans l'ombre, à l'abri du regard d'Albert. Il se massa le ventre en grimaçant de douleur. Rapidement, il fouilla dans la poche de son pantalon et sortit trois comprimés qu'il avala avec du gin. Il reprit son souffle en espérant que les douleurs disparaissent le plus rapidement possible. Il fut interpellé par son ami au moment où une sensation de bien-être chassait les spasmes douloureux.

— Tu crois qu'il est facile de faire ce que tu me demandes là ? demanda Albert en prenant la bouteille.

— Non, je crois simplement que c'est possible ; je crois même que tu es bien placé dans ce réseau, répondit Henri tout souriant.

— Henri, ce serait beaucoup plus simple si on s'entendait sur le fait que Lise finira bien par oublier ce gars, s'il disparaissait.

Le regard d'Henri se durcit suite à ce propos.

Il secoua la tête. L'effet des médicaments et de l'alcool lui enleva bientôt toute retenue dans ses mots.

— Albert, lui dit-il les yeux rougis, tu vas le faire en pensant à son père avec lequel nous avons combattu. À son père qui est disparu à cause de nous. En pensant à sa mère que nous avons laissée tomber. En pensant à leur fils que nous avons laissé tomber … Tu ne peux le sacrifier !

— Henri, calme-toi, intervint Albert affecté par ces propos et l'état de son interlocuteur qui se dégradait.

— Tu vas le faire, continua Henri, en pensant à la mère de Lise que tu as pourtant aimée.

— Henri …

— Je sais, Albert, que ce n'est qu'un concours de circonstances qui fait que ce soit moi le père de Lise … Je sais. Sophie s'en est confessée avant de mourir pour que je l'excuse ; elle ne voulait pas me quitter dans le mensonge … J'ai alors juré ne plus jamais te revoir … C'est pour Lise que je le fais.

— Henri, j'ai toujours cru que nous …

— Si tu ne le fais pas, ta vie ne pourra se poursuivre sans qu'il ne t'arrive de grands malheurs, je ne peux le concevoir. Comment pourras-tu avoir la conscience tranquille ? Je comprendrais pour un inconnu, mais pas pour Germain ; jamais je n'ai vu Lise si éprise. Ce coup-ci, c'est le bon gars. Je le sais, ça se sent, çà. Ça se sent … Ne le fais pas … Ne les laisse pas faire … Sors-le de là.

Henri s'arrêta et prit une nouvelle gorgée. Il retomba, haletant, plus qu'il ne s'appuya au dossier du banc.

De son côté, Albert ne pouvait cacher sa honte. Henri avait touché des cordes sensibles chez son ami. Albert prit à son tour quelques gorgées, ému : il ne savait pas que Sophie avait avoué à Henri leur liaison. Il se rappela cette nuit d'octobre 2005.

Ernest, Henri et lui-même, Albert, pris en souricière sur le barrage se sauvaient des troupes d'élite qui approchaient le complexe hydro-électrique de la rivière des Prairies qui n'avait pas explosé tel que prévu. Peut-être avaient-ils été trahis, ils ne savaient pas. Des coups de feu avaient été tirés, Ernest avait été touché à la hanche. Henri et Albert s'étaient arrêtés pour l'aider à courir pendant que les autres continuaient à fuir. Avec le fardeau qu'était devenu Ernest qui perdait beaucoup de sang, les troupes s'approchaient. Le blessé, s'en rendant compte, s'était débattu pour qu'ils le laissent là et qu'ils puissent se sauver, ce qu'Albert et Henri avaient refusé de faire. Gesticulant comme un forcené, Ernest était parvenu à se défaire de leur emprise et leur avait crié de se cacher et de sauter en amont du barrage afin de se sauver au bon moment en profitant de la diversion qu'il créerait. Il leur avait échappé en criant de ne jamais cesser de combattre et il avait délibérément sauté en bas sur les roches, se fracturant à coup sûr les jambes. Ils l'entendirent hurler sa douleur et invectiver les soldats qui arrivaient au pas de course, attirés par ses cris. Dans l'obscurité, ils avaient vu des soldats descendre en se tenant à une corde. Les cris d'Ernest cessèrent avec l'explosion de quelques grenades. Ils avaient profité de ce moment de confusion chez les soldats pour sauter de l'autre côté, étaient parvenus à se défaire de l'emprise du courant et à regagner la berge où ils avaient pu se mettre à l'abri. Le lendemain, on apprenait la mort courageuse de quatre soldats retrouvés sur les roches aux côtés du cadavre d'un homme défiguré, tué par l'explosion de grenades vraisemblablement placées sous lui, dont une qu'il tenait dans sa bouche. Seuls Albert et Henri surent comment était disparu celui qui avait mené l'insurrection sur la rive nord de l'île de Laval, les autres chefs s'étant suicidés. Eux-mêmes disparurent temporairement pour refaire leur vie, leur identité. Leur rôle pendant cette sombre période ne fut jamais révélé grâce au savoir-faire d'Ernest qui les avait couverts. Dans les mois qui suivirent, un fonctionnaire anonyme fit disparaître le nom d'Ernest Valois de tous les fichiers. Son nom fut oublié et on cessa de le rechercher.

L'image d'Ernest vociférant lui revint en tête et le visage de Germain lui apparut.

— Henri, je risque ma peau en faisant cela.

— C'est un risque à prendre, répondit Henri qui s'était redressé.

— C'est ainsi que fonctionne le réseau : toute personne ayant accompli des actions sur le terrain doit disparaître.

— Mais personne ne sait que c'est lui ! Avez-vous, toi ou tes amis, une preuve qui démontre que c'est bien lui qui a volé la dynamite et qui l'a utilisée pour faire exploser le pont ?

Albert ne répondit pas.

— Albert, donne-moi cette preuve.

— Il n'y en a pas, il a fait son travail à la perfection.

— Pourquoi leur donner le temps d'en fabriquer une ? continua Henri encore harcelé par les douleurs. Je ne peux croire, Albert, que tu aies voulu faire circuler le nom d'Ernest Valois pour en finir avec lui. Il n'y a, aujourd'hui, que le premier ministre qui sait qui était Ernest Valois ; tous les autres sont morts. Tu sais très bien ce qui arriverait à celui qui serait identifié comme étant son fils, surtout si ce fils était soupçonné d'avoir volé des explosifs et d'avoir fait sauter un pont. Cet homme en a voulu à mort à Ernest et il ignore s'il est encore vivant ! Je ne peux croire que tu aies pu vouloir utiliser son fils sachant que tu aurais peut-être à t'en débarrasser.

— Et toi, répondit Albert baissant les yeux, honteux, peux-tu me dire quelle personne pourrait être accusée de ces méfaits ?

— Je crois que …

Les paroles d'Henri furent couvertes par le hurlement d'un chien.

— Tu n'y vas pas de main morte, répondit Albert qui prit une autre gorgée.

— Je ne vois personne d'autre. Cette personne est au courant de beaucoup de choses …

— Henri, je vais voir ce que je peux faire. Je n'ai pas mesuré la portée de ces décisions, je regrette.

— Albert, c'est ce que je te souhaite le plus honnêtement. Personnellement, cela me répugnerait d'avoir à condamner un homme. Néanmoins, ce serait plus facile si je ne le connaissais pas … Mais condamner le fils d'un ami mort pour que je puisse vivre … ça non, je ne le pourrais pas. De plus, ajouta-t-il en le regardant dans les yeux, je sais que ce n'est pas lui qui a fait sauter le pont.

Charron tiqua.

A nouveau, ils demeurèrent silencieux. Ils s'échangèrent la bouteille et burent à grandes gorgées comme ils le faisaient autrefois. Henri décida de retourner chez lui, laissant là la bouteille. Il refusa la main que lui tendit Albert.

— Plus tard peut-être, Albert, je l'espère, lui dit-il simplement, laissant son interlocuteur sur le pas de la petite porte sur le côté de la sacristie.

— Je te garantis que je le ferai pour l'honneur, l'honneur, Henri …

Il revint chez lui en faisant de grands efforts pour ne pas se laisser aller à la douleur et ne pas tituber. Il ne rencontra aucun journaliste sur le trottoir et il n'y en avait aucun à l'hôtel. Lorsqu'il entra, Lise et Josée lui demandèrent où il était allé. Il mit un doigt devant sa bouche pour leur faire comprendre que la chose était secrète et il se dirigea derrière le bar. Il tituba presque devant elles en leur rappelant que la consigne du silence était primordiale pour rester vivant. Il parvint à se rendre au bar et se versa un verre de gin.

D'un geste, il interdit aux deux jeunes filles de le rejoindre et leur fit un clin d'œil pour leur signifier de ne pas s'en faire. Il vida le verre, prit la bouteille et, d'un pas hésitant et instable, il se dirigea vers sa chambre. Il eut bien quelques difficultés dans les escaliers, mais il parvint finalement à s'enfermer dans sa chambre. Là, il se laissa aller à grimacer de douleur. Il prit deux comprimés et s'étendit sur son lit.

Avant de sombrer dans un étrange sommeil, des visions brouillées meublèrent son esprit : quelques jours avant la soirée où Ernest avait disparu sur le barrage, ils étaient ensemble, tous les deux, dissimulés dans les fourrés aux abords du pont de Ste-Rose sur la rivière des Mille Isles à surveiller les manœuvres militaires sur l'autre rive. Ernest, souriant, observait en jurant tout bas et en les insultant. Henri avait peur. Son grand compagnon l'avait regardé, l'avait pris par les épaules pour lui dire : « Quand je n'y serai plus, tu veilleras sur Germain comme tu veilleras sur ta fille, je vais vous observer de là-haut. »

Les yeux d'Henri se mouillèrent, et pour lui-même, couché sur son lit, il répondit : « J'ai laissé tomber Germain, Ernest ; je regrette. Mais ce danger qui le guette, je te jure Ernest, de l'en débarrasser et sois assuré qu'ensuite, je veillerai sur ton gars et sur ma fille, tant que je pourrai. »

Toujours crispé par la douleur qui le pinçait au ventre, il se laissa gagner par cette torpeur que lui procuraient les médicaments. Somnolent, il s'assit sur le bord de son lit et prit encore des gorgées de la bouteille qu'il avait montée. Il tomba sur sa couchette, à demi-conscient.

Pendant quelques instants, sa respiration fut profonde. Elle devint saccadée. Il vit alors apparaître Ernest qui lui confiait son fils qu'il abandonnait, sa femme agonisante surgissait pour lui avouer sa liaison, Albert se révélait, ses longs cheveux gris au vent, sans masque, appuyé sur une rampe, attendant en riant le supplice de Germain, condamné, qui échappait aux mains de Lise qui lançait des éclairs de feu à son père, incapable d'intervenir. Soudainement, agité et en sueur, il se dressa vivement. Il réalisa avec bonheur qu'il était dans sa chambre et que les douleurs étaient disparues. Il se recoucha tranquille et dormit alors profondément.

Demeurées en bas, les deux jeunes filles n'arrivaient pas à comprendre ; impossible de trouver où il était allé ni ce qu'il avait fait pendant son absence. Lise ne lui connaissait pas de tels comportements. Lorsqu'il était arrivé, son visage lui avait fait peur. Vieilli, un air de dépit et de tourment l'animait ; un guerrier exténué après une dure bataille. Manifestement, il n'avait pas voulu qu'on l'aborde.

Elles s'installèrent à nouveau dans la cuisinette à l'arrière. Plus tard, Josée prévint Lise qu'il serait plus prudent pour elle de quitter la place étant donné la présence des nombreux journalistes. Ainsi, elle suivait les directives de son père dont le mystère dans lequel il s'était enfoui les incitait à respecter encore plus ses consignes à la lettre. De toute manière, à quoi bon rester là si elle devait demeurer enfermée ?

Il fut entendu qu'elle quitterait pendant la nuit. Elles se tiendraient au courant de tout.

Au même moment, Albert réfléchissait encore, appuyé sur sa voiture, la bouteille vide, parterre, près du cimetière.

Il finit par prendre le téléphone.

28

Louis Jolicoeur

Après qu'il eut terminé de souper, Gariépy demeura assis à sa table à regarder à l'extérieur. Il paya la note lorsque la serveuse lui eut apporté un café qu'il sirota en pensant à l'appel qu'il avait reçu avant de quitter son bureau ; le caporal Marsan l'avait contacté pour lui dire qu'il rencontrerait, le lendemain, un nommé Maurice Pépin du ministère des Transports, celui qui avait embauché Germain quelques mois auparavant.

Lorsque Gariépy monta dans sa voiture, un témoin lumineux lui annonçait qu'il avait reçu un appel important en toute fin d'après-midi. Il ouvrit son moniteur et put lire qu'un employé de la compagnie Dynacharge voulait le rencontrer pour lui transmettre des informations importantes concernant les événements de St-Stanislas. Cet employé, un nommé Serge Riopel, pourrait le rencontrer le lendemain après-midi seulement. Gariépy qui ne s'attendait pas à cela fut intrigué ; que pouvait bien lui vouloir cet homme ? Depuis son retour de Québec, il avait l'intention de rencontrer cet employé et ce message ne fit qu'exciter sa curiosité. Ce serait pour le lendemain.

Tel que prévu, il se rendit donc à la maison de Jolicoeur qu'il trouva assez facilement. Il préférait prendre les gens par surprise et n'avait pas prévenu de sa visite. Il dut sonner à plusieurs reprises avant que la porte ne s'ouvre pour laisser apparaître un grand homme mince dans la cinquantaine, les yeux bouffis, l'haleine nauséabonde, les cheveux gris en désordre, la barbe longue de quelques jours, la figure pâle, la chemise mal boutonnée, le pantalon défraîchi et les pieds nus. Gariépy recula d'un pas, surpris par cette apparition.

Louis Jolicoeur, manifestement contrarié et dérangé par cette visite, regarda brièvement cet inconnu qui se présentait chez lui. Sans gêne, il plongea son regard sur Gariépy qui demanda :

— Monsieur Jolicoeur ?

— Que voulez-vous ? répondit rudement l'homme appuyé sur le cadre de porte.

— J'aimerais seulement vous rencontrer, monsieur, continua Gariépy qui cherchait son étui d'identification ; vous êtes bien monsieur Louis Jolicoeur ?

— Oui, c'est moi. Je n'ai pas le temps et je ne suis pas intéressé à vous rencontrer. Je ne veux pas être dérangé par les niaiseries que vous avez à me proposer. Partez ! Vous voyez bien que vous me dérangez !

— Je vois que je vous dérange, mais c'est maintenant que je veux vous rencontrer, répondit Gariépy, haussant le ton et lui montrant son identification de policier, juste vous parler, monsieur. Et maintenant.

Jolicoeur s'approcha en plissant les yeux et sursauta en apercevant le sigle de la police.

— Vous êtes de la police ? demanda-t-il, moins arrogant.

— Oui, monsieur, de la police nationale. J'aimerais vous poser quelques questions.

— Mais… avez-vous un mandat ?

— Non, ce n'est pas nécessaire, voyez plutôt, répondit Gariépy en lui montrant le papier qu'on lui avait remis plus tôt dans la journée.

— Si vous voulez attendre, voyez-vous, j'ai de la difficulté à lire sans mes lunettes, attendez un instant.

Le policier demeura sur le parquet à attendre. Il avait été surpris, il ne s'attendait pas à ce que le conjoint de cette charmante journaliste puisse être si lamentable, ce qui lui fit se poser des questions à propos de cette femme. Jolicoeur revint avec ses lunettes de lecture sur le nez et regarda attentivement le papier que lui avait tendu Gariépy.

— Oh ! je vois. Excusez-moi, cher monsieur, pour cet accueil. Vous m'en voyez désolé, vraiment. Je vous en prie. En quoi donc puis-je vous être utile ? demanda gentiment Jolicoeur.

— Puis-je entrer ?

— Oh mais bien sûr, où ai-je la tête ? Entrez, monsieur … ?

— Gariépy, répondit le policier en suivant son interlocuteur qui l'invitait à le suivre en faisant des gestes de la main.

— Alors, monsieur Gariépy, poursuivit Jolicoeur en l'invitant à s'asseoir, en quoi puis-je vous aider ?

— J'aimerais avoir des renseignements vous concernant …

— Me concernant ?

— Oui, vous concernant, poursuivit Gariépy qui avait remarqué d'un coup d'œil le désordre de la maison, mais d'abord, si vous permettez, je suppose que votre compagne n'est pas avec vous.

L'autre hésita avant de répondre.

— Votre compagne est bien Josée Lacoste, journaliste à l'Est ?

— Heu … oui, marmonna Jolicoeur, enfin …

— Alors, j'aimerais vous parler un peu d'elle, ajouta Gariépy avant que son interlocuteur n'ait pu terminer sa phrase. Voyez-vous, nous craignons qu'elle se soit …, non, excusez-moi, il serait plus juste de dire que nous la soupçonnons de s'être liée à un mouvement politique fort mal vu par nos dirigeants ; fort mal vu, en effet.

Jolicoeur n'avait pu cacher le trouble qu'avait suscité cette dernière phrase.

— Que voulez-vous dire exactement ? répondit-il d'une voix faible.

— Je suppose que vous êtes au courant de ses activités ?

— Voulez-vous parler de ses activités professionnelles ?

— Oui et non, enfin de ce qu'elle fait pour passer le temps, le travail, les loisirs, enfin … Vous vivez ensemble n'est-ce pas ?

— Il serait plus juste de dire que nous vivions ensemble …

— Ah ? Vous m'en voyez désolé, répondit Gariépy qui ne s'attendait pas à cela et qui ne sut trop que dire sur le moment.

— Je vous en prie, monsieur …

— Mais, excusez ma question, il y a longtemps que vous ne vivez plus ensemble ?

— Oh non ! Depuis hier seulement.

— Ah bon ! fit Gariépy qui comprit du même coup l'allure lamentable du personnage et le fouillis dans la maison. Vous m'excuserez, mais je me dois de vous poser certaines questions …

— Allez-y, cher monsieur, lui répondit Jolicoeur qui tentait de se donner le rôle d'une victime honorable.

— Vous savez que nous croyons que votre conjointe est … pardon, que votre ex- conjointe est mêlée à des événements douteux dans la région de St-Stanislas ?

Rapidement, un éclair passa dans le regard de Jolicoeur.

— Non, je ne savais pas.

— Vous n'êtes pas au courant de ce qui se passe là-bas ?

— Non, je ne sais pas.

— Mais vous savez que madame Lacoste s'y est rendue à quelques reprises ?

— Oui, ça, je savais, c'était pour le travail, qu'elle me disait.

Gariépy cessa de poser des questions pendant près d'une minute qui parut interminable pour Louis. Le policier reprit :

— C'est peut-être gênant pour vous de me répondre, mais pourrais-je savoir pourquoi vous ne vivez plus ensemble ?

— Euh , en effet, c'est personnel, tout de même, vous savez …

— Je comprends … mais pour des raisons, disons sécuritaires, il serait préférable que je sache.

— Mais, dites-moi, a-t-elle fait quelque chose de répréhensible ?

— Monsieur, c'est moi qui pose les questions, répondit Gariépy qui commença à s'impatienter et parler plus fort, je viens de passer l'après-midi à lire votre passé dans nos fichiers et autant pour vous que pour madame Lacoste, il serait préférable que vous démontriez une plus grande coopération. C'est donc moi qui pose les questions et je vous ai demandé pourquoi vous ne vivez plus ensemble ; la réponse ne doit pas demander une si longue réflexion, à moins que … vous mentiez …

Cette fois, Gariépy avait touché une corde sensible chez son interlocuteur qui devint craintif.

— Je … Il est vrai, heu … enfin, je ne vous ai pas dit la vérité tantôt …

— Expliquez-vous !

— Vous m'avez demandé si je savais ce qui se passait là-bas, dans ce village ; je ne connais pas les détails, mais Josée m'a raconté qu'elle a été témoin de l'arrestation d'un jeune homme, tout à fait par hasard, cependant …

— L'arrestation d'un jeune homme ! Pourquoi m'avoir menti ?

— Je ne veux pas de problème, moi, monsieur, j'en ai eu et ça m'a suffi !

— Savez-vous si madame Lacoste a ou avait l'intention d'écrire sur ce qui se déroule là-bas ?

— À mon avis, non.

— Voyez-vous, monsieur, il serait préférable qu'elle ne le fasse pas, cela pourrait gâcher sa jeune carrière.

— Je comprends très bien ce que vous voulez dire, mais que voulez-vous que j'y fasse ?

— Je trouve vraiment dommage que vous n'habitiez plus avec elle, vraiment dommage, car vous auriez pu collaborer en la convainquant de ne rien écrire à ce sujet. Vous savez qu'elle est là-bas présentement, avec la copine de ce garçon qui est en prison parce qu'il a posé une bombe …

— Je n'y peux rien …

— Monsieur Jolicoeur, vous allez maintenant me prouver que vous ne mentez pas.

— Quoi ! ? Vous pensez que je vous mens ! ?

— Parfaitement !

— Mais alors, allez l'arrêter ! Elle ! C'est elle qui vous cause problème, pas moi ! Il faut l'arrêter, la mettre en prison si vous pensez qu'elle complote … Ce n'est pas ma faute, enfin, si elle n'a pas voulu m'écouter et …

Jolicoeur s'arrêta tout d'un coup.

— Et … ? demanda Gariépy

— Et elle n'a pas voulu m'entendre.

— Elle a donc écrit quelque chose …

— Ce n'est pas ce que je dis.

— Qu'est-ce qu'elle n'a pas voulu entendre ?

— Qu'il était dangereux de côtoyer ces gens.

— Ce n'est pas la raison de son départ ?

— En partie. Elle aurait voulu que je sois … Enfin, non. Je crois qu'elle en avait assez d'être avec moi, tout simplement, finit par dire Jolicoeur qui rageait de devoir avouer son échec et qui craignait qu'on l'associe à ces relations qu'on lui reprochait.

— Vous m'avouez lui avoir dit qu'il était dangereux de côtoyer certaines gens ; de quels gens vouliez-vous parler ?

— Mais les gens de ce petit village !

— Les avez-vous déjà rencontrés ?

Jolicoeur réfléchit un moment.

— Les avez-vous déjà rencontrés ? cria Gariépy, dont les épaules tremblaient par moment.

— Non.

— A-t-elle été en contact avec le journaliste Pierre Galarneau ?

— Peut-être, je ne peux vous le dire, je ne connais pas ce nom.

— De toute manière, je ferai contrôler les relevés de la compagnie de téléphone et de surveillance des courriers électroniques pour vérifier.

— Dites-moi, inspecteur, si vous croyez que ses agissements sont tellement répréhensibles, pourquoi ne pas l'arrêter, ou plus simplement, pourquoi ne la rencontrez-vous pas ?

— Mais, il n'y a rien dont je puisse l'accuser formellement. Tout ce que je sais, c'est que présentement, elle est là-bas, dans un hôtel avec la compagne d'un jeune homme qui s'adonne à des actes terroristes. De quoi puis-je la soupçonner, elle ? répondit Gariépy avec un petit sourire.

— Vous la faites surveiller ? demanda Jolicoeur, surpris de l'importance accordée à Josée.

— Je dois vous avouer que je lui aurais peut-être accordé moins d'importance si vous n'aviez pas participé à des actions similaires il y a quelques années …

— Mais je n'ai rien à me reprocher …

— Monsieur, écoutez-moi bien, répondit lentement Gariépy en scrutant son interlocuteur. Je ne peux vous dévoiler tout ce que je sais, mais avec ce que je sais de ce qui se passe dans ce village, des relations qu'y entretient votre ancienne conjointe, et de ce que vous, vous avez fait dans votre jeunesse, je puis vous affirmer qu'il y a des gens au dessus de moi qui craignent que vous repreniez du service : comment prouver que vous n'utilisez pas ces jeunes à distance pour poursuivre vos activités ? Je ne vous cacherai pas que je comprends fort bien que vous avez subi un traitement, disons … insultant pour qu'on vous accorde votre droit au travail … Mais comment ne pas douter … je vous le demande … d'une vengeance de votre part à l'égard d'un système qui … ?

Jolicoeur regardait l'officier avec de grands yeux. Il commença à s'agiter.

— Mais, vous fabulez !
— Un ancien activiste qui s'approprie la confiance d'une jeune journaliste adulée d'un public suspendu à sa plume ? De notre côté, nous percevons là un danger.
— Mais vous déraillez ! Jamais nous n'avons entretenu une relation … Entendons-nous sur le mot « intellectuelle ou … cérébrale », ce qui est tout le contraire de ce que vous pouvez penser !
— Quel genre de relation aviez-vous donc ?

Jolicoeur ne savait que répondre. Gariépy continua.

— Ce sont ces hésitations de votre part, monsieur, qui font que je doute de vous. Lorsqu'un suspect hésite, généralement, c'est qu'il cherche comment esquiver les questions. Le malheur est que, pendant ce temps, celui qui pose les questions se fait une idée très particulière de ce suspect … en observant ses hésitations.

— Vous m'excuserez, monsieur, de chercher les mots qui me permettront de vous répondre sans être vulgaire. Si vous y voyez là du mensonge, je n'y peux rien.

— Alors, allez-y, répondit le policier avec le sourire.

— Nous vivions ensemble parce que nos revenus nous permettaient le luxe. Nous avions une vie strictement orientée vers le plaisir.

— Et … ?

— Lorsque j'ai su qu'elle s'intéressait à ce qui se passait là-bas, je l'ai prévenue qu'elle courait un danger. Elle n'a pas voulu m'entendre, j'ai insisté … Elle a été très déçue de voir la peur en moi …

— Et elle vous a balancé.

— Vous avez tout compris.

Les deux hommes demeurèrent silencieux. Jolicoeur avait entaillé sa fierté par ses aveux et Gariépy fantasmait à s'imaginer les soirées particulières de cet homme d'âge mûr avec cette jeune femme. Le policier dont le visage tiquait un peu, avait obtenu ce qu'il voulait. Il contrôlait cet homme.

Il continua l'entretien.

— Je trouve que vous avez été bien long à simplement m'avouer que madame Lacoste et vous, avez vécu une liaison … « physique », dirais-je, si vous me permettez. Cela arrive très souvent que des hommes de votre âge veuillent coucher avec des femmes assez jeunes pour être leur fille. Je ne suis pas ici pour qualifier ce genre de relation, mais comme mes supérieurs me le mentionnaient, il faut se méfier de l'ascendant que peut exercer l'aîné dans ce genre de relation.

Jolicoeur se mordait les lèvres. Gariépy continua.

— Pas plus tard que cet après-midi, nous discutions, eux et moi, de l'influence probablement néfaste que vous avez pu exercer sur cette pauvre fille … pas plus tard que cet après-midi, vous dis-je bien.

— Vous comprenez, j'espère, que je n'ai jamais tenu un tel discours avec Josée pour en faire une personne engagée, malgré sa position avantageuse. Ça, je peux vous le jurer.

— Moi, je comprends, mais mes supérieurs sont plus âgés que moi, et leurs idées préconçues sont parfois bien difficiles à changer. Vous savez, beaucoup de personnes qui ont juré sont en prison !

— Mais, n'y a-t-il donc pas de solution ?! dit à voix haute Jolicoeur qui s'agitait.

— C'est ce que je vais vous offrir. Je vais vous donner le moyen de prouver encore votre bonne volonté. Je vais vous demander votre collaboration à deux niveaux. D'abord, une précision.

— Vous et madame Lacoste ne vous êtes pas laissés en bons termes, je suppose, demanda Gariépy en regardant autour de lui.

— Pas vraiment.

— Cela peut compliquer les choses.

— Expliquez-vous.

— Donc, une collaboration à deux niveaux. Pour assurer la sécurité de bien des gens et la sienne avant tout, il est important que madame Lacoste n'écrive rien à propos de ce qui s'est passé là-bas.

— Mais, comment voulez-vous que je fasse cela ?

— Ce n'est pas mon problème, monsieur.

— Mais …

— L'autre partie de votre coopération sera de me prévenir si vous réalisez qu'elle projette quoi que ce soit qui puisse être répréhensible, ou que vous entendiez quelque chose d'intéressant à propos de ces gens, là-bas, c'est à dire dangereux pour elle… pour vous … et pour la population.

— Pour moi ! ?

— Dois-je vous le répéter, j'ai dû calmer et rassurer mes supérieurs, cet après-midi, lorsque votre nom a été évoqué.

Gariépy se leva et laissa sa carte sur la table. Il jeta à nouveau un regard autour de lui avant de tendre la main à son interlocuteur muet, accoudé à la table, le visage appuyé dans ses mains.

— Je vais, quant à moi, vous laisser ; j'ai encore beaucoup de choses à régler dans cette affaire pour que demain soit une journée productive, dit Gariépy en se levant et tendant la main. Vous trouverez, j'en suis convaincu, les arguments qu'il faudra pour vous rapprocher de madame et je compte sur vous pour me prévenir si vous avez un doute sérieux. Au revoir.

Sans que Jolicoeur n'ait eu le temps de bouger, le policier était parti.

29

Scellé ministériel

Après que la porte se soit refermée sur l'inspecteur, Jolicoeur se dirigea machinalement vers le salon et se laissa tomber sur un fauteuil. Son sommeil avait été agité la dernière nuit, hanté par la scène qui avait précédé le départ de Josée laquelle s'était mêlée à de tendres souvenirs.

Pendant la journée, des sentiments contradictoires s'étaient succédé. Il avait commencé par regretter son emportement qui avait mené au départ de Josée et il n'avait pas cessé de maudire ces événements qui étaient venus défaire ce qu'il vivait avec cette jeune femme. Son orgueil était blessé et la colère somnolait. Il avait toujours cru qu'il dominait le couple, mais en quelques heures, Josée avait fait disparaître cette illusion. Il réalisa qu'il n'avait toujours eu que peu d'estime pour elle ; il l'avait appréciée surtout pour la fierté qu'il éprouvait de l'avoir à son bras et parce qu'il se croyait la cause de la fougue qu'elle démontrait lors des jeux pervers qu'elle acceptait sans retenue. Cependant, la façon dont elle l'avait écarté de sa vie lui démontrait le contraire et la colère avait fait place à la honte : perdre cette belle fille le ramenait brutalement à son âge et la désillusion lui faisait mal.

Il parvenait difficilement à déterminer s'il avait été victime de sa peur ou soustrait d'un danger par une quelconque forme de sagesse. À quoi bon, c'était fini. Il avait beau se dire que le temps cicatriserait la meurtrissure, mais dans la solitude, le temps ne passe pas vite. Lorsqu'il se fut convaincu qu'il ne serait pas arrivé à détourner Josée de ces jeunes gens et de leur idéal, il commença à trouver comment tourner la page. Il n'avait pas le choix, il fallait oublier.

La session de cours étant terminée, il n'aurait donc pas à expliquer sa rupture à tous ceux qu'il côtoyait quotidiennement. Il s'était dit que le moment était venu de planifier des voyages pendant la saison chaude qui s'annonçait, qu'il aurait amplement le temps de trouver des raisons pour expliquer son retour au célibat. Il ne trouvait pas la situation facile, mais voyait comment l'adoucir. Il finirait par oublier cet épisode de sa vie.

Et c'est à ce moment paisible de ses réflexions que l'inspecteur s'était présenté chez lui. Pendant le temps qu'avait duré leur rencontre, toutes les douleurs qu'il venait d'apaiser avaient été remuées par ce policier qui débarquait chez lui pour le faire chanter ; se servir de lui pour s'assurer le silence de son ancienne maîtresse. Le danger qu'avait fait surgir Josée était devenu l'instrument d'un policier, qui lui répugnait tant par ses tactiques que par sa présence. Il était convaincu que cet individu n'hésiterait devant rien.

Les sentiments amicaux cédèrent la place à des pensées agressives à l'endroit de Josée dont il méprisa alors l'ingénuité : tomber sous le charme de la lutte de deux pauvres paysans ! Était-elle donc tombée dans un autre siècle ? Comment trouver du romantisme dans une telle situation ? Elle devint presque une petite sotte à ses yeux.

Il décida de la rencontrer pour lui dire fermement les dangers qu'elle courait et qu'elle lui faisait courir sans lésiner sur les moyens pour le lui faire comprendre. Puisque, selon le policier, elle n'était pas à Sherbrooke pendant cette soirée, il tenterait de la contacter à partir du lendemain. Il entreprit sur-le-champ les démarches pour retracer sa nouvelle adresse et son numéro de téléphone. La fatigue des dernières heures et les somnifères l'amenèrent ensuite rapidement dans un autre univers.

Le lendemain matin, tel que prévu, le policier Pierre Marsan se présenta au bureau du ministère des Transports pour rencontrer le directeur, Maurice Pépin. La secrétaire de ce dernier l'accueillit gentiment et lui demanda :

— Vous êtes le policier qui avait pris rendez-vous pour rencontrer monsieur Pépin ?

— Oui, en effet.

Elle lui apprit que monsieur Pépin ne pouvait le rencontrer, il avait été appelé à Québec la veille, en fin d'après-midi. Il lui avait été impossible de refuser ou de reporter cette rencontre dont sa secrétaire parlait comme s'il se fut agi de d'un mystère. Il s'excusait bien sincèrement, mais tout cela était au-dessus de son pouvoir. Toutefois, sachant que le but de la visite de monsieur Marsan était d'obtenir des renseignements, il avait fait en sorte qu'il soit bien reçu, malgré son absence. Il lui avait laissé une note par laquelle il le priait d'exprimer clairement et précisément les motifs de sa visite à sa secrétaire qui verrait à lui venir en aide diligemment.

Après la réaction de surprise du policier, elle continua :

— Monsieur Pépin m'a demandé de vérifier votre identité, lui dit-elle en hésitant quelque peu ; alors si vous voulez simplement me montrer votre insigne, je serai ensuite à votre disposition.

— Bien sûr, je comprends, madame, répondit Marsan en lui tendant son insigne de policier.

— Je m'excuse pour cette demande, fit-elle, gênée, mais vous comprendrez que ces dossiers ne peuvent pas être consultés par n'importe qui, on m'a recommandé d'être vigilante.

— Bien sûr, je comprends, rétorqua Marsan, quelque peu impatient.

— Alors, monsieur Marsan, en quoi pourrais-je vous être utile ? Monsieur Pépin m'a demandé de faire ce qu'il fallait pour vous aider, lui répondit-elle en lui tendant un bout de papier.

— Je veux consulter les dossiers concernant les embauches des derniers mois sur le chantier de St-Stanislas, lui répondit-il.

Après avoir poliment acquiescé, la secrétaire sortit tout ce qui pourrait lui être utile et lui offrit de s'installer dans le bureau du directeur. Après s'être assurée que tout était à sa satisfaction, elle referma hermétiquement la porte derrière elle ; déjà, à ce moment, assis au bureau de Pépin, le policier parcourait la pile de dossiers à la recherche de celui de Germain qu'il trouva aisément.

Dès qu'il l'ouvrit, il sursauta à la vue d'un scellé, document émanant d'un ministre et ne pouvant être descellé que sur son autorisation ; Marsan ne pouvait le faire. Pour procéder à l'ouverture, il fallait le consentement ministériel découlant d'une demande écrite de la personne désirant consulter le document. Et il n'y avait pas de doute, le scellé était authentique, il ne s'agissait pas d'une imitation.

Dans le cas du scellé d'une recommandation d'embauche – comme c'était le cas pour Germain – la demande d'ouverture pour vérification était mal vue, même de la part d'un officier de la police, car c'était suspecter l'intégrité d'un ministre qui avait donné son approbation. Les ministères majeurs dont s'était entouré le premier ministre hésitaient à consentir de tels privilèges car il était déjà arrivé des bavures qui n'avaient pas manqué d'éclabousser le ministre responsable, semer le doute, sans parler des foudres du Premier ministre. Une règle d'éthique très sévère avait donc été instituée pour éliminer de telles erreurs.

Marsan fut donc fort surpris de retrouver le scellé d'un ministre majeur dans le dossier d'embauche de ce jeune homme qu'on accusait de vol de dynamite et d'avoir fait sauter un pont. Il ne fut plus en mesure d'affirmer si ce garçon était coupable, ou bien victime d'une machination visant à le faire accuser ou d'un incroyable concours de circonstances.

Il était fort probable que seule cette ministre et Maurice Pépin étaient au courant de cette directive ; Germain Valois ne savait peut-être même pas qu'il était l'objet d'un tel traitement. Marsan aurait donné beaucoup pour décacheter l'enveloppe et en connaître le contenu, cela pouvait lui coûter sa carrière.

Marsan sentit son estomac se nouer lorsqu'il réalisa le pétrin dans lequel il venait de se mettre ; ces dossiers étaient presque considérés comme top secret. Le nom de chaque individu y ayant accès était automatiquement noté : pour consulter, la raison se devait d'être majeure. Le policier savait très bien que, selon l'éthique professionnelle, la secrétaire l'avait déjà inscrit dans les « *archivettes* ». C'est ainsi qu'on nommait le fichier central où on acheminait tous les noms de ceux qui accédaient aux renseignements confidentiels ainsi que la date, l'heure et le lieu ; par informatique, tous ces gestes et détails étaient instantanément consignés aux dossiers des employés de l'État.

Dans le cas de Germain Valois, l'affaire était politique et pouvait devenir très explosive. Dans l'enchaînement de ses raisonnements, Marsan réalisait le sérieux de sa situation

Il était probablement le seul à avoir eu accès à cette information. Ce n'était pas par hasard que ce Pépin était absent.

Comme s'il avait été pris dans un piège.

Sa situation risquait de devenir dangereuse.

Marsan n'ignorait pas l'influence qu'exerçait la ministre des Transports sur le Premier ministre. Cette dame était à ses côtés depuis l'insurrection du début du siècle et on disait dans les couloirs du pouvoir que ce n'était pas le Premier ministre qui dirigeait, mais d'abord *la grande Gervais*, comme le peuple la surnommait, et ensuite, le Premier ministre.

En quelques minutes, bien malgré lui, Marsan s'était retrouvé dans les coulisses du haut pouvoir.

Il aurait préféré n'être jamais tombé sur l'information qu'il venait de découvrir, car si la réputation de l'Honorable Marie

Gervais, ministre majeure au cabinet Lessard, devait être ternie par la révélation d'un secret politique, les conséquences risquaient d'être très lourdes, même définitives pour la personne ayant révélé le secret.

Depuis 2005, on ne badinait plus avec la chose politique. Au fil des ans, quelques inspecteurs avaient disparu après avoir touché à des choses qu'il aurait mieux valu ne jamais toucher, sans parler des nombreux confrères qui avaient été mutés ou remerciés après avoir cru bien faire en dévoilant des vérités pourtant qualifiées de mineures.

S'il avait su que l'affaire Germain Valois le mènerait à de telles informations, Marsan aurait refusé l'enquête sur l'identité de ce jeune homme. Assis au bureau de ce directeur régional, le regard dans le vide, il cherchait la solution pour se sortir de ce mauvais pas. Personne ne devait savoir ce qu'il venait d'apprendre concernant le dossier d'embauche de Germain. Il lui fallait donc inventer quelque chose innocentant le jeune homme qui soit vraisemblable et vérifiable alors que toutes les circonstances l'accusaient. De plus, il y avait la rencontre avec Gariépy qui fonçait tête baissée dans ce dossier. Il devait trouver le moyen d'arrêter cet inspecteur qui prenait cette enquête comme une affaire personnelle à régler, sans rien révéler des informations qu'il détenait.

Alors qu'il réfléchissait à toutes ces choses, de l'autre côté de la porte, la secrétaire était au téléphone.

— Monsieur Pépin ?

— (...)

— Oui, c'est moi, Aline ...

— (...)

— Exactement, monsieur, j'ai fait comme vous m'avez demandé ...

— (...)

— Oui, il examine présentement les dossiers.

— (...)

— Absolument certaine, je l'ai vu qui l'ouvrait quand je l'ai laissé dans votre bureau.

— (...)

— Bien entendu, j'avais placé ce dossier parmi les premiers ; il ne peut avoir passé par-dessus.

— (...)

— Oui, j'ai vu qu'un de ces dossiers était confidentiel. Il m'a montré son insigne de la police.

— (...)

— Soyez assuré, monsieur, j'ai suivi la règle et j'ai inscrit son nom aux « *archivettes* ».

— (...)

— Soyez tranquille, j'ai reçu il y a quelques instants la confirmation de la réception. Tout est enregistré, vous êtes en règle.

— (...)

— Merci. À demain. Au revoir.

Au même moment, dans un bureau de la « Dynacharge », le directeur tapotait nerveusement le dessus de la table en attendant l'arrivée d'un employé qu'il avait fait demander.

Le regard dans le vide, il se rappelait la conversation qu'il avait eue la veille, conversation qui s'était terminée abruptement.

— (...)

— Mais pourquoi ? Le jeune a fait son boulot ! Le pont sauté, on ne veut rien de plus !

—   On ne le fait plus disparaître, je ne peux t'en dire plus !

— C'est dangereux ! S'il ne disparaît pas, il peut parler ...

— Ne t'en fais pas, il ne connaît aucun nom. Il ne sait même pas qui je suis.

— La police va fouiller pour trouver des preuves. S'ils se rendent jusqu'aux Transports, ils vont bien voir ...

— J'ai fait ce qu'il faut. Le policier qui s'y présentera aura peur, il ne voudra pas continuer. Ne t'en fais pas, Pierre, il ne peut rien se passer. J'ai tout vérifié.

— Mais, Albert, si tu te trompes.

— Je ne peux pas me tromper, j'ai eu le temps de réfléchir. La seule fuite possible est chez vous. Tu dois faire en sorte que ton employé dise la bonne chose, je m'occupe du reste. On accusera une autre personne et le jeune sera libéré. Personne ne saura rien.

— En es-tu absolument certain ?

— Personne, à part Pépin, toi et moi.

— Et mon employé …

— Voici ce qu'il aura à raconter …

Le directeur fut tiré de ses pensées lorsqu'on cogna à la porte de son bureau. Il se leva, ouvrit et laissa entrer un homme dans la trentaine qu'il pria de s'asseoir sur la chaise placée en face. L'employé, timidement, prit la place qu'on lui avait indiquée sans dire un mot. Le patron s'assit face à lui et prit la parole.

— Bonjour, Serge.

— Bonjour, monsieur, j'espère que vous n'avez pas de mauvaises nouvelles à m'annoncer. Ça va assez mal comme ça.

— Non je n'ai pas de mauvaises nouvelles. Je voulais justement savoir comment ça va, comment va ta femme ?

— Eh bien, je crois que ça pourrait aller mieux. La médecine a bien évolué, mais elle coûte bien cher …

— Tu n'as pas les moyens qu'il te faut pour la faire soigner ! ? demanda le patron, sérieux et concerné.

— En fait, oui et non. J'ai à peine ce qu'il faut pour les médicaments. Il en manque pour pratiquer de nouvelles interventions. J'aurai ce qu'il faut dans environ deux ans, si tout va bien.

— Mais, dis-moi, d'ici deux ans, son état ne va-t-il pas se dégrader ?

— C'est une chance que nous courons, mais nous n'avons pas le choix.

Le patron demeura silencieux quelques instants. Après s'être allumé un gros cigare, il plongea son regard dans les yeux de Serge qui ne savait pas où il voulait en venir.

— Tu ne peux la faire soigner adéquatement ?

— C'est un peu ça, oui.

— Si on pouvait faire en sorte que tu en aies plus, ça t'arrangerait ?

— Bien sûr, mais comment pouvez-vous ?

— Tu veux dire « *comment pouvons-nous* » ?

— Que voulez-vous dire ?

Le patron garda le silence, continuant de regarder son employé qui cherchait à comprendre. Depuis que sa femme était malade, on lui avait souvent donné plus de travail afin qu'il ait plus d'argent ; cette fois, il ne voyait pas comment son revenu pourrait augmenter ; il ne pouvait pas donner plus de temps.

Le patron reprit la parole.

— Tu te souviens lorsque je t'ai éveillé en pleine nuit pour que tu te rendes dans ce petit village de St-Stanislas ?

— Oui, je m'en souviens, répondit l'employé, soudainement mal à l'aise.

— Tu te souviens de la suite ?

— Oui, dit faiblement Serge.

— Tu pourrais résumer ?

— Vous m'avez appelé pour me demander d'affirmer qu'il n'y avait pas eu vol d'explosifs …

— Es-tu certain d'avoir dit la vérité ?

— Je ne comprends pas ce que vous voulez dire. Vous m'avez demandé de mentir …

— Tu te trompes …

— Mais, monsieur …

— Ce matin-là, sur le chantier à St-Stanislas, ce n'est pas moi qui t'ai appelé, c'est quelqu'un d'autre, dit alors le patron, sourire aux lèvres.

Les deux hommes demeurèrent muets. L'un savourait son cigare, l'autre, qui voulait disparaître, brisa le silence.

— Si je comprends bien, vous me demandez de mentir une autre fois, dit-il d'une voix faible.

— Tu comprends bien.

— Mais cela finira mal, monsieur, répondit faiblement l'employé.

— Pas autant que si ta femme n'est pas soignée convenablement, répondit le patron en cessant de sourire. Et dis-toi que cela finira bien si tu fais ce que je te demande.

— Où cela s'arrêtera-t-il ?

— Ce sera la dernière fois.

— La dernière fois, c'était pour innocenter quelqu'un.

— Pour innocenter quelqu'un qu'on a pourtant arrêté, ajouta le patron d'une voix basse.

— Arrêté ! ? Pourquoi l'a-t-on arrêté ?

— Trop de circonstances l'accablaient.

— Mais cette fois, ce sera pourquoi, le mensonge ?

— Pour accuser le vrai coupable.

— Le coupable ! ? répliqua Serge en haussant malgré lui la voix. Mais, pourquoi ne l'arrêtent-ils pas ? On dirait qu'ils changent de coupable comme ils veulent ! Et pourquoi ont-ils besoin de moi s'ils savent qui est coupable ?

— Calme-toi et écoute-moi bien, lui dit le patron en le regardant dans les yeux. Je sais que tu as menti ce fameux matin. Je pourrais t'en accuser, les chiffres de l'entrepôt ici le prouvent. Je peux penser que tu as couvert un quelconque terroriste. Ta femme est malade … tu avais besoin d'argent. Tu sais, Serge, qu'un policier viendra te voir cet après-midi ?

— Un policier ! ? hurla presque Serge.

— Mais oui, un policier que j'ai contacté hier, celui qui est en charge de l'enquête à St-Stanislas. Je lui ai dit que l'homme qui s'est rendu là-bas pour faire le constat ce matin-là est venu me voir pour me confier qu'il a des remords, que sa conscience n'est pas tranquille. Je lui ai dit qu'on t'a menacé. Il va venir cet après-midi pour entendre ta confession.

— C'est du chantage.

— Tu peux appeler ça comme tu veux. Moi, je t'offre de venir en aide à ta femme. Ou bien, tu lui dis la vérité … Tu es quand même content de ton emploi, dis-moi …

— Mais, pourriez-vous me dire ce qu'est la vérité dans toute cette affaire ?

— À l'instant, Serge, à l'instant.

— Il y a quelqu'un qui travaille sur ce chantier là-bas qu'on soupçonnait depuis longtemps. On vient de me prévenir qu'on a enfin trouvé les preuves qu'on cherchait, mais qu'elles sont insuffisantes pour l'inculper.

— Mais, je ne vois pas ce que j'ai à faire dans tout cela.

— Tu n'as qu'à raconter que ce quelqu'un t'a fait des menaces ce matin-là pour que tu déclares que tout le matériel était intact, que tout était en place, que selon les reçus de livraison, il ne manquait rien.

— Mais c'est faux !

— Ce qui est vrai, c'est que ta femme est malade et sera disparue dans quelques années si tu n'as pas l'argent pour la faire soigner ! dit à haute voix le patron. Je t'offre cet argent pour que tu dises la bonne chose à ce policier qui viendra cet après-midi !

Ces dernières paroles eurent l'effet que recherchait le patron. Serge Riopel s'écrasa sur sa chaise sans dire un mot, les épaules et la tête basses.

— Alors, écoute bien. Tu raconteras à ce policier que tu as eu un appel qui t'est parvenu dans une voiture de police, ce qui est bien vrai. Ensuite …

— Mais, je devrai dire à ce policier que j'ai menti, là-bas, la première fois.

— Ce policier a toujours douté de ce mensonge. Et puis, tu verras, tu as menti sous la menace, ce n'est pas la même chose. Tes déclarations mèneront à une perquisition sur le chantier qui prouvera tes affirmations et qui t'innocentera …

— Mais …

— Écoute, Serge, je vais t'expliquer ce qui est vraiment arrivé ce matin-là …

30

Le vacancier de la « Bastillette »

Depuis qu'il avait fait arrêter Germain et George après l'explosion du vieux pont, lundi soir, Gariépy avait encore en tête les paroles que le jeune étranger avait adressées à George, l'accusant d'avoir profité de son arrivée pour organiser ce complot et d'être parvenu à le faire accuser, lui, le jeune étranger. Cette idée que George soit le coupable et qu'il ait fait en sorte que Germain soit accusé n'avait pas effleuré les policiers lorsqu'ils avaient été alertés par cet homme. Les événements accablaient Germain, mais aucune preuve ne pouvait les soutenir ; les circonstances pouvaient tout aussi bien incriminer George, mais là aussi, il était impossible de prouver sa culpabilité.

Pendant cette matinée qu'il avait de libre, Gariépy avait décidé de passer à *La Bastillette* rendre visite aux deux hommes confinés dans leur cellule depuis leur arrestation ; en fait, seul Germain avait pu quitter la sienne, le temps de l'interrogatoire avec Marsan.

Il visita d'abord George. À son arrivée, il demanda qu'on lui imprime son dossier. Il apprit alors des gardiens qu'il n'avait pas cessé de se plaindre d'injustice et de clamer son innocence. Dès le moment qu'il entendait des pas à l'extérieur de sa cellule, il demandait bruyamment de rencontrer le responsable de la place ou le policier qui l'avait fait arrêter. Il avait refusé les premiers repas qu'on lui avait apportés, prétextant qu'il ne mangeait pas de la nourriture pour bandits. On ne l'avait pas vu calme souvent. Malgré tout le bruit qu'il ait pu faire, les ordres données par Gariépy avaient été suivies, ce qui signifiait qu'aucune communication avec l'extérieur n'avait été permise.

À la « réception », poste donnant accès aux couloirs qui menaient aux cellules, le responsable signala à Gariépy que madame Lauzon l'avait contacté plusieurs fois, et qu'à chaque fois, il avait dû lui expliquer qu'il ignorait tout de son mari et que, de toutes façons, même s'il avait su quelque chose, il n'avait pas le droit de donner des informations concernant les détenus. Cette dernière fondait en larmes lorsqu'il précisait qu'il était même possible que son mari ait été amené ailleurs, mais qu'il n'en savait rien.

Gariépy ne put retenir un petit sourire à la pensée de toutes les histoires que pouvait s'imaginer cette dame toute bouleversée, et de tout le commérage qu'avait sûrement suscité cette double arrestation. De plus, ayant appris que St-Stanislas avait été assailli par les médias, il avait demandé et obtenu, après sa visite chez Louis Jolicoeur, que les journalistes soient évacués et que le « journaliste maison » annonce aussitôt le retour au calme dans ce petit village. Pour s'en assurer, Gariépy contacta un subalterne à St-Stanislas qui lui confirma que les derniers journalistes venaient de quitter le village. Un sourire de satisfaction éclaira son visage.

En empêchant madame Lauzon d'obtenir des nouvelles de son mari, il créa un vide autour d'elle. La pauvre dame subit alors ce qui arrive généralement lorsque le malheur s'abat sur une maison : la solitude. D'abord soutenue par les voisins et des amis, elle vit peu à peu ces gens se désintéresser rapidement de ce qui pouvait bien lui arriver, préférant revenir à leurs occupations plutôt que d'être associés à une personne dont le mari était emprisonné pour une affaire politique. Isolée, elle commença à paniquer et demeura seule, ce qui la fit retomber dans l'état d'angoisse qu'elle avait déjà connu et qui avait dû être traité par médicaments qu'elle n'avait plus en sa possession.

Pendant que Gariépy marchait lentement dans les corridors en compagnie d'un gardien et qu'il feuilletait le dossier de George, madame Lauzon était seule, assise à la table dans sa cuisine, face à une douzaine de pommes de terre qu'elle avait pelées très tôt le matin et qu'elle avait minutieusement disposées dans un plat. Elle fixait le mur en face d'elle, le couteau à la main.

Il s'arrêta alors sur un geste du gardien et regarda par la fenêtre de la porte pour apercevoir l'homme assis sur son lit, regardant le mur en face. De la cellule, on ne pouvait voir à l'extérieur, la fenêtre de la porte servant de miroir pour les détenus. Gariépy observa Lauzon à sa guise et le vit sursauter lorsque le gardien tourna la clé de la serrure. Il entra sans dire un mot et s'assit sur la chaise dont disposait chaque cellule. S'agitant quelque peu sur son lit, le villageois lui adressa nerveusement la parole.

— Bonjour, monsieur …

— Bonjour, répondit placidement le policier en l'arrêtant d'un geste, je vous prie de demeurer calme, sans quoi je me retirerai et ce sera long avant que je revienne, très long … avant que je revienne.

Lauzon, que Gariépy devinait fébrile, fit un gros effort pour demeurer calme.

— Avez-vous eu des nouvelles de ma femme ? demanda l'homme sur un ton qui trahissait son angoisse.

— Non, monsieur, je n'ai pas eu de nouvelles de votre femme, répondit le policier sans émotion alors que son interlocuteur baissait la tête. Vous savez, notre rôle ici n'est pas de donner des informations à nos pensionnaires, mais plutôt d'en obtenir d'eux.

— Je vous ai dit ce que je savais. Pourquoi donc personne ne nous répond lorsque nous appelons ? Pourquoi n'êtes-vous pas venu me voir plus tôt ?

— J'ai autre chose à faire que de vous tenir compagnie, répondit le policier qui poursuivit après une pause, vous savez, vous nous avez induits en erreur, et ça, c'est difficile à avaler.

— Je ne vous ai pas induits en erreur, j'ai voulu vous aider !

— Je ne veux pas débattre de cette question avec vous, monsieur Lauzon. J'aimerais plutôt savoir ce que serait votre défense si je vous annonçais que je vous soupçonne de n'être pas si innocent que vous le prétendez.

— Que dites-vous là ? demanda Lauzon d'une voix soudainement éteinte, puis qui se ralluma. Vous n'allez pas me dire que vous croyez ce que raconte ce maudit étranger ! ?

— Je ne vous annonce rien pour l'instant, je vous demande quelle serait votre défense si vous étiez accusé de vol d'explosifs et d'attentat à la bombe ?

George demeura sans voix. L'inspecteur le regardait sérieusement.

— Mais j'étais chez moi lorsque le pont a sauté.

— Ça ne veut rien dire ; il y avait probablement un détonateur, j'attends les résultats de l'enquête …

— Mais, monsieur, je ne connais rien à ces engins !

— Peut-être étiez-vous de connivence avec quelqu'un d'autre ? Quelqu'un à qui vous auriez fourni les explosifs. Avouez, monsieur Lauzon, avouez qu'il est facile de penser que vous avez fait tout ce tapage uniquement pour détourner l'attention. Comment pourriez-vous prouver que ce n'est pas vous qui avez volé ? Qu'est-ce qui me prouve que vous n'avez pas inventé toute cette histoire de silhouette dans la nuit ?

George qui s'était tenu droit tout ce temps sembla alors perdre toutes ses forces. Il réalisait la gravité de l'accusation qui pesait contre lui. Lui serait-il possible de détourner les soupçons si jamais ces derniers étaient dirigés contre lui ?

— Mais, monsieur, dit-il, je n'ai aucune raison pour faire ce dont vous semblez vouloir m'accuser.

Gariépy demeura silencieux à son tour.

— Je vais vous faire une confidence, monsieur, dit le policier après un court moment de réflexion en lui désignant le dossier qu'il tenait. Je cherche autant pour vous que pour ce jeune homme une raison dans vos passés expliquant pourquoi vous auriez eu l'audace et la folie de faire une telle chose. Lorsque je serai absolument certain, vous serez libre ou vous serez coupable. L'un de vous deux. Voyez-vous, il n'y a qu'une chose dont je ne doute pas, c'est que vous n'avez pas agi ensemble.

— Mais, ça n'a pas de sens …

— D'ici là, j'espère que vous saurez vous installer confortablement, monsieur, répondit Gariépy en se dirigeant vers la porte alors que l'autre se leva en bondissant.

— Mais, si je reste ici, ma femme ne s'en remettra pas !

— Gardien ! vous pouvez ouvrir la porte ! cria Gariépy avant d'ajouter en se retournant vers Lauzon, à cause de vous, un de mes policiers travaille maintenant dans le Grand Nord du Québec, loin de sa famille.

Lorsqu'il sortit, il entendit son interlocuteur, devenu rageur, éclater en sanglots.

Il marcha lentement dans le corridor, songeur. « Moi non plus, monsieur Lauzon, je n'arrive pas à trouver quelles raisons vous auraient poussé à commettre de tels actes. » Il prendrait une décision, sûrement, après avoir rencontré Marsan.

Toujours accompagné du gardien, Gariépy se rendit à la « réception » pour détruire les papiers qui concernaient George et qu'on lui avait imprimés à son arrivée. Il n'avait rien appris sur cet homme et son passé ne recelait aucun motif, aucun fait ou événement ayant pu le mener à poser des actes de sabotage. C'était un campagnard que la ville n'avait jamais attiré, qui ne s'était pas instruit, et qui n'avait jamais fréquenté d'autres personnes que celles de son village natal, là où il avait fait sa vie avec sa femme, également originaire de la région. D'après certains rapports, on sut qu'il avait troublé la paix et, rarement, il ne s'en était jamais pris à des gens de la place. On mentionnait également les dépressions nerveuses de sa femme qui s'étaient succédé et qui les avaient lentement isolés des autres villageois.

« A-t-il inventé cette histoire ou a-t-il vraiment aperçu ce jeune dans le champ près du dépôt ? »

Cette question faisait encore écho dans la tête de l'inspecteur au moment où il se préparait à rendre visite à Germain. À son propos, les gardiens n'avaient à peu près rien à dire : il était constamment étendu sur son lit, il mangeait lentement et semblait savourer ce qu'on lui apportait, il s'était comporté comme un gentleman lorsqu'il s'était rendu à la « *salle des questions* », il entretenait sa cellule de façon exemplaire. S'il demeurait ici longtemps, on lui donnerait le surnom de « vacancier », tant il semblait relaxer et se reposer.

Germain savait qu'il ne lui servait à rien d'être bruyant ou de revendiquer quoi que ce soit lorsqu'on se retrouvait captif des griffes du système. Alors, il valait mieux faire bon gré contre mauvaise fortune, s'était-il dit, et réfléchir calmement à la situation malgré le fait qu'elle soit très éprouvante. Avant la visite de Marsan, il savait qu'on ne pouvait rien lui reprocher, qu'on ne pouvait trouver aucune preuve contre lui, à moins d'en fabriquer une ; c'était une des choses qui l'énervaient, avoir à combattre une preuve fabriquée. Après sa visite, il eut peur qu'on trouve dans son passé un événement, si insignifiant soit-il, qui puisse être utilisé contre lui et contre lequel il ne puisse se défendre. Il appréhendait également les résultats de la visite chez le directeur du ministère des Transports.

Il avait dit la vérité lorsqu'il lui avait affirmé qu'il avait étudié en architecture, mais il n'avait jamais pratiqué. Vrai qu'il avait mené une vie de bohème pendant les quatre dernières années, occupant çà et là le métier de mécanicien, emplois pour lesquels il avait toujours été payé sans être enregistré. Cependant, certains patrons avaient le beau jeu et pouvaient abuser de ce type d'employé ; Germain pliait bagage lorsqu'il voyait venir ce genre de manœuvre.

Pendant cette période, il n'avait jamais eu de domicile fixe. Il n'avait jamais signé de papiers pour responsabilité de logement, ce qui expliquait qu'il n'ait jamais eu d'adresse à son nom. Plutôt solitaire depuis les quatre dernières années, il ne s'était jamais vraiment lié d'amitié avec personne et n'avait pas vécu de relation amoureuse stable.

Avant ces « quatre années » qui intriguaient Marsan, Germain avait vécu une vie irrégulière. Il n'avait pas connu ses parents et son enfance avait parcouru les familles d'accueil. Heureusement, grâce au charme qu'il exerçait sur elles, les femmes qui s'en étaient occupé lui avaient donné beaucoup d'amour. Cependant, il subit plusieurs ruptures.

Celle qu'il vécut à douze ans fut particulièrement triste. Suite à la donation d'un inconnu, les autorités avaient dû le retirer de la famille d'accueil avec laquelle il vivait depuis quelques années sans trop de heurts, afin de le faire instruire dans une école privée. Il quitta donc à contrecœur cette maisonnée pour devenir étudiant pensionnaire à l'extérieur de la ville. Il tenta bien de garder le contact avec eux, mais une séparation entre le mari et la femme survint et tous ceux avec qui il avait vécu furent éparpillés un peu partout, et avec le temps, les rapports commencèrent à s'amenuiser avant de cesser définitivement. Cette dernière séparation marqua le début d'une nouvelle attitude chez Germain ; il se referma sur lui-même.

À partir de ce moment, il maintint, bien malgré lui, ses rapports sociaux au minimum, craignant de les voir se terminer abruptement, sans raison. Désormais solitaire, il accorda beaucoup d'attention à sa condition physique et sut éviter les sarcasmes de ses pairs par des performances sportives gagnantes. Les éducateurs qui s'occupaient de lui tentèrent de l'extraire de son isolement, mais il demeura fermé ; ses excellents résultats scolaires ne leur causant aucune inquiétude, ces gens finirent par respecter le jeune homme qu'il devenait.

À la fin de ses six années d'études secondaires, le directeur l'avait appelé à son bureau. Cet homme lui apprit qu'il avait été mandaté par une étude de notaire pour gérer un fonds pécuniaire devant servir à défrayer ses études supérieures pour une période de trois ans. Après ce temps, il pourrait récupérer une somme d'argent au même cabinet de notaire. Il aurait environ 21 ans et son mystérieux donateur avait probablement jugé qu'il serait assez mature pour ne pas dilapider cet argent en faisant des bêtises. Il quitta ensuite cette école pour étudier en architecture à l'université, sans garder aucun contact avec tous ceux et celles qu'il y avait croisés, à l'exception de ce directeur.

À l'automne suivant, le jeune homme reçut une mauvaise nouvelle : le collège avait été rasé par les flammes et le directeur qui lui servait de conseiller était décédé dans la catastrophe. Germain vit dans cette tragédie un ultime coup du sort qui brisait définitivement les liens avec son passé. Désormais endurci, il ne prit même pas le temps d'être peiné, continuant plutôt sa préparation aux examens de fin de semestre qui approchaient. Il réalisait aujourd'hui à *La Bastillette* que cet incendie avait été une chance pour lui, car il avait fait disparaître une autre partie de ses origines dont le secret était d'une importance vitale pour lui. Le feu avait détruit toutes les archives et plus tard, Germain avait détruit tous les dossiers imprimés ou informatiques qu'il possédait sur cette époque de sa vie.

Depuis le début des cours à l'université, une jeune fille, Stéphanie Tessier, avait remarqué ce grand gaillard, beau et musclé, et avait été attirée par la tristesse dans son regard. Subtilement, elle fit en sorte qu'ils se croisent souvent. Germain la remarqua, mais il demeura réservé. Un peu plus tard, un professeur ayant exigé qu'un travail soit fait en collaboration, il s'était retrouvé isolé. Stéphanie sauta sur l'occasion pour le sortir de cette situation embarrassante et put enfin côtoyer ce jeune homme qui l'intriguait.

Lentement, elle trouva les mots et l'attitude qui le mirent en confiance. Elle sut le faire sourire, le détendre. Il commença à avoir confiance en elle si bien que bientôt, les moments passés en sa compagnie devinrent des moments précieux qu'il commença à rechercher. Un soir, après qu'ils eurent bu un peu, Stéphanie l'amena danser. Là, elle lui démontra qu'il représentait autre chose qu'un simple confrère.

Germain livra un dur combat contre lui-même ; elle était splendide et le rendait fou, elle s'était attachée à lui, il en était heureux, mais la peur de la perdre le paralysait. Stéphanie qui l'aimait, sut respecter ses hésitations. Le temps passa et Germain commença à moins appréhender les infortunes de son destin.

L'amitié qui les lia devint amour. Le temps et les douceurs de Stéphanie finirent par vaincre les craintes de Germain. À sa demande, ils gardèrent secret leur bonheur. Se laissant aller, il la couvrit d'un amour qui la combla et elle lui fit découvrir les joies intimes auxquelles ils s'adonnèrent avec la fougue et l'appétit propres aux nouvelles amours.

La famille de Stéphanie devint la sienne. Il se lia d'amitié avec ses parents et connut une vie familiale normale. Souvent, tard le soir, il restait à discuter de la chose politique avec le père qui ne se gênait pas pour critiquer véhémentement les dirigeants et leurs abus. Cet homme travaillait pour une compagnie qui fabriquait des fils spéciaux pour ordinateurs ; il était directeur du personnel de la section d'assemblage. Au bout d'un certain temps, un soir de février, lorsque le père eut pleinement confiance, il annonça à Germain qu'il tentait de frauder le département d'inspection de la qualité.

Germain lui apprit que son père était mort lors des événements de 2005, mais qu'il n'en avait jamais rien su de précis ; c'était la première fois qu'il parlait de cela. Après la visite de Marsan, couché sur le lit de sa cellule, c'est à cela que Germain avait pensé : la réaction du père de Stéphanie lorsqu'il lui avait nommé le prénom de son père, Ernest. Bien renseigné sur cette période mouvementée, Monsieur Tessier était demeuré la bouche ouverte, avait lentement tourné la tête en sa direction pour lui demander de répéter le prénom qu'il venait d'entendre. C'est de cet homme qu'il apprit un peu du rôle de son père pendant cette crise. Du coup, Germain avait compris qu'il valait mieux que les gens ignorent de qui il était le fils en ces temps de répression.

Le jeune homme comprit également le danger que courait le père de Stéphanie. Il tenta de le convaincre de cesser ces actions illicites, mais en vain. Monsieur Tessier soutenait que sa vie était faite, que sa femme et sa fille n'avaient plus besoin de lui s'il venait à lui arriver quelque chose, qu'il faisait cela pour les générations futures.

Un peu plus tard, un soir de mai, Germain se rendit chez Stéphanie attendre elle et ses parents qui revenaient de leur maison de campagne. Personne n'étant à la maison, comme cela était parfois arrivé, il était entré. Après une heure environ, il entendit un véhicule qui arrivait ; ce n'était pas le bruit coutumier. Par la fenêtre, il vit une voiture de la police nationale se garer dans l'entrée.

Mû par son instinct, le jeune homme se cacha. Il se rendit compte qu'on forçait la porte. Deux hommes, deux policiers cherchaient des papiers. Germain entendit des tiroirs de classeur s'ouvrir et se fermer et l'un des deux dire à l'autre qu'il avait trouvé les papiers qu'ils cherchaient. L'un des policiers communiqua alors avec son supérieur pour lui annoncer qu'il avait effectivement en sa possession les factures originales prouvant que, oui, le directeur de l'assemblage sabotait la production en falsifiant les factures, ce qui expliquait les plaintes des derniers mois.

Il y eut ensuite un moment de silence rompu par le policier qui répondait qu'il avait bien compris et que ce serait chose faite avant la fin de la soirée. Il dit à son confrère :

« En voilà un qui a fini de se mettre le nez là où il ne faut pas. »

Ce même policier demanda par téléphone quelle voiture de patrouille surveillait la famille Tessier. Lorsqu'il obtint la communication, la conversation fut brève :

— Êtes-vous en contact visuel avec les Tessier ?
— (...)
— Ils ne doivent pas arriver à destination.
— (...)
— Comme vous voulez. Faites du beau travail, sans laisser de traces. Il doit disparaître.
— (...)
— Qu'importe, ça en fera deux de moins qui auraient pu se plaindre.
— (...)
— Si vous avez besoin d'aide, faites le contact. Nous neutralisons toutes leurs lignes de communication pour que vous puissiez travailler proprement sans qu'ils appellent du secours.

Germain étouffa un cri en mordant le rideau derrière lequel il se tenait. Il voulut se précipiter sur ces deux hommes, mais à quoi bon ? L'ordre de se débarrasser de monsieur Tessier était donné. Pouvait-il les sauver ? Y parviendrait-il ? Ils étaient séparés par plus de deux cents kilomètres !

Il entendit la porte d'entrée se refermer. Il n'avait pas de véhicule pour les rejoindre et les prévenir. Il se précipita vers le téléphone et réalisa avec rage qu'il ne fonctionnait pas. Il sortit et courut vers un téléphone public ; on ne répondit pas.

Trop tard !

Pétrifié, il revint vers la maison accablé et ne bougea pas de la nuit. Il se réfugia dans la chambre de Stéphanie. Incapable de dormir, impuissant, il vit son bonheur disparaître tout doucement. Puis, réapparut une sorte de mauvaise étoile le harcelant depuis sa naissance semblant chercher à étendre son ombre plutôt que sa clarté sur la vie de ceux ou celles qu'il côtoyait. Il devint évident pour lui que le destin ne lui donnait pas le droit de développer des relations affectives avec les autres. Il pleura à peine. Cela ne lui aurait servi à rien, tels étaient les événements qu'il avait à vivre.

Après cette nuit passée à regarder ce défilé de réflexions, il ouvrit le téléviseur pour écouter le bulletin télévisé. Au bout de vingt minutes, il ne tressaillit même pas lorsqu'il entendit le lecteur électronique lui confirmer la nouvelle :

« Un accident est arrivé hier soir sur la route. Sans que l'on sache pourquoi, le conducteur d'une voiture qui circulait sur la route D-23, en direction est, a perdu le contrôle dans une ligne droite. Des traces de pneus semblent indiquer qu'un autre véhicule puisse être impliqué. Quoi qu'il en soit, le conducteur, François Tessier, sa femme Catherine, et leur fille Stéphanie, sont décédés des suites de l'accident. La police a ouvert une enquête … »

Il ferma la télé. Sans verser une autre larme, il prit quelques affaires qui appartenaient à Stéphanie et sortit de cette chambre où il avait vécu des moments merveilleux. Avant de quitter la maison, il dit simplement, pour lui seul : « Vous m'avez fait connaître le bonheur, je vous en remercie ».

À partir de ce moment, on ne vit plus jamais Germain Valois à l'université. Le secret dont il avait entouré la relation qu'il vivait avec Stéphanie fit que son existence ne fut jamais évoquée autour des funérailles ou des souvenirs que se remémorèrent la famille ou les proches.

Personne n'avait remarqué la lointaine silhouette qui observait de loin toutes les cérémonies et qui avait attendu la nuit pour porter des fleurs au cimetière.

« *Le temps viendra où tu auras appris qu'on peut vivre avec les gens sans qu'ils disparaissent, tu verras, je te le démontrerai* », lui disait parfois Stéphanie, avant de se pendre à son cou, un sourire espiègle sur son visage d'enfant.

31

Le R.A.C.Q.

Aucun de ses voisins ne l'avait vu en compagnie de Stéphanie, et ceux ou celles qui se doutaient qu'il y avait un petit quelque chose entre eux abandonnèrent cette idée lorsqu'ils ne le virent pas lors du décès tragique de leur amie. Pour eux, ce Germain Valois n'était qu'un ours incapable de se mêler aux gens.

Depuis qu'il avait commencé ses études universitaires, il vivait dans un petit logement ; il ne signait pas de bail, son propriétaire se contentant d'une entente verbale avec ce jeune homme en qui il avait confiance. À partir de la fin mai de cette année-là, plus personne ne le vit. Le propriétaire du logement ne chercha pas à le retrouver, sachant qu'il avait l'habitude de quitter pour la saison estivale et de revenir en août un peu avant la rentrée. En septembre, il n'était pas encore revenu. Désirant cependant louer le logement à une jeune fille, le propriétaire le fit visiter et fut stupéfait de voir que Germain avait vidé les lieux.

Il s'était débarrassé de tous ses biens et s'était équipé pour coucher à la belle étoile. Meurtri par la perte de Stéphanie et endurci par la mauvaise fortune qui jalonnait sa vie, il préféra s'éloigner des gens pendant un certain temps.

Il quitta Montréal pour les Laurentides. Il s'enfonça dans les forêts des réserves au nord de Mont-Laurier et se fixa le défi suivant : ne pas se faire repérer. Les premières semaines furent infernales : la pluie et les chaleurs humides se relayèrent pour appuyer les moustiques dans leurs efforts pour le rendre hystérique. Rien n'y parvint. « Les atrocités de ma vie, se disait-il, sont maintenant derrière moi ; il me suffit de rester seul, et ce qui m'arrivera sera un baume tant que je ne serai lié à personne ». Quelques fois, il faillit se faire surprendre par des pêcheurs ou des campeurs, ce qui le fit s'enfoncer encore plus loin dans la forêt.

La saison des moustiques s'essouffla et le beau temps s'installa avec les chaleurs. Une certaine journée, en matinée, il eut connaissance du passage de deux appareils légers à décollage et atterrissage vertical de modèle récent. Les mêmes engins le survolèrent à nouveau plus tard, mais en sens inverse. Doutant que ce soit lui qu'on recherche, il demeura caché sous le couvert des arbres. Puis, curieux de savoir où ils avaient bien pu aller, Germain se dirigea dans la direction où s'étaient rendus les petits aéronefs.

Il aboutit sur les rives d'un grand lac. De l'autre côté, il aperçut une grande bâtisse qu'il observa attentivement à l'aide de ses jumelles. C'était un chalet luxueux en face duquel, sur la plage, il distingua six silhouettes, probablement quatre hommes et deux femmes, et un chien. Il conclut que c'étaient eux qu'on avaient déposés là, plus tôt dans la journée pour des vacances.

Pour mettre un peu de piquant à sa situation, il eut l'idée de s'approcher d'eux sans qu'ils ne s'en rendent compte, il attendit la brunante pour se glisser à l'eau et nager vers l'autre rive qu'il atteignit en à peine une heure. Pendant qu'il nageait, il avait remarqué que les gens étaient entrés dans la bâtisse avec le chien. A deux cents mètres de la plage, sur ses gardes, il sortit de l'eau sans faire de bruit. Sachant que la noirceur serait très opaque jusque vers minuit, heure où la lune ferait son apparition, il décida de s'approcher du chalet ; il s'arrêta à vingt mètres.

Rendu là, il entendit des éclats de rire. À n'en pas douter, il s'agissait des deux femmes qui ne cessaient de plaisanter. Parfois, il entendait la voix des hommes et leurs rires. Le ricanement des femmes diminua et se transforma lentement en gloussements de satisfaction, puis en plaintes langoureuses. Les voix masculines se turent alors que les plaintes féminines augmentèrent quelque peu. Germain s'approcha d'une fenêtre.

Le spectacle qu'il vit le laissa stupéfait. Les hommes à moitié nus abusaient tous ensemble des deux femmes qui se retrouvèrent dans des positions et situations dégradantes pour le plaisir des quatre hommes. Les jeux et les changements de rôle durèrent une quinzaine de minutes. Après que chaque partie de leur corps eut satisfait tout le mépris de ces messieurs haletants, les deux femmes se retirèrent.

Les hommes se rhabillèrent lentement en se lançant des regards complices, visiblement satisfaits de leur performance. Puis, ils se servirent à boire, s'assirent et se mirent à discuter. D'où il était placé, Germain avait tout vu. Il avait également aperçu le chien couché à l'extrémité du grand salon. Lorsque les hommes furent assis, il fut plus aisé pour le guetteur tapi dans l'ombre de distinguer les traits de ceux qui venaient d'abuser des deux femmes beaucoup plus jeunes qui n'étaient toujours pas revenues dans la pièce. Le jeune homme porta son attention sur le plus grand des quatre, et bien que cela lui sembla invraisemblable, il crut reconnaître un ministre mineur du gouvernement provincial, Sébastien Chartrand.

Germain n'entendait pas bien les propos qu'ils s'échangeaient. Il se rapprocha ; après tout, s'il se faisait surprendre, lequel d'entre eux parviendrait à le suivre dans le lac ? Rendu près de la fenêtre, le peu qu'il entendit le fit sursauter :

— (…)

— Mais qu'as-tu fait à ce moment, pauvre Jean ? demanda celui avec les cheveux blonds.

— J'ai demandé à Sébastien s'il pouvait intervenir, répondit celui qui se nommait Jean.

— Et qu'a-t-il fait ? ce brave Sébastien ! insista le blond.

— Il m'a demandé s'il était possible que j'organise une partouze avec Roxanne et Geneviève, répondit Jean, le sourire complice.

Il a du goût, ce grand Sébastien, répondit le blond en appelant : « Roxanne ! Viens donc un instant ! »

D'une pièce située à l'arrière, une jeune fille d'à peine vingt ans, vêtue d'un léger peignoir, apparut : pas trop grande, le teint légèrement foncé, cheveux longs, poitrine ample.

— Regardez-moi cette petite déesse, salope à part ça ! continua le blond en retirant le peignoir dont était vêtue Roxanne. Et qu'as-tu obtenu en retour ?

— Très simple, l'abandon de ce compétiteur qui me gênait, répondit Jean qui prit Roxanne par le bras et qui l'amena en face de Sébastien. J'espère, Sébastien mon ami, que cette soirée te plaît.

Le ministre vida son verre, s'en versa un autre et fit face à Roxanne à laquelle Jean dit d'une voix mielleuse :

— Allez, Roxanne, fais-le décoller jusque dans l'espace …

Elle s'agenouilla devant le grand Sébastien qui commença à lui caresser les cheveux. Alors qu'elle dégrafait son pantalon, celui-ci se tourna vers le quatrième homme dans le coin de la pièce et lui dit :

— Claude, fais sortir le chien une dizaine de minutes, c'est son heure.

— Bien, monsieur, répondit le dénommé Claude que Germain jugea être le garde du corps du ministre.

— Et pourquoi ce compétiteur a-t-il abandonné ? continua le blond.

Sa voiture a été piégée ! Mais il n'est pas mort, il a eu de la chance, sa femme seulement est demeurée handicapée ...

Germain abandonna la fenêtre rapidement et se cacha dans un buisson à l'extrémité de l'aire d'atterrissage située à une vingtaine de mètres, de l'autre côté. En entendant cette conversation, il ne pensa qu'aux hommes qui avaient fait disparaître Stéphanie par un seul claquement de doigt. Il pensa les tuer, mais c'était risquer sa vie. Une fureur l'envahit au moment où le chien vint dans sa direction.

Une idée jaillie de nulle part illumina son esprit et fit étinceler ses yeux. Le chien le flaira, s'approcha en grognant un peu et avant qu'il n'ait pu aboyer, Germain avait bondi et violemment empoigné. Cela n'avait duré que quelques instants. Cela n'avait été que démence. Tel une furie, d'un geste rapide et précis, il lui avait tranché la gorge, à plusieurs reprises, s'acharnant avec son couteau. Après avoir tiré la bête agonisante sur la petite grève en face du chalet, il retourna à l'eau sans faire de bruit.

Il nageait depuis une vingtaine de minutes lorsqu'il entendit une femme hurler. Il se retourna au moment où on allumait des projecteurs qui éclairaient partout autour de la bâtisse. On venait de découvrir le chien. On ne pouvait l'apercevoir. Satisfait, il continua à nager jusque de l'autre côté et arriva au moment où la lune lui offrait la clarté dont il avait besoin. Arrivé sur la rive, il retrouva ses choses et se reposa un peu, révolté par ce dont il avait été témoin.

C'est pendant cette nuit qu'il avait décidé de livrer bataille contre les gens qui disposaient de la vie des autres, sans aucune pitié pour les rêves et les bonheurs qu'ils brisaient.

Le lendemain, très tôt, plus d'un appareil passa dans le ciel. Germain vit qu'on effectuait des recherches autour du chalet, mais sans succès ; tenter de le retrouver équivalait à chercher une brindille de paille bien précise dans une étable. En début de soirée, il n'y avait plus rien. Tel un ermite, il continua à errer dans la forêt.

La saison des vacances passa et lorsque le soleil eut raccourci sa course de façon appréciable, il quitta la forêt pour revenir vers la ville où il commença à fréquenter des groupes de jeunes qui vivaient dans la rue. Il fit l'effort de ne pas demeurer avec les mêmes pour ne pas avoir à entretenir de relations. Il changea constamment d'endroit, pour ne pas de devenir un visage connu de la police de secteur.

Dans cette société, il finit par entendre parler du RACQ, Regroupement des Anciens Chômeurs du Québec. La connotation sarcastique de ce sigle provenait du fait que près de la moitié de la population ne travaillait pas. Ceux qui avaient entrepris de la défendre clandestinement contre les abus du pouvoir lui avaient donné ce nom pour rappeler le droit fondamental et élémentaire de chaque individu, droit que les dirigeants foulaient du pied. On racontait que les premières opérations revendiquées par le RACQ avaient été menées par des anciens de la rébellion, une dizaine d'années après leur soulèvement. Ces derniers, disait-on, fiers de l'expérience acquise auparavant, avaient mis ces dix années à remettre sur pied une organisation clandestine si bien structurée que les autorités ne pourraient la percer. Ces années avaient permis d'infiltrer l'appareil gouvernemental alors que ce dernier ne se doutait pas de l'existence d'une telle organisation.

Etrangement, on ne pouvait y adhérer, c'est ce qui en faisait sa force ; chaque individu qui avait été interpellé recevait anonymement des consignes concernant une cible. Il lui fallait ensuite s'acquitter de sa mission sans laisser de traces. Il pouvait parfois arriver qu'on reçoive de l'aide à distance, mais toujours anonymement. De cette façon, personne ne savait vraiment qui était du regroupement, ce qui assurait la sécurité de tous les membres.

Avec la perte de Stéphanie au printemps et la soirée dont il avait été témoin pendant l'été, aigri, bouleverser l'ordre en place par des actes subversifs devint bientôt un but qu'il se fixa. Mais la nature même du mouvement empêchait quiconque de s'en approcher. Il mit donc beaucoup d'énergie à trouver qui pourrait l'aider à entrer en contact avec le RACQ.

Sachant qu'on recrutait dans les rues, il en glissa quelques mots aux jeunes itinérants qu'il avait croisés quelques fois. Il passa l'hiver à espérer un signe qui ne vint jamais. Avec les années, le nombre de jeunes à vivre sur les trottoirs augmentait régulièrement et la police redoublait de vigilance pour éviter tout mouvement chaotique. C'est à cette présence que Germain attribua le fait de n'avoir eu aucune nouvelle de ce mouvement.

À la fin de l'hiver, il quitta de nouveau la ville pour regagner la forêt. La vie qu'il mena pendant cette période maintint excellente sa condition physique qui s'était un peu détériorée pendant l'hiver qui avait été assez chaud, mais pendant lequel il n'était pas parvenu à se nourrir convenablement. Il savait qu'il avait encore beaucoup de puces monétaires disponibles, mais il ne voulait pas se servir de cet argent dont il ignorait la provenance.

La chute des feuilles le ramena à Montréal dont il trouva les rues encore plus bondées. Le lendemain de son arrivée, au moment où il allait traverser une rue, un homme très costaud d'environ quarante ans le bouscula rudement en le croisant. Sans s'excuser, il continua sa route. Germain voulut le suivre pour lui adresser des représailles, mais une longue voiture noire qu'il n'avait pas entendue venir s'arrêta et le grand homme y monta rapidement ; Germain ne put le rattraper. La journée achevait et il se dirigea vers la montagne pour y passer la nuit. Tout en marchant, machinalement, il mit les mains dans ses poches et toucha un papier dans celle de gauche. Il s'arrêta, sortit ce papier qu'il déplia. Après en avoir lu le contenu, il regarda autour de lui ; personne ne semblait le remarquer. Il relut ce qui y était écrit :

« Le racq t'interess, fait le 243-345-43-543 et nen parle à personn »

Le français était déficient, la calligraphie mauvaise. Germain se souvint immédiatement de l'homme qui l'avait heurté. Il était convaincu que c'était lui qui avait glissé ce message dans sa poche, il se rappelait avoir senti quelque chose sur sa cuisse, mais tout s'était déroulé très rapidement.

Il trouva une cabine publique, inséra sa carte dans la fente et opta pour un appel de soixante secondes. Après dix coups du timbre sonore, on répondit :

— Votre nom ?
— Germain Valois.
— Qui vous a donné ce code ?
— On m'a frappé.
— Où ?
— À l'intersection de Laurier et St-Joseph.
— Petit et court, celui qui t'a frappé ?
— Non, gros et grand.
— Qu'as-tu fait pour que j'aie confiance ?

Germain demeura silencieux, surpris par la question. Il cherchait, soudainement énervé, craignant qu'on raccroche. La voix reprit :

— Alors, tu le dis ?

Le temps passait, les secondes s'égrenaient.

— Bon, c'est …
— Attendez ! J'ai égorgé le chien de Sébastien Chartrand.

Il y eut un moment de silence et un déclic double. L'autre prenait l'appel en charge.

— Je te donne encore une minute. Où est-ce arrivé ?

— Dans un chalet au nord de Mont-Laurier.

— Quand ?

— Il y a deux ans, en juillet.

— Le nom de ceux qui y étaient.

— Jean, Claude, le garde du corps, je suppose, quelqu'un aux cheveux blonds, le ministre Chartrand lui-même ainsi que deux putes, Roxanne et Geneviève.

— C'est bien. Au revoir.

Germain entendit un seul déclic. La communication était terminée. Il réinséra sa carte et recomposa. Il n'y eut plus de réponse. À la fois déçu et satisfait, il se rendit sur la montagne et se trouva un coin tranquille, éloigné de ceux qui s'embrouillaient la cervelle avec les drogues diverses qu'on pouvait se procurer assez facilement. Là encore, on soupçonnait le gouvernement de contrôler et d'entretenir ce commerce pour maintenir la population dans une certaine torpeur.

Le lendemain, il avait eu l'impression qu'une nouvelle vie commençait. Mais avec les jours qui passèrent sans autre nouvelle, cette impression disparut. Il devint morose, déçu par sa vie qui n'allait nulle part, comme ceux et celles qu'il côtoyait. Environ un mois après cette journée, alors qu'il était assis sur le bord d'une rue près du fleuve, il sursauta ; il venait de reconnaître à une cinquantaine de mètres plus loin sur le trottoir, l'homme qui lui était rentré dedans. Lui aussi le vit. Germain crut comprendre que l'autre lui intimait le commandement de demeurer calme ; il resta là, debout où il était, sans bouger.

En regardant discrètement de tous les côtés, l'autre s'approcha, très prudemment. Rendu à ses côtés, il s'accroupit pour nouer une de ses bottines. En regardant une dernière fois autour de lui, il tendit un papier à Germain qui, ayant compris qu'ils ne devaient pas attirer l'attention, feignit d'éternuer en se penchant. Il prit alors le papier et le glissa dans sa poche. En se relevant, l'inconnu lui dit à voix basse :

— Reste là et attends que je te fasse signe pour lire. Si tu bouges, je te tue.

Germain demeura immobile et le regarda traverser la rue. Lorsqu'il fut de l'autre côté, après avoir encore regardé de tous les côtés, il lui fit signe. Le jeune homme dévora le message.

« Mardi soir prochin un peu avant minuit, rend toi en face du restoran le bouclié ver et donne ton nom à la personne qui t'ouvrira la porte rouge à gauche de la celle du restoran. Ils vont te faire entré. Si tu dis un mot à part de ton nom au gar qui von dêtre la ou si tu répon à une question,ou si vous vous parler tout va s'arreté la. Félécitation pour Chartrand, y a eu la chienne. Si tu détruis pas se papié apres que tu la lu, cé moé qui va te détruire. »

Germain releva les yeux et aperçut l'homme de l'autre côté, une main dans son manteau et un sourire aux lèvres. Il commença à déchirer lentement le papier en morceaux très petits qu'il laissa tomber dans une bouche d'égout ; lui aussi souriait. Après qu'il eut terminé, l'homme en face de lui monta dans la longue voiture garée à ses côtés et démarra.

Le jeune homme attendit fébrilement le mardi suivant. Dans l'après-midi de cette journée, il se rendit dans le quartier Montréal-Nord à la rue où était situé le restaurant. Il trouva un parc à quelques rues de là et s'installa sur un banc derrière des arbustes dégarnis, pour attendre l'heure de ce mystérieux rendez-vous. Cette nuit de novembre était froide et venteuse tout comme les jours précédents, ce qui faisait craindre à tous un hiver plus rude que les derniers qui avaient tous été plutôt doux.

L'heure approchait et le jeune homme se rendit à l'adresse d'un pas résolu. Il repéra la porte rouge en même temps qu'un autre garçon de son âge. Ils donnèrent leur nom à la personne qui se tenait dans la pénombre derrière la porte, sans que l'autre ne puisse l'entendre. On leur mit une cagoule et ils furent conduits dans une salle où ils rejoignirent trois autres garçons dont le visage était également masqué. Quinze minutes plus tard pendant lesquelles aucune parole ne fut échangée, ils furent rejoints par deux autres types ayant revêtu le même accoutrement.

Sur une grande table au centre, il y avait six grandes boîtes. Aucun des jeunes ne savait s'ils pouvaient les approcher. La lumière devint plus forte et une voix se fit entendre.

« Bonsoir messieurs. Nous vous remercions de respecter la consigne du silence. Nous vous prions de la respecter jusqu'à ce que vous quittiez cet endroit. Vous ne devez pas vous connaître, vous venez d'ailleurs de villes différentes et les probabilités que vous vous connaissiez sont infimes. Nous vous avons choisis parce que vous êtes jeunes et énergiques et afin que vous meniez une action contre le gouvernement quand nous jugerons que cela sera nécessaire. Nous vous expliquerons ce soir le fonctionnement d'une arme de précision, la manipulation et l'usage d'explosifs ainsi que le fonctionnement des plus récents détonateurs. Ensuite, nous vous conduirons vers des lieux différents où nous vous demanderons de demeurer en attendant que nous vous lancions dans l'action. Nous verrons à concerter vos actions au moment voulu ».

On leur demanda ensuite de prendre à tour de rôle une boîte et de s'installer de façon à ce qu'ils ne soient pas trop près les uns des autres et qu'ils puissent avoir assez d'espace autour d'eux.

Tout au long de la nuit, on leur expliqua ce qu'on leur avait annoncé. Lorsque les six cagoulards maîtrisèrent très bien l'art de faire sauter n'importe quoi, on les amena dans un deuxième sous-sol, là où ils pourraient tirer à l'aide de la carabine démontée que contenait chaque boîte. Germain pensa qu'il devait s'agir d'un ancien poste de police ou d'une ancienne caserne militaire. Au bout de quelques heures, non seulement ils pouvaient monter et démonter en un tour de main ces carabines récentes et de très haut calibre, mais ils touchaient leurs cibles mouvantes à chaque coup. On annonça alors que la formation était terminée.

On les fit remonter un à un. Lorsque ce fut son tour, on dirigea Germain dans la salle où il était arrivé plus tôt. On lui apprit qu'il devait continuer sa vie comme avant et attendre un signe ; on spécifia qu'il serait impossible de relever aucune trace de son passage à cet endroit. Avant qu'il parte, on le félicita encore pour le chien de Chartrand et on lui recommanda la consigne du silence, c'était là la force du regroupement : empêcher d'être infiltré alors qu'eux infiltraient.

L'hiver commença rudement, plusieurs personnes souffrirent du froid. Vers la fin de janvier, il marchait sur la rue lorsqu'une voiturette fermée passa lentement à ses côtés ; il entendit simplement une voix lui dire de se rendre au 88 de la première rue au sud et d'entrer par la porte de la cour pour ensuite attendre dans la première pièce les instructions qu'on lui donnerait. Il ne connaissait pas cette voix. Il était dans le bas de la ville, la bâtisse désignée était un ancien entrepôt. Il ne put se rendre à l'endroit désigné qu'en enjambant une clôture. À l'arrière, il découvrit aisément la porte qui s'ouvrit sans offrir de résistance. Il attendit dans cette pièce.

La même voix se fit entendre :

« Bonjour Germain. Si tu veux changer d'idée et ne pas poursuivre, sors d'ici immédiatement. »

Germain ne bougea pas.

« Bien. Tu feras ce qu'il faut pour être installé dans la région de Sherbrooke d'ici deux semaines. Nous avons fait des recherches et savons qu'il y aura là un gros chantier de construction. Ce serait bien que tu puisses y travailler. Les dirigeants, sous la pression des riches propriétaires de maisons de villégiature là-bas, ont décidé de refaire la route qui passera à l'extérieur d'un petit village, St-Stanislas. Pendant les travaux, tu auras à faire sauter un pont, juste pour les écœurer ; le moment te sera précisé plus tard. De plus, il y aura à l'automne une inauguration avec des têtes dirigeantes qui se déplaceront pour y assister. Ce sera le temps de leur montrer que nous sommes vigilants et que bientôt, s'ils ne veulent pas comprendre que le peuple est en train de mourir, ils mourront à sa place.

Derrière toi, il y a, dans un casier, un sac qui contient un détonateur et une carabine démontée de même calibre que celle avec laquelle tu t'es exercé à l'automne. Nous t'avons trouvé un chalet, une petite carte dans le sac t'indique son emplacement et ses commodités. Il y a sur le comptoir, un bail que tu signeras, c'est le chalet que tu loues. Tu prendras les puces monétaires qui sont là, elles sont pour toi, pour t'aider à démarrer ta mission.

Et si tu te fais prendre, nous ne pouvons rien pour toi. Tu te débrouilleras seul, trop de gens sont morts pour tenter d'abattre ce gouvernement ».

Dans sa cellule, il se rappelait ces paroles comme si elles avaient été prononcées quelques instants auparavant. Depuis les trois jours qu'il était captif, Germain avait revu tous ces événements plusieurs fois, et il était convaincu qu'on ne pourrait trouver une preuve contre lui, c'était impossible. Il pestait contre Lauzon ; si ce bêta ne l'avait pas aperçu ou s'il s'était tu, tout se serait déroulé normalement.

Et encore, il revenait à sa principale inquiétude, son embauche aux Transports sans papiers, ni adresse, ni permis, ni références, sans rien de normal. Qui donc lui avait envoyé ce mystérieux Langlois ? Que s'était-il passé dans la tête de Pépin lorsqu'il lui avait remis la lettre de Langlois ? Il fallait qu'il sache quelque chose de cela pour pouvoir s'en sortir. Ses pensées s'arrêtaient toujours là ; comment expliquer son embauche ? Il voyait là les rouages de l'organisation ou d'une mystérieuse influence. Marsan trouverait-il ? Qui pouvait dévoiler le prénom de son père ?

Lorsque ses pensées devenaient trop confuses, il se laissait aller à contempler les images de Lise lors de cette merveilleuse nuit qu'elle lui avait procurée. Il s'ennuyait d'elle. À chaque jour, il désirait plus que la veille sa présence …

Il entendit du bruit derrière la porte et le déclic de la serrure.

32

Et maintenant ?

— Bonjour Valois !

— Ah ! mais bonjour, inspecteur, fit Germain qui avait tout juste eu le temps de se lever. Quel bon vent vous amène ?

— Tu me sembles en forme ? Tu permets que je te tutoies ?

— Bien sûr, inspecteur. Vous savez, tant qu'on est seul, il ne peut rien nous arriver.

— Et ça te dérangerait qu'il ne t'arrive plus jamais rien dans ta vie ?

— Si c'est ce qui doit m'arriver, inspecteur, j'espère que mes souvenirs sauront m'être de bons compagnons !

— Laisse tomber tes sarcasmes …

— Pour être honnête avec vous, inspecteur, je ne vois aucune raison qui me fasse craindre de demeurer ici toute ma vie.

— Et pourquoi donc ?

— Parce que je n'ai rien à me reprocher !

— C'est ce que tu crois … rien à te reprocher.

— Alors, donnez-moi la preuve que je suis coupable de ce dont vous m'accusez !

Gariépy ne tirerait rien de Germain.

— De toute manière, je ne venais pas te voir pour te dire que j'ai la ou les preuves de ta culpabilité.

— Mais alors, pourquoi cette visite ?

— Pour vérifier si tu étais bien, car vois-tu, j'ai l'intention de prendre mon temps ; la saison des vacances approche et …

— Vous n'êtes pas pour me faire croire que vos supérieurs vont vous donner le temps de vous payer des vacances avant que vous ne leur ayez donné une explication convenable !

— Mes supérieurs ne veulent pas d'explications, Germain, ce qu'ils veulent, c'est la paix, lui répondit le policier en souriant. Et moi, je suis convaincu qu'en te gardant ici, ils vont avoir la paix en ce qui concerne St-Stanislas ; tu vois, c'est pour cela que je ne suis pas pressé. Ils ne veulent pas d'explications.

— C'est une façon de voir.

— Je sais. Alors, tu ne m'en voudrais pas si, par mégarde, je t'oubliais pendant quelque temps …

— Mais …

— D'après ce que je connais de ton passé, il n'y a pas beaucoup de personnes qui vont s'intéresser à savoir ce qui t'arrive. Ceux ou celles, continua Gariépy en insistant sur le dernier mot, qui voudraient en savoir plus long à ton sujet ne savent même pas où tu es …

— Comment cela ?

— J'ai donné ordre à ceux qui travaillent ici de ne donner à personne aucun renseignement à propos de certains détenus, sans mon autorisation …

— Mais …

— Cela signifie, Germain, que certaines personnes qui s'intéressent peut-être encore à toi ne peuvent même pas savoir où tu es, et qu'elles ne pourront pas le savoir, lui dit finalement Gariépy en se levant. Elle ne sait même pas où tu es.

— Mais alors, pourquoi ne pas me mettre dans un vrai cachot ? demanda vivement Germain.

— Parce qu'ici, il n'y en a pas, Germain, il n'y en a pas. Allez ! Au revoir !

Le policier se dirigea vers la porte contre laquelle il donna un petit coup. Aussitôt, le gardien lui ouvrit et il disparut.

Après que la porte se soit refermée, Germain fut incapable de se recoucher. Ce policier venait compliquer les choses, il avait réussi à lui faire peur ; personne, à part Lise et son père, ne se souciait de lui ; il ne connaissait personne ! Il y avait bien cette journaliste, mais que pouvait-il espérer d'elle ? Elle ne le connaissait pas plus qu'il ne la connaissait. Peut-être ce policier tentait-il un bluff, il ne savait pas.

Qu'importe, il avait peur.

Et encore, comme c'était arrivé plusieurs fois, les paroles de Pépin lui revinrent : « *... et l'enveloppe, je ne la détruirai pas, ce serait trop dangereux pour vous* ». Et encore une fois, il espéra qu'elle n'avait pas été détruite car c'était peut-être là la seule forme d'aide sur laquelle il pouvait vraiment compter.

Marsan avait-il trouvé cette enveloppe ? Si oui, qu'en avait-il fait ? Il ne savait pas encore. D'abord en colère, il avait peur. Il n'avait jamais pensé avoir peur.

Il n'avait jamais pensé que Gariépy arriverait à le troubler.

Et Lise qui ne savait même pas où il était ; comment pouvait-elle réussir à l'aider ?

Il s'arrêta ; ne pas laisser monter la terreur. Il s'assit et se prit la tête entre les mains. À quoi bon toutes ces pensées ? Cela ne menait nulle part. Un sourire effleura son visage lorsqu'une voix en son intérieur lui murmura : « *Fais attention mon bonhomme ; ce policier t'a eu, il t'a fait peur, laisse venir les événements, tu verras ... »*

Il ne pouvait prévoir l'imprévisible ; ce qui devait arriver arriverait, et tant qu'il n'arrivait rien, il lui serait impossible d'agir. Et si une longue captivité l'entraînait dans la folie, eh bien, il deviendrait fou. Il s'accrocha à la promesse qu'il avait faite à Lise, celle de ne jamais disparaître. Lentement, difficilement, il se détendit en suivant cette logique qu'on ne peut rien contre la fatalité.

Pendant que ces sombres pensées tourmentaient encore le jeune homme, Gariépy s'était rendu à la « réception » pour contacter son agent de surveillance à St-Stanislas. Il voulait vérifier si Josée Lacoste avait quitté le village et savoir s'il était possible qu'elle ait contacté son journal ; il ne fallait pas qu'elle publie un seul mot de toute cette affaire.

Il apprit qu'elle n'avait pas quitté l'hôtel et qu'aucune communication intéressante n'avait été relevée par l'écoute électronique qui surveillait les communications de l'hôtel, de Josée et de Louis ; un appel entre l'hôtel et la demeure de George Lauzon avait été relevé. Rien à part cela.

Le préposé à la réception lui apprit qu'une femme avait contacté « La Bastillette » pour savoir si Germain Valois était détenu à cet endroit et qu'il avait respecté la consigne, c'est-à-dire qu'il n'avait donné aucun renseignement concernant le jeune homme. L'inspecteur fut satisfait ; sa stratégie, il en était certain, porterait fruit. Du même coup, il venait d'apprendre que Josée Lacoste n'avait rien publié et que Lise devait se morfondre à ne pas pouvoir savoir où était emprisonné Germain.

Josée n'avait pu se résoudre à partir tel que prévu. La veille, Lise s'était effondrée en apprenant qu'on ne pouvait lui dire où les policiers avaient amené Germain. La journaliste était demeurée.

Tout s'écroulait.

Josée eut l'idée de contacter madame Lauzon, peut-être avait-elle réussi à obtenir des nouvelles de son mari. Mais Lise détestait cette femme ; elle était à la source de beaucoup de calomnies qui avaient terni sa réputation et qui lui avaient fait beaucoup de mal. Selon Josée, c'était la seule façon de savoir. Elle parvint à convaincre la jeune fille de contacter cette femme qui lui tint des propos incohérents pendant les premières minutes de leur conversation. Puis, comme une aliénée, furieuse, elle commença à invectiver Lise d'injures et de bêtises et lui cria d'être une fille de mauvaise vie et d'être à la source de tous les maux qui s'abattaient sur le village, qu'elle aurait dû laisser ce maudit étranger. Bouleversée par cette pluie d'injures, elle apprit néanmoins que cette femme devenue folle ignorait elle aussi où on avait amené son mari et que tous les policiers ou prisons qu'elle rejoignait refusaient de le lui dire. Elle finit par hurler de rage et proféra des menaces à l'endroit de Lise qui termina la communication en pleurant, laissant la femme de George hystérique et à bout de souffle.

Josée fut profondément indignée lorsqu'elle apprit que les autorités taisaient le lieu de détention de George et de Germain. Elle cria à l'abus de pouvoir et tenta de rassurer Lise en lui promettant que lorsque ces faits seraient connus du public, les choses finiraient par bouger. Lise pleura comme une enfant. Josée la fit monter dans sa chambre et s'étendit avec elle. Elle la supporta en tâchant de trouver les paroles appropriées. Au début de la nuit, Lise avait fini par s'endormir à côté de Josée qui la suivit au pays des rêves un peu plus tard.

Le lendemain, lorsqu'elles descendirent toutes les deux, il était environ dix heures. Henri était debout et avait servi le déjeuner à une demi-douzaine de clients dont certains avaient fait état des cris et des pleurs qui avaient été entendus dans la maison de George pendant la nuit ; sans aucun doute, la femme de Lauzon, esseulée et ébranlée par les derniers événements, claquait à nouveau une dépression, ce qui ne laissait rien augurer de bon. On racontait que des amis de George n'avaient pas réussi à savoir où il avait été amené.

Lise, encore fébrile, fut heureuse de voir les sourires bienveillants et affectueux que lui adressèrent ceux qui étaient là. Elle fut rassurée de voir son père dans une forme relativement acceptable, sachant l'état dans lequel il s'était couché. Il se dirigea vers elle.

— Alors, la petite, ça va ?

— Si on veut, oui, ça ne va pas trop mal.

— On dirait que tu n'as pas bien dormi.

Elle se retira sans dire un mot et se dirigea vers la salle de bains. À ce moment, Josée prit Henri à part et lui raconta qu'on ne pouvait pas savoir où était Germain et que Lise s'était fait engueuler par la femme de George la veille. Lise revint les cheveux mieux placés et le visage un peu plus serein.

— Papa, dit-elle en s'appuyant sur son bras, j'aurais besoin de savoir à propos de Germain.

— Mais que veux-tu que je te dise, pauvre petite fille, je n'en sais pas plus que toi, lui répondit Henri en lui caressant les cheveux.

— Où étais-tu hier ?

Henri demeura silencieux quelques instants.

— Je ne peux pas te le dire encore, ce serait dangereux pour …

— Mais qu'est-ce qui peut donc être plus dangereux que ce qui lui arrive maintenant ?

— Mais, il est encore vivant, Lise, et je peux t'affirmer que les chances qu'il le demeure sont très bonnes.

Lise s'appuya sur l'épaule de son père.

— Mais qu'est-ce qui nous arrive ?

— Difficile à expliquer. Viens avec moi, lui dit-il doucement en l'entraînant dans son bureau.

Il l'installa confortablement, demanda à Michel d'apporter du café et demeura silencieux en attendant. Pendant ce temps, il contempla plus qu'il ne regarda sa fille. Il lui semblait la revoir alors qu'enfant, elle venait parfois le voir en pleurant parce qu'elle ne comprenait pas qu'un compagnon ou une compagne lui ait fait des misères. Lorsque Michel eut apporté le café et qu'il eut prévenu qu'il s'occuperait de la clientèle, Henri dit d'une voix calme à Lise :

— C'est très simple, Lise. Tu es tombée en amour avec un type qui pose des bombes pour un organisme anonyme en guise de protestation contre les dirigeants. Ils n'ont pu l'accuser formellement l'autre jour parce que tu es intervenue. Cependant, l'autre soir, ils ont profité de la cohue pour l'amener avec George

Il continua à lui expliquer calmement la situation et lui révéla que lui-même avait été actif au début du siècle avec le père de Germain, Ernest. Toutes les explications qu'il lui donna calmèrent la jeune fille et ramenèrent chez elle suffisamment de confiance pour qu'il n'ait pas à lui expliquer la démarche qu'il avait entreprise la veille avec Charron. Elle comprit qu'elle ne devait en parler à personne.

— Même pas à Josée, lui dit-il, tu sais, « *quand un secret ne doit pas se savoir, tu ne dois en parler à personne* » ; j'ai toujours observé ce principe. Et si j'ai décidé de te raconter toutes ces choses, c'est parce que j'ai toujours cru que nous ne formions qu'un tout, toi et moi. Et si je ne te raconte pas ce que j'ai fait hier soir, tu dois avoir confiance.

33

Serge Riopel

Lorsqu'Henri et Lise sortirent du bureau, Josée était assise avec Michel et tous les deux conversaient, se racontant leur jeunesse et leurs origines. Cette dernière étant étonnée de voir Lise afficher un air serein, Henri expliqua ironiquement que l'expérience paternelle alliée avec un peu de philosophie faisait qu'un père venait toujours à bout des humeurs grises des enfants et plus sérieusement, que les événements lui permettaient d'avoir confiance, ce dont il avait convaincu Lise bien que la partie ne soit pas encore gagnée.

Alors que se poursuivait cette conversation, Gariépy, très curieux, arrivait en face de l'entrée de la compagnie « Dynacharge ». À cette heure, plusieurs employés étaient partis dîner. On l'introduisit chez le patron de l'entreprise qui le reçut cordialement.

— Bonjour, je suis Pierre Lamontagne, directeur de l'entreprise.
— Bonjour, monsieur Lamontagne. Inspecteur Gariépy de la sûreté nationale.
— Assoyez-vous, inspecteur, lui dit le directeur, Serge est à l'extérieur. Je vais le faire appeler, ce ne sera pas long ; il sera ici dans quelques minutes. Il m'a parlé de ce qui le tracasse, et suite à ces propos, j'ai décidé de vous contacter. Il est très mal à l'aise d'avoir à vous dire ce qu'il a à vous dire, mais il ne peut

plus le garder pour lui, m'a-t-il expliqué. Je l'ai convaincu que lorsqu'on était du côté de la vérité, on n'avait pas à craindre. Vous verrez, c'est un bon garçon, un peu timide, mais pas malin, vous verrez.

Le directeur demanda à sa secrétaire de prévenir Serge et poursuivit une conversation polie, de circonstance, avec Gariépy très impatient d'apprendre ce qu'avait à lui raconter cet employé.

Pendant ce temps, Serge était dans la cour arrière de l'usine pensant à tout ce que lui avait raconté son patron dans la matinée. Il ne saisissait pas très bien ce qui se passait là-bas, mais il avait compris que s'il collaborait dans le sens que lui avait indiqué le directeur, il pourrait faire soigner sa femme adéquatement, et avec les enfants qu'il avait, c'est ce qui lui importait. Pour se donner bonne conscience, il se disait ce ne serait qu'un mauvais moment à passer. Il n'avait pas le choix, on l'avait prévenu que l'entrevue qu'il aurait avec le policier serait enregistrée.

Une personne qui cria son nom le fit sursauter ; il n'avait pas vu le temps passer. On l'appelait chez le directeur. Il monta au bureau de ce dernier et cogna faiblement à la porte. Le directeur l'accueillit et lui présenta Gariépy qui demanda après les politesses d'usage s'il était possible que lui et Serge s'installent dans un endroit discret pour qu'ils puissent parler calmement, seuls. Le directeur leur offrit de s'installer dans la salle de réunions. Rien n'était prévu, ils pouvaient demeurer là tous les deux pendant tout l'après-midi s'ils le désiraient. De toute manière, il ferait en sorte qu'ils ne soient pas dérangés.

Riopel et Gariépy s'installèrent de chaque côté d'une table, face à face.

L'employé avait un peu plus de trente ans, il était maigre, pas très joli, les yeux bleu foncé, les cheveux très courts. Il n'arrivait pas à regarder le policier en face. Ce dernier brisa le silence :

— Vous avez demandé à me rencontrer, lui dit-il sur un ton qu'il voulait amical. Pourquoi ?

— C'est vous qui vous occupez de l'enquête sur le vol d'explosifs à St-Stanislas ?

— Oui, c'est moi. On m'a dit que vous aviez des informations importantes à me transmettre concernant cette affaire …

— En effet, heu … oui …

— Eh bien, dites, monsieur Riopel, dites.

Le jeune homme semblait confus, gêné, embarrassé.

— Je ne suis pas une personne malhonnête, vous savez, je ne voudrais pas que vous me jugiez ; voyez-vous, on m'a forcé à mentir …

— Mais que voulez-vous dire ? demanda Gariépy qui n'arrivait à voir où voulait en venir son interlocuteur. Commençons par le début, et soyez à l'aise, je vois dans votre embarras que la vérité vous préoccupe. Allez-y, mais commencez par le début.

— Il y a deux semaines, on m'a demandé de me rendre sur le chantier à St-Stanislas, un dimanche matin, très tôt.

— C'est donc vous qui avez été envoyé pour vérifier s'il y avait réellement eu un vol ? constata Gariépy, soudainement très intéressé.

— C'est exactement cela, répondit Riopel, la tête basse. Et je me souviens de ce moment, monsieur. Comme si c'était hier.

Gariépy fut surpris par ces derniers mots. Il demanda :

— Mais vous me semblez troublé, monsieur, pourquoi ? Pourquoi une telle réponse ? Pourquoi vous rappelez-vous de cet événement comme s'il était arrivé hier, comme vous le dites ? Y a-t-il quelque chose de particulier ?

— En effet, monsieur, répondit Riopel sur un ton de confidence, j'ai été menacé ce matin-là.

— Menacé ! ? s'écria Gariépy. Mais que voulez-vous dire ?

— Je veux dire que sous la menace, j'ai dû mentir, laissa tomber l'employé.

— Expliquez-vous, mon brave, expliquez-vous.

— J'ai menti lorsque j'ai dit qu'il n'y avait pas eu vol d'explosifs.

— Êtes-vous donc en train de me confirmer qu'il y a réellement eu un vol, cette nuit-là ? … Et qu'il manquait vraiment des explosifs dans le petit entrepôt ? … Je serai honnête avec vous, monsieur Riopel, c'est ce que j'ai toujours pensé. Mais vous dites qu'on vous a menacé, poursuivit Gariépy, excité par cet aveu qui confirmait ses hypothèses, menacé !? Mais continuez donc ! Monsieur …

— Voici. Dans la nuit, très tôt ce matin-là, mon patron, que vous avez rencontré tantôt, m'a éveillé pour me demander d'être prêt dans les minutes qui suivaient, que le contremaître d'un chantier viendrait me chercher pour m'amener avec lui. Il me dit que cet homme me préciserait de quoi il s'agissait. J'ai besoin d'argent, monsieur, j'ai accepté. Je n'ai pas voulu faire le trajet avec cet homme, ce qui l'a contrarié.

— Mais pourquoi ne pas être monté avec lui ?

— C'est ce que je lui ai expliqué, je ne peux laisser ma femme seule longtemps ; elle est malade. Qu'importe, cela ne faisait pas mon affaire. J'ai donc pris mon véhicule car je voulais revenir quand je le déciderais et je ne voulais pas être pris pour attendre après quelqu'un. Je l'ai donc suivi jusqu'au chantier. Lorsque nous sommes arrivés là, j'ai été très surpris de voir qu'il y avait plusieurs policiers, j'ai même cru reconnaître la journaliste Josée Lacoste. Dès mon arrivée, les policiers me prirent à part et l'un d'eux m'expliqua de quoi il s'agissait. C'était pour moi un jeu d'enfant de faire ce qu'on me demandait ; je n'avais qu'à vérifier à l'intérieur du petit hangar si les quantités entreposées étaient les mêmes que celles qui avaient été livrées. J'étais soulagé car je savais que ce ne serait pas long et que je pourrais retourner chez moi assez rapidement. Et c'est à ce moment, je dois vous préciser, que le contremaître m'a laissé en me disant de prendre mon temps, qu'il avait un appel à faire.

— Pourquoi ce détail ? demanda Gariépy suspendu aux lèvres de Riopel qui ne semblait plus gêné devant le policier.

— Vous verrez, monsieur. Après que le contremaître m'eut laissé en compagnie des policiers, j'ai déverrouillé la porte. J'allais entrer lorsque la sonnerie d'un téléphone s'est fait entendre ; elle provenait d'une voiture de police. À ma grande surprise, l'appel était pour moi. J'ai pensé qu'il s'agissait de quelqu'un de la compagnie ou que c'était en rapport avec ma femme. Je me suis assis dans la voiture.

Riopel s'arrêta. Il regarda le policier qui lui signifia de continuer.

— Il s'agissait du chef de chantier. Il me demandait de regarder discrètement en direction de sa roulotte. Je levai innocemment les yeux et je l'aperçus par la grande fenêtre.

Riopel fit une pause et continua.

— Il regardait vers moi en me montrant un revolver, revolver qui me sembla gros.

— Mais qu'est-ce que vous me dites là ! ? hurla presque Gariépy, Ladouceur vous menaçait avec un revolver ! ?

— Il ne me menaçait pas, enfin, je veux dire qu'il ne le pointait pas en ma direction.

— Et ensuite … enchaîna Gariépy, presque haletant.

— J'ai jeté un coup d'œil vers le policier près de moi, à côté de la voiture, mais il n'avait rien vu. Puis cet homme qui m'observait m'a alors fortement interpellé dans l'appareil et m'a ensuite dit : « *si tu leur déclares qu'il manque des explosifs, tu ne quitteras pas le chantier vivant et ta femme ne s'en remettra pas »*. Il me montrait son revolver en me disant cela. Il est disparu tout aussitôt.

— Il a menacé de vous tuer si vous ne mentiez pas ? !

— C'est exact. Inutile de vous dire que je n'en menais pas large. Je fus quelques instants sans bouger. J'ai fermé l'appareil et j'ai rejoint le policier dans le hangar. J'ai sorti les bordereaux de livraison et j'ai feint de tout vérifier pour finalement déclarer que tout était en règle, qu'il ne manquait rien. Vous comprendrez que j'avais hâte de quitter cet endroit.

— Ensuite ?

— Je suis parti dès que j'ai pu.

— Vous m'affirmez que Ladouceur, le contremaître, vous a menacé avec un revolver, un gros revolver, comme vous dites. Et qu'il vous a ni plus ni moins ordonné de mentir.

— C'est ça.

Gariépy ne dit plus rien, relevant parfois la tête pour plonger son regard vers Riopel. Toutes ses hypothèses venaient de s'écrouler. Il fit de gros efforts pour masquer la confusion qui venait de s'installer en lui.

De l'autre côté, assis à son bureau, le directeur de la compagnie, qui entendait toute la conversation, semblait satisfait.

Riopel ne bougeait plus, attendant la suite des événements.

Gariépy le fit sursauter.

— Monsieur, savez-vous que ce vous venez de me raconter est très lourd de conséquences ?

— Oui, monsieur.

— Et vous seriez prêt à jurer tout cela devant un juge ? demanda lentement le policier.

— Oui, monsieur.

— Pourquoi avoir menti ?

— J'étais menacé.

— Vous auriez pu prévenir les policiers ?

— Je n'y ai pas pensé, j'étais très énervé.

— Pourquoi avoir attendu à aujourd'hui pour me raconter tout cela ?

— Parce que j'ai appris par des confrères que deux individus ont été arrêtés et que le coupable est libre, libre de commettre d'autres actes. Je ne pouvais plus vivre avec cela. Aussi, je sais que vous pouvez faire en sorte que rien n'arrive à ma femme.

— Vous pouvez être arrêté pour fausse déclaration.

— J'étais sous la menace, monsieur. Je ne vois pas pourquoi, si je vous aide à arrêter le coupable, vous me feriez arrêter ?

Gariépy échappa un sifflement entre ses lèvres. Il ne savait plus quoi penser. Tous les morceaux du casse-tête s'effondraient. Il lui fallait repartir à neuf avec ces aveux. Se pouvait-il que Germain ait dit la vérité et qu'on se soit mépris à son sujet depuis le début ? Il se passa cinq minutes pendant lesquelles les deux hommes n'échangèrent aucun mot.

Gariépy cherchait à mettre de l'ordre dans ses idées et Riopel attendait la suite des événements, espérant qu'il ait rempli son rôle convenablement. Dans son bureau, le directeur attendait également.

Le policier ne pouvait pas ignorer la déclaration que venait de lui faire cet employé qu'il trouvait convaincant. Il fallait trouver dans quel ordre procéder. Il finit par dire presque solennellement :

— Je vais faire en sorte que vous soyez surveillé pour assurer votre sécurité et m'assurer du même coup que je puisse vous retrouver facilement lorsque j'aurai besoin de vous. Pour l'instant, je vous laisse. Vos déclarations apportent, comme on le dit, de l'eau au moulin, et je vais faire en sorte de ne pas les ignorer. Vous seriez aimable de demeurer à notre disposition et d'écrire ce que vous venez de me déclarer.

— Je vous remercie pour ma sécurité et je puis vous assurer de ma collaboration si elle est encore nécessaire.

— Elle le sera sûrement, monsieur. Elle le sera sûrement. Avant de partir, je vais faire en sorte d'assurer votre protection dans l'heure qui vient. Un seul appel et d'ici une heure, deux policiers viendront vous rencontrer ici même pour prendre les arrangements avec vous et vous expliquer comment ils procéderont.

Il se leva et tendit la main vers Riopel qui se leva également pour lui serrer la main. Gariépy lui demanda :

— Quelqu'un est-il au courant de ce que vous venez de me raconter ?

— Non, monsieur, je n'en ai parlé à personne.

— Votre patron ne sait pas ?

— Mon patron sait que cela concerne St-Stanislas, mais je ne lui ai pas communiqué les détails.

— Je vais faire en sorte que votre patron ne vous importune pas avec la visite que je viens de vous faire, peut-être qu'il n'aime pas ce genre de visite dans sa compagnie.

— Vous savez, avec les produits que nous fabriquons, ce ne sera pas la première fois.

— De toute manière, il sera fier lorsqu'il saura que vous aurez peut-être collaboré à l'arrestation d'un anarchiste. Allez, au revoir, et soyez sans crainte.

Gariépy rencontra ensuite le patron avec lequel il passa une dizaine de minutes avant de quitter les bureaux de la « Dynacharge ». Aussitôt dans sa voiture, il communiqua avec son agent installé à St-Stanislas auquel il demanda de vérifier si Ladouceur avait été vu sur le chantier dans la journée.

L'inspecteur ordonna de surveiller discrètement le contremaître et de le suivre à distance s'il quittait le chantier. Il le prévint de son arrivée avant la fin de l'après-midi et demanda de le prévenir si quelque chose d'anormal se produisait sur le chantier. Ensuite, il communiqua avec le bureau de Sherbrooke pour qu'on fasse en sorte d'organiser dans la journée une surveillance autour de la personne de Serge Riopel qui avait reçu des menaces de mort.

Il démarra ensuite et prit la direction de St-Stanislas. À son volant, il remit en ordre chronologique tous les événements qui s'étaient déroulés là-bas depuis les dernières semaines en se demandant si Ladouceur était le seul coupable.

Pendant ce temps, à la « Dynacharge », le patron achevait de féliciter Serge pour la performance digne des meilleurs théâtres qu'il avait livrée à l'inspecteur. Il n'en doutait pas, le policier avait été secoué par ce qu'il avait appris.

Après qu'il fut seul à son bureau, il communiqua par téléphone.

— (...)

— C'est Pierre. Gariépy vient de partir d'ici. Il vient d'apprendre que Ladouceur a menacé mon homme.

— (...)

— Non, je ne sais pas ce qu'il a l'intention de faire.

— (...)

— Oui, il a été très convaincant. L'autre devrait mordre.

— (...)

— As-tu eu le temps de mettre en place sur le chantier ce qu'il faut pour le faire arrêter ?

— (...)

— Des papiers disparus, un code de communication compromettant ...

— (...)

— Parfait ! Salut !

34

Étienne Gariépy

Sur la voie rapide, Gariépy n'avait pas encore roulé longtemps et déjà, il s'était convaincu que Ladouceur n'était pas le seul coupable, mais bien complice avec Germain. Le contremaître était sur place depuis longtemps et était sûrement intervenu pour que Germain soit engagé. Il verrait cela le lendemain avec Marsan. Les deux complices auraient feint de ne pas se connaître et, ainsi pu déjouer tout le monde. Il reconnaissait que les deux avaient été d'excellents comédiens.

Même seul avec Ladouceur, il n'avait douté de rien. Il se remémora ses entretiens avec ce dernier pour vérifier qu'il n'en avait pas trop dit et regretta de l'avoir utilisé comme confident la veille de l'explosion. Du coup, il se rendit compte de l'innocence de George et s'expliquait l'ultime espoir de Germain : accuser cet honnête citoyen de tous les problèmes de St-Stanislas. Il pensa contacter *La Bastillette* pour le faire libérer, mais il préféra attendre.

Il se mit à penser à l'accomplissement d'un vieux rêve qu'il caressait depuis son accession aux enquêtes politiques : celui d'épingler un anarchiste, un terroriste, enfin, un quelconque individu s'adonnant à des actes contraires à l'ordre établi. Et voici qu'il aurait bientôt coffré deux membres de cette organisation qui commençait à exaspérer ses supérieurs.

Il ne lui restait qu'à arrêter Ladouceur, rencontrer Marsan et faire un rapport détaillé aux gens qui lui avaient confié l'enquête la semaine dernière. Les deux accusés seraient alors livrés aux unités spéciales qui les feraient passer aux aveux et ainsi, grâce à lui, commencerait le démantèlement du RACQ, à peine quelques jours après qu'on lui en ait confié la responsabilité.

Gariépy était rayonnant au volant de sa voiture.

Élevé dans la discipline et dans la rigueur, constamment dominé, il ne pouvait concevoir qu'on s'oppose à l'ordre établi ; lui-même n'avait jamais discuté une décision paternelle. Lorsqu'il s'était dirigé vers le métier qu'il exerçait, son père en avait éprouvé une fierté peu commune. Ses professeurs avaient décelé en lui une obéissance aveugle, ce qui lui avait valu de se faire remarquer. Lorsqu'il devint policier, sa rigueur et sa froideur lui firent gravir les échelons très rapidement ; dans l'exercice de ses fonctions, il ne reconnut plus ni les membres de sa famille, ni les amis, ni les confrères.

Quelques mois avant la montée des barricades aux abords des ponts de Montréal, ayant senti venir un désordre social inévitable, les politiciens en place, majoritaires, légiférèrent et se donnèrent des pouvoirs jamais vus. Aveuglés, faisant fi de toute opposition et n'écoutant personne, ils avaient, avant de l'abolir complètement, amendé la Chartre des droits et libertés, prétextant ainsi se donner le pouvoir nécessaire pour parvenir à démanteler les bandes criminelles. Les journalistes de l'époque avaient vu le danger que signifiait un tel pouvoir aux mains de politiciens orgueilleux et, ironie du sort, c'est par ce même amendement qu'ils avaient tant critiqué, qu'ils avaient été rivés au silence lorsque les désordres civils avaient commencé.

Lorsqu'il avait été question d'anéantir les bandes criminelles organisées, Étienne Gariépy avait demandé et obtenu une mutation à l'escouade spécialisée dans cette lutte. Là, comme il le souhaitait, il avait pu mettre toutes ses énergies et sa hargne à combattre ce qu'on lui avait toujours appris à considérer comme un fléau. Il n'hésitait pas à courir les plus grands risques et certains confrères avaient refusé de participer à des missions dont il était. Marié depuis quelques années, sa femme commença à le craindre. Réagissant mal aux refus qu'elle lui imposait parfois, il devint violent ; il n'arrivait pas à comprendre qu'on puisse lui résister, lui qui combattait pour la réhabilitation du bien dans cette foutue société. L'accusant de misogynie, de violence conjugale et de viol, elle le quitta et demanda le divorce. Étienne Gariépy réagit très mal à cette opposition et fut la victime de son emportement.

À cette époque tourmentée de sa vie, un soir d'automne, il fut pris dans une embuscade par trois motards qui le tabassèrent sans aucune retenue ; le croyant mort, ils le laissèrent derrière une taverne où il fut retrouvé le lendemain par les éboueurs. Il demeura inconscient pendant une semaine. Il revint lentement à la réalité à la grande surprise des médecins qui n'avaient plus d'espoir. Sa femme en ayant profité pour disparaître, son père demeura à son chevet tout ce temps. Il fut hospitalisé pendant une demi-année. Pendant ces mois, les tensions sociales augmentèrent et atteignirent leur point culminant après un été très chaud, sans que Gariépy en eut vraiment connaissance. Des tests ultérieurs décelèrent certaines anomalies au niveau de son équilibre et deux crises lui apprirent malheureusement qu'il souffrait dorénavant d'épilepsie. Le policier, foudroyé dans son ascension vers les hautes sphères du pouvoir, tomba dans un état dépressif.

Lorsqu'il commença à aller mieux, il subit le décès de son père. Un an après son agression, il fut réintégré à un poste où on lui confia du travail de bureau. Décidé à refaire sa réputation, il accepta cette humiliation sans dire un mot, se jurant bien de redevenir un policier dont on parlerait, peut-être pas pour ses exploits physiques, mais dont on parlerait, il se le jura. Il en vint à contrôler sa maladie à l'aide de médicaments. Sa capacité de concentration commença à augmenter et il se fixa comme objectif de reprendre sa condition physique ; c'était là les deux principales conditions à remplir s'il ne voulait pas finir dans un bureau à classer des fichiers sur ordinateur.

Mené par sa fierté, il trima dur. Trois ans après cet événement, les médecins lui annonçaient ainsi qu'à ses supérieurs, qu'il était dorénavant apte à passer à d'autres types de travail. Ces longs mois à classer des fichiers informatiques amenèrent ses chefs à lui proposer des enquêtes à caractère politique, ce qu'il accepta jugeant que cela convenait bien à son caractère et à sa nouvelle personnalité.

À cette époque où l'épopée des barricades était encore toute fraîche dans le souvenir des gens, les autorités avaient mis sur pied une police pour surveiller tous les médias afin de surprendre toute forme d'opposition ou de contestation. Dans ce département, avec les années d'expérience et son zèle peu commun, Gariépy gravit les échelons assez rapidement. Certes, son père n'y était plus, son épouse avait disparu, mais il trouvait un bonheur à appliquer les lois sans aucun sentiment, encouragé par ses supérieurs qui se félicitaient de sa nomination.

Lorsque le RACQ devint connu, la police du Québec vibra sur toutes ses bases. Ceux qui travaillaient aux enquêtes politiques furent pointés. Les premières explications furent désuètes, mais on promit qu'on trouverait. Gariépy accepta difficilement le blâme dont fut accablé son département, mais il releva la tête, supporté par son orgueil et sa vanité. Il se promit qu'il parviendrait à trouver et prit la chose tellement à cœur qu'il en vint presque à remercier les événements de l'avoir placé là où il était alors.

Avec le temps, on ne put que constater l'hermétisme de l'organisation subversive qui semblait cependant s'être dispersée sur plusieurs fronts depuis l'été précédent. Gariépy vit là une erreur stratégique de la part des anarchistes et se convainquit qu'en interceptant, ne serait-ce qu'une seule communication entre deux cellules, le démantèlement du RACQ serait en marche.

À son volant, l'inspecteur souriait. Il atteignait son but.

Dans quelques heures, le lendemain au plus tard, il offrirait à ses patrons de quoi se mettre sous la dent : une première fissure dans la carapace du RACQ.

Dans quelques jours, ses patrons le considéreraient autrement qu'un simple inspecteur.

Un peu avant d'arriver, il contacta son agent de liaison là-bas, Dufresne, qui lui apprit que la seconde explosion venait d'avoir lieu, que tout s'était bien déroulé et que Ladouceur était demeuré dans sa roulotte depuis. Il lui demanda de continuer sa surveillance et de faire venir rapidement et discrètement avec quatre policiers qui se tiendraient à l'écart en l'attendant.

Arrivé au village, il passa d'abord lentement près du cimetière jetant un coup d'œil à cette section du chantier, remarqua la roulotte non loin du petit hangar et la voiture de son agent. Il ne voulait pas précipiter les événements, il voulait profiter de ces moments privilégiés. Il parcourut à vitesse réduite tout le village, très calme. Il arriva au bout, s'arrêta au barrage routier établi par les policiers et fut reconnu et salué par ses subalternes. Après avoir constaté les résultats de la déflagration, il descendit et se dirigea vers le bas de la côte pour aller voir de près les restants du vieux pont. En passant, il croisa l'équipe avec laquelle Germain avait travaillé.

Il ne restait presque plus rien à part les vieux piliers de ciment usés par le temps et dont l'état justifiait amplement la construction d'un nouveau pont. Sur les deux rives, encore quelques morceaux de bois, de poutre et de madriers se faisaient les témoins de la force de l'explosion qui avait soufflé le pont en entier. Des ouvriers achevaient de réparer les rampes sur la passerelle qui n'avait pas échappé à la violence de la déflagration. Gariépy demeura là quelques minutes sans adresser la parole à personne. Puis, soudainement, d'un pas rapide, il se dirigea vers le haut de la côte pour rejoindre sa voiture. Il communiqua avec Dufresne pour le prévenir de son arrivée imminente.

Il remonta le village, contourna le cimetière, s'engagea dans le chantier et gara sa voiture près de la roulotte. Dufresne arriva rapidement à ses côtés.

— Bonjour, Dufresne, bonjour ! Ça va ? lui dit-il sur un ton altier.

— Mais oui, inspecteur, bien sûr, ça va. Vous avez fait bonne route ? demanda poliment Dufresne qui connaissait l'homme.

— Oui, j'ai fait bonne route, très bonne route. Dites-moi, vos quatre hommes ne sont pas loin, je présume ?

— Non, en effet. Voulez-vous que je les fasse venir ?

— Oui, faites-les approcher et tenez-vous là avec eux prêts à intervenir si je vous fais signe.

— Dufresne acquiesça sans trop comprendre pourquoi il devait être prêt à intervenir. Cependant, il ne posa pas de question.

Alors qu'il communiquait aux quatre policiers qui étaient à l'écart, Gariépy frappait à la porte de la roulotte et était accueilli par Ladouceur.

— Inspecteur ! ? Mais que faites-vous là ?

— Rien de spécial, voyez-vous, rien de spécial. Je passais …

— Et vous vous êtes proposé de me faire une visite ? Vous avez bien fait. Donnez-vous donc la peine d'entrer !

— Mais, pourquoi pas ?

— En effet !

Ladouceur ferma la porte derrière l'inspecteur qu'il suivit jusqu'à ce que ce dernier s'installe sur la chaise en face de son bureau.

— Alors, inspecteur, du nouveau dans ce qui nous concerne ?

— Oh, pas grand-chose, répondit le policier avec un rictus qui surprit le contremaître. Vous savez, ces gens se protègent entre eux et il est très difficile d'en tirer quelque chose.

— Mais, personne n'a intérêt à se faire arrêter par la police, répondit Ladouceur en souriant ; vous comprenez cela, inspecteur.

— Je comprends, oui, je comprends. Je vais vous faire part de l'idée que j'ai eue en venant ici.

— Allez, inspecteur.

— J'ai pensé revoir toute la séquence à partir du moment où nous apprenons par George Lauzon qu'il y a eu vol dans le petit hangar, annonça Gariépy qui devint plus nerveux alors qu'il observait si la réaction de Ladouceur ne lui révélerait pas un malaise.

— Et qu'arrive-t-il avec ce Lauzon ?

— Toujours emprisonné, j'attends d'en savoir plus long. De même que Valois, mais je ne suis pas venu ici pour vous parler d'eux. Alors, si nous récapitulons, dans la nuit de samedi à dimanche, vous êtes appelé à vous rendre ici le plus rapidement possible.

— C'est exact.

— Vous avez, m'a-t-on dit, offert à Serge Riopel, de la « Dynacharge », de monter avec vous, ce qu'il a refusé parce qu'il préférait prendre sa propre voiture, c'est bien cela ?

— C'est exact.

— J'aimerais que nous nous reportions au jour où nous avons constaté qu'il manquait d'explosifs, en fait, le jour où le pont a explosé.

— C'est bien, je vous suis. Nous nous sommes rencontrés sur la colline là-bas, répondit Ladouceur en pointant vers l'autre extrémité du chantier.

— C'est exact, et là, vous m'avez déclaré avec un autre employé, le chef artificier, qu'il était à peu près impossible qu'on puisse manquer d'explosifs, c'est bien cela ?

— Oui.

— Comment expliquez-vous qu'un employé vérifie les stocks et affirme qu'il ne manque rien et qu'au bout du compte, il manque quelque chose ?

— Mais, je ne sais pas, répondit Ladouceur qui se faisait hésitant. Mais où voulez-vous en venir ?

— On nous a menti ! dit d'une voix très forte le policier en frappant la table de son poing, on nous a menti !

— Je comprends mal ce que vous voulez dire.

— Vous allez voir. Il a manqué de dynamite alors qu'il ne devait pas en manquer : c'est bien cela ? En fait, selon les calculs et les prévisions que vous m'avez montrés cet après-midi-là, et selon les bordereaux de livraison vérifiés par Riopel, il devait y avoir assez d'explosifs ! C'est bien cela ?

— Oui, c'est bien cela.

— Voyez-vous, monsieur Ladouceur, je crois que nous avons été bernés par des papiers qui ont vraisemblablement été falsifiés, laissa tomber l'inspecteur.

— Mais alors, que s'est-il passé, selon vous ?

— Voyez-vous, monsieur Ladouceur, fit Gariépy, l'œil cinglant, et, haussant encore le ton, c'est là que je m'embrouille ; peut-être pourrez-vous m'aider !

— Je l'espère bien, inspecteur.

— Retournons en arrière, cette nuit pendant laquelle vous avez été éveillé pour vous rendre ici. Lorsque vous êtes arrivés, vous vous suiviez, vous et Riopel ?

— Oui.

— Et ensuite, ce Riopel est allé vérifier pendant que vous vous êtes enfermé ici, c'est bien cela ?

— Enfermé ? Je ne comprends pas …

— Qu'avez-vous fait pendant ce temps ? demanda l'inspecteur, très animé.

— J'ai vérifié les dégâts pour être prêt s'il y avait des changements majeurs aux échéances.

— Vous n'étiez pas dans votre roulotte ?

— Dans ma roulotte ? Mais non, j'étais à l'extérieur. Un peu plus tard, bien sûr, j'y suis allé.

Gariépy ne répondit pas tout de suite. Ladouceur le sentait près d'exploser. Puis, avec un léger sourire qui succéda à un haussement d'épaule, le policier finir par dire lentement sans plus aucune expression sur le visage :

— Il y a présentement, monsieur, quelque chose d'étrange.

— Mais que voulez-vous dire ? Quel est ce quelque chose dont vous parlez ?

— Vous mentez, monsieur, jamais je n'ai vu aussi bon comédien.

— Monsieur ! Faites attention à ce que vous dites ! répondit Ladouceur à la fois sur ses gardes et craintif.

— Ne bougez pas ! répliqua Gariépy très agité en pointant son doigt vers le contremaître.

Il se leva subitement, se dirigea à la fenêtre et fit signe à Dufresne. Il revint vers Ladouceur qui eut un vertige lorsqu'il aperçut les cinq policiers. Gariépy déambula ensuite promptement vers l'avant de la roulotte et voulut ouvrir une porte légère qui lui résista. Il laissa échapper un cri qui s'approchait du rauque d'une bête aux abois. Avant que Ladouceur, collé à sa chaise, n'ait pu faire quoi que ce soit, Gariépy défonça la porte et se retrouva dans une petite pièce dans laquelle se trouvaient un lit, une commode et une chaise. Il se dirigea vers la fenêtre du fond par laquelle on apercevait le hangar. Il se retourna vivement et appela :

— Vous ! Venez ici ! Vite ! vociféra Gariépy à l'endroit de Ladouceur qui ne reconnaissait plus le policier.

— Mais, inspecteur ! Vous ne pouvez me parler sur ce ton ! répondit le contremaître incrédule.

— Ah ! C'est ce que vous croyez ! cria l'inspecteur en sortant un revolver qu'il braqua dans sa direction, venez ici immédiatement !

— Etes-vous devenu fou, inspecteur ! ? cria Ladouceur.

— Absolument pas ! répondit le policier qui tenait en joue le contremaître. C'est bien votre chambre ? Non, monsieur, je ne suis pas fou ! Je dis la vérité, moi !

Ladouceur ne bougea pas.

— Approchez ! hurla l'inspecteur en agitant son revolver pour le menacer.

Ladouceur n'avait pas le choix, l'homme en face de lui perdait la raison.

— Approchez ! ! Vous dis-je !
— Je viens, inspecteur, calmez-vous !
— Et vous croyez que je vais me calmer ! ? Venez, je vais vous rafraîchir la mémoire.
— Mais je ne comprends pas où vous voulez en venir.
— Taisez-vous ! lui ordonna le policier, le visage soudainement transformé. Rappelez-vous, c'est d'ici que vous avez menacé Riopel, c'est d'ici que vous l'avez menacé avec votre revolver ! C'est d'ici que vous l'avez obligé à nous mentir ! Mais avouez donc !

Ladouceur ferma les yeux.

— Ce n'est pas vrai, murmura-t-il pour lui-même. Vous croyez que j'ai menacé ce type, vous pensez que je l'ai obligé à mentir.
— Non seulement je le crois, monsieur, j'en ai les preuves !
— Quelles preuves ? demanda Ladouceur.
— Vous les verrez, mes preuves, lorsque ce sera le temps ! cria Gariépy. C'est moi qui pose les questions ici ! Pas vous !
— Alors, il vous fallait un coupable, hein ? C'est bien cela, n'est-ce pas ? Inspecteur, dites-moi …

Il eut comme réponse un coup de crosse du revolver à la figure.

— Vous poserez des questions lorsqu'on vous y autorisera ! Monsieur. Pour l'instant, vous avez fini de rire de nous ! Valois également !

Le visage du policier était cramoisi. Ladouceur n'osait pas bouger, l'homme en face de lui ne se possédait plus. Gariépy ouvrit négligemment les tiroirs d'une commode placée dans le coin, à droite de la fenêtre. Il remua les quelques morceaux de linge qui s'y trouvaient et découvrit un bout de papier. Ses yeux jetèrent des étincelles qui vinrent près de terroriser Ladouceur qui était demeuré muet, immobile, confondu par la tournure des événements.

Il était devenu un jouet. On avait besoin d'une preuve, on l'inventait. Sa joue lui faisait très mal, sa lèvre supérieure saignait. Ce qu'il avait entendu à propos de ce policier était donc vrai ! Il ne pouvait croire qu'il se trouvait à sa merci. Il aurait donné très cher pour se retrouver ailleurs. Comment se sortirait-il de leurs griffes ? Il n'en avait pas la moindre idée. Les cris de Gariépy le ramenèrent à la triste réalité.

— Et ce papier ! Et ce papier ! Qu'est-ce que c'est ? Hein ? Mais dites-le ce que c'est !

— Mais je ne sais pas ce que c'est que ce papier ! moi !

— Ah ! Vous ne savez pas ? cria Gariépy en lui donnant un autre coup au visage, je vais vous le dire ! C'est le nom du journaliste Galarneau et son numéro ! Je vous tiens ! monsieur. Ah ! je vous tiens ! C'est donc vous qui le préveniez de ce qui se passait ici !

Sans le quitter des yeux, Gariépy sortit un mouchoir de sa poche et se rapprocha du tiroir. Tenant Ladouceur en joue, il remua à nouveau le linge et prit, à l'aide de son mouchoir, un revolver de haut calibre ; avec un étrange sourire, en se retournant, il exhiba fièrement l'arme en contemplant le contremaître de la tête aux pieds comme s'il se fut agi de vermine.

— Et ça, maintenant, monsieur ? Vous savez ce que c'est ? Vous savez ce que ça signifie ?

Effondré, Ladouceur n'avait plus la force de parler.

— Je vais vous le dire ! Ce revolver correspond exactement à la description qu'on m'en a fait ... poursuivit dédaigneusement le policier en s'agitant, celui que vous avez menacé le reconnaîtra lorsqu'on le montrera comme preuve au tribunal !

On entendit du bruit ; les cinq policiers demeurés à l'extérieur étaient entrés, alertés par les éclats de voix.

Ladouceur ne pouvait fuir ; il était coincé, seul, sans arme, sans recours, sans ami, victime désignée par une institution qui en avait besoin pour sauver la face. Il n'avait jamais vu cette arme qu'on venait d'extirper de son tiroir sous ses yeux ! Pour lui, la cause était entendue, sa vie s'arrêtait là, à ce moment, dans cette roulotte sur un chantier des Cantons de l'Est.

Gariépy sembla retrouver son calme à la vue de ses confrères qui arrivaient. Ladouceur remarqua un certain tremblement au niveau de ses épaules et de son menton. « C'est un fou », pensa-t-il, « je suis la victime d'un fou ..., un fou à qui on a donné le pouvoir ... Mais que vais-je devenir ? »

Il entendit l'inspecteur comme dans un rêve.

— Embarquez-moi ce traître et menez-le vers « *La Bastillette* ». Aucun contact. Soyez prudents, ils sont peut-être organisés.

— Oui, inspecteur, répondit le policier.

Ladouceur fut amené vers une voiture de sécurité. On l'installa à l'arrière et le conducteur, accompagné de trois policiers, démarra en trombe.

Le contremaître n'eut que le temps d'embrasser une dernière fois du regard le chantier et vit les quelques hommes qui avaient eu connaissance de   son arrestation et qui demeuraient là, hébétés.

Un peu plus loin, près de la colline devant le cimetière, un homme dans la cinquantaine, vêtu de noir, les cheveux gris, longs, avait assisté à la scène.

35

Ruse

Au lendemain de cette éprouvante journée, Marsan était assis à la table, seul dans la cuisine de l'appartement qu'il partageait depuis quelques années avec une femme un peu plus jeune que lui. Le soleil n'était pas encore levé. Il avait mal dormi et avait préféré se lever, se préparer du café et réfléchir aux événements de la veille qui l'avait mené à ces informations ultra- confidentielles concernant le jeune Valois. Juste penser que la ministre Gervais savait peut-être déjà qu'un policier enquêtait sur un individu qui était son « protégé » lui faisait redouter le pire car, « on ne menait pas d'enquêtes sur les protégés ! » ; il le savait bien. Il s'était fait piéger. Il était demeuré longtemps dans le bureau de Pépin à chercher une solution.

Avant tout, il avait décidé de ne rien dire de ce qu'il avait appris à Gariépy, sachant qu'il adoptait souvent des comportements excessifs lorsqu'il était contrarié ou excité. C'est ce qu'appréciaient les dirigeants à la police : les résultats étaient garantis avec cet homme qui ne se possédait pas toujours et dont les accès de rage en faisaient, d'une certaine manière, un policier très efficace. Il était dangereux de lui transmettre ces informations .

Apprendre la vérité à ses supérieurs était également risqué ; eux-mêmes seraient fort embarrassés de détenir une telle information, on préférait les éviter comme on préférait s'éloigner des pestiférés dans les temps passés. La connaissance d'un scellé ministériel était comparable au transport d'une bombe dont on ignorait le moment de l'explosion. Ainsi, la loi du silence régnait. Moins de gens en savaient, mieux c'était.

Et on ne remettait pas en question l'intégrité d'un ministre, le régime ne l'acceptait pas, surtout dans le cas d'un ministre majeur comme madame Gervais. Marsan était convaincu que ses supérieurs le laisseraient tomber plutôt que de risquer de partager cette *bombe* avec lui.

Il avait bien vu une note concernant le contremaître de ce chantier, une note récente à propos d'un relevé de communication qui témoignait d'une relation avec un journaliste recherché par les autorités. Certes, Gariépy serait heureux d'apprendre cela, mais que lui raconterait-il à propos de Valois ? Qu'il n'y avait rien d'intéressant ? Qu'on ne pouvait expliquer son embauche ? Cela était impossible, on ne pouvait avoir employé cet homme sans savoir de qui il s'agissait.

Marsan avait jonglé avec toutes ces idées pendant un bon bout de temps au bureau des « Transports » et, invariablement, il était arrivé à chaque fois à la même conclusion : sa carrière achevait. Bredouille, il avait quitté cet endroit dans le milieu de l'après-midi pour se rendre chez lui.

Puis, il avait soudainement eu une idée qui lui permettrait de se tirer d'affaire : prévenir un seul haut placé. De cette manière, il le plaçait dans une situation embarrassante, et s'il était prudent, il pourrait peut-être utiliser cette situation à son avantage.

Il avait immédiatement contacté le ministère de la Sécurité où il avait demandé la haute direction des enquêtes politiques. Sachant que Stéphane Filiatrault était présent lors de la rencontre avec Gariépy deux jours plus tôt, il avait demandé à être reçu par ce dernier dans la journée même et avait insisté pour être seul avec lui, prétextant qu'il détenait des informations importantes à lui communiquer concernant St-Stanislas. Il avait été entendu qu'une rencontre aurait lieu le jour même, vers dix-neuf heures, dans les bureaux du ministère à Québec.

Il avait quitté Sherbrooke un peu plus tard et un peu avant l'heure prévue, il s'était présenté à l'entrée d'un édifice où l'attendait un policier qui l'avait guidé jusqu'au bureau de Filiatrault. Les deux hommes s'étaient confortablement installés de part et d'autre d'un grand bureau. L'officier supérieur avait entamé la conversation.

— Alors, mon cher collègue, allez-y, je vous écoute.

— Heu … bien, monsieur, j'aimerais d'abord m'assurer que nous sommes bien seuls et que personne ne peut nous entendre, avait d'abord dit Marsan pour piquer la curiosité de son interlocuteur.

— Mais doutez-vous de mon intégrité ?

— Oh non ! Mais ce que j'ai à vous annoncer n'a pas intérêt à être entendu par plusieurs personnes, quelque fiables qu'elles puissent être, avait-il répondu sur un ton de confidence.

— Mais, ciel ! vous m'intriguez ! Allez-y ! je vous écoute, personne ne peut nous entendre.

— Je voulais vous voir car s'il y a une décision à prendre, il est préférable qu'elle vienne de vous, avait d'abord dit Marsan.

— Je ne vois pas ce que vous voulez dire, vous n'êtes pas très clair.

— C'est que c'est délicat, monsieur. Cela concerne l'attentat de St-Stanislas.

— Mais allez-y donc, je vous écoute, soyez à l'aise.

— Je ne crois pas qu'on puisse maintenir Valois entre les barreaux encore longtemps, avait alors laissé tomber Marsan.

— Ah ? Mais pourquoi donc ?

— C'est ce que j'hésite à vous dire.

— Mais, vous allez commencer à m'impatienter, mon cher Marsan, j'ai bien d'autres choses à faire que d'attendre après vous. Et d'ailleurs, si vous voulez garder un secret, je ne vois pas pourquoi vous venez m'en parler !

— C'est que Valois est sous la protection d'un scellé ministériel, monsieur ! répondit le petit homme aux lunettes.

— Pardon ?

— Vous avez bien compris, il est sous la protection de Madame la Ministre Gervais. J'ai trouvé cette information dans son dossier d'embauche ce matin au ministère des Transports, à Sherbrooke.

Il y eut un silence entre les deux hommes. Filiatrault avait gardé la tête basse, le regard fixé sur son bureau. Il demanda des explications. Marsan lui raconta sa rencontre avec Germain ainsi que sa visite aux « Transports ». L'officier finit par dire :

— Mais n'auriez-vous pas été mieux d'agir en conséquence et de seulement prévenir Gariépy ? Et plus rapidement ?

— Voilà la question que je me suis posée : que faire ? Vous connaissez Gariépy, il n'accepterait pas que je décide du sort de Valois ; d'ailleurs je n'en ai ni le pouvoir, ni l'autorisation. Et aussi, ai-je pensé, vous le connaissez bien, prendrait-il la bonne décision ? Je veux dire par là, serait-il en mesure d'agir assez délicatement dans cette affaire qui, vous le concevez tout aussi bien que moi, demande beaucoup de doigté. Je ne connais personne qui veuille froisser madame Gervais. Aussi, ai-je donc pensé qu'il valait mieux qu'une personne comme vous, une personne plus pausée, prenne la décision qui s'impose. De plus, si un ordre de libération est signée de votre main, Gariépy le respectera plus que s'il est signé de la mienne, avait expliqué Marsan qui prit bien soin de conserver un air consterné.

— Oui, je vous comprends, avait répondu Filiatrault, occupé à mesurer les conséquences de connaître une telle information. Je suis tout de même déçu que vous n'ayez pas décidé vous-même de ce qu'il fallait faire.

— Ce serait chose faite, monsieur, si j'avais pu être assuré que la réaction de Gariépy ait été rationnelle. J'ai craint une colère de sa part qui m'aurait entraîné à lui révéler la protection de la ministre à l'endroit de ce jeune individu, ce qui, finalement, aurait pu aboutir à un scandale et éclabousser le service d'enquêtes politiques.

— À part vous et moi, y a-t-il une autre personne au courant de cette information ?

— Une personne que j'ai consultée sait que je venais vous en parler ce soir.

— Vous craigniez donc une réaction négative de ma part ? demanda Filiatrault après avoir tiqué.

— On n'est jamais assez prudent, monsieur, sauf le respect que je vous dois, répondit Marsan, convaincu de l'opportunité de sa démarche.

L'officier supérieur n'avait pas répondu et était demeuré songeur. Il ne détestait pas être au courant des affaires confidentielles d'un ministre, mais il n'appréciait pas le poids d'une telle information. Il en voulait à ce petit policier assez rusé qui avait su manœuvrer en l'utilisant pour se sortir de l'impasse où cette découverte l'avait plongé. Gariépy n'étant pas toujours maître de soi, c'était vrai, il fallait donc faire vite. Il se souvint d'une vieille connaissance qui lui en devait une et qui travaillait au ministère de cette ministre.

— Tout compte fait, monsieur, vous avez peut-être bien agi. Je vais vérifier et vous confirmer. J'espère que vous avez pris la bonne décision.

— Vous m'en verriez ravi, avait répondu Marsan qui commençait à respirer, heureux de l'effet qu'il avait produit.

Filiatrault avait composé un code sur son téléphone et demandé :

— Bonjour, Marchand, ça va ? C'est Filiatrault qui parle …

— (…)

— Mais oui, ça va très bien. Écoute, un service si possible … Avez-vous eu, au ministère, des nouvelles de St-Stanislas, concernant un certain Valois ?

— (…)

— C'est bien, on l'a échappé belle, il y a une erreur qui circule présentement …

— (…)

— Oui, les anarchistes, enfin, je crois …

— (…)

— Alors, si quelque chose rentrait, annule tout si cela est possible.

— (…)

— Je comprends, il s'agit juste d'empêcher que ça se rende jusqu'en haut de l'échelle. Il y a erreur. Si je trouve, je vous communiquerai le nom.

— (…)

— Oui, c'est bien vrai, mieux vaut étouffer l'étincelle que de combattre un brasier. C'est bien, je compte sur toi ! Au revoir !

— (…)

La communication terminée, Filiatrault avait alors poussé un soupir de soulagement avant de s'adresser à Marsan.

— Bon, il semble que vous ayez agi assez rapidement, aucune information concernant Valois n'est entrée au bureau de madame la Ministre.

— Voilà une bonne nouvelle, avait alors répondu Marsan, fier de la décision qu'il avait prise et qui ajouta : vous êtes bien chanceux de connaître un type qui soit bien placé … comme ce Marchand

Filiatrault avait tiqué suite à cette remarque.

— Alors, vous pensez que je devrais émettre un ordre de libération pour Valois, m'avez-vous dit ? avait-il demandé, l'œil pointu.

— Je pense que ce serait plus prudent pour vous et pour moi qui sommes au courant de cette délicate situation … Je vous rappelle que je suis venu vous voir car je n'ai rien trouvé à dire qui satisfasse Gariépy. Sinon, je …

— Vous avez raison. Mais, les faits, dites-moi, si j'ai bonne mémoire, sont tout de même assez accablants pour ce jeune homme …

— En effet, ils le sont. C'est ce que nous cherchions à prouver lorsqu'on m'a demandé de pousser l'enquête, mais il n'y a pas eu moyen de trouver dans son passé un fait venant appuyer notre accusation … Les faits, comme vous dites, sont accablants, mais nous ne pouvons établir aucune preuve pour soutenir les accusations qui pèsent contre lui.

— Alors ?

— Ce cas cause un problème. Il est inconcevable de le laisser en liberté, les gens ne comprendraient pas ; et il est impensable de le garder en prison, l'entourage de la ministre ne comprendrait pas …

— Je crois que nous devrons opter pour une solution qui fasse en sorte que personne ne sache ce qui sera advenu de Valois, avait dit Filiatrault, à voix basse, un petit sourire aux lèvres.

— Que voulez-vous dire ?

— Vous me dites que cet homme n'a pas de passé ?

— C'est exact, il n'a pas de passé qu'on lui connaisse.

— Si je donne l'ordre de le changer d'institution, personne ne saura ce qu'est devenu Valois ?

— Mais, il y a sûrement des gens qui le connaissent …

— Gariépy a eu l'intelligence d'ordonner le silence quant au lieu de détention de ce jeune homme.

— Vous voulez dire que personne ne sait où il se trouve ?

— À part vous, Gariépy, quelques gardiens et moi, personne ne sait où il se trouve. Le changer d'endroit équivaudrait à le faire disparaître.

— Vous voulez le tuer ! ?

— Pas maintenant, pas maintenant. Nous laisserons retomber la poussière et plus tard, dans quelques mois, ce sera fort malheureux, il arrivera un accident …

— Mais la ministre ?

— Elle n'est pas au courant présentement. Je nous donne quelques mois pour juger s'il est sage ou non de nous débarrasser définitivement de ce jeune.

— Et Gariépy ?

— Il a trouvé un coupable aujourd'hui, un complice de Valois, pense-t-il. Il m'a contacté plus tôt. Il s'agit du contremaître du chantier …

— Mais cela tombe bien, monsieur, j'ai trouvé quelque chose d'incriminant à propos de cet homme dans les papiers dans lesquels j'ai fouillé.

— Très bien, il s'en repaîtra sûrement, surtout après que je lui aurai annoncé que des instances supérieures m'ont forcé à prendre des décisions concernant Valois, des décisions dures, définitives et irréversibles.

— Et où enverrez-vous Valois ?

— Dans un centre de détention moins sécuritaire que *La Bastillette* avec un dossier plus acceptable, avait répondu en souriant l'officier. De cette façon, si la ministre apprenait quelque chose, nous pourrions alléguer que nous n'avons pas voulu prendre de chance, que nous avons juste voulu nous donner le temps de s'assurer que tout était sécuritaire là-bas. Ne vous en faites pas, je vais voir à son transfert moi-même dans les instants qui viennent.

— Eh bien, monsieur, je vais vous quitter et …

— Un instant, monsieur Marsan, un instant. Je ne crois pas qu'il serait prudent de vous laisser affronter la colère de Gariépy. Lorsqu'il apprendra le départ de Valois, il voudra vous voir pour obtenir des explications. Il vaudrait mieux que vous ne vous rencontriez pas, ne pensez-vous pas ? avait demandé Filiatrault d'un ton mielleux.

— Que voulez-vous dire ?

— Je veux dire que vous allez travailler pendant quelque temps dans une autre région …

— Mais !

— Il n'y a pas de mais, c'est plus prudent pour vous, et cela vous empêchera de perdre certains des avantages que vous avez sûrement cumulés jusqu'à aujourd'hui, n'est-ce pas ?

— Vous croyez que …

— Je ne le crois pas, j'en suis convaincu, avait répondu l'officier avec un regard qui ne donnait pas lieu à la réplique.

— Je comprends, monsieur, avait simplement répondu Marsan.

— C'est bien Vous verrez, l'air de la Baie des Chaleurs vous fera du bien. D'ici trois ans, vous serez rappelé, je vous promets. Je laisse une note à votre dossier, vous ne serez pas oublié. Donnez-moi ce que vous avez appris à propos de cet homme, le contremaître. Je ferai en sorte que Gariépy n'aille pas fouiller. On me préviendra s'il fait une tentative là où vous avez trouvé, ne vous en faites pas. Et vous, si vous ne le contactez pas, il ne vous trouvera pas.

— Mais, me conseillez-vous de me cacher en attendant que je parte ?

— Vous n'avez pas à attendre.

— Mais, j'ai des choses, je dois préparer mon déménagement …

— Ne vous préoccupez pas de ces détails, faites vendre par une société de liquidation et quittez le plus rapidement. Si Gariépy tombait sur vous, ce serait embêtant, je vous l'ai déjà dit. Ce serait mieux qu'il ne puisse pas vous retrouver. Cela le calmera, je vous le promets. Non, si j'étais à votre place, je quitterais dès demain. Ne vous attardez pas.

Il avait prononcé ces dernières paroles avec insistance et Marsan n'avait su que répondre.

C'est toute cette conversation qui lui repassait dans l'esprit. Le soleil n'était pas encore levé. Il était revenu tard de Québec. Bien que déçu de devoir s'expatrier, il considérait qu'il avait évité le pire en réussissant à faire en sorte que Filiatrault se sente lui aussi en danger. Il avait sauvé son emploi. Le retour de Québec ne s'était pas fait dans la joie, car il ignorait comment sa compagne réagirait à cette nouvelle.

Il avait été surpris d'apprendre que pour elle, cette mutation signifiait un nouveau départ et à bien y penser, avait-elle ajouté, quitter cette ville devenue grise pour le bord de la mer était une chance inespérée. La veille, elle s'était entendue avec lui qu'ils verraient rapidement à identifier les choses qu'ils voudraient conserver et ils partiraient comme on part en voyage, mais beaucoup plus simplement, sans se donner la peine de préparer tout le bagage habituel. C'était la belle saison qui s'amorçait, pourquoi ne pas en profiter ?

Devant les lueurs de l'aube qui venait, il commença à être en accord avec la façon de voir de sa conjointe. Pourquoi ne pas profiter de la vie ? Pourquoi ne demanderait-il pas, rendu là-bas, de quitter la section politique pour un autre poste moins stressant ? Les dernières heures lui avaient fait réaliser que l'on court parfois sans réaliser les dangers et sans voir les belles choses autour de nous. Il se sentait en sécurité, car Filiatrault, croyant qu'une tierce personne connaissait le secret, ne tenterait rien pour l'éliminer.

Les images de la mer commençaient à l'attirer. Lorsqu'il entendit sa compagne qui se levait, il avait hâte de lui annoncer la joie qu'il éprouvait de partir là-bas avec elle.

36

Déménagement

Marsan avait quitté Québec depuis plus d'une heure lorsque les policiers arrivèrent à *La Bastillette* en provenance de St-Stanislas avec Ladouceur auquel personne n'avait dit un seul mot. Lui-même était demeuré silencieux pendant tout le trajet, ne bougeant que pour s'humecter les tuméfactions ou s'essuyer les coupures qu'il arborait sur la figure.

Lorsqu'ils étaient arrivés, les gardes travaillant à la *réception* étaient fort occupés. À la vue de ce quatuor de policiers encadrant un homme au visage ensanglanté et menottes aux poings, l'un d'eux s'installa aussitôt au petit bureau derrière le comptoir pour remplir ce qu'ils appelaient cyniquement entre eux la *fiche d'enregistrement*. À part les questions d'usage concernant l'identité de Ladouceur, il n'y eut aucun échange de paroles. Les policiers stipulèrent que l'ordre de ne pas divulguer où était emprisonné le contremaître avait été donné, ce qui acheva le nouveau pensionnaire. Une demi-heure plus tard, après que le nouvel hôte de *La Bastillette* eut été installé dans sa cellule, les quatre policiers purent retourner chacun à leur domicile, permission toute spéciale accordée par Gariépy.

Après leur départ, les gardiens poursuivirent la besogne qui les occupait avant l'arrivée de cet autre « bandit » en provenance de St-Stanislas. L'un des gardiens fit la remarque suivante :

Il suffit qu'il y en ait un qui quitte pour qu'un autre arrive.
Je ne sais combien il nous en arrivera de ce village. Gariépy est
bien capable d'en arrêter une dizaine s'il s'emballe …

Un peu plus tôt, ils avaient eu une liaison prioritaire en
provenance des bureaux du ministère de la Police à Québec ; on
leur ordonnait de préparer le transfert du détenu Germain Valois
pour un autre centre. Des directives l'accompagnant rendaient
vétustes tous les ordres donnés antérieurement à propos de ce
détenu ; les gardiens furent surpris à la lecture de cette missive.
Lorsque l'un d'entre eux évoqua la réaction probable de
Gariépy, ils levèrent les yeux au ciel en sifflant.

Parmi les directives, il était mentionné que le camion
numéro 12 de la Sécurité prendrait le détenu à vingt heures bien
précises, qu'il fallait être là pour l'accueil dans le garage et ne
pas perdre de temps. Une note accompagnant cet ordre de
transfert leur serait bien utile, car le signataire, Filiatrault, avait
précisé que toutes plaintes, questions, doutes ou commentaires
de quiconque devraient lui être acheminés et qu'en aucun
moment, une autre personne n'était autorisée à répondre à des
questions ou passer outre les ordres contenus dans cette
communication.

Un peu plus tard, Germain n'eut pas le temps de
comprendre ce qui se passait ni de poser des questions qu'il
était rapidement entraîné hors de sa cellule et conduit dans un
garage. Peu après, on ouvrit la porte pour laisser entrer une
camionnette. Sans que le conducteur et ses gardiens ne
s'adressent la parole, on le fit monter à l'arrière de ce camion
blindé où on le sangla à une civière. Avant qu'il n'ait eu le
temps de résister, il ressentit une douleur à l'avant-bras et
reconnut la sensation d'une aiguille que l'on enfonce. Dans les
instants qui suivirent, il devint calme et adressa de longs
sourires aux gardiens qui le regardaient, satisfaits et soulagés. Il
les aperçut soudainement moins distinctement et au moment où
il lui sembla qu'il n'y en avait plus qu'un à ses côtés, il entendit
le bruit d'un moteur et tout bascula dans le noir.

Après le départ de la fourgonnette, tel que demandé sur les directives de transfert, un des gardiens revint rapidement à la *réception* et communiqua avec Québec afin d'annoncer à Filiatrault que ses ordres avaient été exécutés avec diligence. Assis à son bureau, le gros homme poussa un soupir de soulagement.

Il avait agi très rapidement pour faire en sorte que rien concernant Valois ne puisse parvenir au bureau de la ministre Gervais. De la façon dont il avait organisé le transfert, il était impossible, grâce à des changements de conducteurs, que ces derniers sachent qui ils transportaient, d'où provenait leur passager, et où ils le conduisaient : un premier conducteur avait été chargé de le sortir de *La Bastillette*, un second le relaierait jusqu'à un poste à Granby, là où un troisième s'occuperait de le mener à sa destination finale, un centre de détention moyenne dans les Basses-Laurentides. Il avait personnellement contacté le directeur de cette institution et avait insisté sur l'obligation de conserver l'anonymat de ce détenu. Ainsi, Filiatrault était parvenu à être le seul au pays à savoir où était Germain Valois.

Plus tôt, en présence de Marsan, il avait réussi à cacher sa grande frayeur après avoir été mis au courant du geste de la ministre à l'endroit de ce Valois ; il n'en doutait pas, cette femme n'aurait pas toléré que l'on sache aux Affaires politiques qu'elle avait favorisé l'embauche d'un anarchiste, sa réplique aurait été terrible. Sans cette relation aux Transports, il était cuit. Tout comme Marsan dont il avait formellement officialisé le transfert en Gaspésie avant de quitter son bureau. Lorsqu'il avait franchi la porte, Marsan était définitivement muté.

Filiatrault ne se rendit pas chez lui immédiatement ; profitant de l'air chaud, il marcha jusqu'aux Plaines et s'assit sur un banc en face du fleuve.

Au même moment, il faisait tout aussi chaud à Sherbrooke lorsque la voiture de Gariépy s'arrêta sur le stationnement de *La Bastillette*. Après le départ de Ladouceur, il s'était attardé à mettre sens dessus dessous la roulotte à la recherche d'un autre indice incriminant, mais sans trouver. Il avait ensuite rempli les papiers officiels concernant l'arrestation, communiqué avec les Transports pour les informer des récents événements et pour qu'ils fassent en sorte qu'un autre contremaître puisse prendre la relève. Il avait alors appris de la secrétaire que son confrère Marsan avait passé une partie de l'après-midi à consulter beaucoup de paperasse, ce qui l'avait encouragé.

Toutes ces occupations avaient eu un effet calmant sur l'officier qui avait alors décidé de ne pas se presser, de prendre le temps de profiter de cette fin de journée, moment de détente qu'il méritait. Il s'était rendu sur le bord d'un lac dans une région voisine et s'était prélassé jusqu'à ce que la clarté disparaisse. Il était revenu de St-Stanislas le cœur léger et l'esprit tranquille.

À son arrivée, il décida de rendre visite à Valois, juste pour lui annoncer sa prise et lui donner à réfléchir pendant les jours à venir. Rendu à la *réception*, il remarqua le comportement curieux des gardiens. Il n'y fit pas attention et demanda à consulter la fiche de Ladouceur pour s'assurer que tout était correct. Après qu'il eut terminé, il adressa la parole à l'un d'eux :

— Et alors, vous n'avez pas eu trop de problème à accueillir notre nouveau client ? demanda-t-il en riant.

— Non, monsieur, ça s'est plutôt bien déroulé.

— Vous a-t-il dit quelque chose ? A-t-il fait une déclaration ?

— Non, rien, monsieur.

— Et les deux autres, rien de spécial ?

— Non, pas vraiment.

Gariépy s'arrêta et observa les deux hommes qui étaient en face de lui. Après un moment, il continua :

— Mais, vous avez de bien tristes visages ! Messieurs, le temps n'est-il pas beau en ce mois de mai ? leur dit-il en haussant la voix ; vos visages ne sont pas très gais.

— Mais bien sûr qu'il fait beau, monsieur, répondit l'un d'eux.

— Mais bien sûr qu'il fait beau, monsieur, mais bien sûr qu'il fait beau ; n'avez-vous rien d'autre à dire ? tonna l'officier.

— Et que voulez-vous qu'on vous dise ? Que nous sommes fiers de votre prise ! ? répondit un des gardiens qui savait que la tempête était inévitable et qui avait décidé d'en finir plus rapidement.

— Ce n'est pas ce que je veux dire, mais il me semble que vous n'êtes pas aussi joyeux qu'à l'habitude, c'est tout ! Passons à autre chose, lequel d'entre vous peut me conduire à Valois ?

— Aucun d'entre nous ne peut vous conduire à Valois, laissa tomber le même gardien.

Gariépy tressaillit, les épaules tendues.

— Pardon ? demanda-t-il d'une voix faible.

— Vous avez bien entendu, répondit l'autre, aucun de nous ne peut vous conduire à Valois.

— Ah non !? Et pourquoi donc ? interrogea l'officier, les mains sur les hanches.

— Parce qu'il n'est plus ici.

— Mais qu'est-ce que vous me dites là ? Il n'est plus ici ! Mais c'est impossible !? répondit Gariépy, la voix haute et chevrotante.

— C'est pourtant vrai, dit simplement le même homme.

— Vous êtes en train de me dire que Germain Valois n'est plus ici ? demanda Gariépy d'une voix qu'il voulait calme.

— C'est exact.

— Mais, alors, où est-il ? poursuivit le policier, d'une voix douce, le sourire aux lèvres, où est-il donc ?

— Nous ne savons pas.

— Vous ne savez pas ? Vous me dites que vous ne savez pas où est Valois !? finit par hurler le policier.

— C'est pourtant exact, répondit le gardien en se dirigeant vers le bureau ; venez ici, je vais vous expliquer.

— M'expliquer quoi ? cria Gariépy.

— Mais, vous expliquer pourquoi nous ne savons pas où est Valois, venez ici voir vous-même, lui dit le gardien en lui tendant un papier.

Le policier s'approcha lentement, jetant des coups d'œil furtifs pour voir s'il était absolument seul avec les gardiens. Rendu près du comptoir, il prit le papier et lut :

Confidentiel

27 mai 2029

Objet : transfert d'un détenu.

Ordre est donné de transférer le détenu de la cellule 24 du centre de détention 19 pour des raisons de sécurité d'Etat.

Pour les mêmes raisons, la destination et l'identité du détenu de la cellule 24 doivent demeurer confidentielles ; pour ce faire :

un camion du ministère se présentera au garage du centre 19 à vingt heures précises pour prendre le détenu,

le conducteur aura en sa possession les papiers nécessaires et officiels requis pour une telle opération, il ne sera pas autorisé à parler,

soyez vigilants pour assurer la sécurité du transfert et du détenu,

contactez le signataire lorsque l'opération sera complétée.

P. S.   aucune personne autre que le signataire n'est autorisée à donner des renseignements ou à répondre à des questions concernant ce transfert.

Daniel Filiatrault,   Général de l'état-major de la Sécurité nationale.

Gariépy parcourut quelques fois le papier. Il se tourna lentement vers son interlocuteur.

— Mais qu'est-ce que cela ?
— L'ordre que nous avons reçu …
— Non, je veux dire qu'est-ce que c'est que cette blague ?
— Ce n'est pas une blague, monsieur.
— Mais que voulez-vous dire ? Ce n'est pas une blague ! ? Vous me dites calmement que ce n'est pas une blague ! Et je suppose que vous allez me dire de rester calme ! s'exclama Gariépy qui commençait à gesticuler.
— Il ne sert en effet à rien de vous énerver, ça ne changera rien à la situation …
— Mais laissez-moi tranquille avec votre situation, dit alors Gariépy plus calme, et menez-moi à la cellule 24 ; j'ai deux mots à dire à Valois !

Les gardiens demeurèrent silencieux et immobiles.

— Mais alors, êtes-vous donc de marbre ? demanda Gariépy qui recommença à s'énerver.
— Non, monsieur. Nous l'avons dit, Valois n'est plus ici.
— Conduisez-moi à sa cellule immédiatement ! hurla soudainement le policier, la plaisanterie a assez duré !
— Mais …
— Il n'y a pas de mais ! Conduisez-moi ! Immédiatement !
— C'est comme vous voulez, monsieur, répondit l'un des gardiens qui partit en empruntant le corridor qui menait à l'aile où se trouvait le 24.

Lorsqu'ils furent arrivés en face de la porte de la cellule, Gariépy ordonna d'ouvrir. Il constata qu'elle était vide. Il s'appuya sur un mur du corridor et demanda :

— Mais, où est-il ?

— Nous vous l'avons dit, monsieur. Nous vous avons montré l'ordre que nous avons reçu. Germain Valois n'est plus ici.

— Bon, ça va, j'ai compris, je me retire. Vous voulez me donner une copie de l'ordre de transfert ?

— Venez à la *réception*, je ferai ce qu'il faut. Voulez-vous en profiter pour voir votre autre pensionnaire ?

— Que voulez-vous dire ?

— Voulez-vous dire quelques mots à George Lauzon ?

— George Lauzon ... répéta Gariépy perdu dans ses pensées ... non ... je ne veux pas le voir, ce n'est pas nécessaire.

— Alors, suivez-moi, je vais vous donner ce que vous désirez.

Une dizaine de minutes plus tard, l'inspecteur s'était retrouvé assis dans sa voiture, épuisé, et tentant de comprendre la situation. Il avait essayé de joindre Marsan, en vain. Un tremblement aux épaules lui avait alors rappelé la fatigue dans laquelle il se trouvait et avait compris qu'il valait mieux qu'il se rende chez lui prendre les médicaments qui l'aideraient à se remettre des émotions qu'il avait vécues durant cette journée.

À ce moment, à Granby, sur le stationnement de l'édifice de la Sécurité nationale, un homme faisait les cent pas. Ayant reçu plus tôt dans la soirée l'ordre de remplacer le conducteur d'une camionnette qu'il devait mener au centre de détention des Basses-Laurentides, il attendait. On lui avait simplement mentionné qu'il lui serait impossible de savoir ce qu'il transporterait, le code pour l'ouverture de la porte n'étant connu que des destinataires.

À l'arrivée du véhicule, il attendit que le conducteur en descende pour prendre sa place sans même que les deux hommes n'échangent une parole. Quand ce genre de transport clandestin avait lieu, tous savaient qu'il valait mieux demeurer discret et prudent.

37

Surprises

Tout au long du trajet, Germain dormit et ne put se faire aucune idée de la durée de la ballade qu'il fit en cette belle soirée de mai.

— Bonjour, monsieur Filiatrault, je m'excuse de vous déranger si tôt …

— (…)

— Ah bon ! Vous vous attendiez à recevoir mon appel …

— (…)

— Ah ça oui ! Je suis coriace. Mais dites-moi, pouvez-vous m'expliquer ce qui s'est passé pour qu'on prenne une telle décision ? demanda Gariépy qui n'avait pas bien dormi.

— (…)

— Oui, je comprends, j'ai vu que c'était confidentiel et …

— (…)

— Oui, j'ai également remarqué que c'était pour la sécurité de l'État …

— (…)

— Oui, je vois, mais vous serez d'accord avec moi pour comprendre ma surprise hier soir, quand j'ai vu de mes yeux …

— (…)

— Vous désirez savoir ce que j'ai trouvé concernant le contremaître ? Écoutez, euh ! d'abord, j'ai eu la chance de …

— (…)

— Vous voulez que je vous le communique par écrit ? demanda Gariépy surpris, déçu et légèrement contrarié.

— (...)

— Oui, c'est bien, monsieur, je le ferai. Et si je trouve quelque chose concernant Valois, je suppose que vous voudrez que je vous prévienne de vive voix ou préférez-vous que je ...

— (...)

— Il n'y a plus rien à chercher concernant Valois ! ? fit Gariépy, dont le ton enjôleur et cajoleur jusque là, commença à monter, mais vous m'aviez pourtant donné tous les pouvoirs !

— (...)

— Mais alors, Marsan que je dois rencontrer aujourd'hui, que devrai-je lui annoncer ?

— (...)

Après cette réponse de Filiatrault, Gariépy arrêta de parler quelques instants, observa le récepteur en se demandant s'il avait bien entendu. Son interlocuteur le ramena à la réalité.

— (...)

— Oui, monsieur, bien sûr, je suis toujours là. Mais je ne m'attendais pas à cette nouvelle ce matin. Vous m'avez bien dit que Marsan a été muté ...

— (...)

— Oui, je comprends, je ne tenterai pas de le joindre, cela ne donnerait rien, comme vous dites. Mais, dites-moi, monsieur, les autres qui étaient là lors de la réunion mardi à Québec, vos confrères, que diront-ils ?

— (...)

— Non, monsieur, non, ne croyez pas que je veuille contester votre décision, au contraire, je crois que vous avez pris la bonne décision, c'est juste que je ...

— (...)

— Si je veux continuer de m'occuper de St-Stanislas ? Mais bien sûr ...

— (...)

— Mais, je ne sais si je pourrai trouver des pistes.

— (...)

— Oui, monsieur, oui, c'est bien. Je comprends, monsieur, ne pas contester une décision éclairée ; c'est bien, je comprends, veuillez m'excuser. Au revoir.

Gariépy coupa la communication et demeura assis au comptoir de sa cuisine. La veille, il avait pris des somnifères pour éviter de se laisser emporter et il avait quand même mal dormi, secoué par la nouvelle du transfert de Germain. Il désirait obtenir des explications malgré qu'il sache fort bien sa démarche inutile et il avait eu du mal à attendre une heure raisonnable dans la matinée pour contacter Filiatrault.

Pour une rare fois, Gariépy n'était pas d'accord avec la décision d'un supérieur. Les enquêtes politiques étaient bien délicates ; ce n'était pas comme d'enquêter sur un homicide. À la première occasion qu'il avait de prouver son efficacité, on lui coupait l'herbe sous le pied.

La veille encore, alors qu'il se dirigeait vers le village, il tenait sa victoire. On venait de lui enlever. Il n'acceptait pas. L'énergie qui monta en lui laissa des germes de haine à l'égard de ceux qui l'avaient méprisé ; il avait toujours accepté les ordres ou les suggestions de toute autorité, mais il ne pouvait accepter l'humiliation dont il venait d'être victime. Personne ne mépriserait Étienne Gariépy ; il ne deviendrait pas le gardien de St-Stanislas.

Lorsqu'un étrange sourire éclaira son visage, il fut secoué d'une légère convulsion au niveau des épaules. Il se servit un café et remarqua le tremblement de ses mains. « Renouveler la prescription pour les nerfs, première chose aujourd'hui », se murmura-t-il pour lui-même. Il revint au même endroit en marmonnant. Ses yeux étincelaient. « Vous croyez, monsieur Filiatrault, que je vais me laisser faire sans rien dire, sans réagir ; vous faites erreur. Vous avez écarté Marsan, bien. Vous ne vous débarrasserez pas de moi si facilement. Puisqu'il en est ainsi, à partir de maintenant, je me mets à la tâche seul, et je prouverai que vous avez eu tort de me mettre à l'écart. Vous avez, monsieur, oublié de régler un détail important en me prenant mon suspect, et j'ai encore un indice que vous ne soupçonnez pas. Ah ! monsieur, vous regretterez. »

Il but son café et décida de profiter de cette belle journée. Il irait d'abord voir les enfants jouer au parc. Ensuite, il ne savait pas, il avait tout son temps. Il n'avait qu'à préparer le rapport concernant l'arrestation de Ladouceur.

Germain s'était éveillé tôt. Émergeant très doucement d'un étrange sommeil, il réalisa d'abord qu'il se trouvait dans une petite chambre qu'il ne connaissait pas. Seul. À part le lit sur lequel il était couché, un pupitre, une chaise, une toilette, un lavabo et le nécessaire pour faire sa toilette. Son attention fut ensuite attirée par la fenêtre sur le mur qui faisait face à la porte ; la vitre n'était pas givrée, il pourrait voir à l'extérieur.

Il se remémora avec peine les événements de la veille qui apparurent lentement, difficilement d'abord, puis assez clairement. Une zone bleutée sur son avant-bras lui confirma qu'il avait bel et bien été piqué. Où se trouvait-il ? Combien de temps s'était écoulé depuis qu'il avait senti cette douleur au bras ? Il voulut se lever promptement, mais il faillit tomber, l'effet de la drogue qui lui avait été injectée la veille n'étant pas tout à fait dissipé. En titubant quelque peu et en se tenant au mur, il parvint finalement à la fenêtre.

Il fut très surpris. Il jugea qu'il devait se trouver au deuxième ou au troisième étage d'une bâtisse vraisem-blablement construite en plein milieu d'un champ. Une clôture de broche haute d'environ cinq mètres et terminée par un rouleau de barbelés semblait ceindre la bâtisse, du moins, ce qu'il en voyait lui permettait de le supposer. Sous sa fenêtre, un champ s'étendait jusqu'à l'horizon, touchant au passage trois fermes. À part un troupeau de vaches qu'accompagnaient deux chevaux au loin, rien d'autre ne bougeait. Rien non plus qui lui aurait permis de savoir où il avait été amené. Il demeura là quelques minutes, immobile, à attendre qu'il se passe quelque chose à l'extérieur.

Au bout d'un moment, il entendit un bruit dans le corridor, puis une clef qu'on introduisait dans la serrure. Un homme dans la quarantaine vêtu d'un uniforme gris, la chevelure grisonnante, costaud et peu souriant apparut avec un cabaret à la main.

— Voilà ton déjeuner, dit-il simplement en déposant le plateau sur le pupitre.

— Peux-tu me dire où je suis ? demanda Germain.

— Je ne peux donner de tels renseignements.

— Quels types d'informations peux-tu donner ?

— Aucune, on m'a ordonné de ne répondre à aucune question et de te demander si ce repas te suffisait, répondit l'homme toujours sur le même ton.

Germain jeta un coup d'œil et signifia son accord au gardien qui sortit en fermant la porte derrière lui sans dire un mot de plus. Le prisonnier mangea lentement. Il avait appris à *La Bastillette* à prendre le plus de temps possible pour s'acquitter des petites taches quotidiennes pour ne pas trouver le temps trop long. En mangeant, ses esprits lui revinrent et les effets de son injection disparurent complètement avec le repas.

Il s'accouda ensuite à la fenêtre. Il resta là de longues minutes à observer tout ce nouveau panorama. Lentement, ses angoisses des jours précédents refirent leur apparition, mais à quelques degrés plus intenses. Pourquoi ce transfert ? Pourquoi ce silence ? Pourquoi ce mystère ? N'était-ce qu'un jeu pour mettre ses nerfs à l'épreuve ? Était-ce une conséquence Marsan dont il appréhendait tant le retour ? Était-ce un bluff de Gariépy ? Était-il victime de ce R.A.C.Q. ?

Mais il ne fallait pas qu'il laisse défiler ces idées dans le désordre, il fallait plutôt se convaincre que quelque chose le sortirait de là et qu'un jour, tout irait mieux. Il devait se persuader que ce n'était qu'un mauvais moment à passer. Il s'étendit sur la couchette et chassa ces images de son esprit : Lise ... que faisait cette belle fille en cette matinée toute lumineuse ?

Elle était assise avec Josée qui avait finalement décidé de demeurer là encore une nuit suite aux événements de la veille sur le chantier. Les deux jeunes filles achevaient leur déjeuner.

— Alors, tu es certaine que ça va aller ? demandait la journaliste.

— Je crois bien que oui. Je tâcherai de ne pas m'énerver. Il faut attendre. Nous aurons des nouvelles, c'est évident.

— C'est bien ce que je pense. J'essaierai de trouver et si j'apprends quelque chose, je te contacte aussitôt.

— Sois prudente, la police est sur les dents.

— Ne t'en fais pas, si je te contacte, personne d'autre que toi et moi ne pourra comprendre. Et ton père, ça ira ?

— Je crois bien. Il demeure confiant en ce qui concerne Germain. C'est sa santé qui m'inquiète, je le trouve fuyant ; j'ai l'impression qu'il me cache quelque chose. As-tu remarqué hier soir, après la nouvelle de l'arrestation du contremaître, comme il était soucieux. Pourtant, il m'a confirmé que nous ne devons pas nous en faire pour Germain, il jure que ce n'est qu'une question de temps, mais qu'il ne peut en dire plus. Il est convaincu qu'il n'était pas associé avec ce Ladouceur. Germain ne m'en a jamais rien dit ; j'en doute moi aussi.

— Tu me l'as répété plusieurs fois hier, répondit en riant Josée. Que feras-tu ?

— Il y a le travail ici, mon père à surveiller, et j'ai l'intention de m'occuper de Pierrot, mon petit neveu, mon oncle et ma tante ont beaucoup de travail. Et toi ?

— Il faut que je retrouve mes chroniques. Le problème est que j'ai la tête vide, complètement vide. Je ne sais pas quoi écrire à mes lecteurs : ma tête n'est pleine que de tout ce qui s'est passé ici, et je n'ai pas le droit d'en parler.

— Surtout que ce policier agit comme un enragé ; on dit qu'il a blessé cet homme au visage. Il me fait peur, si tu l'avais vu lundi soir quand il a arrêté Germain, le regard qu'il avait ...

— L'arrestation de cet homme devrait bientôt permettre à Germain de s'approcher de nous, ajouta alors Henri Daigneault qui arrivait derrière sa fille qui se retourna vivement pour lui prendre la main.

— Bonjour, papa, bien dormi ?

— Pas trop mal. Bonjour Josée.

— Tu crois vraiment à ce que tu dis ? demanda Lise.

— J'y crois, répondit simplement Henri. Alors, Josée, tu nous quittes aujourd'hui ?

— Oui, tantôt ; je monte vérifier mes bagages dans quelques minutes.

À ce moment, Josée se leva et se dirigea vers la petite pièce arrière pour monter rejoindre sa chambre. Elle remarqua du coin de l'œil en passant Michel qui l'observait. Elle esquissa un sourire et se rendit à l'étage. En peu de temps, elle était prête et redescendue.

38

Impasse

Les jours passèrent et le mardi suivant, dans l'après-midi, Henri retrouva Albert au carrefour de deux routes isolées, tel qu'ils s'étaient entendus la veille. N'ayant pas de nouvelles de Germain, Henri, qui ne savait plus comment calmer Lise et qui s'énervait lui-même, avait contacté Albert Charron.

Cela avait été pénible pour lui de se rendre à ce rendez-vous. Il avait fallu trouver du carburant et le cacher à Lise qui ne voulait plus le laisser seul depuis sa crise du samedi soir précédent. Il avait subi des crampes telles qu'il n'en n'avait jamais eu. Depuis, il avait doublé la dose des médicaments qu'il prenait et son état mental s'en trouvait parfois altéré. Très fatigué par la conduite et la durée du trajet, il avait dû attendre une demi-heure au soleil l'arrivée de Charron qui avait tenu à ce que leur rencontre se tienne à cet endroit. Lorsque ce dernier arriva enfin, Henri était épuisé et de fort mauvaise humeur.

Albert réalisa que son ancien ami n'était pas dans son état normal. Il avait peine à se tenir debout, appuyé contre sa voiture.

— Comment se fait-il que Germain ne soit pas revenu ? demanda-t-il dès que l'autre fut descendu de sa voiture.

— Henri, j'ai fait ce que j'ai pu.

— Mais que s'est-il passé ? Comment se fait-il que nous n'ayons pas de nouvelles de lui ?

— Je ne peux te dire exactement, je ne sais pas ; en quelque part, il y a eu comme un court-circuit.

— Que veux-tu dire ?

— J'ai fait ce qu'il faut pour qu'il soit libéré, mais quelqu'un qui n'était pas prévu a faussé les plans.

— Pourrais-tu être plus clair ?

Albert hésita, passa la main dans sa longue chevelure.

— Non. Tout ce que je peux te dire, c'est qu'il aurait dû être libéré vers la fin de la semaine dernière …

— Et alors ?

— Et alors ? On l'a changé de place.

— On l'a changé de place ! Qu'est-ce que cela signifie ?

— Cela signifie que je ne sais plus où il est, laissa tomber Albert.

— Tu ne sais plus où il est ! ? demanda Henri dont les yeux lancèrent des éclairs vers Charron.

— Henri, aucune de mes connaissances ni de mes relations ne sait où il est, ajouta Charron.

— Tu mens.

Albert Charron tiqua après cette réponse ; son interlocuteur n'était pas dans un état normal et sa déraison lui causait des problèmes. Il se tint très droit et s'approcha.

— Henri, fais attention à ce que tu dis, j'ai risqué gros pour le faire libérer, répondit Charron en haussant le ton. Pour y parvenir, j'ai fait des contacts politiques, j'ai parlé à un chef d'entreprise qui a accepté de se mouiller, on a fait mentir un homme … Des gens ont pris des risques ! Ne crois-tu pas qu'il faut oublier ces événements ?

— Vous n'êtes que des écoeurants, vous utilisez les jeunes et vous vous en débarrassez quand vous en avez fini ! cria Henri qui n'écoutait plus.

— Je te jure que j'ai fait ce que j'ai pu ! Nous ne savons pas où il est rendu ! Il s'est passé quelque chose qui nous échappe ! Es-tu capable de comprendre ! ? J'ai fait ce que j'ai pu !

— Je n'ai jamais eu confiance en toi, même avant, je doutais !

— Tu perds la raison, Henri !

— Et comment se fait-il que les gardes savaient qu'Ernest serait là ce soir-là ? cria Henri.

— Tu déterres les morts ! Je n'ai rien à voir là-dedans ! tonna Charron qui tourna les talons.

— Tu ne penses tout de même pas que je vais te laisser partir comme ça ! lui cria Henri.

— Et comment pourrais-tu m'empêcher de partir ? Tu as de la difficulté à te tenir sur tes jambes, lui répondit Charron en se retournant, un rictus de dédain au visage, je ne sais pas ce qui se passe avec toi, mais il te faudrait vraiment de l'argent pour te faire soigner ! C'est bien triste de voir comment ça se terminera pour toi, surtout lorsqu'on sait que ça aurait pu être tout autrement !

— Tu ne t'en tireras pas comme ça, Albert. Il faut que tu me sortes Germain de là, répondit Henri, le visage perlé de sueurs, tu as trahi le père, tu ne trahiras pas le fils !

— C'est touchant de recevoir les menaces d'un moribond, Henri. Dommage, je n'ai pas beaucoup de temps et des choses à régler. Je vois que tu déraisonnes, mais tu n'aurais pas dû m'insulter. Tu tâcheras de trouver quelqu'un d'autre pour tes insultes et tes menaces !

— Albert, dit Henri, d'une voix éteinte, tu m'as même pris ma femme autrefois, tu ne prendras pas la vie de ces deux jeunes cette fois, je te jure …

— Tu m'as attendri une fois, ça me suffit. Tâche seulement de parvenir à te rendre chez toi, mon vieux.

Dans un geste étrange, Albert sortit un revolver, s'approcha d'Henri et le mit en joue.

— Tu vois, Henri, si j'étais bon garçon, j'abrégerais tes souffrances ; mais juste pour te donner le bonheur de rêver à tes menaces avant que tu crèves, je te les laisse. Peut-être, tiens, pourrais-tu avoir une pensée pour ce Ladouceur qui est en prison pour le caprice de ta fille ? lui dit-il les dents serrées, je te le dis, il ne fallait pas m'insulter. Je n'aurais pas dû accepter.

— Tu ne pourras pas toujours avoir le beau jeu, la vie nous rattrape !

— Occupe-toi donc de la tienne, elle semble t'échapper, mon vieux !

Il remit son revolver dans la poche de son manteau, tourna le dos, monta dans sa voiture et démarra.

Henri demeura seul, appuyé sur sa voiture et se mit à pleurer. En regardant Albert filer, il réalisa que c'était peut-être la dernière chance qu'il avait de faire le bonheur de sa fille qui s'éloignait ; il avait échoué. Il n'avait pu empêcher la montée de tous ces ressentiments à l'égard de cet individu. Calme, il aurait pu obtenir davantage de cet homme. Il maudit sa maladie qui le rongeait.

Il s'étendit sur la banquette arrière et prit tout le temps nécessaire pour retrouver sa condition normale.

Quelques heures plus tard, il arrivait à St-Stanislas songeant encore à la tristesse qu'éprouverait sa fille en apprenant les nouvelles concernant Germain. Alors qu'il tournait sur la rue Principale, son attention fut attirée par un attroupement sur le bord de la rue. Une quinzaine de personnes s'étaient massées sur le trottoir en face de la maison de George où une ambulance était arrêtée. Henri gara sa voiture et se dirigea vers ces gens qui cessèrent de parler à sa vue. La porte de la maison était ouverte et à deux reprises, il vit à l'intérieur un ambulancier qui se pressait. Il demanda :

— Que se passe-t-il ? Est-il arrivé quelque chose à Marie ?

— Monsieur Desrosiers l'a trouvée dans sa cuisine, répondit une femme dans la soixantaine.

— Oui, et ensuite ? poursuivit Henri.

— Elle était étendue dans une mare de sang, les poignets coupés …

À ce moment, les ambulanciers apparurent sur le seuil de la porte, emportant une civière sur laquelle était étendu un corps inerte, recouvert d'un tissu blanc. Derrière eux, le médecin apparut et annonça solennellement :

— Cette femme est morte depuis au moins deux jours. Y a-t-il quelqu'un ici de sa famille, ou qui puisse en rejoindre un membre ?

Sous le choc, aucun des villageois ne put répondre immédiatement. Le médecin demeura sur le perron, immobile. Les murmures reprirent et au bout de quelques minutes, un homme et une femme s'approchèrent de lui. Henri retourna vers sa voiture et se rendit lentement vers l'hôtel, sachant bien qu'on l'observait et qu'encore une fois lui et sa fille seraient pris à partie par les ragots que provoquerait immanquablement ce triste événement dont on rendrait Germain le seul et unique responsable.

Ceux et celles qui avaient pu penser que George était peut-être à l'origine de cette explosion, comme l'avait suggéré l'étranger, furent pris de remords et regrettèrent le doute qui les avait animés, victimes d'une rumeur montée de toutes pièces par ce jeune homme. Certains allèrent jusqu'à plaindre l'hôtelier qui, somme toute, avait toujours fait son possible pour éduquer de son mieux sa fille. Dans cette petite localité qui connaissait les faits et gestes de chacun, lentement, la nouvelle se propagea comme une onde qui parcourut le village en laissant derrière elle un nuage d'amour et de compréhension ;

les querelles, les disputes, les désaccords et les différends devinrent des occasions où la volonté de mieux comprendre son voisin remplaça les énergies déployées à mieux le détester.

On savait que Marie était malade depuis de nombreuses années et qu'elle faisait vivre à son époux des moments souvent très difficiles. Dans les foyers, on comprit mieux le comportement agressif de ce bonhomme qui, à bien y penser, ne refusait jamais, malgré son bougonnage, d'aider un voisin qui était mal pris, surtout si l'occasion était bonne pour déployer sa force.

Lorsqu'Henri entra dans l'hôtel, Michel vint vers lui pour le prévenir qu'un médecin de Sherbrooke avait communiqué et qu'il était important qu'il lui parle, dans la journée si possible. Henri prit le papier que lui tendait Michel et s'enferma dans son bureau sans dire un mot.

Pendant que se déroulaient tous ces événements, Lise n'était pas au village. Plus tôt dans la journée, elle était partie avec Pierrot. Ensemble, ils avaient parcouru l'érablière, et à la demande de l'enfant, ils s'étaient dirigés vers l'endroit où Lise avait aperçu une ourse quelques semaines auparavant. Lorsqu'ils furent près de l'endroit où Germain avait caché ses explosifs, la jeune fille préféra ne pas aller plus loin, ne voulant pas que Pierrot aperçoive les trous. Elle lui rappela qu'il fallait être prudent lorsqu'on venait par ici, qu'il fallait bien écouter, car si cette ourse avait oublié quelque chose pour ses petits, il valait mieux ne pas être sur son chemin. Le cœur gros, elle remonta sur le promontoire rocailleux d'où elle avait aperçu Germain creusant ses trous que la nouvelle végétation avait presque entièrement fait disparaître.

À ce moment, elle eut l'impression qu'elle ne reverrait plus son bel étranger. Elle s'étendit sur le dos, les images de la plus belle histoire d'amour de sa courte existence lui passèrent en tête. Elle entendit la voix du garçon :

— Tu es belle quand tu es couchée comme ça.

— Tu es bien gentil, toi, lui répondit-elle ; tu sauras dire les belles choses aux filles quand tu seras grand ?

— Si elles sont belles comme toi, oui.

— Elles seront bien contentes si tu leur dis de beaux mots.

— Quand tu seras fatiguée comme tu l'étais, tu viendras encore te reposer ici ?

— Je pense que ce serait une bonne idée.

— Tu devrais. Depuis que tu es ici, tu as l'air tranquille …

Ils revinrent plus tard vers l'érablière. De là, Lise observa le chantier sur lequel les hommes et les machines ne cessaient de s'affairer. Depuis le début de la semaine, la présence policière s'était faite plus discrète. Tout reprenait son cours normal dans le village. Dans quelques semaines, tout cet épisode ne serait qu'un souvenir. Elle s'arrêta à la demeure de son oncle et de sa tante pour y laisser son neveu, dont l'innocente spontanéité lui avait apporté du réconfort.

Dans les maisons, les gens discutaient des moyens à prendre pour retrouver George et le prévenir. Sans qu'aucune consultation n'ait eu lieu, quelques hommes décidèrent de se rendre à l'hôtel. C'était là, pensaient-ils, que se rassembleraient les gens et qu'ensemble une décision serait prise. De plus, il était parfois arrivé que des commentaires éclairés d'Henri apportent une solution à divers problèmes. Peu à peu, l'hôtel se remplit, baigné d'une ambiance étrange.

De son bureau, Henri eut connaissance du bruit des voix qui s'intensifia. Cela le retira des sombres pensées qui l'habitaient depuis qu'il avait terminé sa conversation avec le médecin de Sherbrooke.

Cancer du foie, bientôt généralisé. Nécessité absolue d'obtenir aux frais du gouvernement les doses de morphine pour enrayer la douleur.

Il appréhenda ce que venaient lui demander tous ceux qui s'agglutinaient aux tables dans la grande salle, il n'en aurait pas la force, ni le temps. Ce dernier mot lui fit mal ; c'était la première fois qu'il avait à composer avec cette nouvelle donnée : il n'aurait pas le temps de faire ce qu'il fallait faire. Il n'eut pas envie de sortir de son bureau.

Michel parvenait à servir toutes les consommations que lui demandaient les villageois dont le nombre augmentait lentement. L'arrivée de l'inséparable compagnon de George, le père Cyr fut suivie d'un silence. Après qu'il ait été invité à s'asseoir à une table en compagnie de voisins, le tumulte reprit.

Lise, qui arrivait par la rue, eut connaissance du nombre inaccoutumé de clients. Se doutant que quelque chose d'inhabituel se passait, elle préféra passer par la petite pièce de derrière. Déçue de perdre la sérénité qu'elle avait trouvée en compagnie de son petit neveu, elle s'assit à la table, anxieuse, essayant de découvrir ce qui se passait en captant des bribes de conversations. Elle sut qu'il s'agissait d'une affaire concernant George dont le nom revenait souvent. Après avoir entendu à quelques reprises le mot *morte*, elle en arriva à la conclusion que sa femme était morte.

Elle se doutait bien que si c'était de cela dont il s'agissait, encore une fois, elle serait la cible des commérages et des mesquineries de la place. Il ne suffirait alors que de donner le temps à toute cette poussière de retomber … jusqu'à la prochaine fois, car, avait-elle appris, la malveillance est rarement passagère. Et elle n'allait quand même pas se blâmer d'avoir aimé Germain. Elle n'était responsable de rien dans tout cela !

Elle poussa la porte et entra dans la grande pièce. L'espace d'un moment, le murmure devint un chuchotement. Son regard croisa celui de plusieurs personnes qui lui répondirent par un sourire compréhensif. Le murmure reprit après quelques instants.

Elle demanda à Michel s'il avait besoin de son aide, ce qui n'était pas le cas. Il lui demanda où était son père qu'elle voulut alors rejoindre dans le petit bureau, convaincue qu'il devait se faire du souci après la nouvelle qui secouait la place.

Cependant, elle ne put ouvrir la porte qui était barrée. Elle cogna et n'eut aucune réponse. Regardant derrière elle pour s'assurer que personne n'avait connaissance de ce qui se passait, elle frappa plus fort et dit :

— Papa, c'est moi ! Ouvre.

39

Le problème de Josée

Depuis son retour de St-Stanislas à la fin de la semaine précédente, Josée était aux prises avec un problème qu'elle n'avait pas cru devoir affronter.

Elle s'était d'abord rendue au journal pour voir comment s'était déroulée la diffusion de ses écrits ; tout allait bien. Elle était en avance dans les deux récits qui entretenaient les lecteurs et il y en avait encore assez pour une semaine de diffusion. Il fut entendu qu'elle reviendrait porter la suite et la finale de ces deux textes dans les dix jours à venir. Elle comptait s'enfermer dans son nouvel appartement pendant quelques jours et se laisser aller aux élans que laisserait tendre derrière elle la grande dame de l'inspiration.

Avant son départ, elle fut interpellée par Jean qui s'occupait de la mise en page informatique des textes avant leur diffusion. Ils étaient bons copains.

— Il faut que je te parle, Josée.
— Oui, à propos de quoi ? avait-elle répondu.
— Tu m'avais demandé de jeter un coup d'œil à ton courrier …
— Oui …
— Il y a eu des messages pour toi …
— Mais, il y en a souvent.
— Je veux dire qu'il y en a eu qui sont particuliers …
— En quoi ?

— Il y en avait de Louis …

— De Louis ! ? Qu'est-ce qu'il me veut ?

— Il n'était pas dans un état normal …

— Il était en boisson, sûrement …

— Oui, et il semblait avoir peur, très peur.

— Que racontait-il ?

— Il te rappelait qu'il te fallait être très prudente dans tes fréquentations et tes écrits.

— Mais de quoi avait-il peur ?

— Je ne sais pas, il ne le disait pas. Il semblait tout de même très sérieux

— Et qui d'autre ?

— Je ne sais pas, je ne reconnais pas cette voix.

— Et que racontaient ses messages ?

— C'était comme une mise en garde pour te prévenir de faire bien attention à ce que tu racontais dans tes récits, qu'il était rivé à son écran surveillant chaque mot, chaque allusion ou chaque allégorie pouvant s'avérer dangereux pour toi.

— Des choses dangereuses pour moi ?

— Oui, c'est ce que cet homme disait. Il y a eu deux messages de ce genre.

— Et tu ne sais pas de qui il s'agit ?

— Non, impossible. C'est une filière impossible à remonter. J'ai tout relu, mais je n'ai rien vu qui puisse être dangereux pour toi.

Josée n'écoutait plus. Il était évident que les auteurs de ces messages se connaissaient. Étaient-ils un montage de Louis dans une ultime tentative de l'éloigner des événements de St-Stanislas ? Elle l'en croyait capable.

— Mais qu'est-ce qui te fait croire que Louis avait peur ?

— Le ton de sa voix. Il disait que l'autre, un autre, ne reculerait devant rien, que tu devais être très prudente.

— Tu dis qu'il parlait d'un autre … Donc, il devait savoir qu'un autre m'écrivait.

— Peut-être.

Après avoir remercié Jean de l'avoir prévenue, elle quitta le journal. Elle se dirigea vers un restaurant sans se rendre compte qu'elle était suivie. Pendant le repas qu'elle prit, elle repensa à la liaison qu'elle avait eue avec cet homme et demeura fière d'y avoir mis un terme. Mais Louis ne la laisserait pas en paix ; il avait été blessé dans son orgueil, il était très attaché et il était très possessif. Elle n'était pas surprise de le voir récidiver.

Elle se persuada que quelques autres explications fermes seraient nécessaires et qu'ensuite, elle serait définitivement tranquille. Si cela ne suffisait pas, elle était convaincue qu'elle s'en déferait en le menaçant de recourir à la police. Quant à l'auteur des deux autres messages, elle n'avait pas la moindre idée. Le seul indice était Louis qui le connaissait. Elle espérait bien régler ce détail avec lui.

Après avoir quitté le restaurant, elle gara sa voiture sur la rue en face de la maison où elle logeait, prit sa valise et ses menues affaires, salua les quelques personnes très fières de la reconnaître et monta à son logement. Plus loin, au coin de la rue, un homme assis dans une voiture l'observait. Alors qu'elle s'attendait à trouver son courrier vocal plein, elle fut surprise d'y retrouver un seul message de Louis. Il la priait d'être prudente et lui demandait s'il était possible qu'ils se voient afin de discuter calmement.

Après quelques moments d'hésitation, elle décida de régler la chose une fois pour toutes. Elle contacta Louis chez lui.

— Bonsoir, Louis, c'est moi.

— (…)

— Je vais très bien, ne t'en fais pas.

— (…)

— Ce n'est pas pour me demander des nouvelles de mes amis que tu as laissé des messages au bureau et ici …

— (…)

— Justement, j'aimerais moi aussi qu'on règle la question.

— (...)

— Non, pas ici ... ni chez toi.

— (...)

— Non, Louis, je ne veux pas. Je veux te rencontrer dans un endroit public.

— (...)

— Un peu, oui ; je sais que tu peux t'emporter et je n'ai pas envie de subir tes humeurs. Discuter, ça ne me dérange pas, mais ni chez toi ni chez moi.

— (...)

— Parfait, au café « *Le pub à Normand* » dans une demi-heure.

Après avoir rangé ses affaires, Josée sortit sans remarquer l'homme sur le trottoir d'en face. Elle monta dans sa voiture et arriva au pub situé dans la vieille partie de la ville, sans avoir remarqué qu'une voiture l'avait suivie. Louis la rejoignit une dizaine de minutes plus tard. Il sentait l'alcool.

Après diverses banalités échangées dans la courtoisie, Louis commença à lui faire part de ses regrets et de son ennui. Elle lui répéta doucement mais fermement qu'elle ne retournerait pas en arrière. Il lui reprocha alors de s'être décidée sur un coup de tête, sans doute influencée par ces campagnards.

— Je crois que je suis assez grande pour décider de ce qui est bien pour moi.

— Ce n'est pas ce que j'ai dit.

— Mais que veux-tu dire exactement ?

— Je veux simplement dire que tu n'étais pas ainsi avant de rencontrer ces gens ...

— Puis-je te faire remarquer que tu n'as pas réellement changé non plus depuis que je t'ai laissé et que si tu avais compris quelque chose, tu aurais peut-être modifié ta façon de voir ...

— Ne comprends-tu pas que ma vie est devenue insupportable à cause de toi ?

— Écoute, pauvre homme, il y a d'autres femmes …

— Ce n'est pas ce que je veux dire.

Il fit signe au garçon d'apporter d'autres consommations.

— Je ne veux rien boire, Louis.

— Ce n'est pas grave, je les boirai.

— Si tu consommais un peu moins, tu réaliserais que je ne suis pas tant responsable des malheurs que tu vis … enfin, selon ce que tu me dis.

— C'est ce que tu crois !

— Pourrais-tu t'expliquer clairement pour une fois ! ?

— On m'accuse de te monter la tête et de profiter de ta situation de romancière populaire pour faire de la propagande par l'intermédiaire de tes écrits.

— Quoi ! ?

— Tu as bien compris.

— Mais qui t'accuse ?

— La police. On surveille tous mes gestes. On me fait des menaces.

— Mais tu ne fais rien de mal ! ?

— Pas moi, mais on surveille si toi, tu n'écris pas des choses pour réveiller les gens.

Henri avait donc raison. Ses écrits pouvaient être dangereux.

— Et jusqu'à maintenant, ont-ils trouvé quelque propos anarchique dans mes récits ?

— Il semble que non, puisque tu es en liberté.

— Puisque quoi ! ?

— Puisque tu es en liberté. Josée, ils sont fous. Fais attention.

Elle fit une pause, lui signifia de se taire et réfléchit quelques instants avant de poursuivre.

— Ils n'ont rien à me reprocher. Tu n'as pas à t'en faire, je n'écrirai rien.

— Je te remercie, j'espérais que tu comprennes …

— Louis, mettons quelque chose au clair. Si je n'écris rien concernant St-Stanislas, ce n'est pas à cause de ce que tu me dis, c'est parce que je sais très bien que la vie d'une personne pourrait être en danger.

Louis ne s'attendait pas à cette réplique.

— Tu veux dire que si tu le pouvais, tu publierais à propos des événements là-bas ? demanda-t-il en haussant le ton, le regard changé.

— Sans aucune hésitation.

— Mais Josée, tu me dis à l'instant que la vie de quelqu'un pourrait être menacée par tes écrits, n'est-ce pas assez pour comprendre ? lui dit-il en parlant fort.

— Il n'y a pas que mes écrits qui menacent sa vie, c'est la grosse différence. De toute manière, je dirai aux autorités qui viendront m'arrêter que tu n'as rien à voir dans tout cela, lui dit-elle en riant.

— Ne blague pas avec ces choses.

— Et, à propos, au journal, j'ai reçu des messages de quelqu'un qui dit surveiller de très près tout ce que j'écris. Si je comprends bien, il s'agit de la même personne que tu mentionnes dans les messages que tu as laissés au journal, tu parles de quelqu'un qui ne reculerait devant rien. De qui s'agit-il ?

— Il t'a laissé des messages ?

— Oui, c'est possible, enfin, s'il s'agit de la même personne. Il était impossible de remonter à la source.

394

— Méfie-toi de lui, c'est un fou.

— Mais de qui s'agit-il ?

— D'un policier.

— Comment s'appelle-t-il ?

— Gariépy.

Josée se raidit.

— J'ai rencontré cet homme là-bas, au lendemain du vol de dynamite, je me souviens.

— Méfie-toi de lui, il s'est juré de vaincre les anarchistes.

— Je le lui souhaite bien, moi.

— Ne le prends pas à la légère, Josée, il ne reculera devant rien.

— Pour l'instant, il ne peut rien me reprocher ; alors, dors tranquille. Je te remercie des renseignements ; il faut que je te laisse, je suis très fatiguée, je rentre. Au revoir.

— Mais, Josée, attends, j'aimerais …

— N'insiste pas, Louis, je rentre. Seule, ajouta-t-elle simplement en se levant.

— Attends, Josée, lui dit-il en lui prenant la main.

— Je ne veux pas de cela, laisse-moi, lui répondit-elle vivement en tentant de se dégager.

— Je ne veux pas te laisser, répondit-il en se levant sans lâcher sa main.

— Mais que veux-tu donc ? demanda-t-elle en regardant autour.

— Que tout revienne comme avant …

— Oublie ça, c'est impossible, lui dit-elle, le regard en feu.

— Je peux bien attendre encore un peu, répondit-il en délaissant son étreinte, un sourire amusé au visage.

Sans attendre, Josée quitta la place. Elle sortit en trombe et n'aperçut pas la voiture grise garée non loin de la sienne. Rendue chez elle, elle verrouilla les portes, vérifia les fenêtres et se laissa tomber sur son lit. C'était la deuxième fois qu'elle couchait à cet endroit et elle n'était pas plus tranquille que la première.

Elle avait senti de la menace dans les avertissements de Louis, cela l'ennuyait, elle ne parvenait pas à l'oublier. Elle finit par s'assoupir et joignit le monde des rêves en se disant que l'idéal était qu'elle finisse ses récits au plus tôt et qu'elle reparte à St-Stanislas.

Pendant qu'elle commençait son sommeil, dans « Le pub à Normand », Louis qui commençait à ressentir les effets de l'alcool tressaillit lorsqu'il reconnut la silhouette qui venait vers lui.

— Mais, c'est mon ami Louis que je vois là !
— Monsieur Gariépy ! Comment donc allez-vous ? demanda Louis, masquant sa crainte.
— Mais ça va très bien. Vous passez une bonne soirée ?
— Plutôt tranquille, voyez-vous, je réfléchissais.
— Cela devait être plus plaisant avec madame Lacoste, n'est-ce pas, demanda alors le policier avec le visage qui tiquait.
— Euh, un peu. Enfin, euh , bafouilla Louis embarrassé par la remarque.

Gariépy s'approcha de son visage, l'œil pointu, les lèvres frémissantes.

— Je croyais que vous deviez me prévenir de son retour, dit-il lentement, les dents serrées.
— Oui, vous avez raison, mais elle m'a pris par surprise, je n'ai pas eu le temps de vous prévenir, bafouilla Louis, très pâle.
— Ne deviez-vous pas me prévenir ! ? demanda d'une voix haute Gariépy qui avait peine à contrôler un rictus des lèvres, ne deviez-vous pas me prévenir ! ?
— Bien sûr, mais comme je vous disais …

— Jolicoeur, écoutez-moi. Je ne sais pas où vous voulez en venir, votre pute et vous, mais vous ne me passerez pas entre les doigts comme cela, non …

— Cela n'est pas notre intention.

— Mais vous parlez comme si vous étiez ensemble …

— Mais non, elle ne veut rien savoir de moi ! Moi non plus d'ailleurs.

— Dommage, elle a un beau cul, répondit Gariépy qui s'agitait.

— Monsieur …

— Ecoutez-moi, Jolicoeur, écoutez-moi. Vous m'avez promis votre collaboration, vous me l'avez promise, n'est-ce pas ?

— Oui, j'ai promis.

— Alors, ne me décevez pas. Que pourrai-je faire si je ne peux avoir confiance en vous ? Que pourrai-je faire ? Ne me décevez pas ! Des gens comme vous ont causé assez de problèmes ! Vous n'aurez plus beaucoup de chances ! lui dit Gariépy d'un ton menaçant avant d'éclater de rire. Allons ! Buvons un coup, Josée est revenue. L'enquête continue ! Vous m'accompagnez, Jolicoeur ? J'espère !

— Oui, monsieur, oui.

— Alors, prudence, n'est-ce pas. Si vous me cachez vos rendez-vous avec votre putain de journaliste, je peux m'imaginer que vous me cachez plein de choses ! Ne me décevez pas !

— Ne vous en faites donc pas, monsieur, répondit alors Jolicoeur avec une lueur étrange dans les yeux ; tout ce que je désire, tout ce que je souhaite, c'est avoir la paix.

— Voilà qui est bien, alors collaborez, mon cher, collaborez !

40

Liberté

Au lendemain de cette soirée bien arrosée, Gariépy s'était levé l'œil mauvais. Il était revenu très tard dans un état d'ébriété avancé, remâchant avec un étrange plaisir les confidences que lui avait faites Jolicoeur à propos de Josée. En effet, dans un esprit de vengeance, Louis lui avait relaté quelques bons moments vécus avec elle, moments qui révélaient que malgré son apparence un peu chaste, son ex-maîtresssse était une femme sensuelle qui s'adonnait sans retenue aux joies voluptueuses des plaisirs charnels. Il lui avait aussi décrit certains de ses charmes intimes avec détails pour achever le portrait qu'il avait dressé de cette femme bonne à procurer du plaisir.

De son côté, par ses commentaires méprisants, Gariépy était presque parvenu à lui faire détester Josée en la lui dépeignant comme une opportuniste qui abandonnait ses pauvres victimes après en avoir tiré tous les avantages possibles. Selon lui, c'était une femme vaniteuse qui l'avait utilisé, abusant de lui pour profiter de sa réputation et de ses bonnes relations dans le monde.

Ces propos avaient gonflé le ressentiment qu'il entretenait à l'égard des femmes depuis que la sienne l'avait laissé. Il ne pouvait tolérer que Josée sache des choses à propos de Germain Valois, que lui, inspecteur émérite, ignorait. La frustration et la misogynie s'éveillèrent lentement et conjuguèrent leurs efforts pour développer une attitude haineuse à l'endroit de Josée, qui de surcroît était l'amie et la confidente de la jeune campagnarde qui avait utilisé l'argument et les charmes du sexe pour tirer de ses griffes le coupable qu'il tenait ! Par ces deux femmes, il résoudrait l'énigme de St-Stanislas, par ces deux femmes, il retrouverait l'auréole qui lui revenait. Son supérieur Filiatrault ignorait tout de Lise et Josée et il avait encore tout le pouvoir nécessaire pour mener à bien la mission que seulement lui saurait conduire avec succès.

À la grande satisfaction de Jolicoeur qui avait tenté par cette manœuvre de diriger la frénésie de cet inspecteur ailleurs que sur sa personne, Gariépy ne lui donna aucun signe de vie pendant les jours qui suivirent. S'isolant complètement du reste du monde, l'inspecteur mit toute son attention et son énergie à surveiller Josée.

Le jour où on découvrit le cadavre de madame Lauzon, un message lui apprenait le décès de l'épouse de George qu'il avait complètement oublié, aveuglé par la colère qu'avaient provoquée son retrait de l'enquête de St-Stanislas et ses diverses conséquences. Il n'en avait rien à faire de George Lauzon, ce grand bêta de villageois. Filiatrault voulait mener l'enquête ? À lui de décider ! Il envoya donc le message suivant au bureau de son directeur :

Monsieur,

Avec peine, je viens d'apprendre le décès tragique de madame Lauzon, de St-Stanislas, dont le mari a été emprisonné suite à l'explosion du vieux pont. J'apprends que cet homme est encore emprisonné à La Bastillette, probablement parce que vous-même ne saviez pas qu'il était là.

Après une brève vérification, vous serez en mesure de conclure qu'il peut être libéré depuis l'arrestation du deuxième coupable dans cette affaire. Vous verrez dans mes rapports que je le maintenais détenu pour avoir le temps de bien vérifier son innocence, ce dont je ne doute plus depuis l'arrestation de

Ladouceur.

Ne croyez pas que j'ose me permettre de vous suggérer ce qui doit être fait, mais veuillez plutôt croire que je souffre difficilement qu'un innocent soit emprisonné injustement.

Votre dévoué, Étienne Gariépy.

Et voilà, pensa Gariépy, lorsque Filiatrault aura reçu ce mot, il fera libérer ce vieux, croira que je l'ai en estime, et qu'il a tout mon respect.

Après s'être versé une tasse de café, il se dirigea dans son petit salon, s'installa sur un fauteuil et pensa encore à ces deux femmes qui se dressaient comme seul obstacle à sa victoire prochaine dans cette bataille contre le R.A.C.Q. Son arme première était Jolicoeur qui craquerait bientôt. S'il poussait Jolicoeur à bout, s'il le terrorisait, sa grande frayeur de voir son confort disparaître et sa réputation brisée l'entraîneraient inévitablement à agir de façon irréfléchie.

Dans son salon, Jolicoeur tournait en rond, maudissant Josée. Il n'adhérait pas à tous les propos de Gariépy, mais ce dernier, pensait-il, n'avait pas entièrement tort Il la détestait pour la blessure qu'elle lui avait infligée et cherchait comment lui faire autant de mal. Dans ces sombres moments, il avait trouvé ce qui lui ferait mal, si elle ne revenait pas sur sa décision.

Dans un haut édifice à Québec, une grande dame corpulente était à ce même moment debout face à une vaste fenêtre et observait le fleuve sous une faible bruine. Revenue de vacances la veille, elle avait d'abord revu les dossiers principaux des affaires publiques pour s'assurer que tout était encore sous son contrôle. Ensuite, elle avait jeté un coup d'œil aux affaires qui touchaient à sa vie personnelle et avait été attirée par une note de Marchand, un employé en qui elle avait une confiance absolue depuis près de vingt ans et qui lui servait d'agent informateur dans divers ministères, dont celui de la Police. Elle l'avait immédiatement contacté et attendait son appel tout en pensant à cette note qui lui rappelait tout le chemin parcouru depuis son enfance. Par moments, son visage se décontractait jusqu'à l'ébauche d'un sourire, puis se refermait. L'appareil retentit. Elle s'y rendit lentement.

— Oui.

— C'est Marchand ; vous m'avez appelé ?

— Oui, je suis seule, tu peux parler.

— D'accord, que puis-je faire pour t'aider ?

— Il y a une note concernant un scellé comportant mon sceau qui a été vu sans examen à Sherbrooke, aux Transports. As-tu plus de détails là dessus ?

— Il a été vu mais il n'a été ni consulté, ni étudié, ni examiné.

— Il n'y a donc qu'une seule personne qui connaît son existence, simplement … ?

— Non, deux.

— Et ce scellé concerne Germain Valois, c'est bien cela ?

— Oui.

— Et qui sont ces personnes qui connaissent l'existence du scellé ?

— Une vieille connaissance du ministère de la Police.

— Qui est-ce ?

— Un des directeurs de la section des enquêtes politiques.

— Personne ne devrait connaître ce scellé.

— Je sais.

— Qui est l'autre ?

— J'ai vérifié sur les rapports de consultation automatisés. Il s'agit d'un nommé Marsan qui travaille à la police provinciale. Il avait été chargé d'interroger Valois et de découvrir son passé.

Ainsi, la ministre Gervais fut mise au courant des démêlés de Germain avec la police, et des accusations de vol de dynamite et de l'explosion d'un pont portées contre lui.

— Mais pourquoi a-t-on dû aller vérifier aux Transports ?
— Pour comprendre pourquoi il avait été engagé sur le chantier.
— Comment se fait-il qu'il n'y ait pas de procès ?
— On ne trouve pas de preuves contre lui.
— On ne trouve pas de preuves et il est en prison ! ?

Marie Gervais ne dit plus un mot. Elle demeura pensive jusqu'à ce que Marchand lui rappelle sa présence.

— Marie ? !
— Euh ! oui ! Excuse-moi, j'étais distraite. Je te rappellerai.

La ministre retourna à sa fenêtre, songeuse. « Petit imbécile, pensa-t-elle, je fais tout ce je peux et tu te mets les pieds dans les plats ; encore une intervention, c'est tout. »
Elle contacta Marchand à nouveau.

— Oui, Marie, que puis-je pour toi ?
— Deux choses. D'abord, le scellé des Transports et ce directeur aux affaires politiques doivent disparaître.
— Bien. Ensuite ? Quelle est l'autre chose ?
— Trouve où est Germain Valois et laisse-moi savoir le plus rapidement possible.

Assis dans son fauteuil dans un autre immeuble de Québec, Marchand échappa un siffle entre ses dents. « Pauvre Filiatrault, je savais que tu n'en avais plus pour longtemps. Demain, tu soupes en ma compagnie, ce sera ton dernier repas. » Il fit ensuite une combinaison de chiffres. Une voix bourrue répondit.

— Oui, allo !

— Filiatrault ! ici Marchand.

— Salut ! Dis-moi, ça va ? demanda Filiatrault d'une voix plus conciliante.

— Oui, ça va. Ecoute, j'ai de bonnes nouvelles.

— Ah oui ?

— Oui, écoute. D'abord, la ministre n'était pas fâchée d'apprendre que le jeune s'était fait pincer, elle était tout aussi heureuse d'avoir découvert qu'elle n'aurait pas dû lui faire confiance.

— Comment a-t-elle pu savoir ?

— Les rapports de consultation automatisés. Tu vois, elle veut lui donner une leçon et aimerait savoir où il est. Ensuite, elle veut que je te remette une communication écrite de sa part.

— Je craignais être dans la merde.

— Non, rassure-toi, elle a apprécié d'apprendre qu'elle s'était fait jouer par le jeune. Tu me dis où il est et on se donne rendez-vous demain *Au Sanglier rôti* vers dix-sept heures, c'est moi qui paie.

— D'accord. Il se trouve au centre de détention moyen des Basses Laurentides, à Lachute. Il y est inscrit sous un autre nom.

— C'est bien, je te remercie. Tu me communiqueras ce nom le plus tôt possible.

— Mais, dis-moi, l'autre policier qui est au courant, qu'est-ce que j'en fais ?

— Rien, elle ne m'en a pas parlé.

Marchand contacta aussitôt la ministre pour lui communiquer ce qu'il venait d'apprendre. Elle le remercia et lui demanda quand et comment disparaîtrait ce Filiatrault. Satisfaite, elle lui souhaita bon appétit pour le lendemain soir et le pria de bien saluer et de féliciter en son nom ce « *futur directeur* » lorsqu'il lui donnerait la fausse promotion qu'elle lui ferait préparer.

Elle sortit ensuite de son bureau, traversa la pièce adjacente et déboucha dans un corridor. Elle frappa à la deuxième porte à gauche, attendit un peu, et entra après qu'elle eut entendu une voix lui répondre.

— Bonjour, madame, fit un petit homme qui se dirigea vers la porte au moment où la ministre entrait.

— Bonjour, monsieur Langlois. Vous allez bien ?

— Assez bien, madame. Je me réjouis de cette pluie, nous en avions bien besoin, ne croyez-vous pas ?

— Vous n'avez pas tort, mon cher monsieur, lui répondit-elle en souriant. Puis-je, une autre fois, vous demander de me rendre un service ?

— Bien sûr, madame. Vous pouvez compter sur moi.

— Encore une fois, votre discrétion est très importante.

— Vous savez que vous pouvez vous y fier, madame ; cette fois-ci encore, et toutes les fois qu'il vous plaira.

— Ah ! monsieur Langlois, vous êtes bon pour moi.

— Pas autant que vous pouvez l'être pour moi, madame. Mais, de quoi s'agit-il ?

— Vous allez vous rendre aujourd'hui à Lachute, au nord de Montréal, au centre de détention à sécurité moyenne. Vous allez remettre une lettre au directeur qui vous autorisera à rencontrer un jeune homme auquel vous remettrez une autre lettre de ma part. N'ayez crainte d'un refus, vous serez attendu.

— Permettez-moi de vous demander, madame, s'agit-il du même jeune homme que la dernière fois dans les Cantons de l'Est ?

— Oui, il s'agit du même.

— Mais, dites-moi, a-t-il été emprisonné ?

— Oui, il a commis une faute mineure que je veux absoudre.

— Vous nourrissez de bonnes intentions à son égard, madame.

— Oui, mais pas pour longtemps encore, mon bon Langlois, il devra vieillir, et vite. Alors, vous remettrez donc une lettre au directeur et une à ce jeune. Écoutez-moi bien, Langlois, ces deux lettres devront être brûlées devant vous. C'est pourquoi je vous y envoie les porter, vous devrez les voir réduites en cendres avant de revenir.

— Je savais, madame. Dès qu'elles seront en ma possession, je partirai pour Lachute. Vous êtes bien aimable de m'envoyer faire ces ballades.

La ministre se retira dans son bureau. Elle fit les arrangements avec le ministère de la Police et une heure plus tard, Langlois qui avait en sa possession les deux lettres, partait en direction de Montréal alors que le ciel commençait à se dégager.

À la hauteur de Joliette, il quitta la route de Montréal et se dirigea plus vers l'ouest en direction de Lachute. Langlois ne se pressait pas, prenant plaisir à découvrir paysage qui se dévoilait à chaque détour.

Le centre de détention était situé à l'extérieur de la ville, érigé au milieu de champs, ce qui en facilitait la sécurité. Il fut introduit sans difficulté auprès du directeur qui l'accueillit avec gentillesse. Il parcourut la lettre qui lui était adressée et offrit ensuite à Langlois d'aller voir le détenu, tel que le suggéraient les derniers mots qu'il avait lus.

Lorsqu'ils arrivèrent à la porte de sa cellule, Germain qui était étendu sur son lit sursauta en reconnaissant cet homme qui lui avait semblé si étrange auparavant.

— Que faites-vous ici ?

— Je viens encore vous porter une nouvelle, répondit simplement Langlois en lui tendant une enveloppe à son nom écrit à la main et lui faisant signe de se taire.

Il se retourna vers le directeur à qui il demanda de les laisser seuls, l'assurant du même coup qu'il n'avait rien à craindre du jeune homme.

— De qui est cette lettre ? demanda Germain.

— De la même personne que la dernière fois, monsieur. Dites-moi, êtes-vous bien traité ? continua Langlois, très intrigué par l'apparence de Germain.

— Pouvez-vous me dire ce qui se passe ?

— À vrai dire, jeune homme, je ne peux malheureusement pas vous renseigner car je ne connais rien des motifs qui font que vous êtes ici.

— Mais où suis-je ? demanda Germain.

— Vous êtes au centre de détention politique à sécurité moyenne de la Région-Nord de Montréal, c'est-à-dire à Lachute.

— Lachute, répéta pour lui-même Germain, et vous ne savez pas pourquoi je suis ici ? Que fait Marsan ?

— Je ne connais personne de ce nom, monsieur, répondit Langlois, observant toujours Germain.

— Et l'inspecteur Gariépy, est-il en vacances ?

— Ce nom m'est également inconnu, fit simplement Langlois.

— Vous ne connaissez ni l'un ni l'autre ! ?

— Non, je vous l'ai dit. Mais si je comprends bien, vous ne savez donc rien des raisons qui font que vous êtes ici ?

— Non. On m'a d'abord amené à *La Bastillette*, puis transporté ici après avoir été drogué.

— Mais personne ne vous a-t-il donc renseigné ?

— Personne. Les gens que je connais ne savent pas où je suis, répondit Germain, et vous-même ne savez pas ce que je fais ici. Vous-même ne connaissez pas ceux que j'aime, cela est bien étrange.

— Sachez, monsieur, que je ne suis pas ici pour vous faire du mal, ça, je puis vous l'assurer … Je suis même convaincu d'être porteur d'une bonne nouvelle. Ouvrez, mon cher, ouvrez donc, répondit calmement Langlois.

— Vous n'auriez pas, monsieur, un signe pour moi d'une fille de St-Stanislas ? demanda Germain en prenant la lettre que lui tendait l'ami de Marie, elle s'appelle Lise ... Lise Daigneault.

— Non, malheureusement. J'aimerais tellement vous renseigner à propos de tous ces gens. Mais ouvrez donc.

Germain décacheta l'enveloppe, déplia la lettre et commença à lire. Il s'arrêta, se leva et s'accouda à la fenêtre poursuivant sa lecture sous la lumière du soleil qui perçait dans les nuages.

Germain,

Ce n'est pas la première fois que j'interviens pour toi. Tu te rappelleras de la dernière en reconnaissant celui qui te porte cette lettre. J'apprends que les choses n'ont pas été comme j'avais supposé qu'elles le seraient ; tout comme toi, je suppose, puisque je constate l'endroit où tu es rendu.

Je sais que tu as été victime des événements où tu es passé pendant ta vie. Tu as en toi ce qu'il faut pour semer le bonheur, tu le tiens de ton père. Je t'offre probablement la dernière chance qu'il m'est possible de t'offrir ; après, ce sera trop dangereux pour moi.

Monsieur Langlois a en sa possession les papiers qu'il faut pour te libérer. Cependant, je t'offre une liberté qui ne sera pas absolue : méfie-toi, fais attention de ne pas te trouver dans la région où tu as été recherché, arrêté et accusé. Les policiers qui travaillent là et comprendraient difficilement que tu sois là, et en liberté. N'oublie pas que les communications avec les gens que tu connais sont toutes sous écoute. Si tu tentes de les joindre, les autorités s'en rendront compte, t'épieront, et te reprendront.

J'ai appris avec une grande peine et une grande désolation ton appartenance au R.A.C.Q. Je t'en conjure, ne cherche pas la voie difficile cette fois. Laisse un peu le temps passer. Ne te

fais de mal. Oublie les événements récents et prépare ton futur.
Avec amour.

Tu achèves ta lecture, ta liberté approche. Cela m'est
pénible de devoir conserver cet anonymat. Langlois te mènera
vers la porte après avoir brûlé cette lettre. S'il arrivait que je
doive le faire, je nierais avoir écrit ces deux lettres.

J'espère sincèrement que ces tristes moments s'effaceront
rapidement de ta mémoire.

Bonne chance !

Germain parcourut plusieurs fois la lettre, très concentré,
devenant parfois préoccupé.

— Mais, si j'ai compris, il s'agit d'une liberté surveillée.

— Je ne sais pas, est-ce ce qui est écrit ?

— Non, pas textuellement ; enfin, je veux dire, sortir d'ici
sans pouvoir voir ceux que ceux que j'aime …

— C'est mieux que d'attendre vos deux policiers
morbides.

— La même allusion à mon père … encore … comme
l'autre fois … Qui est cette personne ?

— Quand même vous me menaceriez, je ne le dirais pas.
Vous perdez votre temps.

Germain se tut, regarda à l'extérieur. Son regard s'alluma.
Il fallait d'abord sortir de là. Il se tourna vers Langlois et lui
demanda des allumettes. Il brûla la lettre et dit simplement à
son énigmatique visiteur :

— Je vous suis !

Tous les deux suivirent le directeur qui avait attendu dans le
couloir. Germain n'avait rien qui lui appartienne. Après les dix
minutes que Langlois passa avec le directeur et qu'ils eurent

brûlé une lettre à leur tour, ils furent menés à la porte. Lorsqu'il fut à l'extérieur, Germain respira profondément, regarda tout autour, au-delà du stationnement et des hautes clôtures en direction des champs. Il se tourna vers Langlois et demanda :

— Pouvez-vous me conduire à Montréal ?
— Non, cela m'est interdit, répondit le fonctionnaire qui lui tendit un petit étui en disant : tenez, on m'a demandé de vous remettre ceci si vous acceptiez votre liberté.

Il monta ensuite dans son véhicule dont il actionna les piles et partit silencieusement, laissant Germain là, sur la route en train de vérifier le contenu de l'étui : une carte de communications, une carte d'identité et de l'argent, beaucoup d'argent.

Il partit à pied en direction de la petite ville de Lachute, heureux de voir de près les vaches et les deux chevaux qu'il avait si longuement regardés de la fenêtre de sa cellule.

41

Le retour de George

Le lendemain matin, mardi, les gardiens de *La Bastillette* se présentèrent à la cellule de George pour lui apprendre qu'on lui rendait sa liberté. Aux questions qu'il posa, on ne put que lui montrer l'ordre de libération qui se terminait par un souhait des autorités de ne plus le voir se mêler aux choses policières. À sa demande de rencontrer Gariépy, on lui répondit qu'on ne l'avait pas vu depuis la semaine précédente. À son désir de dire quelques mots à Germain Valois, on lui rappela que toute communication entre les détenus était interdite. Aux nouvelles qu'il demanda à propos de ce jeune étranger, on lui fit savoir qu'il leur était interdit de donner de tels renseignements. À sa dernière question, il fut surpris d'apprendre que son ordre de libération avait été décrétée par un supérieur de la police du Québec, une grosse légume, lui précisèrent les gardiens, un nommé Filiatrault, celui-là même qui l'avait signé. Il ne demanda aucune question concernant ses proches, car depuis le début de son séjour, on lui avait fait comprendre qu'on ne répondait pas à de telles questions, sans compter que l'attitude triste et grise des gardiens en cette matinée ne l'encourageait guère à le faire.

Ce qui fait que Lauzon se retrouva tout à fait seul sur le stationnement, ignorant complètement tout des motifs de sa libération. Il quitta cet endroit et déambula dans les rues vers des sites plus commerciaux. Pendant son incarcération, il avait énormément craint pour son épouse et cruellement souffert de ne pas pouvoir en obtenir de nouvelles. Grâce à une carte suffisamment garnie pour pouvoir procéder à quelques appels, ce fut donc cette dernière qu'il tenta d'abord de joindre dès qu'il eut atteint un appareil lui permettant de le faire.

La sonnerie retentit pendant plusieurs minutes sans qu'il n'y ait de réponse. Il pensa alors à son inséparable compagnon, le vieux Cyr, qui saurait bien faire en sorte qu'on vienne le chercher, ce qui lui permettrait de faire la surprise à son épouse.

Mais plus tôt dans la matinée, Jonas, l'entrepreneur en pompes funèbres, avait contacté Cyr pour savoir comment organiser les obsèques en l'absence du mari. Lorsqu'il revint chez lui, le vieux apprit de sa femme que George avait appelé pour annoncer sa libération et demander qu'on vienne le chercher. Elle n'avait pas osé lui annoncer la triste nouvelle et avait su cacher sa peine ; toutefois, elle avait noté avec précision l'endroit où il devait attendre son ami et lui avait promis de ne rien dire à son épouse de son retour inattendu. Après avoir trouvé quelques coupons de ration, une demi-heure plus tard, le vieux Cyr partait.

Il trouva assez aisément l'endroit où l'attendait George. Les deux s'étreignirent. Peu de temps après, la vieille voiture à essence roulait à vitesse réduite en direction des montagnes où se cachait le petit village. George décrivit avec détails les conditions dans lesquelles s'était déroulé son séjour. Lorsqu'il eut terminé, avant qu'il ne demande des nouvelles de Marie, Cyr s'empressa de lui donner des nouvelles du village.

— Ben, mon vieux George, ça ne va pas très bien chez Henri, laissa d'abord tomber le vieux.

— Comment ça ?

— Il est malade, Henri, très malade, qu'on dit.

— Quelle maladie ?

— Un cancer, au niveau du ventre …

— Mais, ils peuvent pas faire reculer la maladie ? On n'est plus dans l'ancien temps !

— Il s'est présenté trop tard. Tu le connais, Henri, toujours capable d'endurer ...

— Ouais, une autre fois, il aura voulu prouver qu'il était capable d'en prendre ...

— Il est orgueilleux, ce Henri ... S'il avait vu le médecin plus vite, il n'en serait pas là.

— Est-ce qu'il en a encore pour longtemps ?

— D'après ses proches, pas plus d'un mois.

Après quelques minutes de silence, il ajouta :

— C'est pas la maladie qui va l'emporter, c'est son maudit orgueil, ajouta George avec un léger sourire, ils vont lui donner des pilules pour qu'il meure sans crier, puis il va faire partie de nos souvenirs.

— Faut pas être trop dur, George, répondit le vieux qui ne trouvait toujours pas comment lui annoncer le décès de sa femme.

— Et la petite, Lise, comment réagit-elle ?

— Ça, je ne sais pas. À ce qu'on dit, elle est plutôt songeuse. C'est hier qu'on a appris cela. Je n'ai pas eu le temps d'en savoir beaucoup.

— Et le jeune baveux ? Est-ce qu'on a eu de ses nouvelles ?

— Rien, répondit Cyr en hochant la tête.

— De se retrouver seule, ça va lui faire du bien à Lise, ça va la faire vieillir, elle va trouver quelque chose d'intelligent à faire de son corps ...

— Ne sois pas trop dur, George, ne sois pas trop dur, on ne sait pas ce qui nous pend au bout du nez, tu sais.

— Je vais te dire, elle est mieux de s'y faire, parce que d'après ce que j'ai vu en prison, avec ce qu'on lui reproche, elle n'est pas à la veille de le revoir.

— Ils sont venus arrêter le contremaître du chantier la semaine dernière ...

— Ah ? … Tu vois, ajouta George après un silence, il ne faut peut-être pas se surprendre.

— Que veux-tu dire ?

— Moi, je comprenais un peu mal que le jeune étranger arrive à faire tous ses mauvais coups tout seul.

— Tu vois, le temps de prouver que tu n'avais rien à faire dans cette histoire et ils t'ont libéré.

— C'est à peu près ce qui a dû se passer. Dis-moi, comment va Marie ?

La question fut posée au moment où le vieux regardait du côté opposé. Il ne retourna pas la tête, craignant de ne pouvoir masquer son trouble et répondit :

— Avant-hier, elle était bien, je ne l'ai pas vue depuis.

— Elle va être contente. Elle a dû prendre ça très dur de se retrouver seule.

— Oui, mais elle a préféré demeurer seule. En tout cas, c'est ce qu'elle nous a demandé.

— Quelques heures encore, et tout reviendra à la normale.

Au plus grand soulagement du vieux Cyr, les deux hommes demeurèrent silencieux pendant le reste du trajet. À l'approche du village, George sentit une légère excitation en lui, mouvement que perçut son compagnon qui ne savait toujours pas comment lui apprendre la mauvaise nouvelle. Il décida qu'il ne le déposerait pas chez lui, cela ne se faisait pas. Pour lui éviter d'être seul en présence des macabres taches de sang sur le plancher sans savoir et sans comprendre, il l'amena plutôt avec lui en lui offrant le dîner.

— Non, je te remercie, vieux, mais je préfère rentrer.

— Mais pourquoi n'attends-tu pas après le dîner ? Tu n'auras pas à te le préparer …

— Marie aura préparé quelque chose, voyons, elle sera heureuse. Je ne veux pas la …

Il s'arrêta sans terminer, surpris par la réaction de son compagnon qui lui avait pris l'avant-bras tout en garant la voiture sur le bord de la rue.

— Qu'est-ce que tu fais ? Pourquoi arrêtes-tu ici ?

— Ben, écoute, George, je ne sais comment te dire ça, ce serait mieux que tu n'ailles pas chez toi, pas maintenant …

— Comment ça ? Pas chez moi ! ? Qu'est-ce qui se passe ?

— C'est Marie.

Cyr ne savait comment continuer.

— Qu'est-ce qu'elle a, Marie ?

— Ben, elle peut pas te faire à manger, George, dit alors le vieux, la voix tremblotante, étouffant un sanglot.

— Comment, elle peut pas faire à manger ?

— Elle ne pourra jamais plus te faire à manger, George, laissa tomber Cyr.

George demeura la bouche ouverte. Ses épaules s'affaissèrent lentement, ses yeux se dirigèrent vers le bas.

— Tu veux dire qu'elle est morte ? dit-il à voix basse, très lentement.

— C'est ça, George.

— Quand ?

— Hier.

— C'est pour ça qu'ils m'ont laissé sortir ?

— Je ne sais pas, je suppose.

— Comment est-ce arrivé ?

Le vieil homme, soulagé, lui raconta les événements de la veille.

— Si ce jeune baveux ne s'était jamais montré le nez dans les parages, rien de tout cela ne serait arrivé, marmonna George.

— George, ce n'est pas la façon de prendre ça.

— Et comment veux-tu que je le prenne ?

— Écoute, je suis rendu vieux. Quand il ne nous reste plus beaucoup de temps, on décide de prendre soin de ceux qui nous entourent avant de *partir*.

— Oui, et après ?

— On devrait toujours prendre le temps d'aimer ceux qui nous entourent, George, parce qu'on ne sait pas quand on va *partir* ... ou quand ils vont *partir* ...

— Je comprends. Mais tout allait bien avant que ce Germain n'apparaisse.

— Marie était malade, tu le sais bien. Ce jeune-là n'a jamais souhaité te faire du mal ! Il ne te connaissait même pas ! lui dit Cyr, en haussant le ton dans une attitude paternaliste.

Surpris, George baissa les yeux. Son compagnon avait raison.

— Où est Marie ?

— Chez Jonas. Il ne sait pas trop quoi faire. Il m'a appelé ce matin.

— On va l'enterrer, sans rien de plus.

— Veux-tu que je m'occupe de lui dire ?

— Tu serais bien aimable si tu le faisais, répondit George qui ajouta après un moment de silence : peux-tu lui demander de tout préparer pour demain matin ? Viens me conduire au cimetière. Je vais prendre l'air, j'en ai besoin.

— Je m'occupe de tout, tu peux être tranquille.

— Je vais voir à nettoyer la maison. Je veux voir.

— Comme tu veux, George. Débarrasse-toi de ta colère. J'ai eu le temps d'y penser, tu sais, il n'y a pas de raison d'entretenir la haine, elle masque la vérité.

— O.K. C'est bon, répondit George en soupirant, je vais penser à tout cela. Tu n'as peut-être pas tort.

Ils se dirigèrent vers le cimetière. Lorsqu'il y entra, George se sentit moins accablé. Il savait qu'après les jours de chagrin, la vie serait plus facile sans Marie. Il marcha lentement entre les pierres tombales, lisant au hasard les noms qui lui rappelaient différentes époques de sa vie. L'ajout de celui de Marie dans les mois à venir cèlerait deux décennies pendant lesquelles il avait été prisonnier de la maladie de sa femme ; il ne devait pas pleurer, se disait-il, il devait s'en réjouir, mais respectueusement.

Les derniers mots de son vieux compagnon l'avaient atteint. Si cela lui avait été dit à un autre moment, il aurait nié. Dans la douleur, il comprit l'importance de l'amour des gens. Seul, il comprit que son orgueil l'avait toujours empêché d'être généreux dans ses sentiments à l'égard des autres.

Il monta la petite côte boisée à l'extrémité du cimetière en repensant aux récents événements qu'il vit alors sous un éclairage différent. Pourquoi s'était-il mêlé de ce qui s'était passé ? Il regretta de s'être laissé emporter. Qu'avait-il voulu prouver ? Peut-être avait-il envié ce jeune qui meublait sa vie avec sa seule liberté ? Et Lise, que pouvait-il lui reprocher ? Il finit par s'avouer que ces deux jeunes faisaient ce qu'il avait toujours eu peur de faire : vivre selon ses désirs, sa volonté, ses envies ; vivre selon tout ce que la liberté permet.

Il s'assit au pied d'un arbre sur lequel il s'appuya et, fermant les yeux, il laissa défiler sa vie en images qui lui montrèrent les moments où il avait pris les mauvaises décisions, guidé par la crainte de déplaire aux autres. Avait-il déjà décidé quelque chose pour lui ? Il finit par se demander s'il parviendrait à se faire plaisir maintenant qu'il était seul. Il sourit en pensant à Marie qui avait si souvent tenté de le convaincre de laisser faire les autres … Parviendrait-il à vivre le reste de sa vie en pensant à lui sans toutefois être égoïste avec les autres ?

Il ouvrit les yeux et aperçut au loin, sur la petite route menant à l'érablière de Jean-Marc Latour, Lise et son neveu Pierrot. Il se surprit à se demander pourquoi il enviait cette jeune femme ? Il l'avait toujours considérée comme une fille facile qui se livrait aux fantasmes des gars plutôt que de voir en elle une fille qui cherchait l'affection qu'on lui faisait payer un prix très élevé.

Le souvenir d'Henri qui allait mourir bientôt lui revint à la tête.

« Pauvre petite …, son amoureux est disparu et elle va perdre son amour de toujours »

À ce moment, il aurait voulu être avec elle pour lui parler doucement, mais elle aurait probablement eu peur de lui et se serait méfiée. Cela lui fit réaliser qu'on le craignait et que lui-même avait peur, de quoi se protégeait-il donc ?

Il ne parvint pas à trouver. Pourtant, cela le fit sourire.

42

Le bonheur de Gariépy et de Lise

Vers la fin de la soirée, Gariépy qui venait de fermer son téléphone poussa un cri et s'amusa à hurler comme le font les enfants excités. Il venait d'apprendre le décès soudain de son supérieur Filiatrault, mort subitement dans un restaurant du Vieux-Québec, victime d'un arrêt cardiaque.

Il avait également appris qu'en attendant que les dossiers de ce directeur soient partagés entre les autres directeurs de son niveau, on lui confiait la responsabilité de la suite de l'enquête et de la surveillance du chantier de St-Stanislas, étant donné sa connaissance du dossier.

Plus rien ne l'empêchait alors d'agir à sa guise.

Deux jours auparavant, par l'écoute de la ligne de l'hôtel Central, il avait surpris une conversation entre Josée et Lise et ainsi appris la nouvelle de la maladie d'Henri. À ses yeux, Lise était désormais sans arme, et en forçant un peu, il obtiendrait les aveux de cette jeune garce. À deux reprises, il avait rencontré Jolicoeur dont il entretenait toujours la rancune à l'endroit de Josée ; il l'avait à nouveau menacé de le dénoncer aux autorités s'il n'arrivait pas à exercer un contrôle sur son ancienne maîtresse qu'il lui dépeignait comme un danger bien plus réel et encore plus terrible qu'il ne pouvait se l'imaginer.

Depuis quelques jours, Gariépy s'était appliqué à fabriquer de faux rapports à propos de la journaliste. La veille, lors d'une autre soirée bien arrosée avec Jolicoeur, il lui avait montré quelques-uns de ces rapports « officiels » que des supérieurs avaient signés, en se demandant bien quel individu avait pu être assez inconscient pour entretenir des relations avec une telle femme, lui avait-il affirmé. Il l'avait également prévenu que Josée avait été aperçue en compagnie de confrères soupçonnés de côtoyer des groupes subversifs de Montréal. Encore une fois, le policier ne s'était pas gêné pour parler de Josée en la qualifiant de profiteuse qui n'avait pas hésité à utiliser ses charmes pour parvenir à ses fins et qu'elle se préparait d'ailleurs à le faire à nouveau avec quelques autres hommes à qui elle avait parlé de lui comme d'une mauviette, d'un bon à rien incapable de satisfaire une femme. Et lorsqu'il tenait Jolicoeur bien suspendu à ses discours, l'inspecteur ne manquait pas de lui rappeler d'être aux aguets afin de lui mentionner la moindre faute de cette femme perfide.

Jolicoeur en était incapable, il ne pourrait vendre Josée pour avoir la paix. Cependant, las des sarcasmes de l'inspecteur à son endroit et animé par un désir de vengeance à l'endroit de Josée, il ne se gênait plus pour lui confier des détails de plus en plus obscènes à propos de sa relation avec la journaliste. À la vue de l'inspecteur se délectant de toutes ces histoires, il croyait ainsi négocier la paix et éviter les dangers qu'il lui faisait constamment miroiter.

Cela faisait quelques fois que l'inspecteur laissait des messages pour Josée qui permettaient de supposer que Louis ne se gênait pas pour dévoiler l'intimité de son ancienne maîtresse ; il avait été question de petits tatouages, de grains de beauté et de quelques petits autres détails concernant certaines particularités de son corps. Gariépy faisait cela de manière à ce qu'elle ne puisse identifier les origines de ces messages graphiques ou audio. Elle se doutait que cet inspecteur dégoûtant était à la source de ces divagations, mais elle préférait ne pas leur donner suite pour ne pas stimuler cet homme qui, pensait-elle, n'attendait probablement qu'une réaction de sa part pour donner plus fortement libre cours à sa déraison.

À la police, on n'avait pas considéré sérieusement la plainte qu'elle avait formulée. On lui avait répondu qu'elle se trompait sûrement, que l'inspecteur Gariépy était quelqu'un de bien, un modèle pour certains. Elle avait dû faire de grands efforts pour demeurer calme. Mais depuis sa visite à la police, elle avait compris que cet homme avait tout le pouvoir nécessaire pour se donner le beau rôle. Il pouvait faire ce qu'il voulait, on ne pourrait l'arrêter. Elle se sentait observée, épiée, suivie, traquée ; seule et sans recours, elle avait peur.

Elle était énormément déçue de l'attitude de Louis. Elle le savait hautain et orgueilleux, mais jamais elle ne se serait douté qu'il puisse être faible au point de se venger, et qu'il le fasse en racontant les détails intimes de leur relation à un détraqué. Elle avait tenté à deux reprises de lui parler, mais elle s'était vite rendu compte qu'il était en boisson et elle avait préféré ne pas insister. Elle ne savait que faire pour que ces événements cessent et elle n'était pas pour raconter ce qu'elle savait à propos de Germain pour sauver sa peau.

Gariépy ne savait rien des réactions qu'il provoquait sur sa cible et il n'avait pu mettre de l'avant toutes les idées qui germaient parfois dans le déséquilibre qui l'animait, se devant tout de même de demeurer prudent pour ne pas s'attirer les foudres d'un supérieur.

Mais voilà, Filiatrault était décédé ; les événements l'avaient débarrassé de son supérieur. Après qu'il eut cessé de hurler, il mit toute sa vigueur à imaginer ce qui éveillerait la fureur chez l'un ou l'autre de ces anciens amants dans le but de provoquer chez l'un des deux le geste de trop.

Au second étage de l'hôtel de St-Stanislas, au même moment, Lise était fébrile. Après le souper, sa tante Mathilde, la sœur de sa mère, était venue rendre visite à Henri qui était demeuré sérieux et fermé depuis qu'il avait parlé au médecin. Il souhaitait que les gens commencent déjà à l'ignorer ; il ne voulait pas qu'on le pleure de son vivant. Plus que tout autre chose, il aurait voulu éviter à Lise le choc de lui apprendre lui-même sa mort imminente. Mathilde voulait convaincre Henri de se faire une joie de bientôt revoir sa femme et le rassurer quant à Lise.

Elle avait amené le petit Pierrot qui voulait absolument voir sa grande cousine. Après que lui et sa mère furent arrivés, il avait tiré Lise à part et lui avait demandé s'il pouvait la voir seule. Elle l'avait fait monter à sa chambre, alors que Mathilde était demeurée avec Henri. Après qu'elle eut refermé la porte, il lui avait simplement dit en tendant un papier:

— J'ai un message pour toi.
— Un message ? Mais de qui ?
— Je ne peux te le dire. Il m'a demandé de demeurer à tes côtés pendant que tu le lirais.

Intriguée, Lise prit le papier qu'elle déplia.

Le renard est revenu surveiller son terrier,
et demande s'il ne pourrait pas visiter
une jolie fille, sans être vu dans la nuit,
pour goûter son corps chaud,
et le sentir frissonner.

Lise était tombée plus qu'elle ne s'était assise sur son lit et avait relu plusieurs fois le message, serrant contre elle le petit qui semblait bien fier d'être complice de cette émotion.

— C'est lui, j'en suis certaine, avait-elle murmuré. Dis-moi, messager, qui t'a remis ce papier ?
— Je ne peux le dire.
— Y a-t-il des détails qu'on t'a chargé de me dire ?
— Si tu veux, il faut que je fasse clignoter la lumière de ma chambre à coucher deux fois ce soir vers neuf heures.
— Où as-tu rencontré la personne qui t'a remis le papier ?

— Dans l'érablière, après le souper.

— Elle ne t'a rien dit d'autre ?

— Non. Est-ce que tu veux ?

— Est-ce que je veux quoi ?

— Mais, que je fasse clignoter ma lumière.

— Mais oui, je veux, Pierrot. N'oublie surtout pas de la faire clignoter.

— Alors, viens me reconduire.

— D'accord.

Elle avait prévenu Michel de leur départ et s'était rendue à pied jusqu'à la maison près de l'érablière. Après quelques mots avec son oncle, elle était revenue lentement tout en scrutant l'orée du bois sans rien déceler. Tout au long du chemin qu'elle avait suivi, elle n'avait jamais été en mesure de voir la fenêtre de la chambre de Pierrot qui était orientée à l'opposé du village.

Revenue chez elle, elle monta à sa chambre et se jeta sur son lit. Son cœur battait à grands coups. Elle ne savait que faire ni que penser. Au moment d'apprendre que son père mourrait bientôt, elle avait également appris qu'il ne pouvait plus rien pour Germain. Elle s'était résignée et s'était elle aussi fermée au monde extérieur. Plus de père, plus de Germain, que lui resterait-il ? N'ayant ni la force, ni le courage, ni l'énergie pour affronter cette réalité future, elle avait décidé d'attendre les événements. Elle entendit sa tante qui partait. Puis elle entendit monter son père et sa porte de chambre se refermer derrière lui et plus tard, elle entendit finalement Michel qui verrouillait les portes après le départ des derniers clients.

Il n'y eut plus aucun bruit.

Elle enleva ses vêtements pour revêtir une longue chemise de nuit blanche et légère. Elle passa dans le couloir et entendit le bruit d'une poulie qui grince à l'extérieur. En regardant par la fenêtre, elle vit la balançoire qui bougeait, à peine. Sans bruit, elle ouvrit la fenêtre et appela en chuchotant :

— Germain ?

Une voix répondit tout aussi faiblement.

— Mon ange !

Elle descendit aussitôt, passa par la petite pièce de derrière et ouvrit la porte qui donnait sur la cour. Son bel étranger était là, superbe, debout, appuyé sur l'arbre auquel était suspendue la balançoire qui ne bougeait plus.

Elle s'arrêta sur le seuil de la porte. Elle respirait rapidement. Il prononça son nom si tendrement que la jambe lui flancha presque. Il vint vers elle et s'arrêta à quelques pas.

— J'ai eu tellement peur de ne plus jamais te revoir, lui dit-il doucement en s'approchant, j'avais oublié que tu étais si belle. C'est la deuxième fois que tu m'apparais comme un ange. Tu es encore plus belle que les plus beaux souvenirs que j'avais de toi.

Il s'approcha, effleura ses épaules, sa taille, ses hanches et l'attira délicatement vers lui. Elle se blottit contre lui en disant simplement :

— J'ai vécu des heures horribles, Germain. Je ne veux plus te voir disparaître. Je ne le supporterais pas.

Elle l'entraîna à l'intérieur et le fit monter silencieusement dans sa chambre. Elle le dévêtit avec douceur alors qu'il déboutonnait sa chemise de nuit qu'il lui enleva pour ensuite murmurer :

— Je ne veux plus te voir disparaître, moi non plus, Lise. J'abandonne tout pour toi. C'est ce que je veux. C'est la première fois que je retrouve un bonheur perdu. Je ne veux plus avoir à te rechercher.

Enlacés, ils s'étendirent sur le lit. Lise se laissa caresser et posséder par cet étranger qui la combla avec finesse et tendresse. Ils demeurèrent alors immobiles, goûtant la chaleur de leurs corps qui s'apaisaient.

Soucieuse d'apprendre s'il avait été maltraité, elle lui demanda ce qui lui était arrivé. Il lui raconta brièvement son séjour à *La Bastillette*, son transfert, sa difficile captivité à Lachute, isolé du monde, et son étrange libération. Il lui raconta son voyage en auto-stop jusqu'au village voisin et son arrivée discrète par la forêt jusqu'à la rivière à la Truite. Il ne trouva rien à dire lorsqu'elle lui apprit à propos de son père et de la femme de George.

Elle lui expliqua qu'elle se doutait que son père apprendrait tôt ou tard une mauvaise nouvelle. Ce n'est pas tant la nature de la maladie qui l'avait déroutée, mais le peu de temps qu'on lui donnait à vivre. Elle ne voulait pas voir son père dans la peau d'un moribond et lui-même ne voulait pas qu'elle le voit ainsi.

Il fut surpris d'apprendre les tentatives de Henri pour le faire libérer, cependant déçu, comme elle, de ne pas en savoir plus long sur les moyens qu'il avait utilisés. Il lui expliqua qu'il ne pouvait demeurer avec elle à cause de la surveillance policière et qu'il devrait la quitter avant l'aube. Ne pouvant plus s'installer dans le chalet, il vivait dans la montagne ; il lui expliqua qu'elle n'avait pas à s'inquiéter pour lui, car il avait pris l'habitude de vivre ainsi depuis deux étés. Ils s'entendirent qu'ils se verraient la nuit, en attendant que la situation redevienne normale. Si cela était possible, ils passeraient certains moments ensemble à l'extérieur de St-Stanislas.

Au moment où Germain quittait sa bien-aimée, un peu avant l'aube, Gariépy achevait de concocter ce qui, selon lui, provoquerait une réaction extrême chez Louis et chez Josée.

Plus tard dans la matinée, après avoir déjeuné et laissé passer un peu de temps, il se rendit à un journal de piètre qualité qui était mis en onde le jeudi soir et publié le vendredi après-midi. La coutume voulait qu'on le parcoure et qu'on meuble ainsi les potins de la fin de semaine. L'inspecteur connaissait un type qui y travaillait et qui lui était redevant. Il savait qu'avec son recours, il pourrait faire paraître l'article qui ferait bondir Josée. Lorsqu'il eut l'assurance qu'il paraîtrait le jour même, il parut soulagé d'un énorme poids. À une certaine question, l'informaticien lui répondit qu'après quinze heures, on ne pouvait plus rien changer ni modifier du contenu. Un sourire d'enfant éclaira le visage du policier qui revint chez lui.

Pendant cette dure semaine, Josée n'était pas parvenue à produire les textes comme elle l'aurait voulu. Généralement, elle se présentait au journal dans la matinée du jeudi pour remettre ses textes, mais elle avait pris du retard. Le vendredi, en début d'après-midi, elle et son réviseur parcouraient les textes à paraître deux semaines plus tard, lorsqu'elle fut appelée par Jean qui lui parut soucieux.

Il était quatorze heures cinquante-cinq. Il lui signifia qu'il fallait qu'elle arrête immédiatement son travail pour venir voir un message pour elle qui venait tout juste d'entrer. Au même moment, elle fut appelée par un autre employé : on la demandait pour une communication, question de vie ou de mort. Elle laissa Jean et suivit à la course l'employé qui la dirigea vers le téléphone le plus près. Elle reconnut la voix qui lui disait :

— J'espère que vous ferez une tout aussi bonne lecture que le petit peuple de la ville, madame la romancière sexy.

L'interlocuteur coupa aussitôt la communication.

— Il va me rendre folle.
— Viens, Josée, il faut que tu voies ce qu'il t'a envoyé.
— Tu crois que c'est lui ?

— C'est le même genre, sauf que cette fois, il semble moins gêné.

— Allons, je te suis.

Jean amena Josée au pupitre où il avait reçu le message. Lorsqu'elle commença à le lire, il était quinze heures deux minutes.

« Comme tout bon citoyen, madame, je recherche la vérité pour empêcher les gens malhonnêtes de perpétrer leurs méfaits. Mais moi, j'ai appris la vérité à votre sujet, madame la nourricière d'illusions, et j'ai sollicité votre collaboration dans une enquête sur des événements à propos desquels vous savez des choses ; vous avez refusé de collaborer, m'arrêtant ainsi dans l'enquête que je mène. J'ai donc trouvé le moyen de vous arrêter dans votre profession en disant la vérité, ce qui ne me gêne pas ; vos lecteurs, ceux qui vous enrichissent, madame, tout comme moi, ne demandent qu'à connaître la vérité, et ils la connaîtront.

Grâce à votre ex-amant, j'ai enfin trouvé une vérité que je me fais un devoir d'apprendre à nos concitoyens pour qu'enfin vous arrêtiez d'abuser d'eux et surtout, pour m'assurer que vous ne soyez pas une mauvaise influence pour eux. Dans le « Canard de fin de semaine » qui paraît ce soir, les gens connaîtront enfin la vérité à votre sujet, vérité à laquelle ils ont droit, tout comme j'ai droit à une autre vérité. Soyez assurée, madame, que votre tatouage sur l'intérieur de votre cuisse gauche saura attirer les lecteurs et les lectrices vers la petite cicatrice de votre délicate hanche, qui s'agitera alors pour leur plaisir, guidés qu'ils seront par votre ex-partenaire de jeux pervers, grand universitaire de renom, de surcroît. Je vous donne en primeur le titre de cet article : Partouzes et brunchs chics. Est-il nécessaire de vous dire que des amis de votre partenaire étaient à la recherche de photos ...

J'espère de tout cœur que vous me croirez si je vous dis que la vérité est aussi que je regrette sincèrement ce que vous me forcez à faire ...

Josée relut en vitesse le message et demanda en criant de trouver rapidement le numéro du « *Canard de fin de semaine* ». Lorsqu'ils purent établir la communication, il était trop tard, le journal était fermé depuis quelques minutes jusqu'au lundi midi. Elle contacta la direction de son propre journal et leur raconta l'affaire. Malheureusement, ils ne pouvaient intervenir pour empêcher la publication. Elle ne pensa même pas faire intercéder la police, c'était inutile.

Elle tenta de joindre Louis, rien à faire. Avant de partir, elle fut appelée au bureau de la direction où on lui dit qu'on voulait bien la supporter, mais qu'ils avaient tout aussi hâte d'obtenir des explications concernant le dernier message qu'ils avaient reçu un peu plus tôt, message qui mettait en doute la sincérité et le professionnalisme de la journaliste ; le message faisait état de relations douteuses qu'entretenait la journaliste avec des regroupements anarchistes. La direction fit savoir à Josée qu'on la rencontrerait dans les jours à venir, car on ne voulait pas que les autorités puissent penser qu'une journaliste, si populaire soit-elle, puisse profiter de son statut au journal et dans le public pour faire de la propagande contre l'Etat.

Josée retourna seule à son bureau, presque étourdie. En quelques jours, sa carrière et sa vie prenaient une direction qu'elle n'aurait jamais pu prévoir. Elle était la victime d'un inspecteur fou et de son ancien amant qui ne contrôlait plus la vengeance qu'il avait décidé d'exercer contre elle suite à leur rupture. Elle décida d'aller régler ses comptes avec Louis Jolicoeur immédiatement ; elle ne voyait pas d'autres moyens de se sortir de ce pétrin.

43

Enlèvement

Elle sortit de l'édifice et fut accueillie par une pluie lourde qui s'abattait depuis une bonne heure sur la région. Elle sauta dans sa voiture et partit rapidement vers le quartier huppé qu'elle avait habité avec Louis. Où donc la mènerait le scandale qui éclaterait assurément avec la parution de ce journal minable ?

La rage au cœur, ses yeux devenaient parfois tout aussi mouillés que le pare-brise. Étourdie par les récents événements, elle maudissait le jour où elle avait rencontré Louis, mais demeurait incapable de regretter celui où elle avait vu Lise apparaître sur cette petite route de gravier et se dresser devant les policiers pour sauver la vie de Germain.

Elle gara son véhicule, s'approcha de la demeure sous la pluie, sortit sa carte et déverrouilla la porte nerveusement, malgré sa détermination. Lorsqu'elle entra, elle vit Louis, qui venait voir ce qui se passait, intrigué par le bruit. Il s'arrêta net et, après quelques instants, accueillit Josée.

— Hé ! Mais ! Ça, c'est une surprise ! Entre, Josée, entre ! lui dit-il en s'approchant pour lui prendre le bras.

— Ne me touche pas ! lui répondit-elle fermement avant d'aller plus loin dans la maison et de s'installer, debout dans la cuisine.

Louis qui l'avait suivie ne savait que faire. Il ne l'avait encore jamais vue dans un tel état.

— Tu es un bel écoeurant, Louis Jolicoeur ; je ne pensais pas que tu puisses aller si bas.

— Laisse-moi t'expliquer, tu …

— Il n'y a rien à expliquer. Rien ! Tu as voulu me menacer, je vais te menacer à mon tour.

— Tu as refusé d'entendre ce que j'avais à te dire …

— À voir ce que tu es devenu, je n'ai aucun regret. Mais toi, tu vas regretter.

— Tu es pourtant mal placée pour me menacer …

— C'est ce que tu crois, mon cher, mais détrompe-toi, j'ai encore un outil très puissant …

— Mais arrête donc ! Tu vas finir par te faire du mal, par te détruire …

— Penses-tu vraiment qu'on puisse me faire plus de mal que tu ne m'en as fait ? hurla Josée, tu m'as déshabillée devant cet homme, devant un fou …

— Mais tu ne voulais pas …

— Tais-toi ! Écoute-moi ! Je n'en ai pas pour longtemps.

— Ne fais rien que tu regretterais, Josée, …

— Je n'ai plus rien à regretter ! Rien ! Tu as voulu te servir de notre intimité, n'est-ce pas ? Comme un lâche, tu as laissé ta peur te dominer. Tu m'as livrée à cet homme. Tu sais qu'il va raconter notre vie intime au journal le *« Canard de fin de semaine »* ?

— Mais, voyons, il ne fera pas cela …

— C'est pourtant ce qu'il m'a dit !

Louis parut secoué en apprenant cela. Il se dirigea vers le salon et revint avec une bouteille de rhum et en prit trois bonnes gorgées.

— Tu ne fais que boire ! ?

— Que veux-tu que je fasse ?

— Tu me dégoûtes ! Tu as hâte de lire nos ébats amoureux ?

— Voyons, il ne fera pas cela, il …

— Écoute bien, Louis Jolicoeur. Il ne me reste qu'un article à écrire, un seul. Tu le liras bien …

— Pourquoi un seul article ?

— Parce que je vais démissionner. Je vais quitter le journal pour acquérir ma liberté. Je ne veux plus être attachée …

— Et qu'écriras-tu comme dernier article ?

— Ce que tu es et pourquoi je laisse la profession. Je vais dire la vérité à propos de toi et de ceux dont tu as peur …

— Tu vas laisser ton emploi ! ?

— Oui, je veux ma liberté. À vrai dire, j'étouffe ici depuis que j'ai vu ces gens à la campagne.

— Tu me sembles bien décidée.

Louis ne put s'empêcher de sourire en regardant Josée.

— Pourquoi ce sourire ?

— Parce que ton propos n'a pas de sens, lui répondit-il.

Il pencha la tête en arrière et but plusieurs gorgées à même la bouteille qu'il déposa bruyamment sur la table. En s'essuyant les lèvres, il s'approcha d'elle, toujours souriant.

— Alors, tu vas écrire ce que je suis, lui dit-il lentement, toujours en s'approchant.

— C'est mon intention, lui répondit-elle en reculant un peu.

— Je ne crois pas que ce soit une bonne idée.

— Louis, après tout ce que tu m'as fait, c'est bien la moindre des choses …

— Tu n'as pas le droit, hurla-t-il en frappant la table.

— Louis ! Reste où tu es ! lui cria-t-elle.

— Tu n'as pas à me dire quoi faire dans ma maison ! lui dit-il en s'approchant vivement et en la prenant par le bras qu'il tint serré.

— Laisse-moi !

— Josée, réfléchis bien, tu n'écriras rien sur moi, tu regretteras …

— C'est toi qui regretteras, lui dit-elle les dents serrées. Lâche-moi, tu me fais mal !

Il commença à lui caresser le cou et la poitrine de sa main libre. Josée tenta de se débattre mais ne parvint pas à se défaire de son emprise. Lentement, il l'appuya au mur.

— Je t'ai laissée partir une fois, regarde où cela nous a menés.

— Louis, laisse-moi !

— Non, Josée, je ne veux pas te perdre encore !

— Tu me perdras de toute façon ! Laisse-moi !

— Tu ne vas écrire ce que tu as l'intention de …

— Je vais écrire pire, tu en trembleras toute ta vie …

Josée sentit la main de Louis la serrer plus fort à la gorge. Elle tenta de se dégager, sans succès. Elle vit apparaître une étincelle dans les yeux de Louis. Il s'approcha d'elle, rendant insupportable l'odeur de boisson qui s'exhalait de sa bouche.

— Si je te laisse, tu promets de ne rien écrire et de me laisser tranquille …

— Jamais, Louis, pas après ce que tu m'as fait.

— Ce que je ferai alors te fera plus mal que ce que je pourrais te faire maintenant. Tu auras mal toute ta vie.

— Je ne vois pas ce que tu pourrais faire de pire …

— Ne doute pas de moi, Josée. Réfléchis bien.

— C'est tout réfléchi, tu vas payer.

— Alors, je vais te laisser partir, mais avant …

Il s'approcha d'elle, la prit par la taille pour la tenir collée contre lui et commença à lui embrasser le cou et les épaules tout en la maintenant alors qu'elle commençait à se débattre.

— Juste une dernière fois, Josée ; après, je te laisse.

Elle lui donna un coup de genou entre les jambes prit le grille-pain sur le comptoir et lui en asséna un coup violent au visage. Pris par surprise, il délaissa son emprise et elle en profita pour se dégager. Elle courut jusqu'à la sortie et l'entendit hurler :

— Tu vas regretter toute ta vie ! Josée ! Reviens ! Tu regretteras !

Elle courut sous la pluie jusqu'à son véhicule dans lequel elle s'engouffra. Elle verrouilla les portières et se tint prête à démarrer, ce qu'elle ne fit pas immédiatement, curieuse de voir ce que ferait Louis, si cela s'avérait possible.

Ce dernier s'était effondré sur le plancher sous l'effet de la surprise, de la douleur et de l'alcool. Il s'étira le bras pour atteindre la bouteille qu'il vida presque. Il passa sa main sur son front pour soulager un picotement et sentit une étrange sensation de chaleur humide. En apercevant sa main, il se rendit compte qu'elle était ensanglantée. Cette vision ajoutée au mal qu'il ressentait dans le bas du ventre le fit rager.

Il se rendit à sa chambre à coucher en s'appuyant contre les murs. Il fouilla dans un tiroir où il rangeait ses chandails. Ensuite, il téléphona. Lorsqu'on lui répondit, il dit simplement :

— Je suis bien content que vous soyez chez vous, ne bougez pas, j'arrive.
— (...)
— Oui, je pars à l'instant.
— (...)

— J'ai quelque chose, disons … d'explosif pour vous.

— (…)

— Ne bougez pas, j'arrive.

Une quinzaine de minutes plus tard, il se tenait à l'entrée de sa maison, un diachylon posé sur le front. La bouteille sur le comptoir de la cuisine était vide. Lorsqu'il sortit, il ne vit pas la voiture de Josée garée plus loin de l'autre côté de la rue.

La jeune femme remarqua qu'il marchait rapidement pour ne pas perdre l'équilibre. Il s'appuya sur sa voiture avant d'y monter. Il démarra. Elle le suivit jusqu'à l'autre bout de la ville. En route, il brûla deux feux rouges, et ne pouvant risquer de le suivre au second, elle le perdit de vue. Sans se rendre compte qu'elle le suivait, il l'avait menée dans un quartier qu'elle ne connaissait pas.

Ne sachant trop que faire, ayant remarqué qu'il se dirigeait toujours vers le sud, elle fit en sorte de poursuivre dans cette direction en utilisant plusieurs rues transversales. Après vingt minutes perdues à le chercher, Josée stoppa ses recherches et attendit, garée sur une rue principale que Louis utiliserait peut-être s'il revenait chez lui le même soir. Au bout de quelques minutes, elle entendit un fracas de ferraille. Instinctivement, elle regarda vers l'endroit d'où était provenu ce vacarme et aperçut la voiture de son ancien amant qui avait embouti un poteau. L'avant était démoli et Louis dut donner de solides coups d'épaule pour en sortir. Ivre mort, il fulminait. Il vociféra des propos inintelligibles à l'endroit des curieux qui s'attroupaient déjà.

Sachant qu'elle n'en tirerait rien, elle décida de laisser Louis se débrouiller seul et quitta ce quartier, tout de même curieuse de savoir où il s'était rendu après cette course folle.

Cette même journée, un peu avant le souper, la pluie avait cessé, tout juste après la mise en terre du cercueil de Marie Lauzon. Une quarantaine de personnes, parents et amis avaient assisté à la cérémonie. Lise et Henri n'étaient pas allés, mais ils avaient fait parvenir des fleurs avec un mot d'encouragement et de gentillesse.

Après le souper, Lise et son neveu étaient allés du côté de la cabane à sucre voir les fleurs qui commençaient à ouvrir. Depuis que tout était calme sur le chantier, plus personne n'accordait d'attention aux allées et venues des policiers. Elle n'avait donc pas remarqué plus loin la voiture grise près de la roulotte du chef de chantier et cet homme en habit qui jasait avec trois agents. Discrètement, il jeta quelques coups d'œil en sa direction après qu'un policier l'eut désignée du regard. Aussitôt le petit et sa cousine disparus, les quatre hommes montèrent dans deux voitures, s'approchèrent de l'érablière, dissimulèrent leurs véhicules et descendirent.

Dans la forêt, Lise et Pierrot rebroussèrent chemin lorsqu'ils réalisèrent qu'il ferait noir bientôt. En approchant de la cabane, la jeune fille crut distinguer une voiture. Elle demanda à Pierrot d'attendre et elle s'approcha, prudemment.

Soudainement, un homme surgit derrière un arbre, le sourire au visage.

— Qui êtes-vous ?

— Une personne qui ne vous veut pas de mal, répondit le policier en regardant derrière elle.

— Que voulez-vous ? lui demanda-t-elle.

En tournant les yeux dans la direction où le policier regardait, elle sursauta lorsqu'elle reconnut Gariépy. Elle voulut s'éloigner, mais fut arrêtée dans sa démarche par les deux autres policiers. L'inspecteur prit la parole :

— Ne craignez rien, mademoiselle, je veux simplement vous demander de procéder à une identification, lui dit-il en riant.

Tous les sens de Lise étaient en alerte. Il lui fallait faire attention, cet homme ne savait pas que Germain était en liberté. Elle le suivit docilement. Lorsqu'il voulut la faire monter dans la voiture, elle hésita ; voyant les hommes s'approcher, elle vit qu'elle n'avait pas le choix. Après qu'elle fut assise sur le siège arrière, il sortit une enveloppe qu'il lui montra.

— Vous connaissez la personne dont vous lisez le nom ?

— Oui, répondit Lise qui ne voyait pas où voulait en venir l'inspecteur ; est-il arrivé quelque chose ?

— Alors, vous connaissez ce nom. Il s'agit bien de Josée Lacoste ?

— Oui.

— Bien. Maintenant, dites-moi, c'est bien votre écriture ?

— Mais pourquoi …

— Mademoiselle, continua Gariépy dont le ton changea, je pourrais faire une vérification, mademoiselle, qui me permettrait d'identifier votre écriture.

— Et quelle vérification ? demanda Lise qui commençait à craindre.

— Sur des papiers officiels, mademoiselle, ou plus simplement sur des lettres que ces policiers trouveraient sûrement chez vous si je les y envoyais, mademoiselle, par exemple, voilà ce que serait une vérification, mademoiselle, répondit doucement Gariépy qui souriait comme un enfant. Alors, dites-moi …

— Vous êtes allé chez moi ? demanda Lise qui s'inquiétait pour Henri.

— J'ai besoin de savoir s'il s'agit de votre écriture, lui dit-il d'un ton impératif en lui braquant à nouveau l'enveloppe sous les yeux.

— Oui, répondit-elle, sachant qu'il prouverait facilement qu'il s'agissait bien de son écriture.

— Bien, mademoiselle, bien. Vous rappelez-vous de ce que contient cette enveloppe ?

Lise ne répondit pas. Elle adressa un regard chargé de mépris à l'inspecteur.

— Vous comprenez, n'est-ce pas, mademoiselle ? Vous êtes intelligente, continua Gariépy en ouvrant l'enveloppe.

Lise demeurait silencieuse.

— Il y a là la preuve de la culpabilité de votre Germain, mademoiselle. Réalisez-vous bien que vous êtes vous-même allée porter cette preuve ? demanda Gariépy dont la bouche commençait à trembler, le réalisez-vous bien ?

Elle ne dit pas un mot pendant que l'inspecteur lui sortait le papier que l'enveloppe contenait. Il le lui plaça devant les yeux et elle reconnut, bien malgré elle, le message qu'elle était venue porter à Josée en échange de cartes d'argent pour faire examiner son père.

Bonjour Josée,

Un mot pour vous dire que bientôt,
il y aura un événement explosif
à St-Stanislas. Il y a mensonge quand
on dit qu'il n'y a pas eu vol d'explosifs
la fin de semaine dernière.

Lise.

Le sourire de Gariépy disparut. Il s'approcha de la jeune femme mortifiée et l'attacha avec les sangles de sécurité. Elle se débattit et Gariépy l'arrêta en la giflant. Il respirait très fort. Lorsqu'il eut terminé, quelques soubresauts à peine perceptibles agitaient ses épaules. Il monta la glace de la portière et actionna le verrouillage de sécurité ; Lise ne pouvait plus sortir de la voiture.

Comment il se faisait que ce billet ait pu tomber entre les mains de cet homme qu'elle craignait ? Josée était-elle en danger ? Était-il possible qu'elle l'ait trahie ? Elle ne parviendrait jamais à savoir avec cet homme. À voir les précautions que prenait ce policier, elle réalisa qu'il l'arrêtait et qu'il était fort probable que personne ne saurait où il la conduirait. Elle servirait de monnaie d'échange contre les renseignements qu'il souhaitait pour obtenir la peau de Germain.

Prisonnière !

Gariépy remercia les trois policiers et leur ordonna la consigne du silence en leur montrant un papier qui sembla les impressionner. Après que ces hommes eurent quitté cet endroit, il se retourna et regarda Lise comme s'il se fut agi d'une conquête.

À la vue de cet homme qui la fixait ainsi, elle eut très peur. Il monta devant et ils partirent sur la route en direction de la ville.

44

Disparue !

Après avoir retrouvé son calme, Josée avait réalisé le danger qu'elle avait frôlé chez Louis. En repensant à la dernière scène, un frisson l'avait parcourue et elle avait eu peur de retourner chez elle. La journaliste avait beau chercher quelle menace de Louis elle devait craindre, elle ne trouvait pas. Et où était-il allé ? Elle ne trouvait pas non plus.

Confortablement assise à la fenêtre d'une chambre d'un luxueux hôtel, elle admirait les montagnes, toutes garnies de cette nouvelle teinte verte, parfois plus claire là où le soleil couchant perçait les nuages qui se dissipaient lentement. Elles lui rappelaient les gens de St-Stanislas où elle avait envie d'aller. Lise était devenue une amie comme elle n'en avait encore jamais eu. Elle s'assoupit en s'imaginant ce qu'aurait pu être cette vie là-bas, si elle avait découvert cet endroit un peu plus tôt et que tous ces événements n'étaient jamais arrivés.

Elle ne se doutait pas qu'au même moment, Pierrot observait les hommes autour de sa cousine. Il comprit qu'il se passait là quelque chose d'anormal. D'abord figé, il demeura quelques instants à regarder puis, lorsqu'il constata que ces hommes l'avaient oublié, il rebroussa chemin et partit rapidement dans l'érablière en se dissimulant et en regardant souvent derrière lui pour s'assurer qu'il n'était pas suivi.

Lorsque Lise eut été installée à l'arrière de la voiture, beaucoup plus loin, sur le haut d'une butte, couché par terre, tapi parmi les buissons, il vit ces hommes échanger quelques mots avec celui qui n'était pas habillé en policier. Ils regardèrent encore un peu vers la forêt et partirent finalement, laissant là, seul, le petit Pierrot qui demeura caché encore de longues minutes.

Après qu'il eut quitté le village, Gariépy avait d'abord roulé une dizaine de minutes demeurant tout aussi silencieux que sa passagère qu'il devinait terrorisée, à ses yeux qu'il voyait par le rétroviseur. Puis, il s'arrêta et descendit. Après avoir regardé tout autour pour s'assurer qu'ils étaient seuls, il ouvrit la portière arrière, ce qui affola Lise qui ne vit pas autre chose à faire que de hurler. Rapidement, l'inspecteur prit un écrin de sa poche et en sortit une seringue. De plus en plus énervé par les cris de la jeune fille, il finit par la gifler en lui criant de se taire. En voulant relever la manche de sa blouse, dans son énervement, il déchira la poche et la boutonnière et fit apparaître sous ses yeux la poitrine haletante de Lise qui cessa alors de crier pour lui lancer un regard enflammé.

L'œil mauvais et pervers, il s'approcha d'elle, tiquant, tenant sa seringue d'une main et s'appuyant de l'autre sur son épaule ; avant qu'elle n'ait pu réagir, il lui avait enfoncé l'aiguille dans le bras, le visage en sueur. Elle se sentit amollir et n'eut que vaguement connaissance de la main de Gariépy qui glissait lentement sur son sein qu'il serra irrespectueusement, l'œil avide.

Plus tard, Mathilde était arrivée à l'hôtel, tout énervée. La noirceur était tombée depuis plusieurs heures et elle était sans nouvelles de Lise et de Pierrot. Michel était seul pour servir les clients. Lorsqu'elle apprit que lui non plus ne savait pas où ils étaient, elle demanda à voir Henri qui était dans sa chambre, au second étage.

Elle monta rapidement et frappa à sa porte.

— Henri ! Ouvre, c'est Mathilde !
— Entre, ce n'est pas barré, répondit une voix faible.

Mathilde ouvrit rapidement la porte et entra. Henri était assis à un pupitre et écrivait. Il se retourna et accueillit sa sœur en tentant de sourire.

— Bonsoir, Mathilde, qu'est-ce qui t'amène ici à cette heure ? demanda-t-il, il est près de vingt-deux heures !

— Henri, je suis inquiète ; Lise a amené Pierrot dans l'érablière et ni lui ni elle ne sont revenus, répondit-elle.

— Ils ne sont pas chez toi ? demanda-t-il en se levant.

— Non !

— Ils ne sont pas ici ! ?

— Non !

— Ce n'est pas le genre de Lise.

— Je sais, Henri, c'est pour ça que je suis venue te voir. J'ai peur qu'il soit arrivé quelque chose. Que faire ?

— Je ne sais pas. Es-tu allée voir du côté de l'érablière ?

— Oui, j'ai crié, on ne répond pas.

— As-tu remarqué quelque chose d'anormal ?

— Rien, à part le va-et-vient habituel des policiers, répondit-elle avant d'ajouter après une pause : il y a bien eu deux autos qui sont allées vers la cabane, mais rien d'autre …

Henri demeura songeur. Après tout ce qui s'était passé depuis février, tout était possible. Le ridicule de la situation était de ne pas pouvoir compter sur l'aide de la police pour rechercher Lise. Il avait peur que quelque chose soit arrivé, mais il n'en avait aucune idée. Il ne voulait pas énerver sa sœur plus qu'elle ne l'était et lui-même n'était pas en état de supporter trop d'émotions.

— Ne t'en fais pas, je crois que Lise a dû trouver un endroit qui lui plaît et …

— Henri, tu sais très bien que ce n'est pas son genre !

— Et Jean-Marc, où est-il ?

— Il a dû aller en ville.

— Tu sais, Lise n'est plus la même depuis quelques jours, répondit Henri en baissant la tête, elle a perdu son amoureux et appris que je vais la laisser bientôt ; je pense que si elle a trouvé un endroit confortable, elle s'y sera installée et devrait revenir bientôt …

— Je l'espère bien, car si l'un des deux était blessé, l'autre serait revenu ! Je trouve cela très inquiétant, Henri !

— Il se peut qu'il y ait quelque chose qui n'aille pas, mais je préfère penser que tout va bien. De toute façon, nous n'y pouvons rien tant qu'il ne fera pas jour, et je n'ai plus beaucoup d'énergie.

— Je sais, je ne te demande pas d'agir, mais je ne sais pas plus que toi ce qu'il faut faire ! lui dit-elle sur un ton indulgent.

Il se dirigea vers la fenêtre. Alors que Mathilde allait ajouter quelque chose, il lui fit signe de se taire et d'approcher.

— J'entends un bruit qui vient de derrière la cour, écoute.

Elle s'approcha et tout deux entendirent le gravier crissant sous des pas. Parmi les bosquets, ils virent une ombre se glisser, s'approcher et s'arrêter derrière l'arbre auquel était accrochée la balançoire. Le frère et la sœur retenaient leur souffle. Soudain, sous la lumière de cour, ils virent apparaître Germain qui regardait furtivement de tous les côtés avec Pierrot et un paquet dans les bras. Il traversa rapidement la partie éclairée et on entendit cogner à la porte de derrière.

Henri sortit de sa chambre le plus rapidement qu'il put, dévala presque les escaliers avec Mathilde derrière lui. Il ferma la porte donnant sur la grande salle de l'hôtel et ouvrit la porte arrière. Germain entra et s'appuya contre le mur. Pierrot s'éveilla alors et reconnut rapidement l'endroit où il était rendu. Mathilde se précipita et le prit des bras de Germain.

— Ça va, mon petit garçon ? demanda-t-elle en lui caressant les cheveux.

— Oui, maman, ça va très bien. J'ai eu du plaisir avec Germain.

— Germain ! cria Henri, que fais-tu ici ? Et Lise, où est-elle ?

— Elle est partie dans la voiture avec le monsieur, répondit Pierrot.

— Mais quel monsieur ? demanda Henri, inquiet.

— Je vous raconterai, répondit Germain qui déposa son paquet sur la table.

Henri ne dit plus un mot. Il appréhendait le pire. Il donna le temps à sa sœur de se remettre et de partir. Effectivement, étant donné l'heure tardive, elle ne perdit pas de temps, remercia Germain de lui avoir ramené son enfant et partit en s'excusant de ne pas rester auprès d'Henri. Avant qu'elle parte, Germain lui expliqua l'extrême importance de ne dire à personne qu'il était là : question de vie ou de mort.

Lorsqu'ils furent seuls, Henri invita Germain à le suivre en haut pour le soustraire des regards qui pourraient les surprendre. Ils s'installèrent dans la chambre d'Henri.

— Mais que se passe-t-il ? demanda Henri.

— Beaucoup de choses, monsieur Daigneault. D'abord, comment vous sentez-vous ?

— Pas trop mal. J'ai des médicaments, ne t'en fais pas. Où est Lise ?

— Je ne puis vous le dire exactement. D'après ce que m'a dit le petit, un homme ressemblant à Gariépy l'aurait accostée avec d'autres policiers et l'aurait amenée dans sa voiture. Pierrot m'a rejoint dans le bois pour me conter cela.

— Je ne comprends pas tout, Germain, comment se fait-il que tu sois ici ? interrogea le père qui s'était un peu affaissé. Peux-tu m'expliquer plus doucement ?

— Bien sûr, répondit Germain qui avait su dissimuler sa surprise à la vue de cet homme déjà diminué par la maladie.

Il lui expliqua son retour en catimini depuis deux jours et son installation dans la montagne. Il lui apprit sa visite nocturne de la veille. Il devait revenir encore cette nuit auprès de Lise, mais il avait été rejoint par le petit Pierrot alors qu'il faisait presque noir près de son campement sur l'autre rive de la rivière à la Truite. Il lui rapporta plus en détails ce que le petit lui avait raconté. Henri écoutait, le visage torturé.

— Tu crois vraiment qu'il s'agit de Gariépy ?
— Je ne peux l'affirmer, mais d'après la description de la voiture et du personnage que m'en a fait Pierrot, il semble bien que ce soit lui.
— Mais que veut-il à ma fille, cet écoeurant ?
— J'aimerais le savoir, monsieur Daigneault.
— Mais, il faut appeler la police !
— Croyez-vous que cela donnera quelque chose ?

Henri savait bien que cela était inutile. Il commença à ressentir des malaises au ventre et demanda à Germain de lui donner les petits contenants sur la table et de l'eau. Il prit trois comprimés et demeura silencieux, la tête baissée.

— Que pouvons-nous faire ? demanda-t-il ensuite.
— Je ne sais pas. Avant de venir ici, avec Pierrot je suis allé prendre ceci que j'avais caché, répondit Germain en désignant le sac qu'il avait monté avec lui.
— Qu'est-ce que c'est ?
— Une carabine de haut calibre. On m'avait chargé de tuer.

Henri ne savait que dire, dépassé par les mots de son jeune interlocuteur qui continua :

— Ne vous en faites pas, je n'ai plus envie de faire cela, je veux juste retrouver Lise. Cependant, si cela peut m'aider, je n'hésiterai pas.

— Tu sais très bien qu'il vaut mieux que tu n'utilises pas cette arme.

— Seulement si j'y étais obligé.

— Que comptes-tu faire ?

— Me rendre à Sherbrooke ; je suppose que c'est là qu'il l'a amenée. Sinon, je ne sais pas. Demeurer caché ne me sert plus à rien. Pourquoi a-t-il embarqué Lise ? Vengeance, chantage, simple arrestation ? Difficile à dire. Il faut voir s'il n'y a pas des gens à contacter pour qu'ils puissent nous aider. Quant à moi, il y a la personne qui m'a fait sortir de …

Germain arrêta de parler ; Henri s'était assoupi.

— Pauvre homme, pensa Germain.

Il coucha le père de Lise sur son lit et le couvrit.

Il essaya ensuite de joindre Josée, mais en vain. À la police, à *La Bastillette*, il ne put rien apprendre : il était interdit de dire quoi que ce soit sans autorisation.

Il s'installa dans la chambre de Lise. Il fit le tour de la pièce, lentement, chercha le secret de chaque objet, trembla en touchant ce qu'elle avait touché, frissonna en tenant son linge qu'il huma et ragea lorsqu'il reconnut ses odeurs. Sur une commode, il retrouva, roulé et retenu par un ruban bleu, le portrait qu'il avait fait d'elle et qu'elle avait trouvé dans sa chambre du chalet.

Il ne perdrait pas cette femme. Il ne vivrait plus s'il devait ne pas la retrouver.

Toute la nuit il avait cherché les raisons qui pouvaient pousser Gariépy à s'en prendre à elle et n'avait pas trouvé. Cette nuit, il ne pouvait rien faire sinon que de se préparer à la retrouver. Il vérifia la voiture d'Henri et, au jour levant, il eut connaissance de l'arrivée de Michel. Il cherchait encore la meilleure chose à faire lorsqu'il y eut du bruit dans la pièce voisine. Enfin, c'était Henri qui se levait. Il l'entendit aller et venir sur l'étage pendant quelques minutes avant de descendre le rejoindre.

L'homme était amaigri, ses traits étaient tirés, le dos voûté, et sa démarche manquait d'assurance. Germain le prit dans ses bras.

Henri lui dit d'une voix faible :

— Viens avec moi.

Germain suivit l'hôtelier dans son bureau.

— Il faut, comme tu dis, savoir par où commencer, lui dit calmement Henri.

— Le savez-vous ? répondit Germain qui s'impatientait.

— Pas encore, mais nous trouverons.

— Comment pouvez-vous demeurer calme ?

— Je n'ai plus beaucoup d'énergie, Germain. Et puis, la situation changera-t-elle si je m'énerve ?

— Non. Mais il faut trouver.

— Tu t'agiteras quand tu sauras par où aller, lui dit sévèrement Henri. Nous avons raison de penser que ce policier l'a amenée à Sherbrooke, hein ?

— Cela est probable.

La sonnerie du téléphone se fit alors entendre dans l'hôtel. Quelques instants après, Michel frappait discrètement à la porte du bureau pour prévenir que Josée Lacoste voulait parler à Lise et qu'elle demandait monsieur Daigneault au téléphone. Germain devint alors très énergique et Henri répondit immédiatement.

— Madame Lacoste ! ?

— (...)

— C'est exact, elle n'est pas rentrée hier soir.

— (...)

— Nous avons de bonnes raisons de croire qu'elle a été amenée par l'inspecteur Gariépy.

— (…)

— Il est possible que vous ayez une explication ! ? Mais de quoi s'agit-il ?

— (…)

— Vous avez raison, pas au téléphone. Vous ne savez pas qui … Attendez un instant, mademoiselle.

Germain l'avait arrêté d'un geste. Il griffonna quelques phrases sur un bout de papier.

— Dites-moi, mademoiselle, poursuivit Henri, sans que vous le nommiez, vous pouvez me dire si vous connaissez bien le prénom d'un enfant que Lise aime bien ?

— (…)

— Il y a un restaurant ou un café de ce nom, je crois, n'est-ce pas ?

— (…)

— Bien. Alors, rendez-vous à cet endroit vers dix heures, on vous y attendra.

— (…)

— Au revoir !

Henri raccrocha et dévisagea Germain qui lui demanda :

— Elle vous a dit qu'elle a peut-être une explication à la visite de Gariépy ?

— En effet, c'est ce qu'elle m'a dit.

— Je pars à l'instant la rejoindre.

Une étincelle illumina le regard d'Henri.

— Germain, promets-moi de me contacter lorsque tu auras appris quelque chose ou avant de tenter quelque chose.

— D'accord, je vous contacterai.

— Il ne l'emportera pas, je te jure, Germain ; la vie nous rattrape ! Et nous allons l'attraper.

— De qui parlez-vous ? Je ne comprends pas.

— Aucune importance. Pars et donne-moi des nouvelles !

— Promis, lui répondit Germain qui le regarda fièrement ; j'ai maintenant un allié ?

— Tu l'as toujours eu. Allez, vas-y, ne manque pas ton coup.

Germain prit sa carabine et partit en trombe vers Sherbrooke rejoindre Josée au café « *Les 4 Pierrots* ».

Henri ressortit une chemise du deuxième tiroir de son classeur.

45

L'allié de Germain

Germain aurait voulu rouler plus vite, mais la mécanique était vieille. En voyant la température du moteur qui montait, il réalisa qu'elle ne résisterait pas longtemps à un mauvais traitement. Contrarié, il modéra son allure. Préoccupé par les événements, il n'avait pas remarqué qu'une camionnette était partie quelques instants après lui et qu'elle le suivait de loin.

Avant même qu'il n'ait la moitié du chemin de parcouru, la ministre Gervais entrait dans son bureau de Québec. Comme elle le faisait tous les matins, elle se posta devant la grande fenêtre qui dominait le fleuve que l'on voyait s'étirer au loin de chaque côté de l'île d'Orléans qui se perdait dans l'horizon matinal. Après quelques minutes de cette silencieuse contemplation quotidienne, elle s'assit à son bureau, prit le téléphone et appuya sur un bouton.

Elle obtint instantanément une réponse.

— Bonjour, madame.

— Je suis seule, tu peux parler. Ai-je reçu des communications ?

— Hier après-midi, le député de la région d'Amos t'a contactée pour une question de subvention à la construction d'un pont ...

— C'est bon, j'y verrai. Rien d'autre ?

— Si ... plus tôt ce matin, je ne sais pas si cela est vraiment sérieux, un appel de St-Stanislas.

— De St-Stanislas ! ? Encore ! ? Serons-nous tranquilles un jour ? De qui s'agissait-il ?

— Une drôle d'affaire.

— Pourrais-tu me dire ?

— Oui. Un résidant qui n'a pas voulu s'identifier m'a prié de te communiquer le message suivant : *Dites à Marie Gervais qu'elle doit absolument parler à Henri Daigneault, qu'il s'agit d'une question de sécurité nationale en rapport avec le R.A.C.Q., et qu'il y va de la vie ou de la mort d'une personne,* et après un silence, il a ensuite ajouté que si tu doutais, de te mentionner *les souvenirs de la rue LaFayette.*

— Qu'est-ce que tu me dis là ? rétorqua la ministre en sourcillant.

— Je ne sais pas, il n'a pas voulu en dire davantage.

Marchand répéta le message en précisant que l'interlocuteur lui avait laissé un numéro pour le joindre. La ministre demanda à son dévoué employé de vérifier s'il s'agissait d'un numéro surveillé et de la rappeler lorsqu'il aurait des nouvelles.

Pendant ce temps, elle s'abîma dans de profondes réflexions, retrouvant dans les dédales de sa mémoire ce qu'évoquait cet homme ; le nom de cette rue lui fit rapidement regagner son enfance. Après quelques minutes, elle se leva et retourna se poster devant la grande fenêtre, murmurant pour elle-même :

— Est-il possible que les événements aient fait en sorte qu'il s'agisse de cet Henri Daigneault et qu'il habite ce village, à ce moment précis ... et qu'il soit donc en contact avec Germain ? Le monde est-il donc si petit ?

Le timbre du téléphone la tira de ses réflexions. Elle répondit aussitôt.

— Oui ?

— C'est Marchand.

— Vas-y.

— Il s'agit du téléphone de l'hôtel du village. Il est sous écoute pour le compte de la police nationale.

— Peux-tu faire en sorte de brouiller les lignes de la police ?

— Ce n'est pas impossible.

— Il faudrait y parvenir, je veux contacter cet homme, mais je ne veux pas que la police se mette le nez dans mes affaires.

— Donne-moi quelques minutes, je fais le nécessaire, répondit Marchand.

Après avoir raccroché, le fonctionnaire contacta un ami qui travaillait aux enquêtes secrètes et qui avait accès à l'ordinateur central du réseau électronique de communications du gouvernement ; ce n'était pas la première fois que ces deux hommes traficotaient ensemble, chacun devant à l'autre son ascension dans la fonction publique. L'informaticien put garantir à Marchand la confidentialité de la ligne de l'hôtel de St-Stanislas pendant dix minutes ; passer ce délai risquait d'alerter les autorités policières. Il fut entendu, sauf avis contraire, que tout serait prêt pour huit heures trente précises, ce qui arrangea Marie Gervais qui trouva très longues les vingt minutes qu'elle dut attendre.

À l'hôtel, Henri était assis dans son bureau depuis près d'une heure et attendait. Il s'était rendu à la maison de Michel contacter le bureau de la ministre. Revenu à la hâte, il s'était réfugié dans son bureau. Plus l'attente se prolongeait, plus ses douleurs au ventre augmentaient ; il prit deux fois des calmants. Il commençait à s'assoupir lorsque la sonnerie retentit :

— Allo ?

— (...)

— Ah ! Oui ! Bonjour madame Gervais ! répondit Henri qui s'éveilla complètement.

— (...)

— Oui, c'est bien cela. Il s'agit de moi, nous fréquentions la même école primaire à Laval ...

— (...)

— Exactement ! J'habitais deux rues plus au sud que la tienne.

— (...)

— C'est bien cela, Marie. À cette époque, Ernest et moi n'étions pas les meilleurs copains, ça n'a jamais vraiment permis que tu puisses m'estimer. Lorsque nous sommes devenus amis, lui et moi, tu étais pensionnaire et vous ne vous voyiez plus beaucoup, et plus tard, la vie a fait que ...

— (...)

— En dix minutes ! ? Bon.

— (...)

— Raisons de sécurité ? Je comprends. Je serai bref. Tu connais le fils d'Ernest ? Germain Valois.

— (...)

— Tu vois, il a rencontré ma fille et ils sont follement amoureux.

— (...)

— Cela serait bien, en effet, mais un policier qui a juré d'avoir la peau de Germain et qui l'a emprisonné, a arrêté ma fille, Lise, sans aucune raison. Il s'agit plutôt d'un enlèvement.

— (...)

— C'est qu'il est impossible de savoir où il l'a amenée.

— (...)

— Parce que tu es la seule que je connaisse à pouvoir faire quelque chose.

— (...)

— En échange de ton aide, je t'offre des renseignements qui te permettront de remonter une branche du R.A.C.Q.

— (...)

— Comment se fait-il que je sois au courant de ces choses ? Très simple. J'étais avec Ernest en 2005, j'étais là lorsqu'il est disparu. En fait, nous étions trois. Trois amis d'enfance ...

— (…)

— Oui, tu connais le troisième. Ernest disparu, j'ai abandonné la cause sans qu'on m'attrape. Le troisième, lui, n'a jamais abandonné …

— (…)

— Exact, lui-même. C'est lui qui a recruté Germain. Il y a quelques jours, j'ai su qu'il est très impliqué et qu'il est dans les rangs supérieurs de l'organisation.

— (…)

— Non, Germain ne le sait pas.

— (…)

— Non, Germain a compris et est décidé à abandonner pour mener une vie tranquille avec Lise.

— (…)

— J'en suis sûr. Si tu veux vérifier que je dis vrai, je peux te donner un numéro. Tu verras la façon de répondre.

— (…)

— Je te donnerai ensuite des informations qui te permettront de faire un coup qui garnira encore ton prestige.

— (…)

— Marie, ce policier est déséquilibré et la vie de ma fille est peut-être en danger ! Je t'en prie, fais la vérification que je te propose. Contacte le 892-7227, fais en sorte qu'on ne sache pas qui tu es et demande si des informations sont disponibles pour la suite à St-Stanislas. Tu verras que je ne blague pas et tu me rappelleras.

— (…)

— Crois-moi, je veux sauver ma fille.

Henri dut attendre quelques instants, à la demande de Marie Gervais. Lorsqu'elle revint, elle lui apprit que le temps étant limité et la ligne pas toujours accessible, elle ne pourrait le rappeler avant neuf heures et quart.

Marie raccrocha le combiné, abasourdie par cette conversation. Marchand qui arriva dans son bureau fut surpris de la voir dans cet état.

— Ça va ? demanda-t-il.

— Oui, ça va, répondit-elle. Quand tu sauras ce que je viens d'apprendre et ce qui s'en vient, tu auras de la difficulté à le croire. Puis-je faire un appel sur une ligne anonyme ?

— Donne-moi deux minutes.

Marchand composa un code, attendit une signal et en composa un autre avant de tendre l'appareil à Marie qui fit le numéro que lui avait donné Henri. Une voix féminine répondit :

— Oui ?

— Heu … oui, bonjour … madame, bafouilla Marie, surprise, j'aimerais obtenir des renseignements sur la … heu … sur St-Stanislas.

— Dites si vous voulez des renseignements passés ou à venir et donnez votre code.

— Mon code ? Je ne l'ai pas, heu … j'ai oublié.

On raccrocha aussitôt, laissant Marie sans mot qui regarda Marchand d'un air incrédule.

— Est-ce qu'on peut connaître l'endroit où j'ai appelé ? lui demanda-t-elle.

— Attends, on va voir, répondit Marchand qui prit le récepteur et qui s'affaira à composer plusieurs chiffres avant d'attendre un moment pour finalement lui dire qu'il était impossible de savoir à cause d'une enceinte informatique impénétrable et inconnue.

— Tu dis qu'il y a une protection inconnue de nos systèmes ?

— C'est bien cela. C'est la première fois que nous rencontrons quelque chose comme cela. C'est intrigant. De qui s'agit-il ?

— Je ne peux encore rien te dire. Avant, il faut que je parle encore à cet Henri Daigneault.

— Tu devras attendre qu'il soit l'heure.

— C'est bien. Laisse-moi et appelle-moi lorsque ce sera possible. Je dois réfléchir.

— C'est gros ?

— J'en ai peur.

— À tantôt.

Henri s'était endormi sur son fauteuil. À neuf heures et quart bien précises, le téléphone le fit sursauter.

— Allo ?

— (...)

— Ah ! Bonjour, Marie ; excuse-moi, je dormais. Ce sont les médicaments.

— (...)

— Oui, c'est sérieux. Mais, ce n'est pas le temps de parler de cela. Dis-moi, as-tu vérifié ?

— (...)

— Je peux te donner le code qu'il faut pour infiltrer une partie de leur réseau et alors, vous découvrirez sûrement la muraille dont tu me parles. Mais, l'essentiel pour moi est la sécurité de ma fille. Le reste, je m'en fous. Je te propose un marché : la liberté de ma fille contre une section du R.A.C.Q.

— (...)

— Je ne sais pas. C'est toi qui as les moyens de trouver. Elle a été prise hier soir par le policier Etienne Gariépy ; ce qu'il en a fait, je l'ignore, il n'y a pas moyen de savoir si elle a été emprisonnée. Germain est parti à Sherbrooke pour tenter de la retrouver.

— (...)

— Marie, je n'ai pas le choix. Je suis malade, très malade. Ma fille est tout ce qui compte pour moi et tu es la seule personne qui puisse m'aider.

— (...)

— Marie, je n'ai plus rien à perdre, si je réalisais que tu ne tentes rien pour la trouver, je n'hésiterai pas et toute notre conversation se retrouvera entre les mains d'un journaliste.

— (...)

— Un journaliste populaire qui attend mon signal pour publier.

— (...)

— C'est bien. Je te donnerai le code et une adresse.

— (...)

— Promis. Merci.

— (...)

— J'attends ton appel. Au revoir.

Marie raccrocha et appela immédiatement Marchand pour lui demander de consulter les registres des centres de détention afin de vérifier où avait été emprisonnée Lise Daigneault, la veille, par un dénommé Gariépy. Ensuite, elle quitta son bureau, traversa une pièce pour aboutir dans un corridor et marcha jusqu'à la deuxième porte à gauche à laquelle elle frappa. Elle attendit qu'on réponde et entra.

— Bonjour, madame.

— Bonjour, monsieur Langlois, vous allez bien ?

— Assez bien, madame, je crois que la journée sera belle.

— En effet, mon cher monsieur, je le crois également. Elle risque cependant d'être chargée, mon cher, très chargée.

— Mais, que voulez-vous dire, madame ?

— Nous aurons fort à faire, dépendant de ce que vous trouverez.

— Je vois que vous allez me donner l'occasion de vous être utile, répondit Langlois en souriant, j'en suis heureux.

— En effet, répondit la ministre en lui adressant un sourire. Mais avant, j'ai une question qui fera appel à votre mémoire.

— Allez, madame, je suis prêt.

— Lorsque vous êtes allé au centre de détention à Lachute pour libérer ce jeune homme qui m'est cher, vous a-t-il dit qu'il était amoureux ?

— Oui, il m'a parlé d'une jeune brunette dont il s'ennuyait …

— Il ne vous a pas dit son nom ?

— Attendez, il me semble que c'était quelque chose comme Élise … Héloïse … ou Lise. Le nom de famille ressemblait à Mireault ou Migneault … Malheureusement, je ne me souviens pas distinctement, répondit Langlois en ouvrant les bras et les mains.

— Vous avez au contraire bien compris. Henri ne m'a pas menti, se dit-elle pour elle-même et poursuivit : il s'agit de Lise Daigneault. Voyez-vous, elle a été arrêtée hier soir par le même policier qui avait incarcéré le jeune Germain Valois.

— A-t-elle commis quelque chose de répréhensible ?

— Je ne crois pas. Son père est une vieille connaissance qui a toute ma confiance. Il me dit que ce policier n'a pas toute sa tête.

— Je ne puis malheureusement pas vous renseigner.

— Oui, je comprends, mais, voyez-vous, mon cher, ce policier est à présent en travers de mon chemin.

— Que voulez-vous dire ?

— J'ai pu faire libérer Germain dans la discrétion ! Cette affaire aurait été oubliée ! Tout serait revenu dans l'ordre. Mais voilà qu'il s'en prend maintenant à cette jeune fille.

— Devons-nous faire quelque chose, madame ?

— Nous devons faire tout ce que nous pouvons pour la tirer de l'endroit où ce malade l'a amenée. Voilà le problème. Je ne sais pas encore où elle se trouve. Marchand cherche. En attendant, j'aimerais que vous trouviez le plus de renseignements possible à propos de ce policier que je commence à trouver agaçant. Il se nomme Etienne Gariépy. Je veux tout savoir : son passé, sa fiche médicale, ses adresses, ses relations, tout ce qui est disponible et qui puisse nous aider.

— C'est bien, madame. Je me mets à la tâche immédiatement.

Marie Gervais retourna alors dans son bureau et mit en marche son ordinateur. Elle demanda de sortir les archives des événements de 2005. Elle démarra une recherche sur Ernest Valois et ses deux amis d'enfance qui l'accompagnaient dans sa lutte contre les autorités. Les résultats furent décevants ; rien ne conduisait à une piste.

Quinze minutes plus tard, le téléphone sonna. Elle répondit hâtivement.

— Oui ?
— Marchand.
— Vas-y.
— Aucune trace de cette fille dans toutes les prisons du Québec, ni du Nouveau-Brunswick, ni de l'Ontario. Nulle part, un inspecteur du nom de Gariépy a signé un ordre d'incarcération.

— Tu es bien sûr de tes informateurs ?
— Absolument. Si quelqu'un de ce nom avait été emprisonné par ce policier, je l'aurais su. Et il est impossible qu'il ait pu le faire sous un faux nom, sa carte …

— C'est bien. Je te rappelle bientôt. Merci.

La ministre raccrocha et demeura songeuse. Elle se mit à marcher de long en large, s'arrêtant parfois devant la grande fenêtre. Elle n'aimait pas se retrouver ainsi, sans solution, sans pouvoir sur les événements.

Elle cherchait quoi dire à Henri Daigneault pour que celui-ci ne prévienne pas la journaliste dont il lui avait parlé. La sonnerie du téléphone retentit.

— Oui ?

— Madame, ici Langlois ; j'ai peut-être trouvé quelque chose qui puisse vous intéresser.

— De quoi s'agit-il ?

— La voiture du policier Gariépy est en face de chez lui, j'ai fait vérifier par la police locale.

— Est-ce tout ?

— Non, madame, j'ai autre chose.

— Je fais un téléphone et je vous rejoins. Ne bougez pas, mon bon Langlois.

— Bien, madame.

Après s'être assurée avec Marchand qu'elle pouvait faire un appel en toute sécurité, elle contacta Henri à l'hôtel pour lui annoncer qu'elle avait une piste sérieuse qui lui permettrait de retracer Gariépy à Sherbrooke. Henri tint sa promesse.

— Voici le code que je t'avais promis, il s'agit du numéro 36785. En téléphonant au même endroit que plus tôt, ce code te donnera accès à certains renseignements sur le RACQ.

— (...)

— Je te donnerai les détails qui te permettront de faire une arrestation qui fera du bruit et qui les ébranlera.

— (...)

— Que je parle à Lise.

— (...)

— Je dirai à Germain d'attendre.

— (...)

— O.K. J'attends.

Henri sourit pour lui-même. Il commença à feuilleter avec attention la chemise qu'il avait sortie du tiroir de son classeur.

46

L'alliée de Germain

Presque au même moment, Germain arrivait au café « *Les 4 Pierrots* » ; midi approchait. Il repéra assez facilement Josée assise à l'écart, à l'abri du regard des gens. Elle était là depuis une demi-heure et fut très heureuse de voir le jeune homme qui arrivait enfin. Germain ne la connaissait pas beaucoup, mais il fut néanmoins surpris de voir combien elle semblait accablée ; il ne put s'empêcher de lui demander si elle allait bien. Elle répondit en se passant nerveusement la main dans les cheveux.

— Pour dire la vérité, ça pourrait aller mieux.

— Quelque chose que tu ne veux pas me dire à propos de Lise ?

— Oh non ! Rassure-toi, si je savais quelque chose, je te le dirais.

— Mais, qu'est-ce qui ne va pas ?

— Tu vois, je viens de laisser mon conjoint parce qu'il avait peur des événements de St-Stanislas.

— Comment cela ?

— Pendant la Révolution tranquillisée, il s'est fait rentrer dedans par la police ; il a alors eu très peur et il ne voulait plus retoucher à cela. Il a paniqué lorsqu'il a su que je fréquentais Lise et qu'elle était avec toi.

— Je vois.

— Il est plus vieux que moi et il n'a pas accepté que je le laisse. Il était très fier de notre liaison. Il est très orgueilleux et Gariépy en a profité pour le monter contre moi.

— Comment ?

— Louis, c'est son nom, lui a relaté des expériences sexuelles que nous avons vécues pendant les beaux jours de notre union et Gariépy les a fait publier dans un journal à sensation pour briser ma carrière étant donné que je ne voulais pas collaborer.

— Il a fait cela ! ?

— Oui ! Ce qui fait que, depuis hier, les gens qui sont abonnés à ce médiocre journal électronique sont au courant de mon intimité qu'il leur a livrée à travers ses fantasmes, dit Josée en étouffant un sanglot, je ne peux plus regarder personne, j'ai peur qu'on me reconnaisse. Et cet après-midi, ceux qui l'achèteront pourront le lire. Ce qui signifie que j'ai dû quitter mon boulot.

— Mais, tu ne pouvais pas les empêcher ?

— Non. La seule façon aurait été de leur dire que c'était bel et bien toi qui avais volé les explosifs ; j'en étais incapable.

— Ça n'a pas de sens, répondit Germain en lui prenant les mains ; ils paieront tous les deux, je te jure.

— Germain, je ne t'ai pas dit ces choses pour déclencher une vendetta …

— Qu'importe, ils n'ont pas le droit de faire ce qu'ils ont fait. Tu n'as rien appris de nouveau ?

— Non.

— Attends, je vais contacter Henri, il attend de mes nouvelles.

Elle lui tendit son téléphone de poche.
Henri, toujours à son bureau, bondit sur le téléphone.

— Allo !
— (…)

— Ah ! Bonjour cher cousin, comment vas-tu ?

— (...)

— Ne désespère pas, j'ai appris que ton oiseau n'est pas en cage.

— (...)

— On peut penser qu'il est toujours avec le même compagnon.

— (...)

— Fais bien attention, tu sais que ce compagnon est très possessif ...

— (...)

Henri reposa l'appareil et demeura pensif. On passait midi. Marie lui avait promis qu'il parlerait à Lise dans la journée ou le lendemain au plus tard.

Pendant ce temps, à Sherbrooke, Josée apprenait à Germain la querelle de la veille entre elle et son ex-amant et lui expliqua l'étrange trajet qu'il avait ensuite fait en voiture. Avait-il voulu rejoindre Gariépy ? Germain voulut arpenter ce quartier, à tout hasard. Avant qu'ils démarrent avec la voiture de la journaliste, il assembla discrètement sa carabine et l'apporta avec lui sous l'œil inquiet de Josée. Une vingtaine de minutes plus tard, ils étaient rendus à l'intersection où elle avait perdu Louis de vue. Ils sillonnèrent les rues vainement, ne sachant pas vraiment ce qu'ils devaient rechercher.

Josée proposa alors de se rendre chez Louis.

Ils se dirigèrent donc vers la maison qu'elle habitait encore quelques jours seulement auparavant. N'obtenant aucune réponse et ne possédant aucune autre piste, les deux jeunes gens décidèrent d'attendre chez lui le retour du seul homme qui puisse les mener à Gariépy. Afin d'éviter les soupçons, ils garèrent la voiture sur une autre rue et revinrent à pied, Germain apportant sa carabine sous son manteau replié. Josée ne put déverrouiller, sa carte ne fonctionnait plus. Germain entraîna la jeune femme vers l'arrière et après s'être assuré qu'ils n'étaient pas épiés par le voisinage, il brisa une fenêtre de la porte avec la crosse de sa carabine.

Après être entrés, ils attendirent dans la cuisine. À la vue de l'arme déposée sur la table, Josée exprima sa crainte :

— Tu ne vas pas utiliser cette arme ? lui demanda-t-elle avec hésitation.

— Non, Josée, ne crains pas, je ne veux pas l'utiliser. Je veux retrouver Lise et vivre avec elle en liberté.

— Alors, pourquoi l'avoir apportée ?

— Selon ce que tu m'as dit, ce Louis est peureux ; ce sera plus rapide en le menaçant avec ce joujou plutôt qu'avec les poings …

— Tu me promets de ne pas l'utiliser ?

— Je te promets de m'en servir uniquement si j'apprends qu'on a fait du mal à Lise et que ce n'est pas grave pour elle si je finis mes jours en prison. Sinon, ne t'en fais pas, je veux être avec elle, sois assurée de cela.

Deux heures plus tard, ils entendirent la porte avant qui s'ouvrait. Germain fit un signe à Josée qui se dirigea vers l'entrée. Elle se présenta à Louis qui sursauta.

— Hé ! ? Mais, c'est toute une surprise que tu me fais là ! lui dit-il, le moment de surprise passé.

— En effet, Louis, j'ai besoin d'un renseignement.

— Mais, plus rien ne te gêne, ma chère. Tu entres chez moi comme si tu étais encore chez toi, tu me fous un grille-pain au visage et tu reviens comme si de rien n'était pour me dire que tu as besoin de moi, lui dit-il, moqueur.

— Je n'ai pas besoin de toi, j'ai besoin d'un renseignement, lui dit Josée avec un aplomb qui fit sourciller Louis.

— Dis-moi, comment es-tu entrée ?

— Qu'importe, j'ai besoin d'un renseignement et tu vas me le donner !

— Tu me sembles bien sûre de toi, Josée. Tu crois donc que je vais te donner le renseignement, comme tu dis.

— Je l'espère bien.

— Et que veux-tu donc savoir ?

— Où je pourrais trouver Lise Daigneault.

— Lise Daigneault ? répéta Louis qui avait tiqué en entendant ce nom. Qui est cette fille ? Je ne connais personne de ce nom.

— Tu ne la connais peut-être pas, mais tu sais de qui il s'agit. C'est la fille qui habite à St-Stanislas et dont le copain a été emprisonné.

— Oui, attends, je crois me rappeler ; c'est bien celle qui était venue ici te porter un message en échange d'argent …

— Écoute bien ! dit Germain d'une voix forte en apparaissant lentement dans la pièce en pointant sa carabine vers Louis, si tu ne sais pas où est Lise, tu vas me dire où je peux trouver Gariépy !

Louis recula rapidement et se dirigea vers le téléphone. Germain bondit et le renversa. Il le maintint couché sur le dos en appuyant son pied sur sa poitrine et lui dit :

— Donne-moi ton téléphone.

— Mais pourquoi ? répondit l'autre en tentant de se débattre.

— Donne-le moi, il n'est pas question que tu appelles à l'aide, répondit Germain en pointant son visage avec le canon de sa carabine.

— Tenez, voilà, répondit Louis en lui tendant son petit téléphone.

— Lance-le dans le coin.

Louis fit ce que demandait Germain.

— Maintenant, tu vas me dire où je peux trouver Gariépy.

— Je ne sais pas où il est.

— Josée vient de m'apprendre que c'est ton copain ; dis-moi vite où il habite.

Louis ne répondait pas. Germain actionna le chien de sa carabine. Josée observait nerveusement la scène.

— Je n'ai pas beaucoup de patience, ajouta Germain qui appuya le canon de son arme sur la gorge de Louis.

— À l'autre bout de la ville dans un autre quartier, répondit faiblement Louis.

— Tu vas nous y conduire, lui dit Germain sans lever son arme, Josée ! Va chercher la voiture !

— Je peux vous y conduire, ajouta Louis ; mais pour la fille, je ne sais rien, je vous le jure.

— On verra plus tard ce que tu sais à propos d'elle. On va commencer par Gariépy.

La jeune femme disparut et alla récupérer la voiture qu'elle gara dans l'entrée cinq minutes plus tard. Germain sortit en suivant Louis qui s'assit à l'arrière côté passager. Valois lui attacha les mains derrière le dos et le fixa à la ceinture de sécurité de façon à ce qu'il ne puisse bouger. Après s'être installé à ses côtés avec sa carabine, ils démarrèrent.

Ils traversèrent la ville. Josée reconnut l'intersection où elle l'avait perdu de vue la veille. Louis la guida dans trois rues différentes pour aboutir à une avenue bordée de maisons de trois étages de logements à prix modique. Il n'y avait presque pas d'arbres, et le gazon, rare, n'était pas entretenu. Germain vit Louis sursauter à la vue de plusieurs agents d'état autour de voitures gouvernementales et une ambulance garées en face d'une maison blanc et bleu. Il y avait un petit attroupement de curieux qu'un policier tenait à l'écart.

— Là, celle où sont garées les voitures grises, dit-il d'une voix faible, la maison bleu et blanc.

— Arrête ! dit aussitôt Germain. Gare-toi sur le côté.

— Que vas-tu faire ? demanda Josée qui s'était arrêtée à environ cent mètres.

— Je ne sais pas. Reconnais-tu la voiture de Gariépy ? demanda Germain à Jolicoeur.

Jolicoeur ne répondit pas.

Le jeune homme lui braqua le canon de sa carabine sur le cou.

— La reconnais-tu ? demanda à nouveau Germain en serrant les dents.

— C'est celle de l'autre côté de la rue, en face, répondit Jolicoeur à voix basse.

Germain cacha son arme sous son manteau et se dirigea vers la maison où habitait Gariépy. Josée verrouilla les portes de sa voiture pour qu'on ne puisse pas porter secours à Louis et elle suivit Germain à l'écart.

Les voisins qui s'étaient attroupés avaient murmuré à leur arrivée.

La venue de Germain qui s'approchait lentement avec le manteau de cuir sur le bras les fit taire. Les policiers détournèrent également le regard vers le jeune homme qui venait vers eux, le regard décidé.

Deux femmes qui l'avaient reconnue pointèrent alors Josée du doigt. Le murmure reprit. Germain s'arrêta et attendit Josée qui le rejoignit au centre de la rue. Trois policiers à l'écart tenaient leur arme en direction de Germain.

— Que voulez-vous ?

— Savoir si je peux voir une personne que je connais et qui habite cet immeuble, répondit froidement Germain.

— De qui s'agit-il ? demanda le policier.

— Il s'agit de Étienne Gariépy, policier à la Sûreté nationale.

Le policier tiqua. Hésitant, il finit par répondre :

— Je ne suis pas autorisé à vous donner un tel renseignement, monsieur.

— Quelqu'un d'autre que vous pourrait-il me le donner ?

— Je ne sais pas. Pouvez-vous attendre ici ? Je vais voir.

— J'espère que vous ne tarderez pas.

— Je vais voir, monsieur, répéta le policier en tournant les talons.

Il se dirigea vers la maison blanc et bleu, suivi du regard par Germain. L'agent, qui marchait lentement, s'arrêta tout à coup. Dans l'entrée vitrée de la maison, il y avait plusieurs personnes qui s'agitaient.

Un petit homme sortit, suivi de Gariépy encadré par deux géants qui le tenaient chacun par un bras.

Germain reconnut Langlois qui tourna la tête en sa direction.

47

Coups de feu

— Monsieur Langlois ! ? Que faites-vous là ?

— Monsieur Valois ! Quelle joie de vous revoir !

— Décidément, vous apparaissez toujours au moment où on s'y attend le moins !

Gariépy avait dédaigneusement tourné la tête vers Germain en entendant sa voix. Ses yeux lui lancèrent des éclairs.

— Comment as-tu pu t'en sortir ? demanda-t-il en tiquant

— Je t'ai toujours dit que j'étais innocent. Où as-tu caché Lise ?

— Il s'agit de votre brunette dont vous m'aviez parlé ? répondit Langlois, le sourire aux lèvres.

— En effet, monsieur, il s'agit d'elle …

— Alors, ne soyez pas inquiet. Elle est à l'intérieur avec un médecin qui s'assure qu'elle n'a pas été maltraitée depuis hier.

Germain s'approcha de Gariépy.

— Si tu lui as fait la moindre chose, tu t'en souviendras pendant toute ta vie, je te jure.

— Ne t'en fais pas, je ne lui ai pas touché à ta pute ! lui répondit le policier en souriant.

Germain se tourna vivement vers lui en approchant. Les policiers durent intervenir et le maintenir à distance.

— Pourquoi l'as-tu arrêtée ? continua le jeune homme.
— Une connaissance m'a donné un message que ta traînée a remis à sa compagne. Ce message prouve que c'est toi qui a volé la dynamite, c'est écrit dessus, répondit Gariépy, la barbe longue et le tique de la lèvre supérieure intermittent, un message qui me donne entièrement raison ...
— Jolicoeur ?

Gariépy afficha un air de dépit et de mépris.

— Ce Jolicoeur est vraiment précieux, il nous a menés jusqu'à toi. À l'avenir, tu devrais être plus prudent dans le choix de tes acolytes, ils ne me paraissent pas très fiables, poursuivit Germain, souriant.

Il se retourna et fit signe à Josée de s'approcher.

— Tu la connais? demanda Gariépy, le regard amusé.
— Oui. Elle a compris avant toi à propos de Jolicoeur, lui répliqua Germain, moqueur.
— Vous avez vu le journal, madame ? rétorqua Gariépy à l'intention de Josée qui s'arrêta.
— Salaud !
— Dis-moi, Josée, il y a quelque temps, Lise est déjà allée porter un message chez toi, n'est-ce pas ? demanda Germain, un message qui pourrait être dangereux s'il était connu ?

Lorsqu'elle réalisa qu'il s'agissait du message que Lise avait remis à Louis, Josée demeura la bouche ouverte et se prit le visage à deux mains.

— Il n'a pas osé !? Ce n'est pas vrai ! Il n'a pas osé ! ? Vous n'êtes que deux écoeurants ! Dégoûtants !

Elle retourna alors vers la voiture, ouvrit la portière arrière et cria à Jolicoeur :

— Tu as vendu Lise avec le mot qu'elle m'avait écrit ! Tu n'es qu'un lâche ! Tu n'es qu'un froussard ! Tout cela pour ton confort ! Tu les aurais envoyés en enfer pour ton confort ! Peureux ! Tu es un être méprisable ! Je te souhaite de te retrouver en enfer !

En sanglots, elle le gifla trois fois, ferma violemment la portière et aperçut, en se retournant, les badauds hébétés. Josée hurla en leur direction en pointant Louis du doigt :

— Hé quoi ? Vous n'avez jamais vu un lâche et un écoeurant à la fois ! ? Eh bien, en voici un, je vous l'affirme moi, Josée Lacoste !

Elle revint alors lentement vers Germain.

Tout cela n'avait duré que quelques instants. Langlois s'approcha de Germain. Les deux géants étaient à l'écart avec Gariépy.

— Je crois, cher monsieur, que tous vos tourments achèvent.

— Dites-moi, comment est-elle ? demanda Germain impatient.

— Fatiguée, nerveuse, mais elle semble assez bien. Elle arrivera bientôt avec les médecins.

— Dites-moi, saurai-je un jour qui est cette personne qui intervient toujours pour moi ?

— Ce n'est pas à moi de le dire, monsieur. Mais voyez plutôt qui vient là, dit alors Langlois en regardant vers la porte vitrée de la maison.

Germain vit apparaître deux hommes derrière lesquels il distingua une silhouette féminine que soutenait une femme par le bras : il reconnut Lise. Sans réfléchir, il donna sa carabine et son manteau à Langlois et courut vers la porte. Langlois, surpris, fit signe aux policiers de ne pas s'en faire.

Lorsque la porte s'ouvrit, les deux policiers s'écartèrent, la jeune femme et le jeune homme se retrouvèrent face à face. Lise étouffa le nom de Germain dans sa gorge et se précipita dans ses bras. Il la prit et l'amena un peu plus loin. En le serrant très fort, elle versa quelques larmes alors qu'il ne cessait de la réconforter.

— Tout est fini, il ne peut plus rien arriver maintenant, c'est fini.

— J'ai eu tellement peur. C'est un fou.

— Moi aussi, j'ai eu peur. Mais je t'aurais retrouvée, à n'importe quel prix. Est-ce qu'il t'a fait du mal ?

— Non, je ne crois pas. Mais il m'a fait peur, il s'énervait de plus en plus.

Elle aperçut Josée qui lui agitait la main. À ce moment, Langlois qui rangeait son téléphone s'approcha.

— Excusez-moi, mademoiselle, excusez-moi, monsieur Valois, mais j'ai une faveur à demander à mademoiselle Daigneault.

— De quoi s'agit-il ? demanda Germain.

— Il a été entendu que l'on ferait en sorte que mademoiselle Daigneault puisse dire quelques mots à son père lorsque tout serait terminé.

— Je pourrais lui parler ! ? demanda Lise, très heureuse.

— En effet, mademoiselle, si vous le voulez bien, répondit Langlois en souriant et en pointant du doigt une longue limousine noire immobilisée à l'extrémité de la rue.

À ce moment, Josée rejoignait Lise. On entendit alors Gariépy hurler comme un forcené et courir avec la carabine qu'il venait de subtiliser à l'un de ses gardes. Tous se retournèrent alors qu'il mettait en joue Germain qui n'avait pas son arme ; il y eut une détonation et le sang jaillit de la gorge du policier qui fut repoussé vers l'arrière sous l'impact avant de s'affaisser en suffoquant.

Germain prit Lise par le bras et s'éloigna alors que tous cherchaient qui avait tiré ; il reconnut de l'autre côté de la rue la robuste silhouette à chevelure rousse qui tenait une carabine, souriant. Au moment où leurs regards se croisaient, il y eut une seconde détonation et les yeux de George perdirent toute leur raison en quelques instants. Il s'écroula en tentant un dernier sourire vers Germain.

Un policier l'avait abattu.

Avec Josée, Lise et Germain se précipitèrent vers George qui respirait encore, agité de légers soubresauts. La limousine approchait. Après un arrêt, elle avança lentement et dépassa quelque peu la scène pour être à l'écart des curieux qui s'attroupaient et que des policiers retenaient véhémentement. Après que le véhicule se soit arrêté, la glace de la portière arrière s'abaissa. Langlois, qui s'était approché, se pencha et acquiesça de la tête.

Il revint vers le lieu de la fusillade et ordonna à deux policiers de récupérer le corps de Gariépy qu'animaient sporadiquement quelques spasmes et de l'amener à la morgue. Il y avait déjà sur les lieux une ambulance et un médecin qui avaient été amenés pour Lise ; en quelques minutes, Langlois fit en sorte que George soit entre bonnes mains en route vers un hôpital ; on croyait pouvoir le sauver

Il retrouva alors son calme et vint alors vers les trois jeunes gens, comme si rien ne s'était passé. En tendant la main vers Lise et en pointant du doigt la limousine, il dit :

— Mademoiselle Daigneault ! Venez par ici ! N'ayez crainte !

— Tu peux y aller, lui dit Germain, tu pourras toujours avoir confiance en cet homme.

Lise traversa lentement la rue. Lorsqu'elle fut près de la voiture, une portière arrière s'ouvrit. Langlois lui fit signe d'avancer. Une voix féminine l'interpella :

— Montez, mademoiselle, montez donc. Il me fera plaisir de faire votre connaissance.

Après une hésitation, Lise monta et s'assit en face d'une dame corpulente, très bien habillée, âgée dans la soixantaine, qui lui souriait malgré son air préoccupé. Langlois lui remit un papier, referma la portière et entraîna Germain et Josée ; il proposa que l'un des deux suive la limousine avec la voiture de la journaliste.

Josée marcha lentement jusqu'à sa voiture, la tête bien haute, nullement gênée. Rendue près de la voiture, elle regarda les gens qui reculèrent. Elle défit les sangles qui retenaient Jolicoeur et le remit en liberté, les mains toujours liées au dos.

Assis à l'arrière du chauffeur avec Langlois, il était impossible pour Germain d'entendre ou même de voir ce qui se passait à l'arrière, ils étaient séparées par une vitre miroir. Le cortège formé d'une voiture de police, de la limousine suivie de Josée et deux autres voitures se mit en branle.

— J'ai promis à votre père de vous tirer des griffes de ce policier en échange de renseignements qu'il a accepté de me donner lorsqu'il entendrait votre voix. Alors, si vous voulez bien lui dire quelques mots et lui annoncer que vous êtes libre, je crois qu'il en sera bien heureux, dit la dame à Lise en lui tendant un téléphone, lorsque vous aurez terminé, dites-lui que je l'appellerai dans une quinzaine de minutes.

Henri était toujours dans son bureau et espérait un dénouement prochain en tâchant d'ignorer le mal qui le rongeait. Il tressauta de joie lorsqu'il entendit la voix de Lise qui lui promit d'être avec lui dans la soirée. Il n'arrivait pas à répondre, étranglé par l'émotion.

Lorsqu'ils eurent terminé, Lise remit l'appareil à la dame en lui demandant :

— Êtes-vous celle que je crois ?

— Que je sois cette personne ou une autre importe peu, mademoiselle ; ce qui compte, c'est que vous soyez libre et que les ennuis de Germain soient enfin terminés.

— Pour ça, vous avez bien raison.

— Mademoiselle, j'ai été heureuse de vous rencontrer et d'avoir contribué à votre bonheur et à celui de Germain, mais j'ai très peu de temps à ma disposition, et je sais que vous avez sûrement envie de retrouver votre amoureux, alors je ne vous retiendrai pas longtemps.

Lorsqu'ils furent rendus dans un autre quartier, dans un endroit discret, elle fit stopper sa voiture. Lise la remercia et descendit. Langlois descendit à son tour avec Germain. La portière arrière était déjà fermée et Germain ne put voir à l'intérieur. Langlois le tira par le bras pour l'éloigner.

La ministre était au téléphone.

— Alors, Henri, j'espère que tu es heureux !

— (…)

— Maintenant, j'aimerais régler cette histoire rapidement.

— (…)

— J'espérais que tu n'hésites pas, car j'ai ici un papier incriminant pour ta fille et pour Germain que j'ai bien hâte de brûler.

— (…)

— Tu me dis que Albert Charron est derrière tout cela ! ?

— (...)

— Je trouverai les preuves au 988 Parc des Braves?

— (...)

— Bien. Peux-tu me dire où il habite ?

— (...)

— Henri, je mets immédiatement en place ce qu'il faut pour que tout soit réglé ce soir.

— (...)

— Oui, discrétion absolue ...

— (...)

— Henri, ne t'en fais pas, répondit alors Marie d'une voix plus douce ; je veillerai sur eux tant que me le permettra ma santé. Sois tranquille.

— (...)

— Allez, je te laisse. Merci.

Elle composa un numéro et donna des ordres très brefs, d'une voix autoritaire.

— Marie Gervais à l'appareil !

— (...)

— Voici les ordres : d'abord, vous allez vous rendre dans les Cantons de l'Est, prudemment et discrètement, dans le petit village de Hawk Creek près de la frontière et arrêter l'individu qui se nomme Albert Charron, au 32 Hammock Street. Vérifiez pour confirmer le signalement. Grand, fin cinquantaine, cheveux longs et gris.

— (...)

— Parfait ! Deuxièmement, après avoir arrêté cet homme, vous allez cerner la maison située au 988 de la rue Parc des Braves à Québec. Inculpez toutes les personnes qui s'y trouvent et mettez la maison sous saisie pour fouille approfondie. Vous ne devez faire aucune erreur, il s'agit du type d'opération « A ».

— (...)

— Parfait. Au revoir !

Pendant ce temps, Langlois était un peu plus loin avec Germain. Lise avait rejoint Josée.

— Monsieur Valois, j'ai été très heureux de faire votre connaissance.
— Je l'ai été également. Mais dites-moi, …
— Mon cher, je n'ai pas le temps, on m'attend dans cette voiture. Prenez ceci, lui dit Langlois en lui remettant le manteau et la carabine, portez-les dans votre voiture et soyez prudent. Vous êtes jeune, faites attention à votre vie, faites attention à votre brunette ; vous avez raison, elle est très jolie. Au revoir, monsieur Valois, dit finalement Langlois en serrant fermement la main de Germain.

Il monta à l'arrière dans la limousine qui démarra, suivie des autres voitures. Lise, Josée et Germain se dirigèrent vers la voiture de la journaliste.

— Où va-t-on ? demanda Josée d'une voix éteinte.
— D'abord, récupérer la bagnole de Henri ! Ensuite, trouver à quel hôpital on a amené George. Finalement, St-Stanislas ! Tu viens avec nous ?
— Oui, je ne veux plus vivre par ici.

Pendant ce temps, dans la limousine, Langlois, curieux, demandait à Madame la ministre :

— Mais, me direz-vous, madame, pourquoi cette volonté à vouloir aider ce jeune homme ?
— Je veux bien consentir à vous raconter cette belle et triste histoire, Langlois, répondit Marie, le regard rêveur. Voyez-vous, son père, Ernest Valois et moi étions des amis d'enfance. Un soir, alors que nous devions avoir huit ou neuf

ans, nous étions cachés dans une caverne de neige qu'il avait faite pour nous seuls entre deux maisons, et éclairés par une chandelle qu'il avait subtilisée chez lui, nous nous étions fait une déclaration solennelle, innocente et belle comme l'enfance. Plus tard, mes parents, plus fortunés, ont voulu m'envoyer pensionnaire dans une école privée réputée qui n'acceptait que les élèves ayant des résultats excellents et un comportement sans reproche. Mon père et ma mère ne savaient pas que j'avais fait un mauvais coup qui compromettait mon acceptation à cette école.

— Qu'aviez-vous fait ?

— Ernest avait apporté une souris à l'école. Je l'avais prise pour faire peur à mon professeure que je n'aimais guère, et cette dernière s'était évanouie en se frappant la tête sur le coin de son pupitre ; tous m'avaient vue, j'étais coincée. Avant que je sois amenée au bureau du directeur, Ernest m'avait devancée en allant avouer que tout était de sa faute ; je n'ai jamais pu dire à cet homme que j'étais responsable de ce qui était arrivé. Sans ce geste d'Ernest qui dut subir les foudres du directeur, je n'aurais pas été acceptée à l'école privée. J'ai donc été envoyée pensionnaire et j'ai rencontré de nouveaux amis, ce qui m'a éloignée de ce quartier et d'Ernest qui était, croyez-moi mon bon Langlois, encore plus joli que son fils. Les événements et nos milieux nous ont finalement séparés. Ce cher Ernest, lui, a mené une vie plus dure à l'adolescence et a fini par s'engager dans la lutte politique. Avant la vingtaine, nous nous sommes à peine aperçus quelques fois, c'est tout. Mais je me suis toujours rappelé la promesse que nous nous étions faite pendant cette soirée magique.

— Et que vous étiez-vous promis ?

— De toujours nous aider, cher Langlois. Voyez-vous, s'il ne s'était pas rendu responsable de l'épisode de la petite souris, je n'aurais pas reçu l'instruction que j'ai aujourd'hui et je ne sais ce qui serait advenu de moi. Ernest est mort pendant l'insurrection, et sa femme, malade, n'a jamais pu s'occuper de leur fils. Ma carrière en politique débutait alors, et je ne pouvais prendre sous mon toit le fils d'un chef rebelle, mais j'avais une promesse à tenir. J'ai donc suivi Germain de loin et j'ai fait en sorte qu'il soit instruit et qu'il fasse bien sa vie. J'ai été très déçue lorsque j'ai appris son allégeance au R.A.C.Q., mais je crois Henri, le père de Lise, qui me dit qu'il en est sorti. Je ne puis qu'espérer que l'âge des sottises soit enfin terminé pour lui.

— Cet épisode marquera-t-il un moment difficile de votre carrière ?

— Oh, je peux bien vous faire une petite confidence, répondit Marie en riant un peu, je crois que j'ai toujours eu un faible pour Ernest. Vous savez, Langlois, de toute manière, cette profession n'est pas toujours facile : plaire aux financiers en ayant l'air de servir le peuple …

— En effet, madame. Mais, dites-moi, êtes-vous satisfaite de la conversation que vous avez eue avec le père de la jeune fille ?

— Oui, absolument. Tantôt, une arrestation aura lieu, et d'autres ensuite ; je viens de donner les ordres à cet effet. Aujourd'hui, nous nous rendrons nous-mêmes à Québec sur la rue du Parc des Braves, récupérer les preuves qui incrimineront tous ceux qui seront arrêtés.

— Est-il indiscret de vous demander si vous avez obtenu le nom de la personne responsable des événements de St-Stanislas ?

— Absolument pas, cher Langlois. Il s'agit d'un nommé Albert Charron qui était actif lors du soulèvement du début du siècle et qui l'est demeuré jusqu'à aujourd'hui. C'est lui qui a recruté Germain et qui a fait en sorte que soit emprisonné Ladouceur, le chef du chantier que je vais faire libérer, en téléphonant tantôt.

— Puis-je me permettre une suggestion ?

— Allez, allez.

— (…)

Épilogue

Depuis deux ans déjà que tout cela est terminé, il s'est passé plusieurs événements.

George a été chanceux et est revenu quelques semaines après qu'il ait été blessé en voulant sauver la vie de Germain ; aucune accusation n'a été retenue contre lui, on a jugé qu'il avait défendu un citoyen.

Josée a trouvé une petite maison sur la route qui précède la village. Depuis plus d'un an, elle y habite avec Michel avec qui elle a refait sa vie.

Au mois d'août, Henri est mort dans son lit, en dormant ; il était souriant. Depuis le retour de Lise et de Germain, il n'avait plus beaucoup souffert et avait pu renseigner ce dernier sur ses origines. Le jour de l'enterrement, beaucoup de personnes sont venues. À la grande surprise de tous, au sortir de l'église, une grande dame corpulente richement vêtue et bien mise attendait à côté d'une longue limousine noire. Les habitants reconnurent la ministre Gervais qu'ils regardèrent, médusés, traverser la rue et se diriger lentement vers Germain en adressant un sourire discret à tous ; elle le prit par le bras et marcha à ses côtés alors qu'il tenait Lise de l'autre bras. Sans dire un mot, grave, elle suivit le cercueil d'Henri jusqu'au cimetière et assista à la mise en terre. Sa présence conféra à cet enterrement un caractère solennel qui fut amplifié par la dignité que tous affichaient. Lorsque ce fut terminé, les villageois se pressant autour de Lise adressèrent des sourires timides à l'endroit de Germain tout en profitant de l'occasion pour voir de près la ministre Gervais, cette dame influente qui s'était déplacée pour le jeune étranger. Elle fut invitée à l'hôtel et s'y rendit.

Plus tard, elle est sortie marcher plus d'une heure en compagnie de Germain. À la suggestion de Langlois, lui expliqua-t-elle, elle était venue pour l'aider à rétablir sa réputation, et aussi en mémoire d'Ernest.

Depuis, Lise et Germain s'occupent de l'hôtel auquel ils ont su redonner l'entrain des belles années d'autrefois ; il attire maintenant des touristes pendant les quatre saisons, et comme avant, les chasseurs et les pêcheurs le fréquentent. D'ailleurs, George est guide pour les touristes et il apprend ce métier à Germain.

La route et le nouveau pont ont été terminés sans aucune inauguration en grande pompe et Germain a acheté le petit chalet vert pour y retrouver la tranquillité avec sa belle brunette.

TABLE

AGMV Marquis

MEMBRE DE SCABRINI MEDIA

Québec, Canada
2002